時生

新装版

東野圭吾

講談社

時生

序章

透明な囲いの中の青年は、表情だけを見れば、ただ少し疲れて眠っているだけのようだった。しかし彼の身体《からだ》にまとわりつく何本ものチューブが、逃れようのない厳しい現実を示していた。彼は寝息をたてているのかもしれなかったが、周りに配置された数々の生命維持装置の音によってかき消されていた。

宮本拓実《みやもとたくみ》は今さら発すべき言葉もなく、ベッドの脇で立ち尽くしていた。言葉がないのと同様に、打つべき手もなかった。彼に出来るのは、ただこうして見守ることだけだ。

右手に何かが触れた。それが麗子《れいこ》の指先だと気づくのに何秒間かを要した。妻の指は彼の右手を摑《つか》んだ。彼はベッドの上を見つめたまま握り返した。彼女の手は細く、柔らかく、そして冷たかった。

いつの間にか担当医師がそばに来ていた。宮本たちとは数年来の付き合いになる。脂の浮いた額、疲れきった顔に、中年医師の戦いの跡があった。

「ここで話しますか。それとも」医師は言葉を切った。

宮本はもう一度ベッドを見てから訊《き》いた。

「あいつが聞いている可能性は？」

「それは……まず聞こえてはいないと思います。眠っている状態ですから」

「そうですか。でも、やっぱり外で」

「わかりました」

医師は看護婦に何か指示し、部屋を出た。宮本たちも彼に続いた。

「残念ながら、今後、意識が戻る見込みは極めて薄いといわざるをえません」廊下に立ったまま、医師は淡々とした口調で、宮本夫妻にとって残酷な宣告を行った。

宮本は頷《うなず》いた。悲しみは極限に達していたが、衝撃はなかった。いつかは聞かねばならない通告だったし、それを今日聞くことも覚悟していた。

隣にいる麗子も黙って項垂《うなだ》れているだけだ。涙を流す段階は、もうとうに過ぎている。

「でも、全然見込みがないわけではないんですね」宮本は確認した。

「ええ、それはまあ。何パーセントぐらいかと訊かれると困りますが」医師は俯《うつむ》いた。

「よかった」

「ただ、仮に戻ったとしても、おそらくそれが最後に……」後は唇を噛《か》みしめた。

「わかっています。もう一度目を覚ましてくれればそれでいいです」

宮本の言葉に、医師は不思議そうな顔をして首を傾《かし》げた。

「あいつに声をかけてやりたいんです。最後に一言だけ」

ああ、と医師は頷いた。彼なりに納得したようだった。

「もしあいつの意識がもう一度だけ戻ったとして、私の声が聞こえるでしょうか」

医師は少し考えてから頷いた。

「聞こえると思います。そう信じて声をかけてやってください」

はい、と宮本は答え、両手を握りしめた。

後は医師たちに任せ、宮本と麗子は集中治療室の前から離れた。深夜の病棟はひっそりしていた。待合室に行くと、長椅子がずらりと並んでいる。だが彼等のほかには誰もいなかった。一番後ろの椅子に並んで腰掛けた。

しばらく二人は無言だった。拓実は妻にかけるべき言葉を探していた。彼女の胸の内で渦巻くものの大きさを想像すると、迂闊《うかつ》には声を発せられなかった。

「疲れた？」すると彼女のほうが先に口を開いた。

「いや、それほどは。麗子はどうだ」

「あたしは少し疲れたかな」吐息をついた。

無理もなかった。息子が寝たきりになったのは三年前だが、夫婦の戦いはそれよりずっと前から始まっている。彼が生まれた瞬間から、いや厳密にいえば彼の誕生が決定された時から、今日の苦悩は約束されていた。そのことを思うと、ようやく妻を楽にしてやれる日が近づいたのだなとさえ宮本は思ってしまう。

グレゴリウス症候群という病名を、宮本は麗子と会うまで知らなかった。教えられたのは、彼女に結婚を申し込んだ時だ。二十年以上前のことになる。

一世一代の告白をするには色気のない場所だった。東京駅のそばにある大型書店に二人はいた。二階がティールームになっていて、そこで向き合って紅茶を飲んでいた。そのティールームはデートの待ち合わせに使うことが多かった。

本当はもっと気の利《き》いた場所を選ぶつもりだった。しかしお互いの仕事の都合で、その時には会える時間がわずかしかなかったのだ。ならば別の日にすればよかったではないかといわれるだろうが、宮本は何としてでも今日中に気持ちを打ち明けるのだと朝から決めていた。そこで延期すれば、機会を逃しそうな気がしていた。

プロポーズの言葉はありふれたものだった。気持ちを伝えることが先決だと思った。

大胆なことをいったつもりはなかった。求婚すれば九分九厘受け入れてもらえるだろうという自信が宮本にはあった。その時点で麗子とは肉体関係もあったし、何より彼女からの好意を実感していた。

だが彼女の反応は彼が予想しなかったものだった。彼の言葉を聞くやいなや、彼女は辛そうに顔を歪《ゆが》め、俯いてしまったのだ。歯をくいしばっているのがわかった。うれし泣きをこらえているようにはとても見えなかった。

どうしたんだ、と宮本は訊いた。

麗子は答えず、しばらくそうしていた。宮本は彼女の次の言葉を待つしかなかった。

やがて彼女は顔を上げた。目が少し赤くなっていたが、頬《ほお》に涙の跡はなかった。それでも彼女はバッグを開け、ハンカチを取り出した。目頭を押さえた後、宮本を見てにっこりした。

「ごめんなさい。びっくりしたでしょう」

「どうしたんだ」と彼はもう一度訊いた。

「うん……」すぐには答えず、彼女は深呼吸を一つした。それから改めて彼の目を真っ直ぐに見た。「ありがとう。あたしのためにそんなことをいってくれたのは、拓実さんが初めてよ。すごくうれしい」

「じゃあ」

「でもね」彼女は宮本の言葉を遮《さえぎ》った。「うれしいんだけど、悲しくもあるの。その言葉を聞くのが怖かった」

「えっ」

「残念なんだけど、あたし、結婚するわけにはいかないの」

「あ……」足元が抜けたような気がした。「だめなんだ」

「誤解しないでね。ほかに好きな人がいるとか、拓実さんのことを好きじゃないとかって意味じゃないから。あたしはね、誰かと結婚するわけにはいかないの。一生独身でいようって、そう決めてるの」

麗子の口調には、その場の思いつきでない響きがあった。じっと宮本を見つめる目にも真剣さが宿っていた。

「どういうこと」と宮本は訊いた。

「あたしはね」といってから彼女は首を傾げ、「あたしの家はね」といい直した。「古風な言い方をすれば呪《のろ》われてるってことになるのかな。とてもよくない血が流れてて、子孫を作るわけにはいかないのよ。だからあたしも子供を産めないの」

「ちょっと待ってくれよ。呪いだなんて、そんな非科学的なこと」

宮本がうろたえると、彼女は唇をふっと緩ませた、寂しい笑みだった。

「だから古風な言い方をすればっていってるでしょ。前はあたしたちだって、非科学的だと思ってた。たまたま家系にそういう人が出ているだけで、受け継がれているわけはないって。でもそうじゃなかった。そうじゃないことが証明されたの」

さらに彼女は宮本に訊いた。グレゴリウス症候群という病気を聞いたことがあるかと。

彼が首を振ると、彼女はじつに落ち着いた口振りで、その呪われた病気について説明してくれた。

グレゴリウス症候群は、一九七〇年代初期にドイツの学者によって発見された遺伝病だ。脳神経が次々に死滅していく病気で、大抵は十代半ば頃までは何の兆候も見られないが、その頃を境に症状が現れる。典型的なパターンとして、まず運動機能を徐々に失う。手足を動かしにくくなり、やがてはごくわずかな部分を除いて、全く動かせなくなるのだ。それと共に内臓の機能も低下していく。そこまで進行すると、何らかの補助なくして生活することは不可能といっていい。

寝たきりの生活が二、三年続いた後、次第に意識障害が現れる。記憶の欠落や思考の混濁が激しくなる。やがて断続的になり、最後には意識は完全に消失する。要するに患者は植物状態となるわけだ。ただしそれも長いことではなく、脳機能はやがて完全に停止する。つまり死に至る。

世界でも例が少なく、治療法は見つかっていない。遺伝病ではあるが、その因子を持つ人間が必ず発症するわけではない。判明しているのは、欠陥遺伝子がX染色体に乗っているということだけである。この種の病気は伴性遺伝病と呼ばれる。発症するのはまず男性であり、女性に患者は少ない。それは女性はX染色体を二つ持っているが、男性は一つしか持っておらず、そこに乗った欠陥遺伝子の故障を埋め合わせられないからだ。

麗子の母親の弟は、十八歳で病死していた。その症状は先に述べたものそのものだった。祖母の兄も、同様の運命を辿《たど》ったらしい。グレゴリウス症候群のことが発表された時、麗子の父は自分の妻の親戚にみられた奇病との類似に気づいた。彼はいくつかの病院を尋ね歩き、キャリアを発見する有効な手段を探し出した。

彼が知りたかったのは、自分の妻がキャリアであるかどうかではなかった。確認しなければならないと思ったのは一人娘についてだ。彼はその結果次第によっては、孫の顔を見ることは断念しなければならないと心を決めていた。

「検査を受けろといった時のお父さんの顔は、たぶん一生忘れないと思う」麗子は宮本に打ち明けた。「あたしには悪魔に見えた。ううん、そうじゃないな。魔女狩りをした祈禱師《きとうし》の顔っていったほうがいいかな。隣の部屋からはお母さんの泣き声が聞こえてくるし、それはもう地獄みたいな時間だった」

「お父さんのことを恨んでるのかい」

「その時は恨んだ。なんでこんなひどいことを命令するんだろうと思った。だけど考えてみたら、お父さんのしたことは正しかったのよね。キャリアである可能性に気づいていながら知らん顔して結婚して、子供まで作ろうとするなんて無責任だと思うもの。それにお父さんは一度だって、お母さんのことを責めたりはしなかった。おかしな家系から妻をもらって損をしたなんてこと、一度も口にしなかった」

「それで検査を」

うん、と彼女は頷いた。

「その結果についてはいわなくてもいいよね」

宮本は無言で頷いた。彼女が一生独身でいると決めた理由を完全に理解した。

「結果を知った時にはショックだった。どうして自分だけこんな目に遭《あ》うんだろうと腹が立って、筋違いはわかっていながらお母さんに八つ当たりしちゃった。その時はさすがにお父さんから顔をひっぱたかれた。結婚だけが人生じゃないだろうって」彼女は左の頰に手を当てた。

宮本は、自分もショックを受けているという意味のことを口にしかけ、直前で呑み込んだ。自分の思いなど、彼女の苦しみの前では取るに足らないものだ。

「わかったでしょ。そういうわけで、拓実さんの申し出を受けるわけにはいかないの。とてもありがたくて、涙が出るほど嬉《うれ》しいんだけど、結婚するなら誰かほかの人を探してくださいというしかない」彼女はハンカチを握りしめ、下を向いた。長い髪が彼女の顔を隠した。

「でもそれなら、子供を作らなければいいじゃないか」

しかし彼女はかぶりを振った。

「拓実さんが子供好きなのをよく知ってるもの。あたしだって、そういう道を考えなかったわけじゃない。子供は諦《あきら》めてくださいって頼もうかとも思った。でも今まで付き合ってきて、拓実さんの将来の夢というのをわかってるから、それを捨てさせることなんかできない」

キャンピングカーを買って、週末には家族で山や海に行くんだ。息子が二人欲しい。女の子もいたほうがいいな、華やかだから。みんなで釣った魚を河原で焼いて食べるんだ。そういう生活ができるなら、余分にお金なんていらない。みんなが健康で、いつも笑ってるような家庭を作れたら、ほかには何もいらない――麗子の前で口にしたいくつかの台詞《せりふ》が宮本の脳裏に蘇《よみがえ》った。彼女は笑っていたが、恋人の語る夢の一つ一つが、胸を突き刺すナイフになっていたのだ。

「そんな夢なんか、どうでもいいんだ。どうせ大した考えがあっていったことじゃない。それよりも大事なことがある。とにかく俺は君と一緒にいたいんだ。この先もずっと、二人で暮らしていきたい。子供なんていなくてもいい」

たぶん麗子からは、ずいぶん子供っぽく見えたことだろう。宮本はあの時のことを振り返っては気恥ずかしくなる。しかしその言葉に嘘はなかった。頭が熱くなっていたし、勢いのあまり口走った台詞だったが、結果的に後悔することは何もなかった。

それでも麗子には衝動的な言葉としか聞こえなかったようだ。もう一度話し合いましょうというので、その日は別れることにした。

後日、同様のやりとりが行われた。ただし場所は違う。宮本は麗子の家に乗り込んでいた。彼女の両親の前で頭を下げ、事情はすべて承知しているから結婚させてほしいと頼み込んだのだ。

娘の呪われた運命を明確にした父親は、小柄だが姿勢のいい体形をしていた。その行動から理知的で無表情な人物を宮本は想像していたが、会ってみるとじつにきさくで、人のいい下町のおじさんという雰囲気を備えていた。この人物がどう変貌《へんぼう》すれば魔女狩りの祈禱師になるんだろうと宮本は思った。

「宮本さん、簡単にいうけれど、それは大変なことですよ。今は目の前のことしか見えなくて、そんなことをおっしゃってるが、人間ってのは時間が経つと変わるものなんだ。最初のうちは二人だけでやっていくのも悪くはないだろうが、いずれは子供を欲しくなる。知り合いや親戚の家に子供ができたりしたら、なおのことそうだ。その時になって、こんな欠陥品の嫁なんかをもらわなきゃよかったなんてことになったら、麗子がかわいそうですからねえ」

「そんなことには絶対になりません。約束します」

「だから今はそういえるだろうさ。問題は、十年二十年先はどうかってことですよ。

うちの娘のせいで誰かが後悔するってのは、こっちだっていい気持ちのすることじゃない。それにお宅の親御さんはどうですか。子供を作らないってことに納得していただいてるんですか。いっておきますが、親御さんには麗子の病気のことは内緒にしておくっていう案には賛成できませんよ。嘘ついてまで嫁にやる気はないとはっきりいっておきます。それに嘘ってのは、いずれはばれるものですからね」

「両親はいません」

その事情について宮本は話した。麗子の父は驚いたようだが、それについては特に何もいわなかった。

「あなたが苦労知らずのお坊ちゃんでないことはよくわかりました。しかしねえ、結婚というのは、その場の勢いだけですることじゃないし」

「お願いします。必ず幸せにしますから」頭を下げた。

麗子の父が吐息をつく気配があった。彼は娘に尋ねた。

「おまえ、どうなんだ。うまくやっていけると思うかい」

「あたしは」彼女は一拍置いてから続けた。「拓実さんの言葉を信用しようと思う」

「そうか」父親はもう一度ため息をついた。

結婚式は古い教会で行われた。身内だけが集まっての質素なものだったが、宮本の心は満たされていた。花嫁は美しく、空も青かった。みんなの祝福の言葉が胸にしみた。

吉祥寺の小さなアパートで二人は新生活を始めた。何もかもが順調だった。子供を作れないことで、しばしば誰かに傷つけられたり、時にはお互いを傷つけあったりしたが、いつも乗り越えるのにさほど時間は要しなかった。

苦難は予期しない方向から訪れた。麗子が妊娠したのだ。結婚して丸二年が経った頃のことだ。

絶対にそんなことはありえない、と宮本は喚《わめ》いた。

「たしかなのよ。病院で調べてもらったんだから。おかしな疑いは持たないでね。間違いなく、あなたの子よ」麗子は落ち着いた声で報告した。

自分の子でないなどとは露《つゆ》ほども思わなかった。ただ信じたくなかっただけだ。じつは心当たりがなくもなかった。二人は必ず避妊していたが、そのやり方が段々と厳密なものでなくなっていることに気づいていた。油断していた、というべきだろう。

「心配しなくていいから。明日、手続きしてくる」麗子は努めて明るくしゃべっているようだった。

「堕《お》ろすのか」

「うん。だって、仕方ないじゃない」

「でも、半々なんだろ」

「半々？」

「病気が遺伝する確率だよ。男の子としても、欠陥のあるX染色体を受け継ぐ確率は五〇パーセントだろ。それに女の子の場合だと、遺伝しても発症しない」

「あなた、何をいってるの」

「つまり、俺たちの子供がグレゴリウス症候群にかかる確率は四分の一ということになる。逆にいえば、四分の三の率でふつうの子供が生まれる」

「だから？」麗子は彼の顔を見据えた。「産めとでもいうの？」

「そういう選択肢もある」

「やめてよ。あたしは覚悟してきたことなの。心を乱すようなことといわないで」

「だけど四分の三で……」

「数字なんかどうでもいい。くじ引きをしてるんじゃない。もし男の子で、キャリアだったらどうするの。ああ、ハズレだったかって、がっかりするわけ。病気を持ってたって、その子には人格があるのよ。あたしにとっては、すべてかゼロかなの。それで、あたしはゼロを選ぶわけ。結婚前から決めてたことでしょ」

彼女のいうことは正しかった。子供に当たりも外れもないはずだった。宮本は返す言葉もなく黙り込んだ。

だが割り切れたわけではなかった。何かが彼の中で動き始めていた。ずいぶん長い間忘れていた何かだ。

宮本は悩み、考えた。堕胎してしまうことがベストだとは思えなかった。自分の胸に引っかかっているものの正体を探した。

やがて彼の耳にある青年の声が蘇った。

明日だけが未来じゃない――。

そうだ、と宮本は思った。自分は『彼』の言葉を探していたのだ。

産んでほしい、と彼は麗子に頼んだ。彼女の父にした時と同じように頭を下げた。

「どんな結果になっても後悔しない。生まれてくる子がどういう子供でも心から愛するし、その子が幸せになれるよう努力する。自分にやれるだけのことをする」

麗子は最初、彼の言葉を鵜呑《うの》みにしなかった。気分だけでものをいっていると怒ったほどだ。それでも頭を下げて頼み続ける彼を見て、本気であることを理解したようだ。

「あなた、それがどういうことなのかわかってるの」

「わかってる。キャリアの男の子が生まれたら苦労はするだろう。それでも構わない。俺は麗子に産んでほしいんだ。その子はきっと、生まれたがっている」

考えさせて、と麗子はいった。実際、丸三日間彼女は考えていたようだ。

あたしも覚悟を決める──彼女が出した結論だ。彼女は今度は両親に相談しなかった。だから妊娠四ヵ月目に入ってから報告した時、両親特に父親は激昂した。無責任だと怒鳴った。

「責任は取ります。これは二人で決めて、二人が勝手にすることです。どんなことになっても後悔はしません。泣き言もいいません」

父親は最後まで賛成してくれなかった。喧嘩別れのようにして家を出た。

するとずっと黙っていた母親が後からついてきた。

「二人で決めたことだろうから、産むことについては私は何もいいません。でも、このことだけは覚えておいて」彼女は宮本と麗子の顔を交互に見た。「もしもあの病気にかかったら、本人もそうだろうけど、あなた方も死ぬほど苦しむわよ。地獄のほうがましだと思うぐらい」

彼女は弟を同じ病気で亡くしている。その時のことが胸に焼き付いているに違いなかった。しかし彼女は辛い思い出を語ろうとはしなかった。

「苦しむつもりです。子供と一緒に」

宮本がいうと、彼女は彼の目を見つめたまま頷いた。

それから数ヵ月後、麗子は男の子を出産した。

「名前はトキオだ」生まれたての赤ん坊を抱いて宮本はいった。「時間の時に、生まれると書いて時生だ。いいだろ」

麗子は反対しなかった。「前から決めてたの？」

まあね、と彼は答えた。

時生の身体を検査しようとは、宮本も麗子もいい出さなかった。麗子もそうだったのかもしれないが、それを知ってどうなるものでもないというのが彼の考えだった。それにじつは彼には、ある確信があった。検査したら、たぶん悪いほうの目が出るだろうというものだ。つい悲観的に考えてしまうのとは意味が違う。彼はすでにそのことを知っていた、とさえいえるのだ。

時生は元気な男の子に育った。宮本は結婚前に望んでいたように、４ＷＤのワゴン車を購入し、それに息子と妻を乗せて様々な土地へドライブした。とりわけ時生が喜んだのは、東京から北海道まで車で渡り、さらに道内をほぼ一周した時だった。時生は真っ黒に日焼けした。ラベンダー畑の見える丘で、バーベキューパーティをした。

狭い車内で三人並んで横になり、サンルーフを開けて星空を眺めながら眠った。思い出の地、大阪に連れて行ったこともある。パン工場のそばの公園だ。そこがなぜ思い出の地なのかは話さなかったが。

小学校時代は何も問題がなかった。時生は勉強がよくできたし、スポーツも得意だった。リーダーシップがあり、友達も多かった。

中学校時代も、ほぼ無事に済んだ。ほぼというのは、卒業間近になって、ある兆候が現れたからだ。

身体の節々が痛いというようになった。それは関節痛に似た痛みのようだった。本人はサッカーをやりすぎたせいだと思ったらしい。宮本たちは彼に、呪われた血については話していなかった。

宮本は時生を病院に連れていった。整形外科などではない。彼は以前からグレゴリウス症候群について最もノウハウを持っていると思われる病院を探し出し、権威といわれる医師とコンタクトを取っていた。何か疑いがある時にはすぐに連れてきなさいといわれていた。

その病院が、現在時生が入院しているところだ。

医師の下した結論は宮本家にとっては最も残酷な、だが同時に夫妻が覚悟してきたものでもあった。グレゴリウス症候群に間違いないということだった。

「進行は極力抑えるよう努力します。しかし完全にくい止めることは」医師はその後をいわなかった。

その場で麗子は泣き崩れた。彼女の流した涙が、ぽたぽたと床に落ちた。

高校に入ってすぐ、時生は入院した。歩行が困難になったからだ。彼はベッドに新しい教科書を持ち込み、いつでも復帰できるよう独力で勉強した。

「ねえ、お父さん。俺、いつかは治るよな」時生はしばしば宮本に訊いてきた。

もちろん、と宮本は答えた。

やがて時生はパソコンが欲しいといいだした。宮本は次の日に買ってきた。だがそのパソコンも、間もなく使えなくなった。時生の指が思うように動かなくなっていた。

宮本は友人のコンピュータ技師に相談し、当時はまだ高価だった音声入力システムを導入し、さらに指先一本で殆《ほとん》どの操作を行えるよう改造した。時生はインターネットを使い、ベッドで寝ながらにして世界中と交信できるようになった。

だがグレゴリウスの悪魔は歩調を少しも緩めることがなかった。黒い運命は確実に時生を取り込んでいった。ふつうの食事がとれなくなり、排尿排便が困難になった。

免疫力は低下し、心臓障害も起き始めた。

やがて事態は最終章に入っていく。目を覚ましているはずなのに無反応だったり、奇妙な発作を起こすことが多くなった。意識障害の結果と思われた。

幸いだったのは、意識がはっきりしている時には、どうやら耳が聞こえているらしいことだ。だから宮本と麗子は、時間の許すかぎりそばにいて、思いつくかぎり多くのことを息子に語りかけた。芸能人のこと、スポーツのこと、近所の友達のことなどだ。時生が楽しんでいる時には瞬きが多くなった。

そして今夜を迎えている。

看護婦が急ぎ足で近づいてきた。宮本は身体を硬くした。だが彼等には関係がなかったようだ。看護婦は二人の前を通り過ぎていった。

宮本は浮かせかけていた尻を戻した。

「後悔してないか」ぽつりと訊いてみた。

「何を?」

「時生を産んだことさ」

「ああ」麗子は頷いた。「あなたは?」

「俺は……してない」

「そう。よかった」彼女は膝《ひざ》の上で両手を何度もこすりあわせた。

「麗子はどうなんだ。産んでよかったと思ってるのか」

「あたしは」麗子は顔にかかった前髪をかきあげた。「あの子に訊いてみたかった」

「何を？」

「生まれてきてよかったと思ったことがあるかどうか。幸せだったかどうか。あたしたちを恨んでいなかったかどうか」

でももう無理ね、といって彼女は両手で顔を覆った。

時生が自分の病名について知っていたことは確実だ。彼が使っていたパソコンのデータを眺めている時に宮本はそれを知った。時生はインターネットを使い、『グレゴリウス』というキーワードで、いくつかの機関の情報にアクセスしていたのだ。

宮本は唇を舐《な》め、深呼吸を一つした。

「じつは話しておきたいことがある。時生のことだ」

麗子が彼のほうを向いた。目が充血していた。

「ずっと昔、俺はあいつに会ってるんだ」

えっ、と麗子は首を傾げた。「どういう意味？」

「今から二十年以上前だ。俺は二十三だった」

「……時生の話をしてるんじゃないの」

「時生の話だよ」宮本は麗子の目を見つめた。どうしてもこの話は信じてもらわねばならなかった。「その頃、時生と会ったんだ」

怯《おび》えたように麗子が身を引いた。宮本は首を振った。

「頭は正常だ。いつかは話さなきゃと思っていたんだけど、時生の意識があるうちはだめだと決めていた。でも、もういいだろうと思う」

「時生に会ったって……どういうこと？」

「そのままの意味だ。あいつは時間を超えて、俺に会いに来たんだよ。今の状態でいえば、あいつはこれから、二十三だった俺に会いにいくはずなんだ」

「こんな時に冗談を」

「冗談なんかじゃない。俺も長い間信じてなかった。今だからこそ、自信を持って話せるんだ」

宮本は妻の顔を見つめ続けた。信じられる話でないことはわかっている。だがせめて狂っているのでないことはわかってほしかった。

やがて彼女は訊いた。「どこで会ったの？」

「花やしきだ」と彼は答えた。

1

がらがらと派手だが安っぽい音をたてて、ローラーコースターが滑り降りてきた。日本最古のジェットコースター。客たちは大げさに悲鳴を上げている。彼等の顔が皆笑っているのを見て、拓実は不愉快になった。

どいつもこいつも頭が悪そうだ。何の苦労もないって顔をしてやがる——。

時刻は五時前。彼はベンチに腰掛け、ソフトクリームを食べていた。雨が降るのか降らないのか、はっきりしない天気。濁った空をバックに、黄色の風船が一つ流されている。

空を見上げた拍子に溶けたクリームがコーンから流れ、掌《てのひら》を伝った。あわてて身体から遠ざけたが少し遅かった。だらしなく緩めた紺色のネクタイの端に、ぽたりとクリームが落ちた。

「あっ、くそっ、もう」

空いているほうの手でネクタイをほどこうとしたが、うまくいかない。締め慣れていないので、ほどくのも苦手なのだ。仕方なく、ソフトクリームを食べ終えてから、両手を使ってほどいた。汚れた手を拭《ふ》かなかったので、ネクタイはクリームでべとべとになった。ベンチに座ったまま、そのネクタイを隣のゴミ箱にほうり込んだ。

せいせいした。

セブンスターの箱を出し、一本くわえた。安物のジッポライターで火をつけ、口先だけで煙を吐く。煙草《たばこ》を挟む右手の指に、中西《なかにし》を殴った時の感触がまだ残っていた。

中西は、ほんの二時間ほど前まで、拓実の上司だった男だ。といっても拓実と年齢は殆ど変わらない。ただ、奇麗にセットされた髪と仕立てのいいダブルのスーツが、それなりの落ち着きを演出してはいた。もっともそのスーツが人からの借り物であることを拓実は知っている。

中西の部下は拓実を含めて三人いた。今日の活動場所は神田駅のそばだった。ターゲットは、大学に入ったばかりと思われる地方出身者だ。

「地方出身なんてこと、どうやって見分けるんです」拓実は中西に訊いた。

「そんなもん、見りゃあわかるよ。鈍くさい格好してやがるからな」

「流行遅れってことですか」

「そうじゃねえよ。もう五月なんだから、そこそこ流行も気にはしてるだろうさ。ところが田舎もんは、着こなしってのが出来ねえんだな。ようするに似合ってないんだよ」

自分だって身体に合わないスーツを着てるくせに、と拓実は腹で舌を出した。

他の二人は単独で行動するが、拓実はしばらく中西のそばについていることになった。彼はこの仕事を始めてまだ二日目だ。初日の昨日は池袋に行ったが、一人では一セットも売れなかった。

商品は拓実のポケットにも入っている。こんなものを買う馬鹿がいるのか、と昨日からずっと思っている。

「あれに当たってみるか」中西が歩道の先を顎《あご》でしゃくった。

ジーンズにポロシャツという出《い》で立ちの若者が、一人で歩いてくるところだった。急いでいるようには見えない。

「ちょっといいですか。アンケートに答えていただけませんか。お時間はとらせませんから」中西が、それまでとはうって変わった優しい声で話しかけた。

だが若者は中西の顔を見ることもなく、駅のほうへ歩いていった。中西が舌打ちをするのが拓実には聞こえた。

この後も何人かに当たった。おまえもぼうっとしてるなといわれたので、拓実も手当たり次第に声をかけた。誰も立ち止まってくれさえしなかった。

しかしついに中西が、一人の足を止めさせた。ポロシャツを着た、首の細い青年だった。まだ高校生ぐらいに見える。

アンケートに答えてくれと頼む中西に、いいですけど、と若者は答えた。

「それではまず職業から。ええと、学生さんですか」中西が流暢《りゅうちょう》に質問を開始した。

若者は、はい、と答えた。

この後、これからどこへ行くつもりかだとか、好きなタレントは誰か、といったどうでもいい質問が少し続く。だがそのどうでもいい質問の間に、こういう問いが紛れ込ませてある。

「今、いくらぐらいお持ちですか。A五千円未満、B五千円以上一万円未満、C一万円以上二万円未満、D二万円以上」

「C」と若者は答えた。

もしここで彼がAとでも答えていたら、質問は早々に打ち切られていたはずだった。中西は表情を変えず、アンケート用紙の二枚目を開いた。

旅行は好きですか、これまでに行った一番遠いところは、これからどこへ行きたいですか、といった質問が始まる。旅行の嫌いな大学生は少ない。若者も表情を和らげて質問に答えている。中西は適当に相槌《あいづち》を打ったり感心して見せたりして、客の機嫌をとる。

「もし民宿、旅館、ホテル代が半額になれば、もっと旅行に行けるのにと思いますか」

これが最後の質問だった。そうですね、とポロシャツの若者は答えた。

「はい、どうもありがとうございました。今ですね、最後までアンケートに答えてくださった方には、全国の民宿や旅館などで使える特別割引券セットをお分けしているんです。お手数ですが、最後の欄にお名前と御連絡先を書いていただけますか」

「あ、はあ……」若者は渡されたボールペンで、いわれるままに名前や住所を書き込んでいく。

中西は大きめの電卓のような機械を取り出し、アンケート用紙に記されている番号を打ち込み始めた。若者が書き終えるのと、中西が打ち終えるのが、ほぼ同時だった。

「はい、お疲れ様でした。ではこれが特別割引券セットです」中西は上着のポケットから黄色い紙の束を出してきた。それを学生の前でぱらぱらとめくる。「ほらね、北海道から九州まで、有名な宿泊施設を押さえてあるんです。どこで使っていただいても割引になります。ここなんか、一泊一万円の宿が五千円ですよ。ほかにもほら、食べ放題なんていう店も入ってるでしょ。これがあれば、どこへ旅行するにも、ぐんと安くなっちゃう」

早口でしゃべる中西に、若者はただ頷《うなず》いている。

「ええと、仲間で旅行することが多いといってましたよね。じゃあ、もう一セットおつけしましょうか」中西はポケットからもう一束出してきた。

「あ、はい」と若者は答え、割引券の束を二つ手にした。

「では二セットで九千円です。大きいので出していただいて大丈夫ですよ、お釣りはありますから」

ここで初めて若者の横顔に狼狽《ろうばい》が走るのを拓実は見た。お釣りといわれ、自分が金を出すのだということにようやく気づいたのだ。同時に、自分が途中から特別割引券セットを買う話をしてきたのだと自覚したはずだった。

中西は早々に、自分の財布から釣り銭用の千円札を取り出して待ち構えている。

若者は逡巡《しゅんじゅん》する目をしたまま、ジーンズのポケットから財布を出してきた。そこから一万円札を差し出した。

「はい、どうもありがとうございました」金を受け取り、釣りの千円札を押しつけると、中西はさっさと若者の前から離れた。拓実も彼に続いた。

「こういうふうにやるんだ。簡単だろ」中西が誇らしげにいう。

「あの学生、まだこっちを見てますよ」拓実は後ろを振り向いていった。

「やばいな。そこの角を曲がれ」

大きな書店の横を曲がり、路地に入った。

「どうだ？」

拓実は顔だけ出して様子を見た。ポロシャツの若者は消えていた。

「いません」

「よし」中西はショートホープをくわえ、火をつけた。「これを吸ったら戻るぞ」

「俺にはできねえな」拓実は顔をしかめた。

「やってくれなきゃ困るぜ。要は勢いとタイミングだ。横で聞いてたら、なんでこんなのに引っかかるんだと思うだろ」

「ええ」

「肝心なことは、客に自分のほうが悪かったと思わせることだ。おまえ、このセットがどうして四千五百円なのかわかんねえだろ」

「わかんないすね。五千円だったら二セットで一万円だから釣りもいらないと思うし」

「釣りがあるってのがミソなんだ。客は途中まで、割引券セットをただでもらえるものだと思ってる。そこへこっちが、二セットで一万円です、といったとするよな。客の中には何が一万円なのかと思い、きょとんとするやつもいる。そういう客には、一万円で買ってほしいんだと説明し直さなきゃならない。そうなったら、せっかく作ってきたこっちのペースが乱れちまう。客は、なんだそういうことだったのかと気づいて、買わないよってことになるわけだ」

「それはわかりますけど、釣りがあるとどうしていいんです」

「大きいので出していただいて大丈夫ですよ、お釣りはありますから――これを一気にしゃべっちまうことで、それまでのやりとりは商品の売り買いのことだったとさりげなく客に知らせることができるわけさ。そうなったら、ただでもらえるというのは自分の勘違いだったと客は思ってくれる。で、こっからが大事なんだけどさ、田舎者は勘違いしたことを人に知られたくないんだな。だから諦めて金を出す」

簡単な原理だよといって笑い、中西はショートホープの吸い殻を地面に捨てた。それを踏み消し、いくぞ、といった。

たしかに見事なテクニックだけど、根性の腐った人間にしかできないよ、と中西の細い肩を見ながら拓実は思った。

元の場所に戻ると、拓実は単独で客を捕まえるよう命じられた。何人かに声をかけ、そのうちの何人かにはアンケートに答えさせることができたが、商品は一つも売れなかった。金を出すのだとわかった途端、皆が逃げてしまうからだ。

「てめえは下手なんだよ。客に考える暇を与えるな」

電話ボックスの横で、拓実は中西から説教された。

「なんか、だましてるみたいで嫌なんですよ」

「馬鹿野郎。そんなこといってちゃこの商売はできねえぞ」

その時拓実の視界に一人の若者が入った。さっきのポロシャツの学生だった。拓実たちのところに近づいてくる。どうやら今まで探していたようだ。中西も気づいて顔を歪めた。

「あのう、さっきこれを買ったんですけど」二冊の割引券セットを出し、若者はいった。

中西は目を合わせない。アンケート中とは別人のような冷たい横顔を向けている。

「今日はどうしてもお金がいるんです。これ返しますから、お金を……」

中西が大きな音を立てて舌打ちした。ようやく学生を見る。

「何いってるの。今さらそんなこといわれても困るよ。あんたさっき契約したでしょ。書類に名前とか書いたでしょ」

「あれはアンケートの続きだと思って」

「そんなこと知らないよ。こっちはもう機械に登録しちゃったんだから取り消せないよ」中西は例の電卓を大振りにしたような機械をちらつかせた。

学生は頭を下げた。

「お願いします。あれは、明日帰省するために残してあったお金なんです。あれがないと帰れないんです」

「知らねえよ、そんなこと」中西は歩きだした。

「あっ、待ってください。お願いします、お願いします」学生はぺこぺこ頭を下げながら中西のスーツの袖を摑《つか》んだ。

「離せよ、このタコがっ」

「中西さん」拓実は間に分け入った。「いいじゃないですか。返してやりましょうよ」

中西は目を剝《む》いた。「なんだ、てめえ。引っ込んでろ」

「九千円ぐらい、どうってことないじゃないですか」

「おまえ、どっちの味方だ。そういうことは、千円でも二千円でも稼いでからいえ。能なしがでけえ面するな」

吐かれた言葉と共に、唾液《だえき》の粒子が拓実の顔に当たった。そのことが彼の神経を刺激した。

「もうやめますよ、こんな汚い仕事。やってられねえよ」拓実は商品やアンケート用紙などが入ったバッグを足元に置いた。

「勝手にしろ。いっとくけど、日当は出ねえからな」

「いいですよ。そのかわり、彼に金を返してやってください」

すると中西は腕を伸ばし、拓実のネクタイを摑んできた。

「図に乗るな。なんで俺がおまえにそんなことといわれなきゃいけねえんだ。ああ?」

そのまま靴先で脛《すね》を蹴ってきた。あまりの痛さに拓実はしゃがみこんだ。その直後、すぐ目の前にぼたりと唾《つば》が落ちてきた。

「ばーか」頭上で声がした。

拓実は立ち上がった。まだ何か文句があるのか、という顔を中西がした。

拓実は一瞬ふっと力を抜いた後、今度は全身の神経を右腕に集中させた。肘《ひじ》が伸びるのと同時に、拳が中西の鼻と頰《ほお》の間にめりこんでいくのを彼は認めた。スローモーション映像のようだった。

中西が電話ボックスのそばまで飛んでいた。よく磨かれた靴の底が見えた。そこで我に返った。通行人が立ち止まっている。あのポロシャツの学生の姿はなかった。逃げたらしい。

俺も逃げたほうがよさそうだ——拓実は駆けだしていた。

2

セブンスターの箱が空になったので、拓実はベンチから腰を上げた。明日からまた仕事を探さなきゃいけない。そのことが憂鬱だった。

俯いて歩いていると、足元にボールが一つ転がってきた。軟式野球のボールだ。拾い上げると、小学生ぐらいの男の子が駆け寄ってきた。「すみませーん」

ボールを受け取ると、男の子は元の場所に戻っていった。『オニ退治ゲーム』という看板が上がっている。

拓実はポケットに手を突っ込んだまま近づいていった。先程の男の子がボールを投げている。的は、金棒を持った赤鬼の腹だ。

残念ながら男の子のボールは当たらなかった。まだ未練がありそうだったが、母親らしき女性に手を引かれ、男の子は立ち去っていった。

拓実はボール係のところへ行った。ボール五個で百円だ。回数券を買えば得らしいが、それほどするつもりはない。

ボールの感触を味わいながら、投球位置に立った。ボールを握るのは久しぶりだった。つい、カーブの握りを作ってしまう。得意の決め球だった。

かつての投球フォームを思い出しながら、赤鬼の腹をめがけて軽く投げてみた。自分のイメージでは真っ直ぐに的に命中するはずだった。しかし投げ出されたボールは、それとは少し違う軌道を描いて、赤鬼の肩のあたりに当たった。

「調子悪いな」独り言をいって右肩を回した。

少し慎重に二球目をほうってみた。だが今度も的には当たらず、赤鬼の太股《ふともも》をかすめただけだった。

拓実は上着を脱いだ。意地になってきた。

そこにキャッチャーがいることを想定し、そのミットをめがけるようにして三球目、四球目を投げたが、どちらも当たらない。力いっぱい投げた五球目は、とんでもないところへいった。

拓実はボール係のところへ行き、さらにボールを五個もらってきた。その時になって、観客がいることに気づいた。といっても一人だけだ。

年齢は二十歳前というところか。背は高くなく、細くて引き締まった身体つきをしている。日焼けした顔や髪型から、サーファーかもしれないと拓実は思った。Tシャツの上にうす汚れたヨットパーカを羽織っている。

見るなよ、と文句をいってやろうかと思ったが、青年の何ともいえぬ人なつっこそうな笑顔を見て、拓実は口を閉じた。飼い主を見つけた犬の目を連想していた。

拓実は青年の目を意識しながらボールを投げた。一球、二球と外れる。ヨットパーカの青年が、くすりと笑うのが目に入った。

「何だよ、何がおかしいんだ」拓実は声を荒らげていた。

青年は笑顔のまま首を振った。

「ごめん。おかしいから笑ったんじゃないんだ。変わらないもんだなあと思ってさ」

「変わらないって、何が」

「フォーム。投げ方。その頃からそうだったんだ。肘がちょっと下がり気味で、腕だけで投げてる」

「悪かったな。ほっといてくれ」

頭に来る奴だった。気に入らないのは、拓実のフォームの欠点を正確に見抜いていることだ。かつて、コーチからよくいわれたものだ。拓実、肘が下がってるぞ――。

三球目も外れた。四球目も当たらない。投げれば投げるほど、コントロールが悪くなっていく感じだった。

「ピッチャーの中には妙な奴がいるよね」ヨットパーカの青年が声をかけてきた。

「ホームベースに向かって投げる時はノーコンなのに、牽制球《けんせいきゅう》になるとやけに正確ってタイプ。たぶん余計なことを考えないで、肩の力が抜けてるからだな」

「何がいいたいんだ」

「別に。そういうピッチャーもいるって話だよ」

おかしなことをいう野郎だと拓実は思った。だが彼の言葉が引っかかったのも事実だ。ホームに投げる時はノーコンなのに牽制球は正確、それはまさに拓実がよくいわれたことだった。

最後のボールを握り、投球動作に入ろうとした。その時青年と目が合った。彼は笑っておらず、真剣な目で見つめてきた。

拓実は吐息を一つついた。的のほうを見た後、次には赤鬼に背を向けるように立った。

九回裏ツーアウト、一点リード、ランナーは一塁——状況を頭に描く。グラウンドの土の匂い。応援の声。

彼は身体を素早く反転させ、ファーストではなく赤鬼の中心に向かってボールを投げた。送球は見事に狙《ねら》い通りのところへいった。

赤鬼が金棒を振り上げ、ウォーと吼《ほ》えた。命中だ。

青年が拍手した。「やった。さすがだね」

ようやく当たって拓実はほっとしたが、それを顔に出すのもしゃくだった。それに、まぐれだと思われているかもしれない。彼はボール係のところへ行き、さらに百円玉を出した。ボール五個を持って、投球位置に戻った。

今度は最初から牽制球方式を取り入れた。赤鬼に背を向け、ぱっと振り返って投げる。コントロールは先程までとは比べものにならなかった。ボールは次々に的をとらえ、赤鬼は吼え続けた。

最後の一球も見事に命中したことを確認し、拓実は上着を手にした。それを肩にかけて外に出た。

「やったじゃん」青年が話しかけてきた。

「本気出せばあんなもんさ。最初は肩があったまってなかったんだ」

「やっぱり牽制球の帝王だ」

「ああ？」拓実は立ち止まって青年を見た。「なんで知ってる」

「えっ、何を？」

「今自分でいったじゃないか。牽制球の帝王って。俺がそう呼ばれてたことを、どうして知ってるんだよ」

青年はくるくると黒目を動かした後、両手を軽く広げた。

「知ってたわけじゃない。さっき投げてるのを見て、そう思っただけ」

「ふうん」

拓実は何となく気になったが、彼の言葉を信用しない理由がなかった。高校の野球部時代のことを、見ず知らずの青年が知っているはずがないのだ。

「まあいいや。じゃあな」

片手を上げて歩きかけたが、その彼の顔の前に、青年が何かを出した。よく見るとそれは紺色のネクタイだった。ついさっきゴミ箱に捨てたものだ。

「洗えばまだ使えるよ。もったいないじゃないか。貧乏暮らしなんだろ」

貧乏といわれて頭にきたが、それよりも気になることがあった。

「おまえ、いつから俺のことを見張ってたんだ。何のために？」

「見張ってたっていうのとはちょっと違うな。探してたっていったほうがいい。はっきりいって苦労したよ。何しろ、手がかりが花やしきだけだもんな。もうちょっと何かヒントをくれりゃいいのにさ。おかげで俺、ここんところずっと入場口のそばにいたんだぜ」

彼のいっている意味がよくわからなかった。頭がちょっとおかしいんじゃないか、と拓実は思った。

「俺はおまえのことなんか知らない」ネクタイを奪い、踵《きびす》を返して歩きだした。

すると後ろから彼が声をかけてきた。

「俺はあんたのことをよく知っているよ。宮本拓実さん」

3

足を止めないわけにはいかなかった。さらに彼は振り返った。

「どうして俺の名前を知ってる？」

「だからいったじゃないか。俺はあんたのことをよく知ってるんだ。だから探してた」

「おまえ、何者だ」

「トキオ。宮本トキオ」そういって彼は一つ頷いた。

「宮本？　ふざけてるのか」

「ふざけてない」たしかに彼の目は真剣そのものではあった。

「どういうことだ」

拓実が訊くと、トキオは眉を寄せて頭を掻《か》いた。長い髪が乱れた。

「あんたにどう説明したらいいか、ずっと考えてた。本当のことをいっても絶対に信じちゃくれないだろうし、頭のおかしい奴だと思われるのもいやだし」

「ぐだぐだいってないで、話せばいいんだよ。おまえは何者なんだ。何のために俺のところへ来たんだ」

「そうだなあ……わかりやすくいうと、親戚みたいなものってことになるかな」

「親戚？　いい加減なことというな」拓実は吐き捨てた。「俺には親戚なんてものはいないんだよ。それらしいものはいるけど、本当の親戚じゃない。そっちの人間からも、おまえみたいな奴のことは聞いたこともない」

「だから親戚だとはいってない。親戚みたいなものなんだ。少なくとも血は繋《つな》がってる」

「血？」

うん、とトキオは頷いた。

拓実は彼の顔を見つめ、少し下がって今度は全身を眺めた。なんだよ、とトキオが気味悪そうにいった。

「なるほどな。それでわかった。あの女の筋か」

「あの女って？」

「とぼけるな。おおかたまた、くだらない言伝《ことづて》を頼まれてきたんだろう。それにしてもあの女、やっぱりほかに子供を作ってやがったんだな。いい気なもんだ」

「待ってくれよ。何を誤解してるのかは知らないけど」

「誰に頼まれたのかは知らないけど、そいつにいっとけ。もう近づくなと俺がいってたってな」

拓実は再び大股で歩きだした。今度は何をいわれても立ち止まる気はなかった。

だが花やしきを出たところでトキオは追いついてきた。

「ちょっと待ってくれ。俺の話を聞いてくれよ」袖を掴んできた。

「聞いてやるよ。おまえがあの女の筋の人間じゃないっていうんならな。じゃあおまえは何者なんだ」

トキオは答えに窮している。それを見て拓実は彼の胸を軽く突いた。

「ほらみろ、答えられねえだろ。もうわかったから、どっかへ消えてくれ」そしてまた歩きだした。

しかしトキオは黙って後をついてくる。余程何か伝えたいことがあるのだろうが、拓実にそれを聞く気はなかった。あの女とは一生関わらないと決めていた。

花やしき通りを抜け、浅草寺に向かう途中に焼き物店があった。その前で拓実は立ち止まった。

「よしわかった。おまえが本当に俺と血の繋がりがあるっていうんなら、証拠を見せてみろ」

「証拠って……」案の定トキオは困った様子だ。

「手を出してみろ。両手だ」

「こうかい?」彼は両方の掌を拓実の前に出した。

「そうじゃない。掌じゃなくて手の甲だ。両手を揃《そろ》えて出してみろ。俺と同じ血筋なら、手の甲に特徴があるはずなんだ」

「そんな話、聞いたことないな」首を傾《かし》げながらも、彼はいわれたとおりにした。

「これは大事なことなんだよ」

拓実は焼き物屋の店先を一瞥《いちべつ》すると、中でも一番大きい皿を手に取った。三千円の値札がついている。それをトキオの両手の甲の上に置いた。えっ、という顔を彼はした。

「俺と同じ血が流れてるなら、簡単に物を壊したりはできないはずだぜ」

「あっ、ちょっと……」

じゃあな、といって拓実はその場を離れた。トキオが手の甲に皿を載せて動けないでいるのをたしかめ、歩を速めた。

浅草寺の敷地に入り、二天門に向かった。平日だというのに、相変わらず観光客が多い。中年の女性数名が、浅草神社をバックに写真を撮っていた。彼女たちが関西弁を話しているのを聞き、拓実はいやな気分になった。あの女も、同じような話し方をしていた。

「いやあ、おおきなったねえ。もう五歳やもんねえ」

彼女と初めて会った時のことを拓実は今も覚えている。場所は仏壇のある和室だった。大事な客が来た時には、両親はそこに通すのだ。

彼女は薄いピンクの洋服を着ていた。近くに寄ると、香水の甘い匂いがした。その時自分が何をしたのか、何を話したのかは、全く記憶にない。ただずいぶん長い間、二人きりにされていた。なぜそうされたのかということは、ずっと後になってから知ることになった。

彼女は一年か二年おきぐらいにやってきた。そのたびにお菓子や玩具などの土産《みやげ》を拓実にくれた。いずれもかなりの高級品だったはずだ。

だが彼女の訪問は、次第に拓実にとって気の重いものに変わっていった。一つには、彼女の態度が不気味だったということがある。拓実の顔を見るたびに、彼女は感極まった表情で、彼の身体を撫《な》で回すのだ。化粧の匂いも、だんだんと鼻につくようになった。

憂鬱な理由のもう一つは、彼女が来るたびに両親が喧嘩をすることだった。詳しい理由はわからなかったが、母は彼女の訪問を快く思っておらず、父のほうがなだめにかかっていたようだ。

だが拓実が中学に上がった頃から、彼女は姿を見せなくなった。その理由はわからない。歓迎されていないという雰囲気を本人が悟ったのかもしれないし、両親が訪問を断ったのかもしれない。

彼女が誰であるかを知ったのは、高校受験の直前だった。受験のためには戸籍謄本が必要なのだが、それを役所でもらってきた母は、拓実に妙なことをいった。

「これをこのまま向こうの人に渡すんだからね。開けたりしちゃだめだからね」

渡された封筒の口は、しっかりと糊《のり》付けされていた。

母の言葉が気になった拓実は、願書を持っていく途中で、その封筒を開けてしまった。そして、養子、という文字を見つけたのだった。

4

二天門を出て、馬道《うまみち》通りを駅とは反対方向に歩く。言問《こととい》通りを渡って少し行ったところで、路地を右折した。小さな民家が並んでいる中に、拓実の住んでいるアパートはあった。二階建てで、ひび割れだらけの壁に外階段がついている。その手すりは皮膚病のように、錆《さ》びて塗装が剝《は》げ落ちていた。

階段を上がろうとした時、上に誰かがいることに気づいた。拓実は顔を上げ、足を止めた。一番上の段で、中西が股《また》を大きく開いて座っていた。趣味の悪いエナメル靴の、尖《とが》った先端が見える。

中西は彼を見下ろし、口をだらしなく半開きにしていた。

拓実はその場で回れ右をした。そのまま駆け出すつもりだったが、叶《かな》わなかった。すぐ後ろに二人の男が立っていた。どちらも安っぽいスーツを着ている。ついさっきまでは拓実のキャッチセールス仲間だった。

拓実は反対側を見た。そこにも道を塞《ふさ》ぐように二人の男がいる。服装から、彼等もまた中西の仲間らしいと推察できた。

四人の男は拓実を睨《にら》みつけるだけで、手を出そうとはしない。しかしだからといって、何もする気がないとは思えなかった。彼等は指示を待っているだけだ。

中西が立ち上がり、階段を下りてきた。誰の目を意識しているのか、昔のやくざ映画に出てくるヒーローのように、ズボンのポケットに両手を突っ込んでいる。趣味の悪い靴は、かこんかこんと下品な音をたてた。

中西は拓実を睨みながら、彼の正面に立った。「さっきはどーも」

拓実の拳が入った部分が腫《は》れていた。手加減したつもりだったが、思った以上にヒットしたようだ。たぶん顔の筋肉を動かすたびに違和感があるはずだった。そのせいか中西の口元はいつもより少し曲がっていた。それが彼の顔を一層嫌味なものにしていた。

拓実は指先で頰を掻《か》いた。「痛かったっすか?」

中西の顔が歪んだ。左手を伸ばしてきて、拓実の襟元を摑《つか》んだ。

「よくもやってくれたよな。舐《な》めた真似しやがって。ただで済むと思ってんのか」

「じゃあ、あの、一発返してもらって結構ですけど」

「いわれなくても返させてもらうよ。一発じゃないけどな」

いい終えると中西は右の拳を大きく後ろに振りかぶった。よけられそうなほどスローな動きだったが、ここでよけて相手をさらに逆上させるのは得策ではなかった。ただし鼻を殴られるのは嫌だった。拳が当たる直前、拓実は顔をわずかに横に振った。中西の迫力のないパンチは、頰骨の少し下あたりに当たった。迫力のないパンチではあったが、それなりに衝撃はあった。じーんと耳鳴りが残った。

中西は襟首から手を離した。だが拓実は解放されたわけではなかった。いつの間にか後ろに回っていた男に羽交《はが》い締《じ》めにされた。拓実はもがいたが、敵の力は思った以上に強く、ふりほどけそうにない。振り向くと、二人の男が彼の腕を一本ずつ抱えているのだった。

中西が、どこで用意してきたのか角材を持ってきた。それをバットのように持ち、腹に向かって振ってきた。別の男は蹴りを入れてきた。角材と蹴りが交互に浴びせかけられた。拓実は渾身《こんしん》の力を込めて腹筋を固めた。それでも何発かに一発は内臓に響いた。苦痛と共に胃袋から何かが上がってくる感じがし、口の中に先程食べたアイスクリームの味が酸味を伴って戻ってきた。声が出せなくなり、息も苦しくなった。立っているのも辛くなり、がくんと膝が折れた。拓実を羽交い締めしていた手が緩んだ。彼はその場でうずくまった。

五人の男は口々に何かいいながら、彼を蹴り、あるいは棒で殴ってきた。拓実は頭を抱え、身体を石のように丸くしていた。

誰かが叫ぶのが聞こえた。五人の声ではなかった。それと同時に拓実への攻撃が止まった。次の叫び声は、はっきりと拓実の耳に入った。やめろ、というものだった。

拓実は頭を両手で抱えたまま、声のしたほうを盗み見た。あの変な男、トキオが駆け寄ってくるところだった。あのバカ、と拓実は思った。

「何だ、おまえは」男の一人がいった。

「卑怯じゃないか。五対一だろ」トキオは怒鳴った。手に何か持っている。どこかで拾ってきたのだろう、壊れた傘だった。

「うるせえな、ガキは引っ込んでろ」男はトキオの胸を突いた。

拓実も同じことを心の中で呟《つぶや》いていた。そうだ、引っ込んでろ。

すると何を思ったか、トキオは持っていた傘を振り上げ、相手の男に襲いかかった。だがそれは簡単にかわされ、逆に男のストレートがトキオの顔面に入った。トキオは後ろに吹っ飛び、尻餅をついた。

中西が彼に跨《また》がり、細い顎を摑んだ。「なんだ、おまえ、宮本の知り合いか」

違う、と拓実はいおうとした。ところが息が詰まったようになって声が出せない。そのうちにトキオが答えた。「親戚だ」

拓実は思わず目をつむった。余計なことを——。

「へえ、そうなのか。じゃあ、連帯責任だな」中西はにやにやした。

「見逃して……やれよ」拓実は声を絞り出した。「まだガキじゃねえか」

そばにいた男が、うるせえといって拓実の身体を蹴ろうとした。だが拓実は両手でブロックすると、その勢いのまま立ち上がり、中西の身体をトキオから引き離した。

「こいつは関係ねえよ。親戚なんかじゃない。俺の知らない奴だ」

中西は肩を揺すってせせら笑いを見せた。

「そいつを庇《かば》ってるのか。おまえみたいなちんぴらが、生意気なこと吐《ぬ》かすじゃねえか」

拓実はトキオのほうに首を捻《ひね》った。「馬鹿野郎、さっさと逃げろ」

「逃げないよ」

「逃げろっていってるのが」

そこまでいったところで頭に衝撃を受けた。何かで殴られたらしい。痛みよりも先に意識の遠のく感覚があった。それでも拓実は気を失わなかった。彼はトキオに覆い被さり、せめてこの見知らぬ青年に累《るい》が及ぶのを防ごうとした。殴られながら蹴られながら、どうして自分はこんなことをしているんだろうと思った。俺らしくない。いつもの俺なら、こんな奴のことなんかどうでもいいはずなのに——。

気がついた時、拓実は地面に横たわっていた。頬にアスファルトの感触がある。目を開けると、ぼんやりとした視界の中に、オレンジ色のヨットパーカが浮かんだ。トキオは両足を投げ出し、建物の壁にもたれかかっていた。首が前に折れ、垂れ下がった前髪が顔を隠している。

拓実は身体を起こした。全身の関節が軋み音をたてそうだった。頭はふらふらする。身体中が腫れ上がり、熱を発している感覚があった。

彼はよろよろとトキオに近づいた。ヨットパーカの肩を摑み、おい、と揺すった。トキオの頭が前後に揺れた。

その頭が止まり、トキオは目を開けた。右の鼻から血が出ていた。だがそれほどひどくは痛めつけられていないようだ。拓実はほっとした。

「大丈夫か」しゃべった途端に口の中に血の味が広がった。

トキオは拓実を見て、瞬きを何度か繰り返した。事態を整理できていない顔だった。

「あ……おとうさん」

「ああ？」

「いや、あの、拓実さんこそ……だいじょうぶ、ですか」口が開けにくいのだろう、言葉がやや聞き取りにくかった。

「大丈夫ですか、じゃねえだろ。余計なことしやがって」

買い物帰りと思われる中年の太ったおばさんが、気味悪そうに二人を見ながら通り過ぎていった。彼女が足早に立ち去るのを見届けてから拓実はトキオに訊いた。「立てるか」

「あ、たぶん」

トキオは顔をしかめながら立ち上がり、ジーンズの尻をぱんぱんとはたいた。それを見て気づいたが、拓実のスーツはぼろぼろになっていた。膝のかぎ裂きの間から、生々しい傷が見えた。

「とりあえず、俺の部屋に行こう」

「この近くなんだ」トキオはきょろきょろした。

「すぐ上だよ」拓実は錆びだらけの外階段を指した。

開閉するたびにいちいちどこかが引っかかるドアを開けた途端、「汚ねー」とトキオは小声でいった。

「うるせえな。文句があるなら入らなくていいんだぜ」

くたびれた革靴を脱ぎ捨て、拓実は部屋に上がった。三畳足らずの台所と六畳の和室があるだけの部屋だ。エロ本やマンガ雑誌があちこちに投げ出され、インスタント食品やスナック菓子の袋が散乱している。しばらく掃除をしていないので、どこを歩いてもじゃりじゃりと音がし、埃《ほこり》が舞う。がらくたをぶちこんである押入の襖《ふすま》は半開きで、薄汚れた煎餅《せんべい》布団の端がはみ出ていた。おまけにいつも何かが腐ったような臭《にお》いが充満している。拓実は一度も洗濯していないカーテンを開け、窓を開放した。

「どこでも適当に座ってくれ」そういうと拓実は上着を脱ぎ、台所の流しで顔を洗った。口の中がひりひりする。その後はぼろ雑巾のように台所で大の字になった。全身が痛みで疼《うず》き、一体どの部分の傷が一番ひどいのか自分でもわからなかった。

トキオは和室の中央で戸惑ったように佇《たたず》んでいたが、やがて決心したように『少年ジャンプ』の山の上に腰を下ろした。

「こんなところに住んでたんだ」トキオは物珍しそうに室内を見回した。

「おんぼろで悪かったな」

「本当に汚いね。だけど、なんかちょっとうれしいな」

「何がだよ」

「何ていうかな……こんなアパートに住んでたこともあるんだなと思うとさ」鼻血を出した顔でトキオは笑った。

「気持ちの悪い奴だな。住んでた、じゃない。今も健気《けなげ》に住んでるんだ。ところでおまえ、よくここがわかったな。俺の後をつけてたのか」大の字に伸びたまま拓実は訊いた。

「つけたかったけど、見失っちゃったよ。あんなことするんだもんな」

両手で大皿を持たされたことをいっているらしい。ふん、と拓実は鼻を鳴らした。

「急に現れて、親戚だ、とかいいだすような奴のことを俺が信用すると思うか」

「それはまあ、怪しまれるのは当然かもしれないけどさ」

「当たり前だ。で、見失ったのに、よくここまで来れたな」

「うん、かすかに記憶があったからさ」

「記憶って？」

「前につれてきてもらったことがあるんだ。浅草寺に行った帰りだったと思う。たしか小学生の時だな。若い時、このあたりに住んでたことがあるって」

「誰に？」

「誰って……」いいかけた口を一旦閉じてからトキオは続けた。「お父さんに」

「はあ？」拓実は大口を開けた。「おまえの親父がどこに住んでようが、俺とは関係ないじゃねえか」

「それはそうなんだけどさ、このあたりで若い男が住むとなると、大体同じようなところじゃないかと思って」

「ふうん、じゃあまぐれってことか」

「そうだね。運がよかった」

「よかあねえだろ、そんなにされちまってよ。——おい、煙草持ってないか」

「持ってない。吸わないんだ」

「ふん、使えねえ野郎だな」

拓実は腕を伸ばし、コカ・コーラの空き缶を取った。逆さにすると、飲み口に吸い殻が覗《のぞ》いた。指先で数本摘みだし、その中で一番長いものを選んで口にくわえた。ジッポライターで火をつける。それはセブンスターのはずだったが、その味は全く別物に変わっていた。こんなにまずい煙草は初めてだと思ったが、拓実は吸い続けた。

「俺からも訊いていいかな」トキオがいった。

「なんだ」

「さっきの連中って、何者？」

「ああ、あいつらか。俺の仕事仲間だ。今朝までだけどな」

「仕事って？」

「くだらねえ仕事だよ。あんまりくだらねえから辞めてやった。そのついでに殴ってやったから、仕返しに来たってわけだ。履歴書に本当の住所を書いたのがまずかった。あんな履歴書、でたらめでもよかったんだよな」拓実はまずい煙草を吸い、煙を吐いた。シケモクは、煙の色にも精彩がなかった。

「こてんぱんにやられたね」

「まあな」

「どうしてやり返さなかったのさ。もっと抵抗できたはずなのに。ボクシング、してたんじゃなかったっけ」

口元に煙草を運びかけていた手を拓実は止めた。横目でトキオを見る。

「あの女から聞いたんだな」

「あの女って？」

「とぼけるなよ。こっちはなんだってわかってるんだ」

吸い殻が、指先で持てないほど短くなった。それは消し、次の吸い殻を探した。

ボクシング・ジムに通ったのは半年だけだ。高校生の時だった。野球部を辞めた後、何か熱中するものが欲しくて始めたのだ。だが先に入門していた連中の強さに舌を巻き、自分の限界を知って挫折した。

「一発ぐらい殴り返せばよかったのにさ」トキオはまだいっている。

「一発殴れば、奴らは頭にきて、十発返してくるさ」

「おとう……拓実さんでも、五人をぶちのめすのは無理なんだ」

「俺はそんなに強かねえよ。仮に五人を倒せたとしても、今度は五十人に取り囲まれるだけだ。連中は俺を袋叩きにできるまで諦めない。それだったら、五人に気の済むようにやらせたほうがいいだろ」

「そういうものなのかな」

「そういうもんだ。それより、おまえのことをきちんと訊いてなかったな」

拓実がそういった時、玄関の鍵ががちゃりと外れた。ドアが開き、髪をポニーテールにした千鶴《ちづる》が入ってきた。安っぽい革のミニスカートを穿《は》き、くたびれたGジャンを羽織っている。彼女は台所で伸びている拓実を見て、丸い目をさらに大きく開いた。

「どうしたの、一体？　また喧嘩したの」

「喧嘩じゃねえよ。仕事のことで、ちょっと揉めただけだ」

「揉めたって……」さらに彼女は何かいいたかったようだが、和室にいる見知らぬ若者を見て口を閉じた。トキオが会釈したので、彼女も頭を下げた。

「トキオだ。俺と一緒にいたからとばっちりを受けた」

「うわあ、気の毒」千鶴は申し訳なさそうな顔をした。

「千鶴、煙草」

「その前に手当をしなきゃ」彼女は部屋に上がり、拓実の傍らにしゃがんだ。彼の腫れた頰に触れた。

「いてっ、触んなよ。それより煙草」

「煙草は傷によくないよ。ちょっと待ってて、お薬を買ってくるから。お金持ってる？」

拓実はズボンのポケットに手を突っ込んだ。そこに千円札が何枚か入っていたはずだ。ところが指に触れたのは小銭だけだった。彼は顔をしかめた。中西が去り際にいっていたことを思い出した。おまえのせいで今日は稼げなかった、弁償してもらうからな――。

拓実はポケットから出した手を開いた。

「三百二十円だけ？」千鶴はがっかりしたようだ。

「すまん、薬代、立て替えといてくれ」いいながら拓実は彼女の太股を撫でる。その手をぴしりと叩いて彼女は立ち上がった。

「そのまま待ってて。すぐに戻ってくるから」

「よろしく」

千鶴はポニーテールの髪を揺らしながら出ていった。

拓実は二本目の吸い殻に火をつけた。千鶴がつけていた安い香水の匂いがほのかに残っている。

「あの人、拓実さんの彼女？」トキオが訊いてきた。

まあな、と拓実は答えた。「結構いい女だろ？」

「うん……そうだね」トキオはなぜか困惑したような顔をしていった。「でも、結婚はしないよね」

「なんで？　あいつと結婚しちゃまずいのか」

「いやー、あのー、まずいってことはないんだけど」頭を掻いている。

「俺はあいつを嫁さんにする気だよ。今はまだ無理だけどな」

「ふうん、そうなんだ」トキオは項垂れた。

「なんだよ。なんでおまえが落ち込むんだ」

「別に落ち込んでないけど、いいのかなあと思って」

「おまえにそんなこといわれる筋合いはねえよ。それとも何か。おまえ、千鶴に一目惚れして、それで早速妬《や》いてるってのか」

「そんなわけないじゃん」

「だったら俺が誰と結婚しようと自由だろうが。ほっとけよ」

「そりゃまあ、ほっとくけどさ」トキオは両膝を抱えて座り直した。

拓実は上体を起こし、足の痛みに耐えながら胡座《あぐら》をかいた。傍らの『平凡パンチ』に手を伸ばし、グラビア頁をぱらぱらとめくった。相変わらず水着姿のアグネス・ラムが、日焼けした肌をさらしている。いい加減に全部脱げよな、と心の中で呟いた。

千鶴はいい女だけど、これぐらい胸が大きければもっといいのに、とも思う。

早瀬《はやせ》千鶴は錦糸町《きんしちょう》のスナックで働いている。以前拓実はその向かいにある喫茶店でウェイターをしていた。店に入る前に千鶴がコーヒーを飲んでいくことが多く、それで顔を合わせているうちに親しくなったのだ。最初にセックスをしたのは二回目のデートの帰りだ。この汚い部屋でだった。布団があまりに薄いので、行為の最中に千鶴は背中が痛いと文句をいった。それでデートの前には布団を干すことにしたが、その習慣も長くは続かなかった。拓実のほうが彼女の部屋に行くようになったからだ。

「ただいま」ドアが勢いよく開き、千鶴が帰ってきた。

5

服を脱ぐと、思っていた以上に傷は多く、その一つ一つが深かった。千鶴がそれらに触れるたびに拓実は大声で怒りの言葉を口にした。だが彼女はそんなものは耳に入らないかのように、手早く傷口を消毒し、薬を塗り、包帯を巻いていった。慣れた手つきだった。それでだろう、拓実さんはしょっちゅう怪我をしてるんですかとトキオが訊いた。

「それもあるけどね、あたしはこう見えても看護婦志望だったの。看護学校にだって行ったんだから」

「へえ」

「行ったけど、すぐにケツをまくったんだろ」

「そうじゃないもん。家にお金がなくて、やめなきゃしょうがなかったんだもん」千鶴はむくれた。

「その気がありゃあ、働きながらだって行けるじゃないかよ」

「そんな甘いもんじゃないんだから」

はい治療終わり、といって彼女は拓実の背中をぽんと叩いた。激痛に彼は顔を歪めた。

「トキオ君、だっけ。あなたの傷も見ないと」

「俺はいいよ」トキオは手を振った。

「見てもらえよ。ほっとくと傷口が化膿するぞ」

拓実がいうと、トキオは少し迷った顔をした後、千鶴を見て頷いた。「じゃあ……」

トキオはヨットパーカとTシャツを脱いだ。細いが、筋肉はしっかりとついている。それ以上に目をひくのは、よく日焼けした肌だ。

「よく焼けてるね。水泳か何かしてるの？」千鶴も同じ印象を持ったようだ。

「ああ……まあ、そうかな」トキオは首を傾げながら曖昧《あいまい》な答え方をした。

「あれ？　これは今日出来た傷じゃないよね」千鶴が彼の脇腹のあたりを指差した。そこには十センチほどの傷跡があった。何かの切り傷のようだ。

「えっ、どの傷？」トキオは自分でそこを見て、「ああ、ほんとだ。今日の傷じゃないみたいだね」といった。

何の傷だと拓実が訊くと、さあといって彼は首を捻った。

「何いってるんだ。それだけの傷なんだから、ふつうは覚えてるだろ。自分の身体のことじゃねえかよ」

「それはそうだけど、ええと、俺も拓実さんと一緒で怪我が多いから」

「トキオ君も、よく喧嘩するの？」

「ううん、喧嘩はやったことなかった」そういってから彼は拓実を見て笑った。「生まれて初めてだよ、あんな喧嘩をしたの」

「あんなのは喧嘩っていわねえよ。一方的に殴られただけだ」

「殴られるのも初めてだった」

「何をうれしそうな顔してるんだ。頭おかしいんじゃねえか」拓実は頭の上で指をくるくると回した。

「正直いうと、ちょっとうれしかった。殴ったり殴られたりすることって、今までなかったから、そういうのに憧れてたんだ。エキサイティングだった」冗談でいってい
るのではないらしい。彼のきらきらした目の輝きが、それを物語っていた。

「ふうん、よっぽどお上品に生きてきたんだねえ」拓実は言葉に皮肉を込めた。

「お上品っていうわけじゃなくて……そういうことのできる身体じゃなかったんだ」

「どっか悪かったの？　今は健康そうに見えるけど」千鶴が目を丸くした。

「うん。この身体は健康みたいだね」トキオは新しい服の手触りを確かめるように、自分の腕をさすった。

千鶴はトキオの傷にも丁寧に絆創膏《ばんそうこう》を貼り、包帯を巻いていった。その様子を見ながら拓実は彼女のバッグを開け、煙草を探した。エコーの箱が一つだけ入っていた。倹約家の彼女は自分ではエコーしか買わない。

「ところで拓ちゃん、仕事のことで揉めたっていったけど、それって例のキャッチ？」トキオの手首に包帯を巻きながら千鶴は訊いた。

「そうだよ」

「じゃあ、もしかして、また辞めちゃったの？」

「ああ」

「ふうん、そうなの。また続かなかったんだ」千鶴の横顔に失望の色が浮かんだ。その色の意味するところを拓実はわかっているつもりだった。

「どうせキャッチセールスなんかで一生食っていけねえだろ。あんなのは単なるバイトだよ。腹が立つのを我慢してまで続けたくないね」

「だって、キャッチで成績がよくなったら、事務の仕事に移してもらえるって話だったじゃない」

「そんなの嘘に決まってんだろ。キャッチはいつまで経ってもキャッチだよ」

「だけどさ、どんな仕事だって、何もしてないよりはましじゃん。遊んでたって、誰もお金をくれないもん」

「遊んでるわけじゃねえよ。明日からまた仕事を探すつもりだよ。本当だぜ」

また始まったとでも思っているのか、千鶴は何もいわずにため息をついた。

ありがとう、とトキオがいった。千鶴の治療が終わったらしい。彼女はにっこり笑って、お大事に、といった。

「傷を手当してもらったら、なんだか腹が減ったな。千鶴、何か作ってくれよ」

「作れったって、材料なんか何もないでしょ」

「買ってこいよ」

「お金は？」

「三百二十円」

「じゃあ、だめじゃん」千鶴はエコーの箱をバッグにしまい込んだ。「それにあたし、もう出かけないと。遅れたら、また給料を削られちゃう」

「なんだよ、俺に何も食うなっていうのか」

「そんなこといってないでしょ。一体誰が悪いの？　簡単に仕事を辞めちゃってさ。誰だって嫌なことを我慢しながら働いてるんだよ。あたしだって、嫌なことだらけなんだから」

「嫌ならやめりゃいいだろ」

「あたしはそんなわけにいかないの。あたしはまだのたれ死にしたくない」

「のたれ死になんかしねえよ。今に見てなって。絶対俺が一発当てて、千鶴にだって楽させてやるから。でっかいことをしてやるから」

千鶴は彼の顔をしげしげと見つめ、顔をゆっくり左右に振った。そのまま何もいわずにバッグから財布を取り出し、千円札を一枚、『漫画エロジェニカ』の上に置いた。

そんなものいらねえよといいかけたが、拓実はその言葉を呑み込んだ。

「すまん。すぐに返すよ」

それを聞いて彼女は苦笑し、ため息をついた。

「トキオ君、こんなのにくっついてるとろくなことがないよ。早く別の友達を探したほうがいいと思うな」

だがトキオは答えず、代わりに置かれた千円札に手を伸ばした。両手でじっくりと眺め、「伊藤博文だ」と呟いた。

「見たことないわけじゃないだろ」拓実は彼の手から札を奪った。

「拓ちゃん、あのことどうするの？」千鶴が訊いてきた。

「あのことって？」

「おかあさんのところ、行かなくていいの？」

「母親なんかじゃないっていってるだろ。あんな女」そういってから拓実はトキオのほうを見た。「おまえ、帰ったらあの女にいっとけ。もう俺に構うな、俺のことはほっといてくれってな」

しかしトキオはいわれている意味がわからないというように瞬きした。口も半開きだ。

「トキオ君って、拓ちゃんの友達じゃなかったの？」

「あの女からの回し者だ。そうだよな」

「だから、その、さっきも訊いたけど、あの女って誰？」トキオが訊いた。

「ふざけんなよ。あの女っていったら、あの女だ。東條《とうじょう》のババアに決まってんだろ」

トキオの表情に変化が起きた。何かに気づいたように大きく息を吸った。

「東條のおばあさん？　愛知県の？」

「やっと白状しやがった」拓実はトキオのほうを向き、胡座をかき直した。「答えろよ。おまえ、あの女の何なんだ。俺の睨んだところじゃ、たぶん息子だと思うんだけどさ」

「息子さん？　じゃあ、拓ちゃんの弟？」千鶴が二人の顔を交互に見た。「でも、全然似てないよ」

「俺、違うよ」トキオは拓実を見たままかぶりを振った。「東條のおばあ……その人の子供なんかじゃない」

「じゃあ誰の子供なんだ。おまえとあの女の関係は何だ。おまえはどこから来て、どこに帰るつもりだ」矢継ぎ早に拓実は訊いた。

トキオは拓実を見て、次に千鶴を見た。それから再び視線を拓実に戻した。顎が小刻みに震えている。なんだこいつ、と拓実が思った時、彼は唇を開いた。

「俺は……一人だ」

「はあ？」

「一人きりなんだよ。俺には行くところなんかどこにもない。帰るところもどこにもない。誰の子供でもない。俺は……俺の親は、この世界にはいない。もう二度と、あの人たちに会うことはできない」

トキオの目から突然涙が溢《あふ》れ出した。

6

拓実は千鶴と一緒にアパートを出た。トキオ君を一人にさせてやろうと彼女がいったからだ。拓実はわけがわからなかったが、たしかにトキオの様子には、迂闊には声をかけられない切迫感があった。

「何だろうな、あいつ。急に泣きだしやがってよ」歩きながら拓実は、後ろのアパートを親指で指した。

「いろいろと事情があるんだよ。拓ちゃんと一緒で」

「そうなんだろうけど、何にもいわないんじゃわかんねえよ」

俺の親はこの世界にはいない、とトキオはいった。両親を早くに亡くして天涯孤独の身だという意味だろう。それならば事情は少し違うが、千鶴のいうように自分と一緒だと拓実は思った。

しかし奇妙ではある。彼は拓実との関係を親戚のようなものだといったのだ。天涯孤独の者同士が親戚だなんてことがありうるのだろうか。

駅に向かう千鶴と途中で別れ、拓実は行きつけのラーメン屋に入った。カウンターだけの店で、メニューはラーメンと餃子《ギョウザ》しかない。とりたてて旨《うま》くもないが、安いのが取り柄だ。ラーメンと餃子、それからライスを注文し、拓実はセルフサービスの水をコップに汲んだ。

餃子は養父の大好物だった。これとビールさえあれば、あとは何もいらないといっていた。一人で何皿も注文するのだ。そんな夫を見て、養母はいつも眉をひそめて注意していた。そんなに食べたら臭いが残るわよ、お客さんが気の毒じゃないの。すると赤い顔をした養父は、手をひらひら振りながら答える。大丈夫だよ、寝る前に牛乳をしこたま飲めば臭いなんて消えるさ――。

拓実は何度か実験したが、牛乳はあまり効果がなかったように思う。事実養父は餃子を食べた翌日は、決まってニンニク臭い息を吐きながら仕事に出ていった。あれじゃあ本当に客はたまったものじゃないだろうと拓実は今から思い出してもおかしくなる。養父は当時、個人タクシーの運転手をしていた。

宮本夫妻には子供が出来なかった。検査の結果によると、夫のほうに問題があったようだ。その事実は二人を失望させた。どちらも無類の子供好きだったからだ。彼等は結婚と同時に一軒家を借りていたが、アパートやマンションでなく一戸建てにこだわったのは、いずれ生まれてくる子供を庭で遊ばせたいという気持ちからだった。

しかし夫妻はくさることなく、二人で仲良く暮らしていこうと決めていた。子供がいなくても幸せな夫婦はいくらでもいるとお互いを慰め合った。

だが彼等にはやはり未練があった。何か物足りなさを感じていた。自分の血をこの世に残したかったわけではない。一人の人間を育てるという偉大な仕事を、自分もやってみたいと願い続けていたのだ。

結婚してちょうど十年目のある日、親戚から運命の電話がかかってきた。その内容は、養子をとらないかというものだった。大阪に住むある未婚の若い娘が妊娠しているが、父親はわからない。無論、当人はわかっているだろうが、どうしてもその名前をいわないのだ。問い詰めても、どうせ自分のところには戻ってこない人だからいう必要はない、などと答えるのだという。娘の母親は、どこかの男に遊ばれて捨てられたのだろうと推察し、何とか子供を堕胎させようとした。ところが娘は頑として承知しない。そのうちにおなかの子供はどんどん成長し、堕胎という言葉は使用できなくなってきた。しっかりと形を成してきた赤ん坊を殺すのはあまりに不憫《ふびん》だし、母体も危険にさらされる。とにかく生ませるしかない段階に入っていた。

娘の母親は困り果てた。ただでさえ夫が早死にしたせいで生活が苦しい。その上、赤ん坊の面倒を見るというのは、とてつもなく大変なことのように思えた。何しろ、赤ん坊の母親が、まだ自分一人で生きていけない子供なのだ。また子供を抱えたままでは、娘がまともな結婚をすることも難しいだろう。

悩んだ末に娘の母親は、生まれてくる子を、子供のいない夫婦のところへ養子に出すことを考えついた。といってもあてはない。そこで知り合いに相談してみた。その知り合いというのが、宮本夫妻に電話をかけてきた親戚だった。

ふってわいた話に戸惑いながらも、夫妻は話し合いを繰り返した。それまでにも養子をとることについて考えなかったわけではない。ただ、具体的な対象がない状態では、話し合うといってもどこか現実味に欠けていた。だから実質的には、この時はじめて真剣に語り合ったことになる。

子供が欲しいという気持ちに変わりはなかった。他人様の子供であっても、育てる喜びは十二分に感じられるだろう。ただ気になったのは、父親が不明だということだった。どんな血が流れているかわからないということに、自分たちがずっとこだわりそうな気がしたのだ。

夫妻は仲介者に提案を持ちかけた。それは、生まれてきた赤ん坊を見てから判断するのではまずいか、というものだった。実際に赤ん坊を見た時、育てたいという欲求が働くかどうか、自分に問いたいというわけだ。この提案を思いついたのは妻のほうらしい。

仲介者は娘の母親にそのことを伝えた。それでいい、というのが先方の答えだった。

それから約二ヵ月後に、娘は出産した。男の子だと聞き、宮本夫妻は喜んだ。出来れば男の子がいいと話していたからだ。

じつはこの二ヵ月を、宮本夫妻は胸躍る思いで待ち続けたのだった。赤ん坊を見てから答えを出すとはいったが、すでに夫妻の頭の中では、新しい家族を交えた新生活のイメージが広がっていた。したがって赤ん坊の顔を見るまでもなく、答えは出ていたといえる。

一刻も早く赤ん坊と対面したいという夫妻の気持ちをよそに、その機会はなかなか与えられなかった。やがて仲介者から連絡が入ったが、それは意外なものだった。赤ん坊を産んだ娘が、どうしても養子に出すのは嫌だと拒み始めたのだという。

話が違う、と宮本夫妻は怒ったらしい。特に妻が取り乱した。ようやく念願の子供が手に入るという思いが肩すかしをくったのだから、無理のない話ともいえる。しかし彼等は、感情に任せて仲介者に八つ当たりを続けるほど愚かではなかった。次第に落ち着きを取り戻した二人は、どちらからともなくいった。自分が産んだ子を手放したくないのは当然だ、その娘さんが自分で育てるというのならそれが一番いいことだろう、と。

結局この時、宮本夫妻は赤ん坊とは対面できなかった。

ところがその約一年後、宮本夫妻のもとに、またあの仲介者である親戚から電話がかかってきた。あの時の赤ん坊を引き取る気はもうないか、というのだった。

寝耳に水とはこのことで、夫妻はまず事情を知りたがった。仲介者の話では、娘は何とか自分の力で赤ん坊を育てようとしたが、元来病弱の彼女に、子育てをしながら働くというのは困難だった。彼女の母親の内職だけが頼りだが、とてもまともに暮らしていける状態ではない。このままでは子供がいつ栄養失調に陥るかもわからず、やむをえず養子に出すことを娘も納得したらしい。

桜前線が九州から上がり始めてきたある日、宮本夫妻は大阪へ行った。案内されたところは、家と呼ぶにはあまりにみすぼらしい小屋が並んだ場所だった。その小屋の一つに、母と娘、そして男の赤ん坊が暮らしていた。娘は十八歳だった。ひどく瘦《や》せていて、顔色も悪かった。中学を出た後、繊維工場で働いていたが、病弱を理由に解雇されたのだという。母親は小柄な人で、まだ四十代半ばのはずだったが老婆のように皺《しわ》が多かった。

赤ん坊は湿った畳の上に寝かされていた。一歳とは思えぬほど小さく、動きも鈍かった。肋骨の浮き出た身体から出た細い手足が動く様子を見て、宮本の妻はひ弱な昆虫を想像した。

娘の母親は正座し、よろしくお願いします、といって頭を下げた。娘はその横でじっと俯いていた。二人揃って同じように虫食いだらけのカーディガンを羽織っていた。

宮本の妻が赤ん坊を抱き上げた。はっとするほど軽かった。彼女は自分の膝の上に載せ、顔を見た。瘦せているせいで一層大きく見える目で、赤ん坊は彼女を見返してきた。顔色はよくなかったが、その目は澄みきっていた。彼は何かを彼女に訴えたがっているように見えた。

妻は夫を見た。横から覗き込んでいた夫は、妻と目を合わせ、小さく頷いた。これが二人の最終決定だった。

そのまま宮本夫妻は子供を連れて帰ることにした。娘はすでに諦めていたのか、そのことを拒みはしなかった。夫妻は娘の母親といろいろと話をしたが、その内容については後年まで記憶に残ることはなかった。夫妻が共通して覚えていたのは、自分たちが赤ん坊を抱いてその家を立ち去る時の娘の様子だった。彼女は正座したまま合掌し、その指先を噛《か》んでいた。その姿勢は最後まで変わらなかった。

新幹線のない時代だったから、宮本夫妻は夜行列車で帰京した。十時間以上の旅だったが、妻は赤ん坊を抱いていると時間の経つのを忘れた。他の乗客が、子連れだとわかると優しくしてくれるのもうれしかった。

こうして拓実は宮本家の子供になった。

ラーメンのスープを飲み干し、拓実は腰を上げようとした。だがその時、壁に貼られた紙が目に留まった。餃子お持ち帰りできます、と書いてあった。

彼は自分が食べたものの代金とポケットの残金とを頭の中で比較した。ラーメン屋に入る前、エコーを買っている。

「親父さん、餃子を二人前包んでくれ」

彼の注文に、他の客のラーメンを作っていた親父は無言で頷いた。

拓実はエコーを取り出し、銀紙をちぎって一本引き抜いた。カウンターの上の徳用マッチに手を伸ばし、火をつけた。煙が油だらけの天井に向かって舞うのを見ながら、コップの水を一口飲む。

高校受験を数日後に控えた夜、拓実は両親から自分の出生について聞かされた。というより、彼のほうから尋ねたというべきだろう。戸籍謄本を見て自分が本当の子でないと知った彼は、いつこの疑問を口にすべきか悩み抜いた。思い切って尋ねたのは、決心がついたからではなく、その悩みに耐えきれなくなったからだ。

息子の様子がおかしいことに気づいた養母は、あの戸籍謄本を見たのではないかと思い至った。だから彼から問われた時も、両親が激しく狼狽するようなことはなかった。ついに来るべき時が来たと観念していたのかもしれない。

話は養父の邦夫《くにお》が主にした。養母の達子《たつこ》は、夫の記憶を時折補足するように口を挟むだけだった。彼女は終始俯いており、拓実と目を合わせようとはしなかった。寂しい話だが、そんな様子を見て、ああこの人とはたしかに本当の母子ではないのかもしれないと感じた覚えが拓実にはある。

　長い話を聞き終えた後も、拓実にはあまり実感がなかった。テレビドラマのストーリーを聞かされたような客観的な気分だった。ショックでもなく、悲しくもなかった。育ての両親は黙り込み、拓実がどれほど悲しみと怒りに満ちた感想を漏らすか待っていたようだが、正直なところ何をいえばいいのか全くわからなかった。

「そういうわけで」養父の邦夫が口を開いた。「おとうさんやおかあさんは、おまえとは血が繋《つな》がっていない。だけど、それだけのことだ。おまえのことを子供じゃないなんて思ったことは一度もないし、これからもそのことには変わりはない。だから、その、このことはもう気にしなくていいんだ。気にしないでほしいわけだ」

「そうよ、拓実。今まで通りでいいのよ。おかあさんなんて、あなたにおっぱいをあげたような気になる時だってあるんだから」

　恩のある二人にこのようにいわれ、返せる言葉など何もなかった。今まで通りでいいといわれなくても、拓実としてはほかに取るべき道が思いつかない。

「本当の母親は……あの人かい」彼は下を向いたまま訊いた。「あの……何年か前まで、時々うちに来た女の人。大阪弁の」

　少し間を置いた後、養父が答えた。

「じつはそうなんだ。今は結婚してトウジョウスミコさんというんだけど、アサオカというのが旧姓だ」

どういう字を書くのかと訊くと、養父は新聞広告の裏にボールペンで、東條須美子、麻岡と並べて書いた。

俺の本来の名前は麻岡拓実なのか、と彼は思った。

養父によると、麻岡須美子は息子を養子に出した三年後に、愛知県にある東條という和菓子屋に嫁いだ。手紙でそのことを宮本夫妻のところに知らせてきたのだ。どういった経緯で結婚することになったのか、相手がどういう人物なのかということまでは書かれていなかった。ただ、拓実のことを心配していることや、一目でいいから会いたいという思いは、文面から強く伝わってきた。

それまでは敢《あ》えて彼女と連絡を取らなかった宮本邦夫だが、この時には返事を書いた。あなたが幸せになることを祈っている、拓実は元気に育っているから何も心配することはない、そういう内容に落ち着けた。

すると間もなく彼女から二通目が届いた。今度はかなり明確に、拓実に会わせてもらえないかと書かれていた。手紙の目的は、そのことのみのようだった。

宮本邦夫は妻に相談した。彼自身はあまり気乗りがしなかった。そしてそれは妻も同様のようだった。息子は自分たちにすっかりなついており、突然見知らぬ女性と会わせられても戸惑うだけだろう。それに宮本達子には危惧《きぐ》することがあった。結婚によって安定を得た実の母親が、今頃になって息子を引き取りたいといいだすのではないかということだった。

とはいえ、冷たく突っぱねるのも気が引ける。思案した末に邦夫は、時期が来ればそのうちに、という表現を使ってお茶を濁した。

だが実の母親は、この文面を額面通りに受け取った。いや、真意には気づいていたが、気づかぬふりをしたのかもしれない。拓実が五歳になって間もなくの頃、突然東條須美子は宮本家を訪ねてきたのだ。

みすぼらしい娘は、たった数年で落ち着いた大人の女に変貌していた。相変わらず痩せてはいたが、身体つきには女らしい丸みが現れていた。化粧は洗練されているし、ピンクの洋服も安物ではなさそうだった。

その日、たまたま宮本夫妻は家に揃っていた。彼等の前で須美子は頭を下げ、どうか拓実に会わせてほしいと頼んだ。ぽたぽたと流れ落ちる涙から、芝居じみたものは感じられなかった。

今とは時代が違う。愛知県から上京してくるのは精神的にも肉体的にも大変だったはずだ。しかも上京したからといって、目的が達せられるかどうかわからないのだ。

宮本夫妻は彼女を拓実に会わせてやることにした。ただし条件を付けた。自分が実の母親であることを絶対に漏らさないこと、拓実の前で涙を見せないことの二点だ。須美子は決して約束を破りませんと明言した。

不安ではあったが、宮本夫妻は彼女と拓実を二人きりにした。彼女への思いやりというよりも、自分たちのためだった。じつの母親が数年ぶりに我が子と対面するところを目にして、自分たちの心が揺らいだり騒いだりするのが怖かったのだ。拓実の成長ぶりをたしかめた須美子は、夫妻に向かって改めて深々と頭を下げた。充血したその目からは今にも涙が溢れ出しそうだったが、最後まで彼女は泣かなかった。また彼女は約束をしっかりと守ってくれた。彼女が帰った後で拓実がいった台詞は、「あのおばさん、どこの人？」というものだったのだ。

その後、一年か二年おきに須美子が宮本家を訪ねてきたことは、拓実も記憶している通りだ。しかし夫妻としては、次第に心配になってきた。拓実は大きくなるにつれ、なぜあの女性が時折やってくるのか、自分と二人きりになるのかを疑問に思い始めている。また須美子の目にある種の執着が芽生えていることも気になった。

達子は、もう会わないでくれと頼んだらどうかといった。だが邦夫は、今さらそういうわけにもいかないだろうと妻をなだめにかかった。

だがこの問題もやがては解決した。須美子が来なくなったからだ。

育ての両親から事情を聞いた拓実は、その時には東條須美子という女性に特別な感情は抱かなかった。時折やって来る奇妙なおばさんという記憶があるだけで、精神的には赤の他人に過ぎなかったからだ。少なくとも、会いたいとは全く思わなかった。こんな面倒なことはもうこりごりだというのが、その時の印象だ。

世間的にはショッキングな事実を知らされた直後ではあったが、拓実は高校受験も問題なく乗り越えた。高校では野球部に入った。両親の告白を聞く前も、聞いた後も、特に何も変わっていないようだった。養父はタクシーを商売道具にして遅くまで働き、養母は拓実のために栄養のある食事を作ってくれた。

しかし変化は確実に訪れていたのだった。鎖のように繋がっていた家族の心が、徐々に緩みを見せ始めていた。

7

ラーメン屋を出た後、いつも買い物をするスーパーに立ち寄った。バーゲン品のトイレットペーパーをレジに持っていき、顔馴染みになった女店員に、「例のあれ、ありますか」と訊いた。三十代半ばと思われる太った店員は、微笑《ほほえ》んで頷いた。

「ありますよ」

彼女はレジカウンターの後ろから、細長いビニール袋に入ったものを取り出してきた。

「いつもすみません」

「いいんですよ、どうせ捨てるものなんだから」

右手にトイレットペーパーとビニール袋、左手に餃子の包みを持って、拓実は帰路についた。

部屋に帰るとトキオは押入の前で眠っていた。余程疲れているのか、鼾《いびき》かと思うほどに寝息が大きい。拓実は荷物を置き、十四型テレビのスイッチを引っ張った。知り合いから貰《もら》った中古だけに画像が出てくるのにやけに時間がかかる。その間に彼はエコーをくわえ、火をつけた。

ようやく現れた画像には、有名男性タレントと彼の率いる探検隊が映っていた。一、二ヵ月おきに放映されるスペシャル番組だ。アフリカの奥地だとか南米のジャングルといった秘境に入っていった探検隊が、毎回とんでもない大発見をしたり、衝撃的なシーンに出くわすというものである。今回の舞台は海らしく、探検隊は船に乗っている。大げさな口調のナレーションを聞いてみると、彼等の目的は巨大鮫を見つけることにあるようだ。今頃になって『ジョーズ』かよ、と拓実は苦笑する。スティーブン・スピルバーグの映画が大ヒットしたのは四年も前だ。

煙草を吸いながらトキオを見た。テレビの音は小さくないが、それでも起きる気配がない。拓実は立ち上がり、押入を開けた。薄汚れた毛布が一番上に載っている。それを引っ張り出してトキオの上にかけてやった。他人に対してこんなことをしてやったことはないなと彼は思った。自分と関係のない人間が風邪をひこうが怪我をしようが、どうでもいいという考え方を貫いてきたのだ。

所詮、みんな他人だろうが——呂律《ろれつ》の怪しい怒鳴り声が拓実の耳に蘇る。あれは養父によって発せられたものだった。

両親の告白後も、微妙なバランスを保ちながら親子関係は維持されていた。子は育ての親に気を遣い、親は子供の精神環境に配慮した。いわば、「今まで通りに、ごく自然に振る舞わねば」という使命感が、綱渡りを成功させていたともいえる。不自然ではあったが、もしこれを続けられたなら、そのうちに良好な関係へと発展したかもしれない。しかし破綻は意外なところから生じた。

養父の浮気が発覚したのは、拓実が高校二年に上がった直後のことだ。どのようにして養母がそれを知ったのか、拓実は正確なところを知らない。ある日、家に帰ったら、髪を振り乱して泣き喚《わめ》いていたのだ。そばでは養父が仏頂面をして胡座をかいていた。彼のシャツの袖は破れていた。

親と子はお互いに気を遣いながら生活していた。だが夫婦間にそんな思いやりはなかった。むしろ家中を包むストレスのしわ寄せが、そこに集まったともいえる。養父は明らかに、拓実と顔を合わせることを避けていた。彼にとって家は居心地のいい場所ではなくなったのだろう。そこで別に快適な場所を求めた。

浮気発覚以来、家の空気は冷えきった。もはや互いを気遣う余裕もなくなった。ところがそのことがさらに悪循環を生んだ。養父が今度は人身事故を起こしたのだ。

一方的に非があったわけでなく、刑務所に入らねばならないということはなかったが、即座にタクシー業務を再開できる状況ではなかった。ほかに取り柄のない養父は、一日中家にいるようになった。彼の妻はそんな夫をなじった。女にうつつを抜かしたりしてるから、肝心の仕事で失敗をするのよ、という具合だ。

返す言葉のない夫は、酒に逃げるようになった。その量は日に日に増えていった。酔っ払うことが多くなり、言葉遣いも乱暴になった。

酔っ払いながらも邦夫は一つの疑問を抱いた。収入がないというのに、妻の様子を見るかぎり、切迫した雰囲気がないのだ。自分の家に貯金があるかどうかということぐらいは彼も把握している。

ある時彼は妻を尾行した。出かけていく彼女に、怪しげな気配を感じたからだ。彼女の行き先は銀行だった。しかも宮本家とは無関係なはずの銀行だ。出てきた彼女を待ち伏せ、彼は強引にバッグを奪った。そこから出てきたのは、かなりの枚数の一万円札と、毎月決まった額が振り込まれていることを示す預金通帳だった。

振り込み主は東條須美子だ。彼女は息子を養ってもらっているお礼にと、ずっと仕送りを続けていたのだ。ところがそのことを知っていたのは達子だけだった。もちろん意図的に夫には黙っていたわけだ。

邦夫は事実を知って激怒した。自分だけで、金を使っていたんだろう、というわけだ。妻は否定した。万一の時のことを考えて使わずに預金していた、拓実のためだけに使うつもりだった、というのが彼女の言い分だ。だが預金通帳を見るかぎりでは、金は時折引き出されていた。

通帳に残っていた金、これまでに達子が使った金、今後振り込まれる予定の金について、連日夫婦間で言い争いが繰り広げられた。十数年前、二人で夜行列車に乗って大阪へ養子を迎えにいった仲のいい夫婦の姿はそこにはなかった。

「所詮、みんな他人だろうが」

喧嘩の挙げ句に邦夫が発した。その時彼は酒をしこたま飲んでいた。この台詞と共に、彼は妻に手を上げた。養父が養母に暴力をふるうのを見たのは、拓実はこの時が初めてだった。

自分はもうこの家にいるべきじゃない――その時拓実は思った。

突然、トキオが起き上がった。何の前触れもなかったので、拓実は面食らった。

「なんだ、起きてたのか」

「今、目が覚めたんだ」トキオはきょろきょろと周囲を見回した。「ええと、ここは拓実さんのアパートだよね」

「そうだ」

「それで、あの、今年は一九七九年……だっけ」

「決まってるじゃねえか。おまえ、殴られて頭がおかしくなったんじゃねえか」

「いや、大丈夫。一応、念のため」そういってから彼は鼻をひくひくと動かした。

「餃子の匂いがする」

「当たりだ。腹が減ってるだろうと思って、買ってきてやった」

拓実は餃子の包みを取り、トキオの前に置いた。

「うわお、知ってると思うけど、俺も餃子が大好きなんだ」

「おまえの好みなんか知るわけないだろ。でもまあ好きならよかった」

「拓実さんはもう食べてきたの？」

「ああ、食ってきたよ」

「ラーメンと餃子だけの店だね」

「知ってるのか、あの店」

「行ったことはないけど」トキオはちょっと肩をすくめた。「話に聞いたことがある」

「ふうん、あんなしけた店が噂になってるとはね」

トキオは包みを開き、割り箸《わばし》で餃子を食べ始めた。しきりに頷いている。

「うまいかい」と拓実は訊いてみた。

「うまいというより、話に聞いた通りだな」

「どう聞いてるんだ」

「味は可もなく不可もなく。でも何となく食べ始めたらやめられない」

ははは、と拓実は笑い、何本目かの煙草に火をつけた。

「その通りなんだよなあ。誰がいったんだ、それ。俺と全く同じ意見じゃねえか」

「うちの親父だよ。ほら、昔このあたりに住んでたっていっただろ。若い頃、よくあの店に行ったらしくて、その話をしてくれたことがあるんだ」

「へえ、あの店って、そんなに昔からあるのか。知らなかったな」

「でも、今のうちに行っといたほうがいいよ。あと七、八年したらなくなるから」

「なくなる？　つぶれるのか」

「立ち退きだよ。ビルが建つんだ」そういってからトキオは唇を舐めていい直した。「ビルが建ちそうな気がする。このあたりは急に変わるよ、きっと」

「こんなとこ、変わりようがねえよ。でもまあ万一あの店がなくなったら痛いな。立ち退きの話が来てもがんばるように親父にはいっておこう」

「無理だよ。地上げ屋がいるから」

「ジアゲヤ？　何だ、それ」

「いや、何でも……」トキオは首を振り、視線を別のほうに向けた。「それは何？」

彼が目をつけたのは、スーパーで貰ってきたビニール袋だ。拓実はにやりと笑って、それを引き寄せた。

「これは俺の強い味方だ」袋をぽんぽんと軽く叩く。

「食パンみたいに見えるけど」

「食パンだ。ただし、ふつうのとはちょっと違う。食パンをスライスした時、一番端っこは売り物にならないだろ。これはその端っこだけを詰めたものだ。三十枚も入って、タダときている」

するとトキオが急に目を輝かせた。

「貧者のピザだっ」

「えっ？」

「それにケチャップを塗るんだろ。で、オーブントースターで焼けば、貧者のピザの出来上がり」

拓実は立ち上がった。笑い事では済まされなくなってきた。彼はトキオの前でしゃがんだ。

「それ、誰から聞いたんだ」

「誰からって、噂で……」

「噂で聞くわけねえんだよ。俺がこんな食い方してるなんて、誰も知らねえんだから。格好悪くて、ふつう人にいえねえだろ。だけどおまえは知ってる。なんでなんだ」

　トキオの顔から笑いが消えていた。真っ直ぐに拓実の目を見つめてくる。拓実はそれを正面から受け止めた。

「親父から……聞いた」トキオはいった。「うちの親父も同じことをしてたんだ。それは拓実さんのオリジナルじゃないよ。食パンもケチャップも、昔からあるだろ」

「それをピザって呼んでたのか」

「らしいね。みんな考えることは同じなんだ」

「ふうん、まあいいや。じゃあ、もう一つ答えてもらおう」拓実はトキオの前髪を摑み、ぐいと上に引っ張った。「その親父ってのは誰なんだ。名前をいってもらおうか」

8

「痛いよ」

「そりゃあ痛いだろ。離してほしかったら、俺の訊くことに答えろ」

「わかった。いうよ。いうから髪の毛を離して」

「いうのが先さ。親父の名前は？」さらに髪を強く引っ張る。トキオの顔が歪んだ。

「キムタク……」

「はあ？」

「キムラタクヤっていうんだ。キムラはふつうの木村。タクは拓実さんの拓。ヤは、ええと、たしか志賀直哉の哉。木村拓哉。略してキムタク」

「何で略すんだ」

「知らないよ。たぶんそのほうが呼びやすいからだろ」

「ふうん」拓実は彼の髪を離した。「ちょっと待てよ。おまえ、名字は俺と一緒で宮本だっていったじゃねえか。親父がなんで木村なんだよ」

「だからその、本当は木村トキオなんだけど、俺の気持ちとしては宮本トキオなんだ。でも、それにはいろいろと事情があるんだ」

「そうだろうな」拓実はトキオの前で胡座をかいた。「さっきはおまえが急に泣くもんだから、聞き損なった。今度は泣いたってだめだぜ。さあ、その事情ってのを話せ」

涙を見せたことは自分でも恥ずかしかったのか、トキオは髪に手をやり、「ちょっと格好悪かったよなあ」と呟いた。

「おまえ、親はいないのか」

「まあね」トキオは頷いた。「この世界にはいない。もう二度と会えない」

「妙な言い方するんだな。亡くなったってことじゃないのか」

「それは」少し口ごもってからトキオはいった。「そうだね。死んだってことだ。病気だよ。不治の病だった」

「どっちが？」

「えっ？」

「親父さんとお袋さんのどっちが病死したのかって訊いてるんだ。まさか一緒に死んだわけじゃないだろ」

「うん、一緒にじゃない。でも、一緒みたいなもんだな。立て続けだったから」

「そうか。そいつは気の毒なことだな」

「でもその両親は、俺の本当の親じゃなかったんだ」

「えっ、本当かよ」

「俺は孤児だったらしいんだ。それを両親が引き取って育ててくれた」

「へええ」拓実はトキオの顔をしげしげと見つめた。「偶然だな。俺と同じじゃないか。じつは俺もそうなんだ」

「うん、知ってる。元の名は麻岡拓実さん。本当の親は東條須美子さん、だろ」

拓実は胡座をかいたまま背中をぴんと伸ばし、腕組みをした。

「そこんところが気に食わねえな。なんで、そんなに俺のことをよく知ってるんだ」

「うちの親父がさ、死ぬ間際にこういったんだよ。おまえにはこの世に一人だけ血の繋がっている人間がいる。それは宮本拓実という男だってね。それから、その宮本拓実という人物について、いろいろと教えてくれた。出生だとか経歴なんかについて」

「なんでおまえの親父が、俺のことを知ってるんだ」

「わからない。たぶん、何年もかけて調べたんじゃないか」

「何のために?」

「さあね。ただ親父はこういったんだ。自分が死んだら、その宮本拓実という男に会いに行けってね」

「会ってどうしろってんだ?」

「そこまではいってくれなかった。会えば、自分がどうすべきかわかるはずだ――親父はそういった。それだけいって死んだんだ」

拓実は腕組みをしたままトキオの目を睨んだ。冗談をいっている目ではなさそうだった。だが彼の話はあまりに突飛だった。俄《にわか》には信じられない。

「血の繋がりがあるって？」

「うん」

「どういう繋がりだ。くそ面白くもない話だけど、俺と血が繋がってるのは東條のババアだけだぜ。ということは、おまえもあいつと繋がってるのか」

「断言はできないけど、そうじゃないと思う。親父は、俺と血が繋がっている人間は一人しかいないといったんだ。東條さんを含めたら、二人ということになってしまう」

「ふん、それもそうだな。でも、おまえの親父が本当のことをいったとはかぎらないぜ」

「それはそうだけどさ」トキオは目を伏せた。

拓実としては、信じていいのかどうかよくわからなかった。知らないところで自分のことを調べていた人間がいたというのは気味が悪い。見ず知らずの青年から、突然血の繋がりがあるといわれてもぴんとこなかった。たちの悪い罠《わな》かと疑う気持ちもある。しかしトキオを見ていると、どこか懐かしいような気持ちになるのも事実だった。少なくとも、彼が自分に対して悪意を秘めているとは思えなかった。

「おまえ今、何やってるんだ。学生か」

「ああ、いやあ、学生じゃない。フリーターってところかな」

「フリーター？　何だ、それ。聞いたことのない仕事だな」

「いや、あの、仕事の名前じゃないよ。フリーターってのは、いろいろなバイトを転々としてるって意味だ。フリーアルバイターって前はいったらしいけど、知らないかな」

「知らねえな」

「そうか……そうかもしれない」

「なんだ、要するに職なしか」

「まあ、早くいえば」

「職なしなら職なしといやあいいんだよ。格好つけた言い方なんかしないでよ。ふうん、いい若いもんが職なしかよ」そういってから拓実はふと気づいて頭を掻いた。

「まっ、今は俺も偉そうなことはいえないんだけどな」

「千鶴さんの話では、かなり仕事を変わってるみたいだね」

「俺は変えたくないんだよ。だけど何ていうか、俺にふさわしい仕事ってもんが見つからなくてよ。どこかに俺が燃えられる仕事があると思うんだけどな」

「そのうちに見つかるよ、きっと」トキオはやけに自信たっぷりに頷いた。

「だといいけどさ」拓実は鼻の下を擦《こす》った。悪い気はしなかった。仕事に関して自分の考えを話した時、誰もが彼の甘さを指摘した。そんな考えではどんな仕事も続かない、自分にふさわしい仕事なんかはない、仕事に合わせて自分自身を変えていかなきゃだめだ――いつもそんなふうにいわれた。千鶴でさえ、拓実のことを軽蔑した目で見ることがある。トキオは拓実の考えを肯定した最初の人間だった。

「家はどこなんだ」

「吉祥寺……だった」

「吉祥寺？　だったって、どういう意味だ」

「そこに住んでたって意味だよ。親が死ぬまではね」

「今は？」

トキオは首を振った。「今は家はない」

「じゃあ、今日までどこで寝泊まりしてたんだ」

「それは、いろいろ。駅の待合室とか、公園とか」

「何だよ、職なしの上に宿なしか。俺よりひどいじゃねえか」

「ははは、そうかもしれない」

「笑い事じゃねえよ。ちっ、どうせ血の繋がりがあるっていうんなら、どっかの金持ちの御曹司とかだったらよかったのによ」

「面目ない」トキオが頭を下げた時、腹の虫が鳴った。トキオの腹だ。

「フーテンの上に欠食児童かよ。餃子だけじゃ足りねえみたいだな」拓実はげんなりした表情を作った。「といっても、ほかに食い物はないしな。知ってると思うけど、金もない。おまえ、ちょっとは金持ってないのかよ」

トキオはジーンズのポケットをまさぐり、布製の財布を出してきた。逆さにして振ると百円玉が四つと十円玉が五つ落ちた。

「意外にあったよ」

「四百五十円で威張るなよ。よし、とりあえずこれは俺が預かっておく」

「えっ、どうして」

「おまえ、宿なしだろ。どうせ今夜はここで寝るしかない。だったら、宿代をもらうのは当然じゃねえか」

トキオは不満そうに口を尖《とが》らせた後、「だったらそれ、食わしてくれよ」といって、食パンの端の詰まった袋を指した。「貧者のピザ、一度食ってみたかったんだ」

「いっておくけど、おまえの話を全面的に信じたわけじゃないからな」オーブントースターから『貧者のピザ』を取り出しながら拓実はいった。

「いい匂いだなあ」トキオは鼻をひくつかせている。

「大体、おまえの話には肝心なことが抜けすぎてる。俺とおまえがどう繋がってるのかがわからない。どうしておまえの親が、死ぬ間際になってそんなことをいったのかもはっきりしない。考えれば考えるほど怪しい」

「信じてほしいんだけどなあ」

「もしもおまえが嘘をついてないんなら、おまえの親父が嘘をついたんだ。何のためにそんなことをしたのかはさっぱりわからねえけどな。――さあてと、出来上がりだ」

薄汚れた皿に『貧者のピザ』を載せ、拓実はトキオの前に置いた。

いただきます、といってトキオはそれにかぶりついた。

「うまいっ。ピザとは似ても似つかないけど、おいしいよ」目を見開いた。

「好きなだけ食やあいい。パンはたっぷりあるからな。ただし、ケチャップは使いすぎるなよ」

拓実はエコーを吸いながらトキオが食べるのを眺めた。血の繋がり――その言葉を聞いたせいか、他人のような気がしなくなっていた。

そのトキオが食べるのを中断した。彼の目はテレビに向けられていた。ブラウン管の中ではピンク・レディーが踊りながら歌っている。『ピンク・タイフーン』という曲だった。

「ピンク・レディーだ……」トキオが呟いた。

「それがどうかしたのか」

「若いなあ、こんなに若い頃もあったんだ」

「何いってんだ。こいつらなんか若いってことだけが取り柄じゃねえか」

「この曲、どこかで聞いたことがある」少し考えてからいった。「ああ、そうだ。ヴィレッジ・ピープルの『イン・ザ・ネイヴィー』だ。へええ、日本人がカバーしてたんだなあ」

「西城秀樹が『ヤング・マン』で当てたから、二匹目のどじょうを狙おうってことだろ。『ＵＦＯ』でレコード大賞も取ったし、今は何をやってもうまくいくってところだ」

「俺の記憶……」首を振ってからトキオはいった。「俺の予想では、ピンク・レディーは間もなく解散すると思うよ」

「マジかよ。キャンディーズが解散したばっかかだぜ」

「マジ？」

「真面目にいってるのかって意味だよ。知らねえのか」

「いや、知ってるけど、拓実さんが使ってたとは思わなかった」トキオは瞬きした。

「変な奴だな」拓実は腕を伸ばし、テレビのスイッチを切った。

ケチャップを塗ったパンの端を食べ終えたトキオは、ぱんぱんと手をはたいた。

「ところでさ、千鶴さんがいってたのはどういう意味？」

「あいつが何かいってたか」

「おかあさんのところに行かなくていいのかって。たぶん東條さんのことだと思うけど」

「ああ、あれか」

拓実は煙草の火を揉《も》み消した。トキオに話すべきかどうか迷った。赤の他人ならば絶対に話さないところだった。

彼は立ち上がり、冷蔵庫の上に置いてある郵便物の束の中から、一通の手紙を抜いた。

「さっきの話を信用したわけじゃないけど、一応おまえにも見せてやるよ」

「読んでも……」

「ああ、いいよ」

トキオはまず封筒の裏を見た。差出人を確認したようだ。

「東條淳子《じゅんこ》って誰？　東條家の人だってことはわかるけど」

「あの女の娘だ。といっても義理だけどな。あの女は後妻なんだよ」

「あ、それは聞いたことがある」

「キムタクからか」

「まあ、そう」トキオは中の便箋《びんせん》を取り出した。

手紙の内容は、拓実に是非こちらに来てほしいというものだ。東條須美子は病床に伏している。しかも治る見込みが極めて低いと思われる。最後に一目だけでも、じつの息子の顔を見たいだろうから、その願いを叶えてやりたいのだということだった。

手紙を読み終えたらしいトキオは、ためらいがちに口を開いた。「無視するのかい」

「おまえまで、行けとかいうんじゃないだろうな」

「命令はしないけど、行ったほうがいいんじゃないのかな」

「なんでだ」

「なんでって、かわいそうじゃないか」

「かわいそう？　誰がだ。あの女がか。おまえ、俺がどんなふうに捨てられたか親父から聞いてないのかよ。犬や猫の子みたいに、育てるのが大変だからって他人に渡されちまったんだぜ。そんなことをした女のことを、どうして俺がかわいそうだなんて思えるんだ」

「気持ちはわかるけどさ」トキオはもう一度便箋に目を落とした。「旅費その他は出させてもらうって書いてあるよ」

「金の問題じゃねえよ」拓実は彼の手から手紙を奪うと、冷蔵庫の上に戻した。

9

目を覚ますと部屋の中が何となく焦げ臭かった。拓実は目をこすりながら身体を起こした。台所に毛布を敷いて寝ていたはずのトキオの姿がない。窓のカーテンは開けられ、強い日差しが畳を照らしている。

一日に五分は狂う目覚まし時計を見た。午前十一時を過ぎている。

煎餅布団を雑に畳んで押入に放り込んだ。昨日の傷が疼く。洗面所に行き、おそるおそる顔を見た。頬の腫《は》れは幾分ひいたようだが、そのかわりに青く痣《あざ》になっていた。

食パンの端が、ずいぶんと減っている。トキオが食べたのだろう。嫌な予感がして冷蔵庫を開けた。案の定、ケチャップが激減していた。あの野郎、ケチャップは節約しろといったのに——。

エコーの箱に手を伸ばし、一本抜き取ろうとした。その時、箱の表面にボールペンで文字が書いてあるのに気づいた。

『ちょっと散歩してきます。だから鍵は借ります。トキオ』

はっとして拓実は脱ぎ捨てたズボンのポケットを探った。キーホルダーは入っていたが、部屋の鍵が抜き取られていた。キーホルダーには二つの鍵が入っているはずなのだ。一つだけ残っている鍵は、千鶴の部屋のものだ。

「あの野郎……」拓実はエコーの箱に指を入れた。ところが中は空っぽだ。昨夜、最後の一本を吸ったことを思い出した。「くそっ」舌打ちして箱を投げた。

その時、玄関の鍵があいた。トキオが帰ってきたのかと思ったが、顔を出したのは千鶴だった。午前中に来るのは珍しい。

「よお、早えな」

「傷の具合、どう?」

「まずまずだ。ちょっと痣になってるけどな」

千鶴は彼の顔を正面からじっくりと観察して、「そうだね、これなら目立たないね。大丈夫かもしれない」といった。

「何だよ。何が大丈夫なんだ」

これ、といって彼女は一枚のチラシのようなものを出した。拓実はそれを受け取り、そこに印刷されているものを読んでしかめっ面をした。警備会社の募集広告だった。

「おい、俺にビルの警備員をやれってのかよ」

「立派な仕事じゃない。今日、面接があるみたいだからいってみれば」

「ふざけんなよ。俺はここを使う仕事がしたいんだ」自分のこめかみを指した。「ガードマンなんて、お呼びじゃねえよ」

「そんなことをいったら、世界中の警備員の人たちに叱られるよ。咄嗟《とっさ》の判断力だとかが必要なんだから。拓ちゃんなんかのクサ頭じゃだめかもしれないけど、一応当ってみたらっていってるの」

「何だよ、クサ頭って」

「脳味噌の代わりに草が詰まってるんじゃないかって思える頭のこと」

「俺が馬鹿だっていうのかよ」拓実はチラシを投げ捨てた。「馬鹿じゃねえから、いろいろと先のことまで考えるんだ。俺は未来に夢の持てる仕事がしたいんだよ。警備員をやってて億万長者になれるか？　プール付きの屋敷に住めるか？　いつもいってるだろ。俺はでかいことがしたいんだ。一発当てたいんだよ。どうせ仕事を世話してくれるなら、そういう夢のある話を持ってきてくれ」

千鶴は落ちたチラシを拾い上げ、深々とため息をついた。

「でかいことがしたい。一発当てたい」もう一度ため息。「そういう台詞はね、本当の馬鹿しかいわないんだよ」

「なんだとっ」

「お願いします」千鶴は床に両膝をつき、頭を下げた。「面接を受けに行ってください。そうして出来るなら、採用されるようがんばってください」

「千鶴……」

困惑していると、突然ドアが開いた。紙袋を提げたトキオが入ってきた。

「あれ、千鶴さん。何を謝ってるんですか」

彼女は答えない。それで拓実は彼女が持っていたチラシをトキオに見せた。

「そうじゃねえよ。これに行ってこいっていうんだ」

チラシを見てトキオは頷いた。

「へええ、警備員か。面白そうだな」

「そうだ。おまえが行ってこいよ。おまえも無職なんだしさ」

「拓ちゃん」千鶴が顔を上げた。「真面目に考えて」

真剣そのものの目の勢いに、拓実はたじろいだ。「しょうがねえな」と小声でいった。

千鶴がどこかで調達してきたスーツは、色は野暮ったかったがサイズは拓実にぴったりだった。ネクタイを締めれば、とりあえずまともな勤め人らしく見える。

「警備員なんだから、ネクタイなんかいらねえだろ」

「面接は別でしょ。印象が大事なんだから」ネクタイの角度を直しながら千鶴がいう。

「よく似合ってるよ」トキオがにやにやした。彼は畳の上に新聞を広げて、片っ端から読んでいる。紙袋の中身は、駅で拾ってきた新聞の束だったのだ。世の中でどういうことが起こっているのかを知りたいのだという。浦島太郎じゃあるまいし、本当に変な奴だと拓実は思う。

「俺、電車賃も持ってないぜ」

「昨日、俺の金をぶんどったじゃないか」トキオがいった。

「四百五十円で何ができるってんだよ」

千鶴は吐息をつき、財布から千円札を二枚出した。

「もしもってことがあるから貸すけど、変なことに使わないでよね」

「サンキュー。悪いな」二枚の札を拓実はポケットに突っ込んだ。

千鶴とトキオに送り出され、拓実はアパートを後にした。気の進まない出発だった。

警備会社の事務所は神田にあった。チラシの地図に示された場所には、築三十年は経っていそうな古いビルが建っていた。そこの三階が事務所らしい。

面接は午後三時からとなっていた。千鶴から借りた腕時計を見ると、まだ二十分近くある。拓実はあたりを見回した。パチンコ屋の看板が目に留まった。

一丁景気づけといくか――彼はふらふらとそちらに向かって歩きだした。

だが二十分後に店を出た彼は不機嫌になっていた。途中まではいい感じで進んでいたのだが、ある時からぱったりと入らなくなり、潮が引くように玉が消えてなくなった。それは千五百円の消失を意味している。

ついてねえや――拓実は路上に唾を吐いた。

ビルのエレベータに乗り、三階の事務所に着いた時には、午後三時を過ぎていた。ドアを開けると、受付カウンターのようなところに白髪頭の男が座っていた。濃紺の制服を着ている。

「えーと、面接に来たんですけど」拓実はその男にいった。

白髪頭はじろりと彼を見上げた。眼鏡のレンズに蛍光灯が映っている。

「面接は三時からだよ。遅いじゃないか」男は眉を寄せた。

「はあ、すみません」

うるせえじじいだな、と拓実は思った。ちょっと遅れたぐらいなんだよ。

「警備の仕事というのは、時間厳守が絶対条件なんだ。それなのに面接から遅れてきたんじゃ話にならんなあ。一体どういうつもりで来たのかね」

拓実は無言で頭を下げる。怒りが胸に充満し始めていた。その怒りの一部は千鶴にも向けられている。ちくしょう、なんで俺がこんな奴にこんなことをいわれなきゃいけないんだよ――。

「ほかの人の中には三十分以上前から来てる人もいるんだ。それが社会常識ってもんだ。わかってるのか。ああ？　何とかいったらどうなんだ」

すみません、と辛うじて声に出した。限界が近かった。

白髪頭は舌打ちをして右手を出した。

「まあいい。面接をしてやるから、履歴書を出して」そしてもう一度舌打ち。

この二度目の舌打ちが、拓実の忍耐をつないでいた最後の糸を切った。彼は履歴書を出しかけていた手を止め、白髪頭を睨んだ。

「何だよ、くそじじい、偉そうにしやがって。たかが夜回りじゃねえか。こっちから願い下げだあ」カウンターを思い切り蹴飛ばし、相手が驚いて声を出せないでいる間に、くるりと向きを変えて事務所を出た。だめ押しとばかりにドアを乱暴に閉める。

エレベータを一階で降りる時には、まだ怒りは静まらなかった。しかしビルを出て、駅に向かって歩いているうちに後悔が襲ってきた。

まずったなあ、やっちまったよ。

どう考えても自分に非があった。面接前にパチンコ屋に行ったのが間違いだ。気乗りのしない面接ではあったが、とりあえず受けておかないと千鶴に合わせる顔がない。

神田から国鉄に乗り、上野で降りた。とぼとぼとアパートへの帰路についたが、千鶴が待っていると思うと気が重い。つい、足が別の方向に進んでしまう。

気がつくと仲見世《なかみせ》通りを歩いていた。慣れた道ではある。彼は横にそれ、裏通りに面した喫茶店に入った。最近出来たばかりの店だ。大きなガラス窓があり、店の前を通る人々を眺められる。店内は混んでいた。

一番奥の席につき、コーヒーを注文した。ここで時間を潰すしかない。

テーブルはテレビゲーム台を兼ねたものだった。ゲームの種類は、もちろんインベーダーゲームだ。今年に入ってから、異常なブームとなっている。今もこの店の客の殆どがゲームに熱中していた。コーヒーを飲みながら会話している客など一人もいない。全員が俯き、画面を凝視している。彼等の両手は操作レバーを摑んだままだ。

拓実はポケットに手を突っ込んだ。パチンコに投資したため、小銭しか残っていない。コーヒー代を除き、残りの百円玉をテーブルの端に積んだ。まず一番上の百円玉を、徐《おもむろ》に機械に投入した。

間もなく彼は電子音を鳴らすことに没頭していた。左手でレバーを動かし、右手でボタンを押す。インベーダーゲームには早くからのめり込んでいる。どうすれば効果的に敵を消せるか、高得点のUFOを撃墜できるかなど、すべて熟知していた。

最初の百円で、彼はかなりの時間を潰すことができた。それだけ高得点を記録できたということでもある。事実、その台の最高得点だった。次はそれを上回ることを目標に、さらに百円玉を入れた。

一面目を楽々にクリアーし、一瞬顔を上げた時だった。通りに面したガラス窓越しに、千鶴の姿が見えた。彼女はきょろきょろしながら店に入ってこようとしている。拓実は思わずテーブルの陰に隠れた。こんなところを見つかったら、何と罵倒されるかわかったものではない。

しばらくその体勢を続けた後、彼はおそるおそる顔を上げた。千鶴の姿は消えていた。彼がいることには気づかなかったようだ。

やばいところだったな――彼はゲームを再開した。

アパートに帰るとトキオがまだ新聞を読んでいた。広げた新聞の上に乗った状態で、お帰りなさい、と彼はいった。

「やけに熱心だな。何か面白い記事でもあるのか」

「うん、いろいろとね。サッチャーさんが先進国初の女性首相になったのは、ついこの間だったんだな」

「ああ、そういや、そうだな」背広を脱ぎ、ハンガーにかけた。「千鶴はいないのか」

「うん。一時間ぐらい前に出ていったきりだよ」

一時間前といえば、喫茶店に現れた頃だ。彼女は何のためにあんなところに来たのか。

「面接、どうだった？」

「ああ、だめだったよ」トレーナーとスウェットに着替え、拓実は寝転んだ。

「だめだったのか。競争率高かったのかい」

「まあな。コネとかでよ、なんか採用される奴は決まってたような気がするな」

「なんだ、それ。インチキじゃん」

「そうなんだよ。頭にきちまったぜ」でたらめをいっている。さすがに少し気が咎めた。

「だめってことだと、千鶴さんがっかりするだろうなあ」トキオがいう。

「あいつ、何かいってたのか」

「相当期待してたみたいだぜ。今度こそ、しっかりと働いてほしいってさ」

「ちっ、そればっかりだもんなあ、あいつ」髪に指を突っ込み、ばりばりと頭を掻いた。

トキオが新聞を畳み始めた。あくびを一つ。「あーあ、なんか腹減っちゃったなあ」

「パンでも食っとけよ」

「さすがに立て続けはきついよ。何か食べ物を買ってこよう」

「金ならないぜ」

「えっ、なんでだよ」トキオは目を丸くした。「さっき千鶴さんから二千円貰ってたじゃん」

「あれは……面接の費用でなくなった」

「えー、面接受けるのになんで金が要るんだよ」

「知らねえよ。要ったんだからしょうがねえだろ」

「じゃあ、昨日の四百五十円は？」

「あれもなくなった。電車賃だ」

「えっ、そんなのおかしいよ。ここから神田だろ。ＪＲ、じゃなくて国鉄は今月値上がりしたけど、それでも初乗りは百円だって新聞に出てたぜ」

「うるせえなあ。ないものはないんだからしょうがねえだろうが」

「じゃ、どうすんのさ。今夜の晩御飯は」

「そんなもん、なんとでもなるだろ。大体おまえ、いつまでここにいるつもりだ。俺はおまえを居候させてやるなんていった覚えはないぜ。さっさとどっかへ行っちまえ」拓実は寝返りをうち、トキオに背中を向けた。

10

その夜の夕食は、結局『貧者のピザ』とインスタントラーメンになった。インベーダーゲームをした残りが少しあったので、辛うじてラーメンだけは買えたのだ。

「こんな食生活をしてると身体によくないぜ。中性脂肪とかコレステロールがたまっちゃうよ」ラーメンのスープを飲み干してからトキオがいった。

「何だ、それ。難しいこといってんじゃねえよ」

「別に難しくないだろ。知らないのかい、コレステロール」

「聞いたことはあるよ。電話をかけられたほうが金を払うってやつだろ」

「それはコレクトコール」

「うるせえな。何でもいいよ。おまえ、俺に食わせてもらってるくせに文句つけんじゃねえよ。いやなら食うな」

「四百五十円払ったじゃないか。このラーメンなんて、一個百円もしないのにさ」

「昨日、餃子を食っただろうが」

「あんなの三百円もしないだろ」

「手間賃ってものがあるだろうが」拓実はトキオを睨みつけた。トキオも睨み返してくる。しばらくそうした後、拓実から目をそらした。エコーの箱に手を伸ばす。

トキオがくすくす笑いだした。

「何だよ、気持ち悪いやつだな」

「いやあ、なんかこういうのって楽しいなと思ってさ。だって、前はこんなふうに言い争ったことなんかなかったもんね」

「誰と？」

「だから――」何かいいかけてトキオはかぶりを振った。俯く。「いいんだ」

「変なやつ」拓実はテレビのスイッチを入れた。ディスコサウンドに乗って、若者たちが踊っている。彼は舌打ちしてチャンネルをかえた。トラボルタが踊って以来、誰もが奇妙な振り付けを覚えることに熱心だ。

「あのさあ、千鶴さんっていい人だよね」トキオがぽつりといった。

「なんだよ、急に」

「今日も俺のことを心配してくれたんだ。怪我の具合はどうかって」

「看護婦志望だったからな」

「だから不思議なんだよ。拓実さん、どうしてあの人と結婚しなかったのかなって」

「おかしな言い方するなよ。結婚するつもりだっていってんだろ。まあ、今はちょっと無理だけどさ」頬を掻いた。

「結婚……できるといいね」

「おまえに心配してもらう筋合いはねえよ」拓実はテレビ画面に目を戻した。二人組女子プロレスラーのビューティー・ペアが、コメディアン相手に技をかけているところだった。彼は大口を開け、あはははと笑った。

午前一時を過ぎた頃、二人は一旦布団にもぐりこんだが、拓実はすぐに起き上がった。どうにも気になっていることがある。千鶴のことだ。

警備会社の面接を受けに行けといったのは彼女なのだから、その結果が気になっていて当然のはずだ。スナックの仕事が終われば、すぐにアパートに来るだろうと彼は思っていた。ところが午前一時になっても来ない。錦糸町のスナックは十二時半までで、彼女は電車で浅草橋まで帰る。その後、駅に置いてある自転車で拓実のアパートまで来れば、一時にはならないはずだった。

今夜は来る気がないということか。しかし面接の結果を知りたがらないというのは、ちょっと考えにくかった。それとも何かあって、余程疲れているのか。

拓実は布団から出て、服を着た。すぐにトキオも上体を起こした。まだ眠っていなかったらしい。

「こんな時間に、どこ行くの？」

「うん、ちょっと出かけてくる」

「だからどこへ？」

うるせえな、と思いながらも、「あいつのとこだ」と答えた。「千鶴んとこ」

「ああ」トキオは頷いた。「だったら、邪魔しないほうがいいね」

「なんだよ、別にそんなんじゃねえよ。面接の結果をさ、一応報告しとこうと思って」そこまで話したところで、ふと思いついたことがあった。トキオを見下ろす。

「おまえも一緒に来るか」

「俺？　どうして？」

「いや、特に理由はないけど。来たくないならいい」

じつをいうと、トキオが一緒のほうが千鶴の追及をかわしやすいのではないか、という計算が働いたのだ。二人きりで話すと、実際には面接を受けなかったということがばれそうな気がする。

拓実が靴を履いていると、「待って」とトキオがいった。「俺も行くよ」

トキオの進言で、部屋にメモを置いていくことにした。千鶴と行き違いになったらまずいからだ。何かのチラシの裏に、「チヅルのアパートにいく　タクミ」と書いて、台所に置いた。

千鶴が借りている部屋は蔵前橋のそばにある。拓実のアパートよりも少し新しいという程度の建物だ。一階の一番奥で、夏でも窓を開けて寝られないから嫌だといつもこぼしている。去年の夏は、かたかたかたと鳴る扇風機の風を受けながら、拓実は彼女と何度も汗びっしょりになった。

「まだ帰ってないみたいだな」窓の明かりが消えているのを見て拓実はいった。

「もう寝てるのかもしれないよ」

「そんなはずはねえよ。あいつは早くても三時までは寝ないんだ。夜食を食うし、その日のうちに下着だけは洗濯しないと気が済まないらしい」

「へえ、家庭的なんだ」

「だろ。だから嫁さんにするにはもってこいなんだよ」

それでも表に回ると、一応ドアをノックしてみた。応答はなかった。

「やっぱりまだみたいだな。中で待ってようぜ」彼は鍵を取り出した。

「勝手に入るのはまずいんじゃないの」

「なんでだよ。こっちは合い鍵を預かってるんだぜ」

「それはわかってるけど、女の人の部屋に無断でってのは……それは、やっぱりよくないと思うなあ。プライバシーの侵害だよ。人に見られたくないものがあるかもしれないじゃないか」

「何だよ、見られたくないものって」

「だからたとえば下着とかさ」

ははは、と拓実は笑った。

「あいつのパンツなんか見飽きてるよ。パンツの中だってそうだ」

「拓実さんはそうかもしれないけどさ、俺まで入ってるとまずいよ。じゃあ、俺は外で待ってる」

「気にしなくていいって」

「そういうわけにいかないよ。それにさ」トキオは鼻の下をこすった。「拓実さんも、今夜は外で待ったほうがいいと思うな」

「どうして?」

「だってさ、面接の結果を話すわけだろ。なるべく機嫌をとっといたほうがいいと思うんだよね。外でずっと待ってたと思えば、千鶴さん、結構感激するんじゃないかな」

トキオにいわれ、拓実は考え込んだ。的を射た意見のように思えた。

「それもそうかな。じゃ、そのへんで待つとするか。もうあまり寒くもないしな」鍵をポケットにしまい、歩きだした。「だけど勘違いするなよ。別に俺は千鶴の尻に敷かれてるわけじゃないんだからな」

ちょうどアパートの正面を見通せる位置にポリバケツが二つ並んでいた。蓋《ふた》にマジックで名字が書いてある。二人はそこに腰を下ろした。

「あのさあ、警備員の仕事がだめだってことになると、明日からどうやって食べていくわけ？」トキオが訊いてきた。拓実にとってはいやな質問だ。

「それはまあ何とかするよ」

「何とかって？」

「だからバイトとかよ……俺だって、何も考えてないわけじゃねえんだ」

「でも現時点で一文無しだもんなあ」そういってからトキオは拓実の顔を上目遣いで見た。「もしかして、また千鶴さんにたかろうとか考えてるんじゃないだろうね」

「何だよ、それ。それじゃまるで俺があいつのヒモみたいじゃねえか」

だがトキオは黙っている。事実ヒモじゃないか、とでも思っているのかもしれない。

「馬鹿にするなよな。俺は俺で、いろいろと考えてるんだよ」拓実は威勢良くいい放った。が、その言葉に説得力がないことは、彼自身が一番よくわかっていた。正直なところ、真剣に考えていることなど何もなかった。いや、真剣ではあるが、考えつくことがないのだ。

やっぱり大学ぐらいは出ておくべきだったかな、と弱気の虫が頭をもたげてくる。将来のことで悩んだ時にはいつもだ。

自分一人で生きていきたい、育ての親の元から離れたい——そうした思いから、彼は高校を卒業するとすぐに就職した。就職先は配管設備を作っている会社だった。彼はそこで非破壊検査の仕事についた。パイプに不良がないかどうかを、超音波や電子機器を使って調べるのだ。退屈な仕事だった。おまけにほうりこまれた独身寮には変態の先輩がいた。ある夜、一升瓶を提げて部屋に来たその先輩は、酔って眠った拓実の下着を脱がし、彼の一物を舐《な》めようとしたのだ。途中で気づいた拓実は、相手の顔面を力いっぱい殴った。その先輩の鼻は、誇張でなく顔にめりこんだ。自分に非はないつもりだったが、なぜかそれは寮生同士の喧嘩として処理された。つまり喧嘩両成敗で拓実にも譴責《けんせき》処分が下ったのだ。上司に文句をいったが聞き入れてはもらえなかった。会社としては、社員の変態行為の有無には触れたくなかったのだろう。サラリーマンという立場が何となく馬鹿馬鹿しくなり、仕事もつまらないと思っていたから、彼は即座に会社を辞めた。入社して十ヵ月目のことだ。変態先輩のほうは、鼻を整形外科でなおした後、無事に職場復帰したらしい。

しかし結果的にみれば、その配管設備の会社が一番長く続いたということになる。その後様々な職場を転々としたが、半年以上続くことは稀だった。千鶴が勤めるスナックの向かいにある喫茶店にしても、八ヵ月しか保《も》たなかった。あの時も客と喧嘩をしてしまったのだった。

そうこうしている間に二十三歳だ。一浪していたとしても、この春には大学を卒業していた。この五年間、自分は一体何をしてきたんだ。それを考えると憂鬱になる。警備の面接、ちゃんと受けときゃよかったかなあ、と今さら後悔しても遅い。

「千鶴さん、帰ってこないね」トキオが呟く。

「そうだな」さすがに少し心配になってきた。「今、何時だ」

「何時頃かなあ」トキオはきょろきょろした。彼も時計を持っていないのだ。

二時過ぎか、あるいは三時近くになっているかもしれない。拓実の知るかぎり、千鶴がこれほど遅くなることはないはずだった。

「拓実さんの部屋で待ってるのかな」

「だけどメモを置いてきたぜ」

「気がつかないとかさ」

拓実は首を傾《かし》げる。あのメモに気づかないわけはない。胸騒ぎがしてきた。いつか千鶴がこんなふうにいっていたことがある。

「中にはいやな客がいてさあ、いいっていってるのに、どうしても部屋まで送っていくといってきかないんだよね。それでタクシーに乗ったらさあ、全然違う行き先をいうわけ。もう一軒だけ付き合ってくれっていってさ。それで渋々付いていったら、じつは連れ込みホテルに入ろうとしてたんだよね。何とかごまかして逃げたけど、あの時は参ったよ」

そういう話を聞くたびに、拓実はもう千鶴には働かせたくないと思う。しかし辞めてくれと強く命じる資格がないこともわかっている。そのうちにそのうちにと思いながら今日まで来てしまった。

「俺、ちょっと見てくるわ」拓実は立ち上がり、ポケットに手を入れて鍵を出した。今度はトキオも何もいわなかった。

ドアを開け、明かりをつけた。奇麗に片づいた1DKだ。流し台には食器の一つも出ていないし、ダイニングテーブルの上にも何も載っていない。

奥の部屋にはベッドと鏡台が並んでいる。小さな本棚には文庫本とマンガ。拓実は違和感を抱いた。千鶴は奇麗好きではあるが、それにしても片づき過ぎている。脱ぎ捨てられた服の一枚も見当たらないし、鏡台の上もすっきりしている。

押入を開けた。いつもならばその中に、洋服がびっしりとかかっているはずだった。ハンガーをかけるためのパイプを取り付けたのは拓実なのだ。ところがそこには何もなかった。ただ横に渡したパイプが見えるだけだ。

どうなってるんだ、と思った時、一枚のメモが目に留まった。彼はそれを手に取った。

『拓ちゃんへ
楽しいこともたくさんあったけどやっぱりもう終わりにします。

部屋の中のものは知り合いの人に処分してもらうことになっています。悪いけど部屋の鍵は大家さんに返してください。敷金を少し返してもらえると思うのでそれは拓ちゃんが使ってください。楽しい思い出のお礼です。

身体に気をつけてね。さようなら。ちづる』

一回目に読んでいる時、拓実は頭の中が途中で空白になった。それでももう一度読み直したが、文字が頭に入っていかなかった。入っていくのを拒否しているのだ。しかしそれは文面を理解しているからにほかならなかった。理解していながら、現実だと思いたくないのだ。

メモを持ったまま、彼はぼんやりと立ち尽くしていた。押入の奥の板を眺めていた。

遠くから声が聞こえてくる。拓実さん、拓実さん、と誰かが呼んでいる。しかし答える気にならない。

「拓実さん」

肩を叩かれた。それでようやく彼は声のほうを向いた。徐々に目の焦点を合わせると、トキオが心配そうな顔で覗き込んでいた。

「どうしたの？」彼は拓実の顔の前で掌を振った。

「別に、何でもねえよ……」

「それ、何？」そういうとトキオは拓実の手からメモを奪った。文面を読み、目を丸くした。「これ、書き置きじゃないか。千鶴さん、出ていっちゃったんだ」

「そうらしいな」

「そうらしいって……どうするんだよ」

拓実はふっと息を吐いた。その瞬間、全身の力も抜けた。彼はその場にへたり込んだ。

11

その夜は一睡もできなかった。千鶴の部屋で待ち続けたが、彼女は帰ってこなかった。朝になってからトキオが冷蔵庫からロールケーキを二つ見つけてきて、食べるかと訊いたが、食欲など全くわかなかった。トキオはテトラパックの牛乳を飲みながら、ケーキを二つとも食べた。

「帰ってこなかったね」トキオが遠慮気味にいった。

拓実は返事しない。声を出す気にさえならないのだ。ベッドにもたれ、両膝を抱えている。

「なんかさあ、心当たりとかないの？」さらに訊いてくる。

「心当たりって、何の？」

「だから千鶴さんがいなくなっちゃった理由についてだよ」

「それがわかりゃあ苦労しないよ」拓実はため息をついた。

「あまりにも急すぎるよねえ。昨日の警備会社の面接が何か関係あるのかな」

拓実は答えなかった。彼自身、気にかかっていることではある。

「拓実さん、ちゃんと面接受けてきたのかい？」トキオが鋭くついてきた。

「受けたよ。受けたけど、落ちちゃったんだから仕方ないだろ。俺が悪いのかよ」思わずムキになる。

そういうわけじゃないけどさ、とトキオは頭を掻いた。

午前十時になってドアの鍵が開けられた。千鶴かと思ったがそうではなかった。顔を出したのは、作業服を着た三十歳くらいの太った男だ。知らない顔だった。

男は廃品回収業者だった。千鶴から依頼されて、部屋のものを回収しに来たらしい。その男のほかに三人のアルバイトらしき若者も入ってきた。

彼等は引っ越し屋を思わせる手早さで、次々に家具や電化製品などを運び出していった。本棚の本、食器棚の食器までもだ。カーテンまで外していく。一時間も経つ頃には、部屋はすっかりもぬけの殻になっていた。何もないがらんどうの部屋に、拓実とトキオだけが残された。

「あのう、これを郵便受けに入れておいてくれっていわれてるんですけど」作業服の男が見せたのは部屋の鍵だった。拓実がそれを受け取った。

「ええと、依頼したのは早瀬千鶴ですよね」彼は訊いてみた。

「そうですよ」

「連絡先とか聞いてませんか」

「聞いてますよ。何かあったらここに連絡してくれって」男がメモを見せた。それを見て拓実は失望した。そこに書いてあったのは彼の名前と住所だった。

自分のアパートに戻ったが、茫然自失とした感覚はそのままだった。拓実は部屋の真ん中で胡座をかき、千鶴がいなくなった理由について考えた。思い当たることはないではない。今まで愛想を尽かされなかったことが幸運なのだ。ただ、どうして急に、という思いは残る。

トキオが時折何か話しかけてきたが、上の空で相槌を打った。煙草を吸いたいと思ったが、エコーの箱は空っぽだ。買いに行く金もない。これでは千鶴が逃げ出すのも無理はなかった。

夕方になってから彼は再び家を出た。トキオもついてきた。

「ついてくるのはいいけど、ちょっと歩くぜ」

「どこまで」

「錦糸町だ」

トキオは立ち止まった。だが拓実は振り返らず、「いやなら部屋で待ってろよ」といった。数秒後、足音が追いかけてきた。

錦糸町の駅前通りから一本入った細い道に、スナック『すみれ』はある。向かい側の喫茶店は以前拓実が働いていた店だ。『すみれ』のドアには、営業中の札がかかっていた。

拓実はドアを開けた。カウンターを挟んで、バーテンとママが何やら話し合っている最中だった。この二人ができているということは千鶴から聞いて知っていた。客は一人もいない。

「いらっしゃいませ」バーテンが顔を上げた。カマキリのような顔をした男だった。

「すみません、客じゃないんです」拓実は頭を下げた。「千鶴、来てませんか」

「千鶴ちゃん？」バーテンが眉を寄せてママのほうを見た。

「おにいさんは？」厚化粧のママが尋ねてきた。

「千鶴と付き合ってた者です」

「へえぇ」彼女は拓実の頭から爪先までを眺めた。「そっちの坊やは？　友達？」

「そうです。よろしく」トキオがお辞儀をした。

ママは拓実に視線を戻した。

「千鶴、やめたわよ。昨日、急に。あんた、知らないの？」

「どうして急にやめたんですか」

「知らないわよ。こっちだって迷惑してるんだから。代わりの子を急に探そうったって、そうはいかないからね。日当はいらないっていうから、余程の理由があるんだろうと思って我慢したけどさ」

「日当って、今日までの分ですか」

「そうよ」

今月も半ばを過ぎている。千鶴にとって捨てられる金額ではないはずだった。それを棒に振ってまで消えてしまうとはどういうことなのか。

「そういや二、三日前に千鶴がおかしなことをいってたね。知り合いに警備会社の面接を受けさせるとか。その知り合いって、あんたじゃないの」

「はあ」

「ふうん、やっぱりあんたなんだ」ママは底意地の悪そうな笑みを浮かべた。「その会社の人事担当がうちのお客さんなのよ。それで、知り合いをよろしく頼むって千鶴はいってたよ。あんた、面接の結果はどうだったの？」

答えられるわけがなく黙っているとママはバーテンと顔を見合わせて笑った。

「だめだったのかい。そりゃあ気の毒だねえ」

むっとしたが拓実はこらえた。

「千鶴、ここをやめてどうするっていってました」

「何とも。こっちだって、勝手にやめるような人間の先のことなんてどうでもいいからね。ほんとにもう、あんなに目をかけてやったのに」

隙あらば給料から訳の分からない金を天引きすると千鶴はいってたぜ、といいたいのを拓実は我慢した。

「どうもお邪魔しました」頭を一つ下げ、拓実は出ようとした。

「もし千鶴さんの居場所がわかったら、連絡してもらえますか」トキオが訊いた。

このババアがそんなことをしてくれるわけないだろ、と拓実は腹で毒づいた。

『すみれ』のママは少し迷った顔を見せた後、不承不承といった様子で頷いた。「じゃあ、電話番号を書いていって」

拓実はそばにあったコースターにボールペンで自分の住所と電話番号を書いた。それを見てママは口元を歪《ゆが》めた。「電話は呼び出しってこと?」

「そのうちに買おうと思ってるんです」

「その前に働かなきゃね」コースターをカウンターの上に投げた。

拓実たちが店を出て少し歩くと、反対側から二人の男がやってきた。二人共、黒っぽい背広を着ていた。拓実たちとすれ違った後、二人は『すみれ』に入っていった。

「ああいう客が来るんだな」拓実は呟いた。

「ああいう客って？」

「あれは堅気じゃねえよ。目を見りゃあわかる」

キャッチセールスの事務所にも同じような目をした男たちがいたのを彼は思い出していた。

「ヤクザってこと？」

「さあな。そうかもしれないけど、堅気じゃなくてヤクザでもないっていう人間が、この世の中にはいるからな」

職をいくつも替えたことによって得た知識の一つだった。

金がないので帰りも徒歩だ。浅草までの長い道を、二人並んでとぼとぼと歩きだした。

「ところでさ、警備会社の面接のことだけど、拓実さんはたしかコネのある奴だけが採用されたとかいわなかったっけ」

「ああ、いったよ」

「でもさっきのママさんの話だと、千鶴さんがちゃんと話をつけてくれてたみたいじゃないか。どういうことかな」

「知らねえよ。スナックのホステスの口利き程度じゃだめなんだろ」

「拓実さん、本当に面接受けてきたのかい」

「何だよ、俺が嘘ついてるってのか」

「そうじゃないけどさ、もし受けてないなら、そのことが千鶴さんにばれたかもしれないぜ。彼女がその人事担当って人に問い合わせたかもしれないからさ」

「受けたよ。受けたに決まってるだろ」拓実は歩を速めた。

じつのところ、トキオと同じことを彼も考えているのだった。千鶴ならそれぐらいのことをやりかねない。そして彼が警備会社でどういう態度をとったかを知れば、もはや彼と一緒にいても仕方がないと思ってしまうかもしれなかった。

だけどアパートまで引き上げることはないだろ――。

「こういうことだったんだなあ。それでよくわかったよ」隣でトキオがぶつぶついった。

「何がわかったんだ」

「だから、千鶴さんと別れることになった経緯だよ。あの人、すごくいい人だからさ、拓実さんと結婚しててもおかしくないって思ってたんだ」

「おまえ、そういうふうに過去形でしゃべるんじゃねえよ。まだ別れたと決まったわけじゃないだろうが」

「だけど、もう終わりだと思うよ。これが運命なんだから――」

そこまでいったトキオの襟首《えりくび》を拓実は摑んだ。右の拳を固め、ぐいっと引く。トキオが顔をしかめて目を閉じた。歯をくいしばっているのがわかる。それを見て拓実は、なぜか殴れなくなった。愛しさに似た奇妙な感情がこみあげてくる。

拓実は突き飛ばすようにして手を離した。

「おまえに俺の気持ちなんかわからねえよ」そういって拓実は喉《のど》を押さえ、咳《せき》を繰り返した。

吾妻《あづま》橋を渡りきる頃には足がかなりくたびれていた。神谷バーの前を通りかかったところで拓実は足を止めた。

「へええ、全然変わってないなあ。たしか明治十三年創業なんだよね。あはは、デンキブランの看板もそのままだ」トキオがやけに喜んでいる。「二十年も経ってるのになあ」

「二十年？　おまえ、いつの話をしてるんだ」

「いや、だからその、これから二十年経っても変わらないだろうなと思ってさ」

「さあな。二十年後にはつぶれてるぜ、きっと」拓実は中に入っていった。

そんなことないよ、といいながらトキオもついてきた。

古いテーブルがいくつか並び、一日の仕事を終えたサラリーマンたちがそれを囲んでいた。拓実は店内を見回し、奥のテーブルに目をつけた。「ようし、いたいた」人をかきわけて、そのテーブルに近づいていく。

そこではグレーの作業服を着た佐藤寛二が、仲間とビールを飲んでいた。肴《さかな》は枝豆と唐揚げだ。拓実は彼の肩を叩いた。「よう」

五分刈りの佐藤は、彼を見上げて露骨にいやな顔をした。「なんだ、おまえか」

「そんな顔をすることはないだろ。一緒に寿司屋の出前持ちをした仲じゃねえか」

「ふざけるな。売り上げをちょろまかして逃げやがったくせに。おかげで俺までクビになったんだぞ」

「古い話じゃないか。それより久しぶりに会ったんだ。一緒に一杯やらないか」

「勝手にやれよ。ただしほかのテーブルでな」

「なんだ、冷たいな。いいだろ、隣で飲んでも。迷惑かけないからさ」

「御免蒙《こうむ》るね。おまえの魂胆はわかってるんだ。俺たちが食券を買うどさくさに、自分の分も払わせようってんだろ。その手には乗らねえよ」佐藤はそっぽを向いてしまった。

拓実は鼻の頭を掻いた。図星だった。

「わかったよ。じゃあ正直にいう。今ちょっと金欠病なんだ。すぐに返すから、千円だけ貸してくれないか。恩に着るからさ」猫撫で声を出し、両手を合わせた。

佐藤は舌打ちをし、蠅《はえ》を払うように手を振った。

「あっち行ってくれ。おまえに貸す金なんかあるわけないだろ」

「そんなこといわないでさ、頼むよ。このとおりだから」ぺこぺこ頭を下げた。

「わかったよ。千円貸してやる。ただしその前に、去年の夏祭りで貸した三千円を返してくれ。まだ返してもらってなかったよな」

その通りだった。これではとても脈がない。拓実は諦めて退散することにした。しかしテーブルを離れる前に、佐藤の前にあった皿から唐揚げを一つ摘んだ。

「あっ、こいつ」

佐藤の声を背中で聞きながら、拓実は駆け足で店を出た。

雷門の前まで来たところで足を止めた。唐揚げをかじり、後ろを見る。トキオがついてこないと思ったからだ。しかし彼は少し離れたところに立ち、拓実をじっと睨んでいた。

「なんだよ、どうしてそんな目で見てんだよ」

トキオが大きく吐息をついた。

「情けなくないのかよ」

「なんだと」

「人にたかることばっかり考えてさ、情けなくないのかって訊いてるんだ。俺は情けないよ。もっと格好いいと思ってたのに」

「そいつは悪かったな。俺はこんな人間なんだよ」唐揚げをかじり続ける。

「人の食べ物を盗むなんて野良犬と一緒じゃないか」

「そうだよ、俺は野良犬だよ。犬や猫とおんなじなんだ」持っていた唐揚げの骨をトキオに投げつけた。「勝手に産むだけ産んで、面倒臭いからって捨てられたんだよ。そんなんでまともな人間になれるわけないだろ」

するとトキオは悲しげな顔をし、ゆっくりとかぶりを振った。「産んでくれただけでもありがたいと思わないと」

「ふん、くさいことというな。子供を作るだけなら誰だってできらあ」拓実は踵を返し、歩きだした。

が、すぐに背後で気配がした。肩を摑まれて振り向くと、トキオが殴りかかってくるところだった。頭よりも身体が先に反応した。スウェーバックしてパンチをかわすと、次にはストレートを放っていた。咄嗟《とっさ》に力を緩めたが、彼の拳はトキオの頬に入っていた。トキオは二メートルほど飛んで尻餅をついた。

拓実はあわてて駆け寄った。「あっ、おい、大丈夫か」

「痛い……」トキオは顔を押さえている。

「無茶するなよ」

喧嘩と思ったらしく、人が集まってきた。しかし殴ったほうが助け起こしているので、人々も安心したようだ。

「拓実さん、俺と一緒に行こうよ」頬に手を当てたままトキオはいった。

「行くって、どこへ？」

「愛知県だよ。東條さんのところへ行こうよ。そうしないと、解決しないから」

東條と聞いて心が冷めた。拓実は立ち上がった。「拓実さんっ」と呼ぶ声を無視し、彼は再び歩きだした。

アパートの前まで来て、初めて後ろを振り返った。トキオがよろよろとついてくる。拓実はため息をついた。彼の正体がまだよくわからなかった。だが一緒にいると楽しいのはなぜだろう。

トキオが追いつくのを待って階段を上がった。ドアの鍵を外し、中に入る。その瞬間、誰かに羽交い締めにされた。暗くて何も見えない。

「宮本拓実さんだね」低い声が闇の中から聞こえた。

12

拓実は相手の腕をふりほどこうともがいた。だがその力は思った以上に強く、びくともしない。

「何だよ、誰だよてめえ」さらに身体を揺すった。

「まあそう騒ぎなさんな」再び男の声が前からした。さらに蛍光灯のスイッチの紐《ひも》を引っ張る音がした。部屋が明るくなり、拓実は何度か瞬きした。

目の前に男がいた。台所の隅に積み上げられた雑誌に腰掛け、にやにや笑っている。四十代半ばと思えるその男の顔を拓実は見たことがあった。『すみれ』を出た直後、道ですれ違った男たちの一人だ。

「あんた、ついさっき……」

「道で会ったよなあ。覚えていてくれたとは、にいさんもなかなか抜け目がないね」

男は拓実を羽交い締めにしている男に目を向けた。「こういう人間は馬鹿じゃない。肝心なツボを無意識に押さえてるというのは、生まれ持った能力だからな。頭はいいよ、このにいさんは」

拓実の背後で頷く気配があった。

「褒めてくれるのはうれしいけど、この格好は勘弁してほしいな」

「悪かった。あんたが馬鹿だった場合、下手に騒がれるとまずいと思ってね」

男が顎を少し動かすと、拓実を羽交い締めしていた腕がすっと外された。拓実は肩を回しながら後ろを見た。背が高く、鼻の下に髭《ひげ》を生やした男は、道ですれ違ったもう一人の男だ。

ドアが開き、別の男が現れた。若い男だ。金縁の眼鏡をかけている。その男に引っ張り込まれるようにしてトキオも入ってきた。

「お友達も一緒だったのか」雑誌に腰掛けた男が楽しそうにいった。

「どういうこと？」トキオが拓実を見た。拓実は黙って首を振った。

「まあそんな狭いところで集まってないで上がったらどうだい。といっても、ここはにいさんたちの部屋だけどさ」

男にいわれ、拓実は靴を脱いだ。

「あんた、何者だい」男に訊いた。

「とにかく座りなよ」

拓実はその場で胡座をかいた。隣にトキオも来た。髭の男と若い男は、二人の後ろで立ったままだ。

「しかし汚い部屋だねえ。たまには掃除をしたほうがいいぜ」男は雑誌に腰掛けたまま室内を見回した。

大きなお世話だといいたいところだったが拓実は黙っていた。男は今は穏やかな態度をとっているが、その裏に酷薄な感情を秘めていることは明らかだった。こういう相手を刺激していいことは何もないというのも、これまでの人生で拓実が学んだことだ。

「ええと、質問は何だったかな」男が額に手をやった。「そうだ。こっちが何者かってことだったな。悪いけど名前は教えられないねえ。どうしてもってことになると嘘の名前をいうしかないんだけど、そんなものを聞いたって仕方がないだろ」

「嘘の名前でもいいから教えてもらいたいな。でないと呼び方に困るから」

拓実がいうと男は大きく口を開け、声を出さずに笑った。

「にいさんが俺の名前を呼ぶことはないと思うよ。でもまあそこまでいうなら教えておこう。イシハラっていうんだ。ついでにいうと、下の名前はユウジロウだ」

「石原裕次郎ね……」拓実は吐息をついた。

「都知事の弟だ」隣でトキオがぽつりといった。

自称イシハラはじろりと彼を見た後、また拓実に目を戻した。

「我々は人を探している。にいさんもよく知っている人間だ。早瀬千鶴といえば、よりわかりやすいかな。ほう、顔色が変わったね」

実際、千鶴の名前を出されたことで拓実は動揺していた。

「どうしてあいつを探してるんですか」

「急に低姿勢になったね。やっぱり恋人のことが気になると見える。結構、結構。いや何、大した理由じゃないんだ。ただね、我々にとって大事なものを返してもらわなきゃならなくてね」

「大事なもの？」

「それは何かと訊かれても困るよ。とにかく大事なものだ。それでさっき彼女のアパートに行ってきたんだけど、もぬけの殻だった。仕方なく彼女の勤め先、『すみれ』といったかね、あそこへ行って、にいさんのことを聞いたというわけさ」

「それなら話を聞いているでしょう。俺だって千鶴を探すために『すみれ』に行ったんです。だからおたくたちがここへ来たって何の意味もありませんよ」

「さあ、それはどうかねえ」

「俺が嘘をついてるっていうんですか」

「そうはいわないが、にいさん自身が気づいてないってこともある。ほら、よくいうじゃないか。傍目八目《おかめはちもく》ってね」

「もし俺に何か見落としてることがあるなら、それが何か教えてもらいたいですよ。だけど本当に何も思い当たることがないんです」

「まあそう焦ることはないさ」

イシハラは背広のポケットから煙草の箱を取り出した。紺色のパッケージだった。そこから抜き取った煙草をくわえ、べっこう色をした縦型のライターで火をつけた。男が吐き出した煙までもが高級そうに拓実には見えた。

しばらく煙草を吸った後、男はきょろきょろと足元を見回した。やがてコーラの缶を見つけると、そこに吸い殻を入れた。それから再び背広のポケットに手を入れ、今度は白い封筒を出してきた。分厚く膨らんでいる。それを拓実の前に投げ捨てた。

「二十万あるよ。とりあえずはそれだけ渡しておこう」

「どういう意味ですか」

「情報提供料及び必要経費と思ってくれればいい。見たところ、食うのもやっとという有様らしいから、手を貸そうということさ。ただしにいさんがガールフレンドを見つけた時には、速やかに知らせてほしい。心配しなくても、我々がガールフレンドに危害を加えることはないよ。こっちはとにかく大事なものを返してくれさえすればいいんだ」

「そんなことといわれても、千鶴の行き先については本当に何も手がかりがないんです。金がいくらあったって探しようがない」

「じゃあ、我々が摑んでいる手がかりだけでも教えておこうか。にいさんのガールフレンドは関西にいる。たぶん大阪じゃないかと思う」

「大阪？」

「ほら、もう何か思いついたって顔だ」

「別に何も思いつきませんよ。俺の生まれた場所が大阪らしいから、それでちょっと気になっただけです」

「ははあ、にいさんは大阪か。それはちょうどいい」

「住んだことはないです。赤ん坊の時にこっちに連れてこられて、それっきりだから」

「いいんだよ、そういう身の上話は。とにかくこっちとしちゃあ、にいさんに早瀬千鶴を見つけてもらえれば文句はないんだ。それとも二十万じゃ足りないかい」

拓実は男の顔から視線を下ろし、封筒のところで止めた。

「千鶴に危害を加えないっていう保証がありますか」

「ほう、俺が嘘をついてるっていうのかい」イシハラの目が少し大きくなった。その奥に不気味な光が宿っていた。拓実は口を閉じた。イシハラは笑いながら頷いた。「まあいいよ。とにかくにいさんは一刻も早くガールフレンドを見つけることだな。もし彼女のことが心配なら、余計誰よりも早く見つけだす必要があるんじゃないのかい」

拓実が黙ったままでいると、イシハラは立ち上がった。「じゃあ、行こうか」これは部下たちにいった台詞だ。

「ちょっと待って。その大事なものっていうのは、千鶴が盗んだものなんですか」拓実はイシハラの背中に訊いた。

男は靴を履いてから、にやりと笑った。「それはどうかわからんね。本人から聞いてみないと」

「だったら――」

さらに詰め寄ろうとしたが髭の男に制された。続いて横から若い男が近づいてきて、拓実の手首を取ると、掌に何か握らせた。開いて見ると一枚のメモだった。そこに書かれている数字は電話番号らしい。

「じゃあ、連絡を待ってるよ。こっちからも時々様子を見に来させるから」イシハラはそういって部屋を出ていった。部下たち二人もそれに続いた。

拓実は裸足《はだし》のまま沓脱《くつぬ》ぎに下り、ドアの鍵をかけた。その時初めて、さっき出かける時にはたしかに施錠したことを思い出した。ではイシハラたちはどうやって中に入ったのか。そこまで考えた時、彼等の不気味さが一層増した。

トキオは台所の中央で封筒の中身を確かめていた。

「何やってんだよ」拓実は封筒を取り上げた。

「すごいよ。ちょうど二十万円ある」

「だからどうだっていうんだ」

「拓実さん、奴らのいうとおりにするのかい」

「するわけねえだろ。こんな端金《はしたがね》で千鶴を売れるかよ」

「あのイシハラって男、千鶴さんには危害を加えないっていってたけど、信用できないもんね」

ならない。

拓実は頷いた。だからこそイシハラがいったように、一刻も早く千鶴を見つけねば

「あいつら一体何者なんだ」思わず呟いた。

「拓実さんには全然心当たりがないんだね」

「ないな。千鶴から話を聞いたこともない」拓実はその場で座り込んだ。「大事なものって一体何だ。どうして千鶴がそんなものを持ってるんだ」

彼女との過去のやりとりをいくつか思い出してみたが、手がかりになりそうな記憶は蘇らなかった。彼女に会いたいという気持ちが募るばかりだ。

「とにかくそのお金は返さなきゃ」トキオがいった。

「そうだな。連中に借りは作りたくないからな」

そういいながらも金の入った封筒を見つめる拓実の心中は複雑だ。この軍資金なしで、どうやって千鶴を見つけられるだろう。

「大阪っていってたよね。何か思いついたことはあるのかい」

「ああ、一つだけな」

以前千鶴が、友人が大阪の飲み屋で働いているといったことがある。もし彼女が大阪に行ったのなら、その友人に会う可能性は高い。

「どっちにしても大阪に行く必要があるわけだ」

「そういうことになる」

拓実は改めて封筒を見る。大阪に行くには金がいる。しかし現在の所持金では、新幹線はおろか、バスにだって乗れやしない。

「あのさあ、一時的に借りるっていうのはどうかな」トキオが提案した。

「それで後から働いて返すっていうのか。おまけに千鶴の居場所は教えないって？　そんなことをいってみろ、冗談じゃなく半殺しにされるぜ」

「そうじゃなくて、まずそのお金を元手にして資金を増やす。そうしたらすぐに連中に二十万は返す。千鶴さんを探すのは、連中との繋がりを切ってからさ」

拓実はトキオの顔をしげしげと眺めた。どうやらふざけているのではなさそうだ。

「この金でギャンブルでもやろうってのか」

「まあ、そういうことになるかな」

拓実はゆっくりとかぶりを振った。振りながら笑った。

「俺も馬鹿だけど、おまえも相当いかれてるな。いや、俺以上だ。そんなことして、もしすったらどうするんだよ。借金はできるわ軍資金はなくなるわじゃ、目も当てられねえ」

だがトキオは首を振り返してきた。真剣な目をしている。「今日は何日だっけ？」

「今日？　ええと……」壁に貼ったカレンダーに目をやる。「二十六日だな」

「明日は二十七日だ」

「それがどうかしたのか」

「新聞で見たんだけど、日本ダービーがあるらしいね」

「ウマかよお」拓実はのけぞった。体勢を立て直してから手を激しく横に振る。「よりによって寺銭《てらせん》が一番高いギャンブルにかけてどうするんだ。どうせならパチンコだ。あれなら状況次第でやめることもできるから損も少なくて済む。それに、ここんとこ俺は負けが込んでるから、そろそろツキが回ってくる頃なんだ」

拓実はパチンコの玉を弾く手つきをした。ところがその手をトキオははたいた。

「そんなくだらないことをしてる場合じゃないよ。パチンコなんか時間と金の無駄だ」

「おまえ、競馬のどこが――」

拓実がそこまでいいかけた時、トキオは立ち上がった。部屋の隅に畳んであった新聞を持ってきて、拓実の前で広げた。

「ハイセイコーって馬は知ってるよね」

「舐めてるのかおまえ。競馬はやらねえけどハイセイコーぐらいは知ってるよ。天下の名馬じゃねえか。『さらばハイセイコー』なんていう歌まであった」

「そのハイセイコーの息子が明日の日本ダービーに出る」トキオは紙面を叩いた。

「カツラノハイセイコだ。この馬に賭けるんだ」

「賭けるって、どのぐらい?」

「二十万全額、カツラノハイセイコに賭ける」

拓実は思わずひっくり返りそうになった。

「おまえ頭がおかしいぜ。そりゃあハイセイコーは強かった。だけどその子供が強いとはかぎらないぜ。まして、絶対勝つとは誰にもいえないだろうが」

「ところが俺には断言できるんだ。カツラノハイセイコは必ず勝つ。だけど一番人気だから倍率はさほどでもない。大きく稼ぐには持ち金全部を賭けるしかない」

「どうして断言できるんだよ。おまえ、八百長の片棒でも担いでるのか」

「八百長なんかじゃない。事実なんだ。俺だって競馬のことなんかよく知らない。でも前に馬のことを勉強していて、たまたま知ったんだ。偉大な父親の果たせなかった夢を息子が果たした例として……」そこまでしゃべったところでトキオは頭を掻《か》きむしった。「こんな言い方をしたって、きっとわかってくれないだろうな」

「わからんな。とにかく俺はそんな馬鹿なことはしない。金をドブに捨てるようなものだ。それならパチンコに賭ける」

「それこそ金の無駄じゃないか」

「どうしてだよ。おまえのいっていることのほうがよっぽどどうかしてるぜ」

「拓実さん、お願いだ」トキオが突然正座し、頭を深々と下げた。「明日、黙って馬券を買ってくれ。この俺を信じてくれ」

「……どうしたんだよ」

「説明はできないけど、俺は知ってるんだ。明日、ハイセイコーの息子は勝つ。賭ければ絶対に儲《もう》かる」

「そんなこといわれてもなあ。その根拠がわからねえんじゃなあ」

「もし負けるようなことがあれば、どんなことをしてでも二十万円返すよ。マグロ漁船に乗ってもいい」

「正気かよお」

トキオは頭を下げ続けている。拓実はため息をついた。

「わかった。じゃあこうしよう。五万円だけ賭けよう。それでどうだ」

「宮本拓実さんっ」トキオが急に顔を上げた。拓実はびっくりしてたじろいだ。

「何だよ、脅かすなよ」

「息子を信じてくれ。父親の夢を叶えてくれるのは息子しかいないんだ」

「息子って、おまえ……どうしてそんなにハイセイコーの息子の肩を持つんだ」

だが拓実はなぜか言葉が出なくなった。自分を見上げるトキオの視線に、ただならぬ気迫を感じたからだ。トキオは彼自身の中にある何かを拓実に伝えたがっているようだった。その何かの存在に拓実は気圧《けお》されていた。特にどういうわけか、息子という言葉の響きに心を揺さぶられた。

「十万で、どうだ」拓実はそういっていた。「それで手を打とうや。それにしたってこっちは清水の舞台から飛び降りる覚悟なんだ」

トキオは一旦項垂れたが、やがてそのまま首を縦に振った。

「仕方がないね。信じろというほうが無理なんだ。でも、絶対に後悔はさせない」

「それならいいけどさ」

拓実は手に持った封筒を見つめた。早くも後悔し始めていた。

13

翌日は絶好の競馬日和だった。午後になってから拓実とトキオは、浅草の国際通りから脇道に入ったところにある場外馬券売場に出向いた。日本ダービーということで、さすがにいつもより人だかりが激しい。

「さてと、じゃあ勝負に行くか」

拓実が足を踏み出しかけた時、「ちょっと待って」といってトキオが袖を引っ張った。

「何だよ、今になって怖じ気づいたのかよ」

「そうじゃない。約束してほしいことがあるんだ」

拓実は顔をしかめた。

「ここへ来て、まだ何かごちゃごちゃいいだすのかよ。勘弁してくれよな」

「昨日もいったけど、もし外れたら、俺は命に替えても弁償する」

「その意気込みはわかってるよ。まあ、俺としちゃあ、本気でおまえにマグロ船に乗ってもらおうとは思ってないけどな」

「俺は本気だよ」トキオが珍しく厳しい目をした。「だから拓実さんも俺に約束してほしい。もしカツラノハイセイコが勝ったら、俺の頼みをきいてくれ」

「分け前のことならわかってるよ。折半ってことにしようぜ」

トキオは苛立たしそうに首を振った。

「お金のことなんかどうだっていいよ。もしこの勝負に勝ったら、東條さんのところへ行ってほしいんだ」

「まだそんなこといってんのかよ」拓実は顔をそむけた。

「どうせ大阪へ行くんだろ。愛知県はその途中じゃないか。ちょっと寄って顔を見せるぐらいのことがどうしてできないんだ」

「おまえ、事態がわかってないのかよ。昨日の連中よりも先に千鶴を見つけ出さなきゃいけねえんだぞ。のんびりとババアの顔を見に行ってる暇なんかねえんだ」

するとトキオは真摯《しんし》な目をして拓実を見つめた。

「東條さんにだって、そんなに時間は残されてないんだぜ」

拓実は黙り込んだ。東條須美子の寿命などどうでもよかったが、トキオの視線にはなぜか弱い。

「時間がない。馬券を買ってくる」そういうと拓実は歩きだした。

馬券売場で十万円を出す時には、さすがに心臓の鼓動が激しくなった。それでもそばにいた日雇い労働者風の男たちから感嘆の声を上げられ、少々いい気分でもあった。

拓実はトキオと共に近くの喫茶店に入った。部屋の隅にテレビが置いてある店だ。もちろん競馬の実況中継中である。二人の周りでは、同じ目的で入ってきたと思われる男たちが真剣な眼差しを画面に注いでいる。

拓実はコーヒーを一口飲み、テーブルを指先で叩いた。

「なんかやっぱり緊張するな。何しろ十万円だからな」掌には汗が滲《にじ》んでいた。

「緊張する必要なんかないよ。絶対にハイセイコーの息子が勝つから」

「その落ち着きが気味悪いんだよな」拓実はテーブル越しにトキオのほうへ顔を近づけた。「その情報、確かなんだろうな。どこで仕入れた情報なんだ」

「だから八百長じゃないといってるだろ。でも勝つんだ」

「わからんな。わかんねえけど、今となっちゃあ、その自信に賭けるしかねえんだよな」拓実はテレビに目をやる。いよいよレースが始まろうとしていた。アナウンサーは興奮気味に話し、店内の空気も熱くなってきた。

「拓実さん、さっきの話だけど」

「何だよ、うるせえな。今はそれどころじゃねえだろ」

「勝ったら、行ってくれるよね。東條さんのところへ」

「ああ、わかったわかった。どこへでも行ってやるよ」テレビ画面を凝視したまま拓実は答えた。よかった、とトキオは小さく呟いた。

画面では二十六頭の馬が並んだところだった。緊迫した空気の中、ゲートが開く。各馬一斉にスタート、というお決まりの台詞がアナウンサーから発せられた。

喫茶店中の客が身を乗り出した。何人かが声を出している。隣の客が、「リンド、行けっ」と叫んだ。リンドプルバンという馬に賭けているらしい。

競馬を殆ど見ない拓実には、馬のポジションがどうとか、走りがどうとかいうものは全くわからない。ただ黒い馬体に白の遮眼帯をつけたカツラノハイセイコだけを目で追った。ゼッケンは7番だ。

集団が最後の直線コースに入った。外側の馬に押されるようにカツラノハイセイコは内側に寄っていく。後ろから4番のゼッケンをつけた馬が猛追してくる。それがリンドプルバンらしい。隣の客が絶叫した。

もつれるように二頭の馬がゴールを駆け抜けた。どちらが勝ったかわからない。店内は悲鳴に包まれた。

着いた様子でコーヒーを飲んでいる。

「7番いったぜ」

「いや、4番だ、4番だ」

皆が口々に喚いている。拓実はただその場に立ち尽くしていた。トキオだけが落ち着いた様子でコーヒーを飲んでいる。

やがてテレビに写真判定の結果が映し出された。白黒の静止画像は、カツラノハイセイコが鼻の差でかわしていることを示していた。

拓実は雄叫《おたけ》びを上げ、隣の客はテーブルを蹴っ飛ばした。

三十分後、拓実とトキオは有名な牛鍋屋ですき焼きをつついていた。

「いやあ、だけどおまえには恐れ入ったよ。見事に当てちまったもんなあ。あれだけ自信たっぷりにいうから何か根拠があるんだろうと思って俺も乗せられたけど、本当に当たったとわかった時には鳥肌が立ったぜ」

がはははと笑い、拓実はビールのジョッキを傾けた。ビールの味は最高。注文した肉も最高級品だ。カツラノハイセイコは一番人気だったが、それでも四三〇円ついた。十万円が四十三万円に化けたのだから、少々の贅沢は許されるというわけだ。

「だから絶対に大丈夫っていったじゃないか」トキオもうれしそうに肉を口に運ぶ。

「なあそろそろ種明かしをしてくれてもいいだろ。どうしてカツラノハイセイコが勝つとわかったんだ」

「それは説明が難しいといってるじゃないか。いってもたぶん信用してくれないと思う」

「いわなきゃ信用するもしないもないだろ。それとも何か。おまえには予知能力があるとでもいうのか」

冗談でいったつもりだったが、トキオは考え込む顔になった。

「そうだね。そんなふうにいったほうがわかりやすいかもしれない」

「おいおい、マジかよ」

「ほら、やっぱり信用しないだろ」

「いや、実際当たったんだから信用しないわけじゃないけどよ」拓実は周りで聞き耳を立てている者がいないことを確かめてから小声でいった。「もしそうだとしたら、大儲けできるじゃねえか。勝ち馬にばんばん賭けちまえばいい」

トキオは苦笑した。

「残念ながらそううまくはいかない。この時代の競馬でわかることといえば、今日のレースぐらいだからね」

「そんなけちなこといわないでさ、あともう一、二レース予想してみてくれよ。うまくすりゃあ億万長者になれるぜ」

するとトキオは箸を止め、吐息をついて拓実を軽く睨んできた。

「そういうことをいってる場合じゃないだろ。それに、本当にもうこれ以上予想できることはないんだ。諦めてもらうしかないね」

拓実は小さく舌打ちをし、鍋の肉に箸を伸ばした。

「だけど」トキオがにっこりしていった。「未来のことについて、少しだけ予想してやってもいいよ」

「金にならない話なら別にいいよ」

「十分お金になる話さ。たとえば拓実さんが誰かと待ち合わせをしてるとするだろ。約束の時刻に遅れそうだったり、行けなくなりそうだったらどうする？」

「どうするって、そりゃあ何とかして連絡するしかないだろ」

「どうやって？」

「だからたとえば待ち合わせの喫茶店に電話をかけるとかさ」

「待ち合わせ場所に電話がなかったら？」

「それは」少し考えた後で首を振った。「その時は後で謝るしかないな」

「だろうね。でもあと二十年もしたら、そんなことでは困らなくなるんだ。殆どの人が電話機を持っているからさ。ポケットに入るぐらい小さくて、移動しながらだって電話がかけられる」

「子供の未来話だな」拓実はせせら笑った。「夢を壊すようで悪いけど、まだ当分そんなことにはならねえよ。おまえ知ってるか。あと三年もしたら、金を入れなくていい公衆電話ができるんだとよ。定期券ぐらいの薄っぺらいカード一枚で、五百円とか千円分を話せるようになるらしい。そうなったらますます公衆電話が増える。それなのにどうして、一人一人が電話機を持って歩かなきゃいけないんだ」

「テレカ……その公衆電話用のカードは大ブームになるけど、携帯電話が普及することで徐々にすたれていくんだ。公衆電話そのものも少なくなる。人々は皆携帯電話を使ってコミュニケーションを図ろうとするから、いろいろな機能が付加されていく。電話回線そのものが高速化かつ複雑化していって、完全にネット社会となる。これ、間違いのないことだから、拓実さんは覚えておいてほしい」

「SFには興味ねえよ」軽く手を振り、拓実はビールのおかわりを注文した。

牛鍋屋を出たところで拓実はトキオにいった。

「おまえ、先に帰っててくれ。俺はちょっと寄らなきゃいけないところがある」

「どこへ？」

「あちこちに借金があるから、この機会に清算しておこうと思ってさ」

「ああ」トキオは頷いた。「そのほうがいいね。じゃあ、部屋で待ってるから」

拓実は片手を上げた。トキオが立ち去るのを見届けてから歩きだした。しかしそれは間もなくスキップに変わった。鼻歌も出る。

電話ボックスを見つけ、中に入った。鼻歌を続けながら硬貨を入れ、番号ボタンを押す。電話番号は覚えている。

何度か呼び出し音が鳴った後、「もしもし」と眠そうな女の声が聞こえた。

「ユカリか。俺だよ、拓実だ」

「ああー、何の用？」

「無愛想な声を出すなよ。今日は俺に付き合うといいことがあるぜ」

「ふざけんじゃないよ。あたしを呼び出すなら、貸した金を返してからにして」

「払ってやるよ、あんな端金。それよりほかの女も呼べよ。久しぶりにサタデーナイトフィーバーといこうぜ」

「ばーか。今日はサンデーだよ」

「どっちでもいいよ。どっかに一軒ぐらい開いてるディスコがあるだろ。今日は俺の奢《おご》りだ。パーっと騒ごうぜ」

「……どうしちゃったの？」

「来ればわかるさ。来ないと後悔するぜ。今日は日本ダービー、幸運の神カツラノハイセイコに感謝さ」

「当てたのっ？」

「十万円突っ込んで馬鹿当たりよ」

受話器の向こうで女が歓喜の悲鳴を上げた。

それから三時間後、拓実は踊り狂っていた。休業日だったバーをコネを使って無理に開けてもらい、ただ酒に目がない連中を呼び集めて即席のディスコに仕立てたのだ。安物のステレオからはビー・ジーズが流れ、ウイスキーやビールの栓が気前よく抜かれた。ただで酒が飲めるだけで喜ぶ仲間たちは、彼をさらに調子づかせるための手拍子を惜しまなかった。場を盛り上げるため裸になる男もいた。

店のドアが開き、トキオが入ってきたのは、場が最高潮に達した時だった。拓実はテーブルの上に立ち、トラボルタを気取っていた。

「おっ、トキオ。よくここがわかったな」拓実はテーブルから飛び降りた。「おうみんな、こいつがさっきも話した俺の弟分だ」

どよめきが上がった。

「すごーい、あたしにも何か予言してよ」一人の女がしなをつくった。

「そういうわけにいくかよ。こいつは俺の専属だ」拓実はトキオの肩を抱いた。そして笑いかける。「なあ、そうだろ」

しかしトキオは笑わない。無表情のまま拓実を見つめた。「何やってんだよ」

「何って、だからその、ちょっとお祝いをさ……」

トキオは拓実の腕をふりほどいた。

「こんなことしてる場合かよ。こんなことのために勝ち馬を教えてやったんじゃねえよ」

「そうだろうけどさ、あれだけ儲けたんだからちっとは」

トキオの顔が歪み、殴りかかってきた。彼の右拳が拓実の顔に飛んでくる。酔ってはいたが、よけられないスピードではなかった。ところがなぜか拓実は動けなかった。拳は彼の鼻に命中した。

仲間の一人が立ち上がった。「てめえ、何しやがる」トキオの襟首を摑んだ。

「待て、いいんだ」顔を押さえながら拓実は立ち上がった。トキオと目が合った。トキオは悲しげに彼を見ていた。

拓実は皆を見回した。「悪いけど、今日はここまでだ。みんな、帰ってくれ」

集まった連中は狐につままれたような顔をしていた。不思議そうに拓実とトキオを見比べながら店を出ていった。中の一人が、「拓実が殴られるなんて珍しいよな」と呟いた。

拓実は顔を押さえていた手を見た。血が出ていた。しかしなぜか腹は立たなかった。むしろ恥ずかしかった。

「ごめん」トキオが謝った。

「いや」拓実は首を振った。「どうしてかな。よけられなかった。なんか、よけちゃいけないと思ったんだよな」

そばにあったナプキンで鼻を拭いた。それは瞬く間に赤く染まった。

「行こうよ、拓実さん」トキオがいった。「恋人を探すんだろ。それから、あんたを産んだ人に会ってくれるんだろ」

血に染まったナプキンを握りつぶし、拓実は頷いた。

「そうだな。じゃあ、出発するか」

トキオが微笑《ほほえ》むと、わずかに八重歯が覗いた。

14

翌日の夜、拓実はトキオと共に錦糸町に向かうことにした。『すみれ』に行くためだ。金が入ったんだしタクシーを飛ばそうぜと拓実は提案したが、トキオに却下された。

「いいじゃねえかよ。二人分の電車賃を考えたら大した差じゃないぜ」

「その姿勢がよくないんだ。軍資金が入ったといっても、それで足りるとはかぎらないじゃないか。千鶴さんを探すのにどれだけ手間がかかるか、予想がついてないんだぜ」

「わかったよ。うるせえな」

トキオにいわれると、なぜか拓実は逆らえなくなるのだ。

結局電車で行くことになった。浅草橋まで出て、総武線に乗り換える。トキオは電車に乗った後も席には座らず、熱心に外を眺めていた。

「何を一所懸命見てるんだ」

「何ってことはないよ。町を見てるんだ」

「別にどうってことのない景色だろ」

隅田川を渡ったところだった。大小様々な建物がびっしりと建ち並び、その隙間を埋めるように民家がひしめいている。統一感はなく、雑多な印象しか受けない。

「拓実さんはどうして浅草に住もうと思ったわけ」トキオが訊いてきた。

「特にこれといった理由なんかねえよ。いろいろな仕事をして、あちこち渡り歩いてるうちに行き着いたところが浅草だったたってことだ」

「でも好きなんだろ」

「そうだな。悪かないな」拓実は鼻の下を指でこすった。「人間が面白えところがいい」

「人情はあるし？」

拓実は、わははと笑った。

「下町イコール人情ってのはおまえ単純すぎるぜ。俺にいわせりゃ、あんなに油断のならないところはないね。どいつもこいつも腹に一物持ってやがる。それを隠したり、時々ちらちら見せたりしながら、駆け引きして暮らしてるのが下町人間だ。だけど俺にはそれがいいんだな。べたべたした人間関係なんかごめんだね。その日を暮らすのが精一杯で、騙《だま》されたら騙されたほうが悪いんだ。みんなその覚悟の中で生きてる」そこまでいってから彼は首を少し傾げた。「でもそれが本当の人情なのかもな。こいつに裏切られたらもう仕方ないっていう具合に肝が据わってる。甘え合うのは人情なんかじゃねえんだ」

「いいところなんだな」トキオは窓の外に目を戻した。「何だか羨《うらや》ましいよ」

「こんなことを羨ましがるんじゃねえよ。俺はさ、やっぱりいつかは高級住宅街に住むぜ。世田谷とか田園調布によ。一発当てて、でっかい屋敷を建ててやる」

「それが拓実さんの夢なんだ」

「それだけじゃねえよ。俺はもっとスケールのでかいことを考えてるぜ。たとえばさ、土地やマンションをいっぱい買って、それを人に貸すだけで、がっぽがっぽ金が入ってくるなんて最高だと思わないか。高級外車を乗り回してよ、スタイル抜群の外人女をはべらすんだ」

するとトキオは拓実の顔をしげしげと眺めた。

「拓実さんでもそういう野望を持ってたんだな。そんな時代だったんだ」

「何だよ、その言い方」

「いや、その、地道に稼ぐっていう発想はないのかなと」

「今の時代、地道にやってちゃ貧乏くじを引くだけだ。はったりでも何でもいいから、大穴狙《ねら》いの勝負をかけられるやつが勝つんだ」

「でも人生は金だけじゃないだろ」

「何いってるんだ。最後は金だよ。だから日本は戦後のどん底から立ち直ってきたんじゃねえか。外国の連中は日本人のことをウサギ小屋に住んでる働き蜂だとかぬかしてやがるそうだけど、なあに単なる負け惜しみよ。そんな連中は札束で横っ面を張ってやりゃあいいのさ」

拓実がいうと、なぜかトキオは目を伏せた。それからまた窓を見て、口を開いた。

「その勢いで日本人は世界中を相手に稼ぎまくると思うよ。少なくともあと十年間は。景気がよくなって、みんなが贅沢合戦をするようになる。お祭り騒ぎさ。だけどその後に何が残ると思う？」

「何がって、そんなことになったら万々歳じゃねえか」

トキオは首を振った。

「夢ってのは突然醒《さ》めるんだ。泡が弾けるみたいにさ。膨らんで膨らんで、ぱちっと割れてそれっきり。後には空しさ以外何も残らない。地道に築き上げてきたものがないから、精神的にも物理的にも支えとなるものがないんだ。その時に初めて日本人は気づく」

「何にだ」

「自分たちが失ってきたもののことをだよ。これから十年あまりかけて、誰もが大事なものをなくしてしまうんだ。その中にはさっき拓実さんがいった、人情というものも含まれている」

「知ったふうなことをいうじゃねえか。そんなことあるわけないだろ。日本はこれからどんどんでかくなっていくんだ。その流れに乗り遅れないものが勝者よ」

拓実は顔の前で拳《こぶし》を固めた。トキオは小さく吐息をついただけで何もいわなかった。

錦糸町に着く頃にはネオンサインの映える時間帯になっていた。『すみれ』のドアにも営業中の札がかかっている。そのドアを開けて中に入った。まだ早いせいか、客はカウンターに一人いるだけだった。その客の横にママが座っている。カマキリ顔のバーテンが一瞬愛想笑いを拓実たちに向けたが、すぐにそれを仏頂面に変えた。

「ああ、あんたたち」ママもげんなりした表情を作った。

「この間はどうも」

「何しに来たの。千鶴のことなら何も知らないといったでしょ」

ママがいうと、隣の客が意外そうな顔をして拓実たちを見た。三十過ぎと思える、彫りの深い顔立ちをした男だ。

「ママ、この人たちは？」

「千鶴の友達だそうですよ。居所を探してるらしいんだけど」

「ふうん」男は興味深そうな目をしている。

「誰だい、あんた」拓実は男に訊いた。

するとと男はにやりと笑い、「人に名前を訊く時には、まず名乗らなきゃな」といった。

「だったらいいよ」拓実はママのほうに向き直った。「あの連中に俺のことをしゃべっただろ」

「誰のことをいってんの」

「とぼけんなよ。土曜日に、俺たちの後から来た二人組だ。あの連中も千鶴のことを訊きに来たんだろ。で、あんたは俺のことをしゃべった。違うかい」

ママは口元を歪め、ため息をついた。

「いけなかった？　千鶴を探してる者同士が話をすりゃいいと思って、あんたのことを教えたんだよ。親切心に感謝してもらいたいわね」

拓実はふんと鼻を鳴らし、トキオを振り返った。「聞いたかよ。居直りやがった」

「ほかに用がないなら帰って。それともこちらのお客さんみたいに、酒の一杯でも飲んでくれるかい。営業中の店に来て、ものを尋ねようっていうんなら、それぐらいのことは当然でしょうが」

「面白い。飲んでやろうじゃねえか。金がないと思ってたら大間違いだぜ」

「ちょっと拓実さん」豪語する拓実の袖をトキオが後ろから引っ張った。「乗せられちゃだめだよ」

「こんなこといわれて黙ってられるかよ」拓実は彼の手を振りほどいてバーテンを睨みつけた。「じゃあ、思いきり高級な酒を出してもらおうか」

「ほほお」カマキリ顔のバーテンが目を見開いた。「高級な酒といってもいろいろあるんでね。たとえば何だい」

「それは」拓実は一瞬詰まってから続けた。「ナポレオンだ。ナポレオンを出してくれ」

「ナポレオンねえ。で、何のナポレオンだ」

「ナポレオンといったらナポレオンだ。それともここにはそんな上等の酒は置いてないのかい」

拓実がいうとバーテンはげらげら笑いだした。ママも吹き出している。

「何だよ。何がおかしいんだ」

するとと後ろからトキオが耳打ちしてきた。「ナポレオンといったらブランデーのグレードの一つだよ。酒の名前じゃない」

「えっ、そうなのか」

「そうなんだよ。酒のこともろくに知らないくせに、ちんぴらが偉そうなことをいうんじゃねえよ」バーテンが吐き捨てるようにいった。

拓実の頭に血が上った。左手で作った拳を胸のあたりまで上げる。あと数秒あったならカウンターを乗り越えていただろうが、その前に彼の手をトキオが押さえた。

「まずいよ、拓実さん」

「その人に」ママの隣にいる客がいった。「ヘネシーを出してやってくれ。私の奢りだ」

バーテンは意外そうな顔をしたが、はい、と返事した。

「余計なことすんなよ」拓実は相手の男にいった。

男は口元に笑みを浮かべたが、バーテンやママのような感じの悪いものではなかった。

「君の話の続きを聞きたいから奢るんだ。遠慮しなくていい」

バーテンがグラスを拓実の前に置いた。勿体《もったい》ぶった手つきでブランデーを注ぐ。

拓実は少しためらった後、グラスに手を伸ばした。それを口元に運んだだけで甘く濃厚な香りが鼻孔に触れた。ちょっと舐めてから口に含んでみる。その香りを凝縮したような味が心地よい刺激と共に舌に広がった。

「デンキブランとは違うだろ」バーテンがグラスを拭きながら面白そうにいった。

「どうってことねえよ、こんなの」そういいながらも拓実はグラスを離さなかった。

「人の奢りでも客は客だから、質問には答えてもらうぜ」ママに向かっていった。

「あたしは何にも知らないといってるでしょ」

「あの連中は何者なんだ。どうして千鶴のことを探してるんだ」

「あいつらが誰かなんて知らないわよ。千鶴の行き先を訊かれただけ。ただ、あいつらの狙いは千鶴ではないみたいだったけど」

「そいつはわかってる。千鶴が何かを持ってるんだろ」

「持ってる？　そんなことは聞かなかったけど」

「じゃあどんなふうに聞いたんだ」

「あいつらはオカベさんとのことをいってたのよ。オカベが千鶴って女に入れあげてたのは本当かって」

「オカベ？　誰だよ、それ」

「うちのお客さん。連中の口振りだと、探してる相手はオカベさんのほうじゃないかと思うのよね。で、オカベさんを見つけるために千鶴を探してるんじゃないかな」

「そのオカベって何をしてるやつなんだ」

ママは首を振った。

「ずっと前に、電話の仕事をしてるって聞いたことがあるだけで、細かいことなんか聞いてないね」

「電話？」

「じつは私もオカベを探してるんだ」ブランデーを奢ってくれた男がいった。「それでここへ来て、話を聞いていたというわけさ。この店を贔屓《ひいき》にしていたらしいのでね。ちょうど千鶴って人のことを聞いていたところで君たちが入ってきた。でもおかげで状況が呑み込めた。オカベは千鶴さんと一緒にどこかへ消えたらしい」

「オカベって何者だよ。ついでにあんたのことも知りたいな」

「それは君とは関係のないことだ」

「あの連中の仲間かい。だとしたらちょうどいい。返したいものがあるんだ」拓実はポケットから折り畳んだ封筒を取り出した。「預かった金だ。奴らに渡しといてくれ」

男の顔から笑顔が消えた。鋭い目で封筒と拓実の顔を見比べた。

「なるほど。金を渡して君に千鶴さんを探させようとしたわけか」

「もうこの金は必要なくなったんだ」

「待ってくれ。私はその金を渡した連中の仲間じゃない」そういってから男はママやバーテンに目を向けた。「お勘定をしてもらえるかな」

「こっちの話は済んでないぜ」拓実はいった。

「だからここを出て、どこかでゆっくり話そう」

「あら、うちだったらいいのよ。まだ当分お客さんは来ないと思うし、あたしたちは口が堅いから」ママが親切そうにいった。その目には好奇心の光が宿っている。

「迷惑をかけたくないんだよ」男は立ち上がり、上着の内ポケットから財布を出した。

店を出た後、男は黙って駅に向かう道を歩き始めた。喫茶店などを探しているようには見えなかった。

大きな通りに出たところで男は足を止めた。そのまま拓実たちを振り返った。

「取引をしないか」

「取引？　どういう取引だ」

「君には千鶴さんを探す手がかりが何かあるんだろ。それを教えてもらいたい。私が代わりに探してやろう。千鶴さんのことで何かわかったら、必ず君に連絡するよ」

拓実はポケットに両手を突っ込み、一度トキオのほうを見てから男に目を戻した。口元だけで笑って見せる。

「そんな取引に俺が乗ると思うかい。あんたがどこの誰かもわからないってのにさ」

「私は仕事で人を探しているだけだ。心配しなくていい」

「その言葉を信じる理由があるかよ。あんたが信用できる人間だっていう証拠を見せてくれ。もっとも、仮にそんなものを見せられたとしても、千鶴探しを他人に任せる気はないけどさ」

ふむ、と頷いて男は鼻の横をこすった。

「信用しろといっても無理かもしれないな。じゃあこの忠告は聞いてくれないか。今、君たちが動くのはよくない。君たちにとってよくないという意味だ。しばらくの間、千鶴さん探しをするのは我慢してくれないか。時期がくれば私から連絡する。その時には千鶴さんの居場所も判明しているはずだ」

「またわけのわかんないことをいいだしたぜ、このおっさん」拓実は親指で相手の男を指し、後ろにいるトキオにいった。それから改めて男を見てかぶりを振った。「どんなごたごたがあるのか知らないけど、俺には関係のないことだ。俺は千鶴を探す。誰にも邪魔させねえよ」

「君たちが下手に動くと千鶴さんだって危険なんだ」

「そこまでいうからには詳しい事情を話してみろよ」

だが男はそれについてはしゃべる気はないようで、唇を結んで拓実を見つめている。

「行こうぜ」拓実はトキオに声をかけ、歩きかけた。

「ちょっと待った。よくわかったよ」男が拓実の前に立った。「残念ながら、まだ事情を話すわけにはいかない。いずれは可能だと思うけど、今はまずいんだ」

「だったらそれでいい。そこをどいてくれ」

「君を止めるのは無理のようだから、このことだけはいっておく。君に金を渡した連中のいうことをきいちゃだめだ。彼等とは関わるな」

「いわれなくても関わらねえよ。あんたともな」

男はポケットから手帳を出し、素早く何か書き込んだ。その頁を破り、差し出した。見ると数字が書いてある。電話番号のようだ。

「何だよ、これ」

「私のところに繋がる。何か困ったことが起きたら電話してくれ。できれば千鶴さんたちの居場所がわかったら、真っ先に連絡してほしい。名字はタカクラということにしておこう」

「タカクラね。どうせ、下の名前はケンだとでもいうんだろ」拓実は即座にメモを道に捨てた。「話はそれだけかい」

男は吐息をついた。

「出来れば君たちを監禁したいところだがね」

「やれるものならやってみろよ」

行くぞとトキオにいって拓実は歩きだした。今度は男も止めなかった。

「ねえ、なんかヤバくない？」トキオが歩きながら話しかけてきた。拓実が捨てたメモを持っている。

「いわれなくてもわかってる。くそっ、千鶴のやつ、何だってそんな野郎と消えやがったんだ」

「オカベについて、さっきのタカクラって人をもっと問い詰めるのかと思ったけど」

「あの男はしゃべらねえよ。雰囲気でわかる。それよりこっちの目的は千鶴だ。オカべなんかはどうでもいい。どうやら石原裕次郎にしても高倉健にしても、まだこれといった手がかりはないようだから、俺たちが早いところ千鶴を見つけりゃいいだけのことだ」

「明日、出発するんだな」

「もちろんそうだ。ぐずぐずしてる理由はないからな」

正直なところ拓実としては今すぐにでも出かけたい心境だった。千鶴がどんなことに巻き込まれているのかまるで見当がつかない。きな臭い空気ばかりが漂ってくるという感じだ。そこから彼女を連れ戻したかった。

錦糸町の駅前で晩飯を食べてからアパートに戻ると、階段の下で男が一人立っていた。背の高い男だ。鼻の下に生やした髭に見覚えがある。イシハラの手下だ。ちょうどいい、と拓実は思った。

「お出かけだったようだな」髭面が訊いてきた。

「悪いかい。俺たちだって飯を食ったり酒を飲んだりすることもあるぜ。それより何か用かな」

「あれから二日経ってる。何か進展があったんじゃないかと思ってね」

「ははあ、ボスにいわれてきたわけか。図体のでかい使いっ走りだ」

髭がぴくりと動いた。拓実は反撃できるよう身構えたが、男は何もしてこなかった。

「女の居所はわかったのか」

「そのことだけど、こっちからいっておくことがある」拓実は金の入った封筒を取り出し、男の胸に押しつけた。「金は返す。二十万、ぴったり入ってる。一円だって使っちゃいないぜ」

「どういうことだ」

「千鶴のことは諦めることにした。もう追いかけない。だからその金を受け取るわけにはいかなくなったんだ。おたくらのボスにもそう伝えな」

「本気か」

「ああ。もう面倒臭くなったんだ。これで貸し借りなしだからな、俺たちにつきまとわないでくれよ」

拓実はトキオに目配せし、階段を上がった。髭の男は下から見上げていたが呼び止めてはこなかった。

「あれで引き下がってくれるかな」部屋に入ってからトキオが心配そうにいった。

「引き下がらないでどうする。俺はもう女のことを追わないといってるんだぜ。奴らとしてもほかを当たるしかねえだろ。それより明日の支度をしようぜ」

支度といっても大してすることはなかった。古びたスポーツバッグに着替え少々とタオルを入れるだけだ。トキオにいたっては、最初から荷物らしきものは何もない。

寝る前に所持金を確認した。数えてみると約十三万円残っていた。それを半分に分け、二人で持つことにした。

「一人六万五千円か。こうしてみると大した金額じゃねえな」そういって拓実は財布の中を覗き込んだ。

「いっとくけど、本当はあと十万円ずつあったんだからな。それをくだらないことに使っちゃうから、こういうことになるんだ」

「わかってるよ。俺だって反省してるんだから、そう何遍もいうなよ。それよりさ」拓実はトキオににじり寄った。「この間も訊いたけど、本当にああいううまい話はもうないのかよ。隠してるんじゃねえのか」

「うまい話って？」

「だからカツラノハイセイコみたいなやつさ。まだほかにもネタがあるんだろ」

トキオはふうーっと息を吐き、頭を振った。

「何度訊いたら気が済むんだ。あれっきりだよ。あれだって、たまたま知ってたから使えただけなんだ。元々そんなに競馬には興味がなかったし」

「競馬がだめなら競艇や競輪という手もあるぜ」

「余計にだめだよ。とにかくああいうことはもう二度とない。当てにしないでほしいな」

「ちぇっ、一度きりの夢かよ」拓実は煎餅布団の上にごろりと横になった。

トキオが灯りを消した。が、しばらくしていった。

「あのさあ、こういうことをいうのは無神経かもしれないけどさ」そこまでいってから言葉を切り、「やっぱりいわないほうがいいかな」と呟いた。

「何だよ、男らしくないぞ。はっきりいってみろ」

「ええと、その、千鶴さんとオカべっていう人とはどういう関係なんだろ」

拓実は上半身を起こした。トキオのほうに身体を捻《ひね》る。「何がいいたいんだ」

「二人で一緒に消えたわけだろ。それって駆け落ちみたいなものじゃないのか。だとしたら二人の関係は」

「うるせえよ」拓実は歯を剥いた。「じゃあ何か？　千鶴はそのオカべって野郎と俺と二股かけてたっていうのか。あいつはそんな女じゃねえ」

「だけどさ」

「何か事情があるんだよ。おまえだってわかるだろ。胡散《うさん》臭い連中がうようよ出てきてるんだ。そんな駆け落ちなんて単純な話じゃねえんだよ。オカべって野郎がとんずらして、千鶴はそれに巻き込まれてるだけだ。あいつだって、消えたくて消えたわけじゃねえ」

「そうかな」

「違うってのか」

「だってさ、書き置きがあったじゃないか。あれ、間違いなく千鶴さんの字だろ。さようならって書いてあっただろ。だからさ、いろいろと事情はあるにせよ、千鶴さんが拓実さんの前から消えたのは、あの人の意思なんだよ。はっきりいうとさ――」そこまでいったところでトキオは口をつぐんだ。

「何だよ。続けろよ」

薄闇の中でトキオが深呼吸する気配があった。

「はっきりいって、やっぱり、拓実さんは振られたってことじゃないのかな」

なにを、といいかけて拓実は黙った。トキオのいっていることが的はずれでないことは彼自身が一番よくわかっている。

それでも彼はふんと鼻を鳴らした。「そんなこと、千鶴に会わなきゃわかんねえよ」

これにはトキオも反論しなかった。そうかな、と小声でいっただけだ。

拓実は寝転がり、頭から毛布をかぶった。

15

翌朝は早起きして、二人で東京駅に行った。トキオはしきりに構内を見回している。

「ふうん、あんまり変わってないんだなあ。デパートとかはないんだ」

「何をぶつぶついってるんだ。それより切符を買おうぜ」

切符売り場に向かいかけた拓実の腕をトキオが摑んだ。

「みどりの窓口はこっちだよ」

「みどりの……そんなところで買うのか」

「だってどういう列車があるのかも調べなきゃ」それからトキオはにやにやして拓実を見た。「もしかして拓実さん、新幹線に乗ったことないのかい」

「うるせえな。旅の通はそんなものに乗らねえんだよ」

「それはどうも。じゃ、俺が買ってくるよ」

トキオは一人でみどりの窓口に入っていった。

拓実はぼんやりと周りを見回した。平日なので旅行客は少ないようだ。その代わりにスーツ姿で颯爽《さっそう》と歩くビジネスマンが多く見られた。髪型をぴしりと整え、いかにも重要な書類が入っていそうなアタッシェケースを提げている。彼等はふつうの人間よりも歩くスピードが速そうに見えた。その勢いで日本中、いや世界中を飛び回っているのだろう。彼等の中には拓実と大して年齢が違わなさそうな者も少なくなかった。

こっちはまともな旅行さえしたことがないってのによ——。

拓実は何だか自分が取り残されていくような思いに包まれていた。

トキオが戻ってきた。

「本数が少ないんでびっくりしたよ。ノゾミだってないし」

「望みがない？　どういうことだ」

「いや、こっちのこと。それより、はい、これが切符。特急券と乗車券」

「御苦労」

「まだ少し時間があるから弁当でも買おうよ」

歩きだしたトキオの後を拓実はついていった。だが切符を見ていて、あることに気づいた。

「おい、ちょっと待て」

「何？」

「これおまえ、名古屋までじゃねえか。俺たちの行き先は大阪だぞ」

するとトキオは彼のほうに向き直ると両手を腰に当てた。

「東條さんの家に行くっていう約束だっただろ」

「行ってやるよ。だけどそれは千鶴を見つけてからだ。こっちは一分一秒を争ってるんだぜ。わかってんのかよ」

「大阪に行ったって、すぐに見つけられるわけじゃないだろ。だったらその前に、やるべきことは済ましておこうよ。そんなに時間は取られない。せいぜい半日だ」

「ふざけんなよ。この局面で半日を無駄にできるか。大阪行きに変更だ」拓実はみどりの窓口に向かいかけ、すぐに足を止めた。トキオのほうに切符を差し出す。「大阪行きと変更してこい」

トキオの顔が悲しげに歪んだ。

「半日がだめなら三時間でいい。名古屋駅からの行き帰りの時間を引いたら、東條さんに会ってられるのは一時間がいいところだ。それでもだめかい」

「そんなに会いたいなら、おまえが一人で行ってこい。おまえは自分の出生のことで何かわかるかもしれないと思ってるんだろ。だけど俺は別に何かを知りたいわけじゃねえ」

「だめなんだよ。それじゃだめなんだ」トキオは髪を激しくかき乱した。

「なんでだ。なんでおまえはそんなに俺をあのばばあに会わせたがるんだ」

「それによって拓実さんの人生が変わるからだ。変わるってことを知ってるからだ」

「馬鹿馬鹿しい。競馬が当たったからって予言者気取りかよ」拓実はみどりの窓口に向かって歩きだした。

「今あの人に会っておけば」トキオが後ろでいった。「いつかあんたはいうようになる。あの時にじつの母親に会っておいてよかったって。そのことを、あんたの息子にも話すようになる。目を輝かせて自慢げに話すようになる」

拓実は立ち止まった。振り向くとトキオと目が合った。トキオは口を真一文字に結んでいた。

正体不明の感情が拓実の胸に迫っていた。馬券を買えとトキオが主張した時と同じだ。そしてあの時と同じように、その見えない波に拓実は逆らえない。

「三十分だ」彼はいった。「三十分だけ会ってやる。それ以上は絶対に御免だからな」

トキオの顔に安堵《あんど》の色が広がった。

「ありがとう」不思議な力を持った青年は拓実に頭を下げた。

16

ひかり号を降りた拓実は、名古屋駅のホームで大きく伸びをした。

「いやあ、もう名古屋かよ。あっという間だったなあ。やっぱり新幹線は速えや。時計を見ろよ、東京を出てから二時間ぐらいしか経ってないぜ」

「でかい声出すなよ。恥ずかしいなあ」トキオが眉をひそめ、小声でいった。「新幹線の中でも、速い速いっていい続けてたじゃないか。もう気が済んだだろ」

「なんだ、速いものを速いといって何が悪いんだ」

「悪かないけどさ、はしゃぎすぎだよ。車内販売のおねえさんのスカートが短いとかいって喜ぶしさ」

「ああ、あれはなかなかいい脚だったよな。ちょっと無愛想なのが気に食わなかったけどよ。だけどあのねえちゃんから買ったウナギ弁当も旨かった。帰りも買おうぜ」

「新幹線に乗る金が残ってたらね」

トキオはどんどん先を歩いていく。拓実はあわてて後をついていった。

広い構内をトキオは迷いを見せずに進んでいった。通りの両側には土産物を置いた売店が並んでいる。

「おっ、ういろうを売ってるぞ」

「名古屋の名物だからね」トキオは前を向いたまま答えた。

「きしめんの店がある。きしめんもこっちの名物だよな。おい、せっかくだからちょっと食っていこうぜ」

「さっきウナギ弁当を食ったじゃないか」

「別腹だよ。女が飯食った後に甘い物を食べたがるのと同じだ」

トキオは足を止め、くるりと振り返った。拓実の顔をじっと見つめてくる。拓実は思わず目をそらした。このところこんなふうに睨まれることが多くなっている。そして拓実は彼のこんな表情が苦手になってきていた。

「拓実さん、逃げてるだろ」

「逃げてる？　俺が？　馬鹿いうなよ、俺が何から逃げてるっていうんだ」

「じつのおかあさんと会うことからだよ。何とか後回しにしようとしてる」

「別にそんな気はねえよ。まあ、気が進まないのは事実だけどさ」

トキオは吐息をつき、横の売店に目を向けた。それから、ああと顔をしかめた。

「どうかしたのか」

「お土産を買うのを忘れちゃったよ。東京駅の売店で、いろいろと東京土産を売ってたのにさ。人形焼だとか関東あられだとか。うっかりしてたなあ」

「いらねえよ、そんなもん。大体、東條の家は菓子屋なんだ。菓子屋に菓子を持っていってどうすんだ」

「わかってないな。菓子屋さんだから、よその名物が気になるんじゃないか。雷門の栗蒸し羊羹《ようかん》なんて、絶対に喜ばれたと思うなあ」

「喜ばす必要なんてねえよ。行くぜ」

今度は拓実が先に歩きだした。しかしすぐに立ち止まらねばならなくなった。

「おい、ここからはどうやって行くんだ」

「住所を見てみなよ。例の手紙、持ってきてるだろ」

「おう、あれか」

拓実は上着のポケットから二つに折り畳んだ封筒を取り出した。東條須美子の義理の娘にあたる淳子から来たものだ。裏に住所が書いてある。

「ええと、名古屋市ネツタク……」

「ネツタク？　熱田区《あつたく》だろ」

「アツタクと読むのか。とにかく、そこだ」

「つまり熱田駅か神宮前駅に行けばいいんだよな。名鉄の方が便利だ。こっちだよ」

トキオが親指で方向を指し、足早に歩き始めた。

名鉄の切符もトキオが買った。拓実も路線図を見たが、今自分が名古屋にいるということ以外、何もわからなかった。どの線を使い、どこまで行けばいいのか理解できぬまま、トキオから切符を渡されていた。

「おまえ、東條の家に行ったことあるのか」

「いや、ないよ」

「そのわりに慣れてるな」

「名古屋には以前何度か来たことがあるんだ。さあ、急ごうぜ」

名鉄名古屋駅のホームは特殊だった。電車の行き先は数多く枝分かれしているのだが、基本的に上りと下りの二つしかない。だから行き先をしっかり確かめてから乗らないと、まるっきり違うところに行ってしまうおそれがあるのだ。電車の停止位置も行き先に応じて違うので、せっかく並んで待っていても、乗降口が全く別のところで止まってしまうということもある。そういう多少慣れが必要な状況ではあったが、拓実はトキオの後についていくことで、問題なく電車に乗れた。トキオが名古屋に何度か来たことがあるというのは本当のようだった。

電車はすいていたので、対面式の四人掛けシートを二人で使った。拓実は窓枠に肘を載せ、頰杖をついて外を流れる景色に目をやった。

「新幹線の中から見たら、田んぼや畑ばっかりだったけど、このあたりは結構開けてるんだな」

「濃尾平野は広大だからね。それより拓実さん、これ何て読むか知ってるかい」

トキオが指差したのは、壁に貼られた広告に印刷されている住所だった。知立、という文字に彼の人差し指が載っていた。

「何だよ、それ。チダチ？　チリツ？」

ははは、とトキオは楽しそうに笑った。

「これはチリュウと読むんだ。難しいだろ。でも昔はもっと難しくて、池の鯉《こい》に鮒《ふな》と書いてチリュウと読ませたんだってさ。たぶん鯉とか鮒がたくさんいたんだろうね。だけどそれじゃあんまり難しすぎるから今の字になったそうだよ」

「ふん、どうせ変えるなら読める字にすりゃよかったのにな。それにしても、くだらないことをよく知ってるな。誰から聞いたんだ、そんな話」

トキオは一旦真顔になった後、また笑みを浮かべた。

「親父が教えてくれたんだ。よく親父と一緒にこのあたりに来たから」

「また親父か。キムタクとかいうやつだな。親父の実家がこのあたりだったのか」

「いや、そうじゃないけど」トキオは俯き、なぜかいい淀《よど》んだ。そして顔を上げた。「親父はこのあたりの土地が好きで、よく連れてきてくれた。いろいろと思い出がある場所だったんじゃないかな」

「ふうん。それは結構なことだ」拓実にとっては関心のない話だった。だがふと思いついて訊いてみた。「おまえの親父さんは東條のババアに会いに来てたんじゃないのか。俺とおまえに血の繋がりがあるといったのも、その親父なんだろ」

「それはないと思うけど」

この後しばらくトキオは無言だった。拓実もそれ以上追及する気はなく、先程までと同じように外の景色を眺めていた。工場の屋根が多い。ここが有数の工業都市であることを彼は思い出していた。

「あのさあ、一つ提案があるんだけど」トキオが口を開いた。「提案というより、頼みといったほうがいいかな」

「おまえがそういう言い方をする時ってのは、ろくなことじゃないんだよな」

「拓実さんには迷惑をかけないと思うよ」

「まあいいや。何だよ、いってみろ」

「うん……俺のことなんだけど、とりあえず東條家の人たちにはいわないでもらいたいんだ。話が複雑になっちゃうし、もう少し自分一人で調べたいこともあるし」

「何だよ、それ。俺はおまえとの関係を知りたいって気持ちもあったから、ここまで来る気になったんだぜ」

「だからそれは、もし明らかにできたらラッキーという程度のつもりでいようよ。とにかく今回一番大事なことは、拓実さんが本当のおかあさんに会うことだ。俺のことは、それが済んでからでいいよ」

「変な奴だな。おまえのほうから、自分の出生について調べたいといってきたんだぜ。まあいいや。黙っといてやるよ。でもそうすると、おまえのことを何と紹介すりゃいい」

「友達でいいじゃないか。それとも、友達じゃだめかい」

「構わねえよ、俺は。じゃ、友達ってことで」

拓実は頬杖をついていた腕を外し、首の後ろを掻いた。友達という響きは彼を落ち着かなくさせていた。久しく自分にはそういう存在がいなかったことを思い出していた。親しくなった人間に対しても決して心を許すまいと思って生きてきたのだ。

神宮前駅で降りると、トキオは例の手紙を持って近くの交番に入っていった。拓実も仕方なくついていく。驚いたことに警官は東條家を知っていた。

「この道を真っ直ぐ行くと熱田神宮がありますから、それを越えて――」人の良さそうな顔をした中年の警官は、わざわざ交番から出てきて教えてくれた。

いわれたとおりに歩いていくと、古い木造家屋の並ぶ住宅地に入った。人通りは少なくないが、どこかひっそりとした落ち着きがある。そんな通りに面して、昔ながらの佇《たたず》まいの和菓子屋が店を開いていた。紺色の暖簾《のれん》がかかり、『はる庵』と染め抜かれている。

「あそこみたいだぜ」トキオがいった。

「そうらしいな」いいながら拓実は後ろに下がっていた。

「どうしたんだ。行かなきゃ」

「待てよ。その前に煙草ぐらい吸ったっていいだろ」

拓実はエコーの箱を取り出し、煙草をくわえた。百円ライターで火をつけ、白い雲に向かって煙を吐いた。主婦らしき一人の女性が、胡散臭そうに横目で二人を見ながら通り過ぎていく。

パチンコで手に入れた安物の腕時計を見た。時刻は午後一時になろうとしていた。

「あの女が家にいるとはかぎらないんじゃねえか」拓実はいった。

「病気で寝込んでるって手紙に書いてあっただろ。たぶん家にいると思うよ」

「だけどどういう状態かわからねえし、突然俺たちが行ったって、向こうにとっちゃ迷惑なだけかもしれないぜ」

「そんなこといったって、事前に電話するのは嫌だといったのは拓実さんだぜ。せっかく電話番号だって書いてあったのに」

「待ち伏せされるみたいなのが嫌なんだよ」

「だから電話しないで来ちゃったんじゃないか。さあ、つべこべいってないで行こうよ。もう煙草だって吸っただろ」

トキオは拓実の口元から短くなった煙草を奪った。道路に捨て、スニーカーで踏みつける。

「吸い殻のポイ捨てはよくないぜ」

「そう思うなら、こんなところで吸いたがるなよ」

さあ、といってトキオは拓実の背中を押した。拓実は渋々重い第一歩を踏み出した。

暖簾をくぐると中は思ったよりも薄暗かった。木枠の陳列ケースに和菓子が並んでいる。その向こうには白い上っ張りを羽織り、三角巾をつけた女性店員が二人いた。さらに奥には何かの事務をしている和服の女性が一人。

店員の一人は上品な身なりをした女性客の相手をしていた。残るもう一方の店員が拓実たちに向かって、いらっしゃいませ、といって会釈した。場違いな客が来たと思っているだろうが、表情には出ていない。しかし間もなくその顔に不審そうな色が滲《にじ》んだ。拓実が何もいわずに突っ立っているからだ。

トキオに腋《わき》をつつかれ、拓実は何かいおうとした。だが言葉が出てこない。何といって名乗ればいいのかわからなかった。

たまりかねたようにトキオがいった。「東條さんはいらっしゃいますか」

奥にいた和服の女性が二人を見た。三十歳ぐらいの痩せた女性だった。髪を上げ、金縁の眼鏡をかけている。地味な顔立ちだが、化粧の仕方を変えればそこそこの美人になりそうだった。

「東條の誰かに御用で――」そこまでいったところで彼女の唇が止まった。彼女の目は拓実に向けられていた。

次に息を呑む気配があった。「もしかすると……拓実さん？」

拓実はトキオと顔を見合わせ、相手の女性に視線を戻すと、顎を突き出すように頷いた。「ええ、まあ」

「やっぱり……。わざわざ来てくださったんですね」

「いや、わざわざっていうか、こいつが行け行けってうるさいもんだから」

しかし彼女は拓実の話など聞いていないようだ。店に出てくると、「とりあえずこちらへ」といって、奥に案内しようとした。

「あの、あなたは？」トキオが尋ねた。

彼女は我に返ったように瞬きし、頭を一つ下げた。

「失礼しました。あたし、淳子です。東條淳子です」

それを聞き、拓実は再びトキオと顔を見合わせた。

淳子に導かれ、二人は奥に入った。店の裏が母屋《おもや》になっているようだ。しかし彼女はどの部屋にも入ろうとはせず、廊下を進んでいく。やがて手入れの行き届いた庭が目の前に現れた。それを横目で見ながら渡り廊下を歩いていく。

「こちらでお待ちいただけますか」

通されたところは茶室だった。広さは四畳半ほどだが、きちんと床の間まである。東條淳子が立ち去った後、二人は畳の上で胡座をかいた。

「すげえな。こんな離れを作るなんて、土地が余ってんじゃねえか」

「歴史のある家だからだよ。和菓子なんてのはさ、昔は贅沢品《ぜいたくひん》だったわけだろ。地元の実力者の夫人を茶会に招待して、その場で新製品のお菓子を披露したんじゃないかな」

「ふうん。おまえ、年のわりによくそんなこと知ってるな」

「まあね」トキオは頭を掻いた。

拓実は障子を張った明かり窓を開け、庭を眺めた。苔《こけ》のついた灯籠が見える。

東條須美子は、この家でさぞかし優雅に暮らしているのだろう。貧困のせいで赤ん坊を捨てた女が、茶室のあるような家で贅沢三昧《ざんまい》をしてきたのだと思うと、今は病床についていると聞いても、ざまあみろという気持ちしか起きなかった。

拓実はエコーの箱を取り出した。

「こういうところは禁煙じゃないのかな」トキオがいった。

「なんでだよ。茶室っていったら、喫茶店みたいなもんだろ。灰皿だってあるじゃねえか」そういって拓実は床の間に置いてあった貝殻を模した陶器を引き寄せた。

「それはお香を入れる器だよ」

「構わねえよ。洗えばいいことだろ」拓実は煙草に火をつけ、灰を器に落とした。

「この家、すごい財産がありそうだね」

「だろうな」

くそ面白くもない、と拓実は腹の中で毒づく。

「拓実さんの態度次第で、この財産が手に入るってこともあるわけだよね」

「なんでそんなわけあるんだよ。馬鹿じゃねえか」拓実はトキオの顔に煙を吹きかけた。

トキオは顔の前の煙を手で払いのけてからいった。

「だってさ、手紙によれば旦那さんは亡くなってるらしいから、現在の主人は東條須美子さんだろ。で、曲がりなりにも拓実さんはその実の子なんだから、当然相続権があるんじゃないか」

「さっきの人がいるじゃねえか。東條淳子さんとかいう」

「そりゃ、あの人にもあるだろうけど、拓実さんにも何割かは回ってくるはずだよ。民法をよく調べなきゃならないけど」

「調べなくていいよ。誰がもらうか、あんな女から」

貝殻の中で拓実は煙草の吸い殻を捻り潰しながら、だけど自分がもっと悪い人間だったら、と思った。もしそうならば、うまく立ち回って、この家を乗っ取ることも考えたかもしれない。いや悪い人間というより、東條須美子に対する憎悪がもっと激しければ、ということになるのか。つまりそこまでは考えられない自分は甘い人間なのかもしれないと思い、拓実は苛立った。

「それが拓実さんのいいところだよ」

「なに？」

「細々したところではせこいけど、肝心なところでは曲がったことをしない。それが拓実さんの性格なんだ」

「何をいいだすんだ。頭おかしいんじゃねえか」まるで心の中を見透かしたようなトキオの言葉に彼はうろたえた。照れ隠しに煙草を吸おうと思ったが、エコーの箱は空だった。手の中で捻り潰し、床の間に向かって投げ捨てた。

その時人の歩く音が聞こえてきた。失礼します、という声の後、襖《ふすま》が開いた。東條淳子が入ってきて、二人の前に座った。吸い殻の入った貝殻にちらりと目を向けたが、気にしているようには見えない。

「義母に拓実さんのことを伝えました。是非会いたいといっているのですが、よろしいでしょうか」

わざわざここまで来たのだから、会わないなどというわけがない。それでも彼女がこんなふうに訊くのは、これまでの確執を承知しているからだろう。

拓実は頬を掻きながらトキオを見た。彼は気が進まないでいた。今さら逃げられないとわかっていたが、素直に頷くのもしゃくだった。

「何、もったいぶってるんだ」トキオがあきれたようにいった。

「別にもったいぶってるわけじゃねえよ」彼は東條淳子に顔を戻し、小さく顎を引いた。

「ありがとうございます」彼女は頭を下げた。「ただ、義母に会っていただく前に、お話ししておくことがあります。手紙にも書きましたように、義母は病気にかかっています。そのせいで、幾分お見苦しいところがあるかもしれませんが、どうかお許しいただきたいのです」

「かなりお悪いんですか」トキオが尋ねた。

「お医者様のお話では、いつ逝《い》ってもおかしくないとのことでした」東條淳子は背筋を伸ばしたまま、それまでと変わらぬ淡々とした口調でいった。

「どういう御病気ですか」

そんなことどうだっていいじゃねえかよ、という思いを込めて拓実はトキオを見た。

「頭の中に大きな血の固まりがあるんです。手術では取り除けないという話でした。それはどんどん大きくなる一方で、そのせいで脳の機能に支障をきたしています。これまでよく生きながらえてきたものだと驚かれているほどなんです。じつをいいますと、最近の義母は殆ど眠っています。何日も目を覚まさないなんてことは珍しくないんです。だから、今日たまたま意識を取り戻しているというのは奇跡的なんです。拓実さんが来てくださることを、義母は感じ取ったのかもしれませんね」

そんなことあるわけないじゃないか、と拓実は心の中で呟いた。

「では拓実さん、あたしと一緒に来ていただけますか」彼女は腰を浮かせた。

「こいつもいいでしょ」拓実はトキオを指した。

東條淳子が戸惑ったように黙ったので、彼は続けた。

「こいつは俺の親友だし、さっきもいったように、こいつにいわれなきゃここには来なかった。こいつが一緒じゃだめだというなら、俺はこのまま帰ります」

「拓実さん、俺は——」

「おまえは黙ってろ」ぴしりといい放ってから東條淳子を見た。

彼女は目を伏せてから頷いた。

「わかりました。ではお二人でどうぞ」

彼女の後に続いて、拓実とトキオは再び廊下を歩いた。しかし先程とは経路が違っている。どこまで広い家なんだと拓実はあきれていた。

やがて奥まった部屋の前に到達した。東條淳子が襖を細く開け、中に声をかけた。

「拓実さんをお連れしたわよ」

中からの返事はない。声はあったのかもしれないが、拓実の耳には届かなかった。

東條淳子が拓実のほうを振り返った。「では、どうぞ」

彼女が襖を大きく開けた。

17

最初に拓実の目に入ったのは点滴の器具だった。その横に小柄で少し太った女性がいる。彼女は半袖の白衣を着ていた。

次に彼は布団を認めた。白衣の女性はその枕元で座っているのだ。布団には女が寝かされていた。白衣の女性は患者の顔を覗き込んでいる。

布団の中の女は目を閉じていた。頬は痩せこけ、眼窩《がんか》が落ちている。皮膚は灰色で、艶は全くなかった。一瞬老婆のように見えた。

「どうぞ、お座りになってください」

東條淳子が二つの座布団を布団の横に並べた。しかし拓実は近づく気にならず、部屋の入り口のそばで正座した。彼女はそれについては何もいわなかった。

「義母です。東條須美子です」

拓実は黙って頷いた。言葉が出てこなかった。

「また眠ったのかしら」東條淳子が白衣の女性に訊いた。

「つい今し方まで意識があったんですけど」

東條淳子は両膝を滑らせるようにして枕元に近づいた。須美子の耳元に口を寄せる。

「お義母《かあ》さん、聞こえる？　拓実さんよ。拓実さんが来てくださったわよ」

しかし須美子の顔はぴくりとも動かなかった。死んでいるようだった。

「すみません。このところ、ずっとこうなんです。起きていたと思ったら、すぐに意識がなくなってしまって」東條淳子は拓実に謝った。

「寝てるんじゃしょうがないですね」拓実はいった。自分でも冷淡だと思う口調だった。

「ごめんなさい。もう少しこのまま待っていただけますか。急に目を覚ますこともあるので」

「そりゃまあ少しぐらいならいいけど、俺たちだって予定がないわけじゃないし。なあ」トキオに同意を求めた。

「いいじゃないか。せっかく来たんだから」トキオがたしなめるようにいう。

「お願いします。このまま拓実さんの顔を見られないんじゃ、後から義母が悲しみますから」

拓実は首の後ろをこすりながら、今まで誰かからこんなふうに懇願されたことってなかったなと考えていた。

「もう長いんですか」彼は訊いた。

「え……？」

「こういう状態になってからです。寝たきりっていうのかな」

「ああ」東條淳子は白衣の女性のほうを見た。「どのぐらいになるかしら」

「最初に倒れられたのがお正月明けで、その後入院されてましたから」白衣の女性は指を折って何かを数えた。「もうかれこれ三ヵ月になりますね」

「そうね。三月からだものね」そういった後、東條淳子は拓実を見て頷いた。同情の言葉なんか死んだって口にしないぞと彼は自分にいい聞かせていた。

「だけど、この家でよかったですよね」

「といいますと?」

「だって、ふつうの家だったらこんなふうに看病できないですよ。こんなふうに病人をゆっくり寝かせておける部屋なんてないし、つきっきりで面倒みてくれる人を雇うことだってできないし。だから、何ていうのかな。不幸中の幸いってやつじゃないのかな。やっぱり金持ちは得だ」

怒りたいなら怒れよ、と拓実は東條淳子を睨んだ。しかし彼女は瞬きを何度かした後、小さく頷いた。

「そうかもしれませんね。でも、こういうことをしてやれるのも、本《もと》を正せば義母の力があったからですから」

意味がよくわからず拓実は眉を寄せた。彼の戸惑いを見抜いたように彼女は続けた。

「拓実さんは、義母が老舗《しにせ》の和菓子屋に嫁いで裕福な暮らしをしていたように思っておられるんじゃありませんか。もしそうだとしたら大間違いです。義母が来た時、うちは崩壊寸前でした。借金が膨らみ、暖簾が傾きかけていたんです。経費節約をしようにも、なまじ老舗で通っておりましたから、商品の質を落とすわけにいきません。そもそもプライドの高い職人たちが承知しません。本当にもう、いつつぶれてもおかしくない状態だったんです。当然、我が家の家計も逼迫《ひっぱく》していました。でも父はそういうことを義母には一切話していなかったんです。若い女性を後妻に迎えたくて、ずいぶんと虚勢を張り続けていたようです。いわば、騙して連れてきたようなものです。そのくせぼんぼん育ちの父には、店や家を救う知恵も気力もないようでした。沈んでいく船をただぼんやりと眺めているだけだったんです」

「それをおばあ……須美子さんが救ったんですね」トキオが口を挟んだ。

東條淳子はこっくりと頷いた。

「あたしはすでに十歳ぐらいでしたから、当時のことをよく覚えています。義母は最初の頃こそは驚いていましたが、すぐに気持ちを切り替えたようでした。まずは食費を切りつめることから始めて、次に日々の雑費や光熱費などの節約にとりかかりました。それまで倹約といったことには無縁だったあたしなどは、ずいぶんと反発したものです。やがて義母は節約だけでなく、少しでも家計の足しになればと内職を始めました。この時には店の人間から攻撃されました。奥さんが内職をしているようでは老舗の名が泣くというわけです。すると義母は店の手伝いをするようになりました。下働きのようなことから、やがては番頭さんの手伝いまで。そうして徐々に店のことを知るようになると、いろいろとアイデアを出しました。材料の仕入れ方法を変えたり、宣伝の仕方を工夫したり。たぶん商才があったんでしょう。少ない投資で最大の効果を得る方法を考え出す名人でした。もちろん考えるだけでなく、自分が率先する行動力もありました。義母の考えた新製品には、今も売れ筋というのが多いんですよ。最初は馬鹿にしていた店の者も、次第に義母のいうことを聞くようになりました。その頃からです。『はる庵』が息を吹き返し始めたのは」

東條淳子の話を拓実は複雑な思いで聞いていた。すると須美子はそんな状態の中から、宮本家に拓実の養育費を送金していたことになる。その事実に驚愕しつつも、感謝なんかは絶対にしないぞという思いが胸に壁を作っていた。

「お父さんとしては、再婚が正解だったわけですね」

トキオの言葉に東條淳子はにっこりした。

「そういうことになります。何の力もない父でしたけど、生涯最大の功績はそれでした」

「すごい女性ですね」

「ですから」彼女は拓実を見た。「あたしたちとしては、この程度のことを義母にしてやるのは当然なんです。それから、こちらにおられるヨシエさんですけど」白衣の女性に目をやった。「看護婦でも何でもないんです。元々は工場で働いていた人です。義母がこんな状態になった時、ぜひ自分に世話をさせてほしいと申し出てくださったんです」

「奥様には言葉ではいえないほどお世話になりましたから」ヨシエという女性は声に気持ちを込めていた。

拓実は下を向き、畳を見つめていた。聞きたくもない話だった。誰もが須美子を褒めている。しかし自分にとっては憎い女であることに変わりはない。

「こいつは参ったな。こいつはけっさくだ」彼は呟いていた。

えっ、と皆の問い直す気配を彼は感じた。

「だってそうだろうが。こっちは貧乏を理由に捨てられてるんだ。捨てられて、関係のない家で育てられて、結局のところ何にも残っちゃいない。ところが捨てたほうは他人の貧乏のためにがんばったときてる。がんばって感謝感激されてるときてる。まるで神様扱いだ。赤ん坊を捨てた女が神様扱いだ」彼は笑い顔を作ろうとしていた。頬がひきつっているのがわかったが、それでもやめなかった。「こいつはお笑いだ。

今世紀最高の爆笑もんだぜ」

東條淳子が息を吸った。何かしゃべろうと唇を動かしかけた。その時だった。

「あっ、奥様」ヨシエが小さく叫んだ。

東條須美子の頰の肉がかすかに動き、瞼《まぶた》が開いた。

18

「お義母さん」東條淳子が呼びかけた。

目を開けた須美子は瞬きをし、首を動かした。何かを探しているように見えた。

「お義母さん、わかる？　拓実さんが来てくださったのよ。ここにおられるのよ」

須美子の視線はしばらく宙をさまよった後、拓実の顔を捉えた。彼は奥歯を嚙みしめ、その視線を受け止めた。

彼女の瘦《や》せこけた顔が歪んだ。唇が開き、そこから息が漏れた。何かをしゃべろうとしているようだ。しかし声にはならない。

「えっ？　何なの？」東條淳子が須美子の口元に顔を近づけた。「ええ、そうよ。拓実さんなの。お願いして来てもらったのよ」

淳子は拓実のほうを振り返った。

「もう少しそばに寄ってやっていただけませんか。たぶん、よく見えてないと思うので」

だが拓実は動かなかった。この憎い女のためになることなど、何ひとつしてやるものかという気持ちがあった。しかしそれ以前に動けなかった。東條須美子が発する気に、彼の心は圧されていた。

「拓実さん……」

トキオが声をかけてきたが、拓実はそれも無視した。

彼は立ち上がっていた。布団の中の須美子を見下ろした。

「俺は……許してない」精一杯感情を殺しながらゆっくりといった。「あんたの子供でもない。俺がここに来たのは、そのことをいいたかったからだ」

「拓実さん、ちょっと待ってください」淳子が懇願した。

「そうだよ。とにかく落ち着けよ。座ってくれよ」トキオもいう。

「うるせえんだよ。おまえとの約束でもあったから、我慢してここまで来たんだ。そのばばあにも会ってやった。もうこれでいいだろ。これ以上、俺に何をしろっていうんだ」

その時だった。須美子の息遣いが急激に荒くなった。口を開け、喘ぎだした。窪《くぼ》んだ目を大きく開いている。

「あっ、大変」

ヨシエが声を発するのと同時に、須美子の口から白い泡のようなものが溢れてきた。剝いた目は白目に変わり、肌の色はみるみるうちにどす黒くなった。さらに引きつけを起こし始めたので、淳子が布団の上から身体を押さえつけた。

トキオが腰を浮かせ、駆け寄ろうとした。その彼の肩を拓実は摑んだ。

「ほっとけ」

「だって、大変じゃないか」

「てめえが何かできるのかよ」

「できないけど、何か手伝えることがあるかもしれないだろ」

「いいんです。はい。大丈夫です」東條淳子が布団を押さえた格好でいった。「こういうことはよくありますから。少し落ち着かせれば平気です」

それを聞き、トキオは拓実を見上げた。

「ちょっとそばに寄ってやるぐらいいいじゃないか。相手は病人なんだぞ」

「病人だったら何でも許されるのかよ」

「そうはいわないけど」

「うるせえんだよ。黙ってろ」

拓実は改めて須美子を見つめた。二人の女に介抱される彼女に、かつて宮本家を訪ねてきた時の華やかさはなかった。発作はかなりおさまったようだが、口から溢れた泡の乾いた跡が唇の脇にこびりついている。

彼はくるりと踵を返し、襖を開けた。だが廊下に足を踏み出す前に振り向いた。

「天罰だ」それだけいうと歩きだした。

どこをどう歩いたのかは自分でもわからなかったが、彼は『はる庵』の店先に出ていた。道端にバッグを置き、その上に尻を載せた。

しばらくしてトキオも出てきた。

「あれはないよ。大人げないとは思わないのかい」困り果てた顔をしていった。

「約束は果たしたぜ。さあ、今度は大阪だ。文句はいわせないからな」

トキオはため息をつくだけで頷かない。拓実は立ち上がり、一人で歩きだした。間もなくトキオも黙ってついてきた。

神宮前駅で名古屋行きの切符を買った。ここでようやくトキオが口を開いた。

「あのままでいいのかよ」

「文句あるのか」

「だって、いろいろと話し合ったほうがいいと思うからさ。あの人だって、好きで拓実さんのことを手放したわけじゃないんだし」

「やけにあの女の肩を持つじゃねえか。そんなにあいつのことが気になるなら、おまえだけここに残ってもいいんだぜ。俺はここから先は一人で行く」

「俺が残ったってしょうがない――」そこまでいったところでトキオの口が止まった。彼の目は拓実の後方に向けられていた。拓実が見ると、東條淳子が足早に近づいてくるところだった。車で追いかけてきたらしい。小さな風呂敷包みを抱えていた。

「ああよかった、間に合って」彼女は拓実を見て、にっこりと微笑《ほほえ》んだ。

そういう表情をされるとは思わなかったので、拓実は一瞬返答に窮した。

「いいんですか、あの人のことをほっといて」彼は訊いた。

「ヨシエさんがいるから大丈夫。それより、今日はわざわざ来てくださって本当にありがとうございました」彼女は拓実に向かって頭を下げた。

彼は自分の首の後ろを擦った。「皮肉にしか聞こえないんだけどな」

「そんなつもりじゃありません。手紙にも書いたでしょ。一目、顔を見せてくださるだけでよかったんです。それでも来てくださるとは思ってませんでした」

「そんなことをいうために追いかけてきたんですか」

「それもありますけど、もう一つ大事な用が」彼女は風呂敷包みを解いた。「これをお渡ししておこうと思いまして」

彼女が差し出したのは一冊の本だった。しかも手作りのマンガ本だ。表紙には四角い箱のようなものに乗った少年少女が色鉛筆で描かれている。どことなく手塚治虫を思わせるタッチで、なかなかの腕前だった。だが何よりも目を引くのは、その本の古さだ。紙は触れれば崩れそうなほど変質し、縁にはところどころ何かの染みがついている。

「何ですか、それ」

「義母から頼まれていたんです。もし拓実さんが現れたら、これを渡してほしいと。自分から直接は渡せないかもしれないということで」

「だから俺がこれを受け取ることにどんな意味があるんすか。見たところ誰かが描いたマンガみたいだけど、どうしてあの人は俺にこれを渡そうとするんですか」

すると東條淳子は眼鏡の奥で瞬きした後、小さく首を傾げた。

「それはあたしにもわかりません。義母が話してくれなかったものですから。でも義母にとって大切なものであることはたしかです。時々、義母がこれを眺めているのを見たことがあります。たぶんあなたにとっても大切なものだと思うんですけど」

拓実はマンガ本を手に取った。タイトルは『空中教室』となっている。四角い箱は教室を表したものらしい。作者名は爪塚夢作男。聞いたことのない名前だった。

「こんなわけのわからないものを貰ったってしょうがないな」

「そうおっしゃらず、受け取ってくださいな。もし不要だということでしたら、処分していただいて結構ですから」

「だけど」

「いいじゃないか、そんなことぐらい」トキオが隣でいった。「邪魔になるほどでもないだろ。もし拓実さんがいらないというんなら、俺が貰っておくよ」

拓実はトキオを見てから東條淳子に目を戻した。彼女は一つ頷きかけてきた。

「後になって返してくれといわれても困りますよ。俺、捨ててるかもしれないから」

「それで結構です」

「じゃ、一応貰っておきます」彼はそれをバッグに入れた。「俺たち、そろそろ行かなきゃいけないので」

名古屋行き電車の入ってくる時刻が近づいていた。

「お引き留めして申し訳ありませんでした。もしまたこちらにいらっしゃることがあば」そこまでいったところで彼女はかぶりを振り、微笑んだ。「いいえ、やめておきます。どうかお元気で」

拓実は答えず、トキオに向かって、「行くぜ」と声をかけた。そしてまだ何か躊躇《ためら》っているトキオを残し、改札口を通った。

東條淳子の声が後ろからした。「拓実さん」

彼は足を止め、振り向いた。彼女は呼吸を整えるように胸を上下させながらいった。

「義母が今よりまだ少し元気だった頃、あたしにいったことがあります。この病気は天罰だって。受けて当然の報いだって」

拓実の胸で何かが固まりになった。しかし彼はそれを腹に呑み込んだ。唇を固く結ぶと淳子に向かって一礼し、再び歩き始めた。

19

名古屋からは新幹線ではなく近鉄特急を使った。そのほうがはるかに安上がりだし、所要時間も一時間程度しか変わらないからだ。さらに乗り心地にも遜色《そんしょく》がないことを拓実は知った。

トキオは東條淳子から受け取った手作りのマンガ本を熱心に眺めている。時折、「すごい上手だよ、この絵。拓実さんも見てみなよ」と頁を広げてみせるが、拓実は手を振って応じない。須美子のことは早く忘れようと自分にいいきかせているのだ。

トキオが勝手に話すところによれば、『空中教室』は奇想天外なSFもので、宇宙人の遺跡上にそれと知らずに建てられた小学校の一部が重力に逆らって空中に浮かび、そのまま世界中を回るというストーリーらしい。それを聞いて拓実は『ひょっこりひょうたん島』だなと思った。子供の時に見たNHKの人形ドラマだ。

近鉄特急の終点は難波《なんば》駅だった。いつの間にか電車は地下にもぐっていたらしく、改札口を出て、大きな階段を上ったにもかかわらず、そこは賑《にぎ》やかな地下街の中だった。

「何だ、こりゃあ。どこがどこだかわかんねえな」拓実は辺りを見回した。

「千鶴さんの居場所はわかってるのかい」

「それをこれから調べるんじゃねえか」

「どうやって？」

「まあついてこいよ」

虹のまちという地下商店街の入り口付近に公衆電話が並んでいる。空いている一台に近づき、備え付けの電話帳を手に取った。飲食店の頁を開ける。

「『ボンバ』って店を見つけるんだ。そこで千鶴のダチが働いてるって聞いたことがある。大阪に来てるんなら、たぶん会いに行ってるはずだ」

「ぼんば？」

「東京ボンバーズのボンバだよ。何だおまえ、東京ボンバーズを知らないのか。『ローラーゲーム』は見たことあるだろ。ニューヨーク・アウトローズとかさ」

トキオは不思議そうな顔をして首を振っている。拓実はふんと鼻を鳴らして、電話帳に目を戻した。

幸いなことに『ボンバ』という名の飲み屋は一軒しかなかった。電話番号と住所を控えようとし、筆記具を持っていないことに気づいた彼は、躊躇うことなくその部分を破り取った。

「わっ、無茶するなよ、後から使う人が困るじゃないか」

「この頁が必要な人間なんてそうはいねえよ。それよりこれ、何て読むんだ。長ったらしい地名だな」

「宗右衛門町《そうえもんちょう》、だろ」

「そうえもんちょう？　ふうん。どこにあるんだろうな」

「地図を買おう」

虹のまちの中にあった小さな本屋で大阪の地図を買い、そばにあるうどん屋に入った。きつねうどんに握り飯が二つ付いて四百五十円というセットがあったので、二人ともそれを注文した。店内には鰹ダシの香りが満ちている。

「なんだ、宗右衛門町はすぐ近くじゃねえか。歩いても大して時間はかからないぜ」

テーブルの上で地図を広げ、拓実はうどんを啜《すす》った。噂に聞くとおり汁の色が薄いが、味は決して薄くない。ただし油揚げの味付けが、彼としてはやはり物足りなかった。

「千鶴さんの友達の名前はわかってるの？」トキオが訊いてきた。

「たしか、タケコとかいってたな」

「タケコ？　本名かな」

「本名だろ。源氏名にしちゃ野暮ったいじゃねえか」

「その『ボンバ』って店、どういうところかな。ものすごい高級クラブとかだったらどうする？　こんな格好で行ったら、つまみ出されるぜ、きっと」

トキオはジーンズにTシャツ、ヨットパーカという出で立ち、拓実はよれよれの綿パンに安物のジャケットというスタイルだった。

「ああ……それは考えてなかったな。千鶴のダチが働いてるんだから、どうせ『すみれ』程度の店じゃないのか」

「あっちは東京といっても錦糸町だぜ。こっちは大阪の大繁華街の中なんだからね」

「まあ、つまみ出されたら、その時はその時だ。古着屋にでも行って、スーツか何か買うしかないだろ」

この街に古着屋があればの話だけど、と彼は心の中で続けた。浅草にはそういう店はいくつもある。そのことを思い出すと、今朝東京を出てきたばかりなのに、妙に懐かしい気分になった。

トキオは何が面白いのか地図の別の頁を開いていたが、突然、「あっ、ここだ」といって箸を止めた。

「何か見つけたのか」

「さっきのマンガ、ちょっと見せて」

「何だよ、後にしろよ」

「今すぐ見たいんだ。いいよ、自分で出すから」トキオは拓実のバッグを勝手に開けた。

拓実は関心のない素振りで、握り飯を頬張った。マンガ本にどういう意味があるのかはわからないが、意地でも興味なんかは示さないぞと決めていた。どこか適当な場所で捨ててやるつもりだった。

「やっぱりそうだ。ねえ、拓実さん、これを見てごらんよ」

「うるせえな。そんなもの、どうだっていいよ」

「そんなこといわないでさあ、拓実さんにだって関係のあることだぜ、きっと」そういってトキオはマンガ本を開いて見せた。

「何だよ、面倒臭いな」

「ここんところを見てくれよ。住所が書いてあるだろ」

トキオが指差した頁には、小学生と思える二人の少年が道端で丸い石を拾う姿が描かれていた。だがトキオが指差しているのは少年たちではなく、その後ろに描かれている電柱だった。地名の標示板に生野《いくの》区高江×－×と記されている。

「たぶん作者の家がこの近くだったんだよ。で、生野区というのはこのあたりなんだ」トキオは地図の一部を指で囲んだ。たしかに生野区と書かれている。

「そうらしいな。でもそれがどうしたっていうんだ」

「東條須美子さんがこのマンガを拓実さんに渡したことには何か意味があるはずなん

だ。拓実さんの生い立ちに関係があるんじゃないかと思う」

「俺の生い立ちは、あの馬鹿女に捨てられて、東京の宮本夫婦に拾われた。ただそれだけのことだ」

するとトキオは上目遣いに拓実を見つめてきた。いつもの彼の目にはない真摯な光が宿っている。

「拓実さんだって気づいてるんだろ。気づいてて、わざと目をそらしてる」

「変なこというなよ。俺が何から目をそらしてるっていうんだ」

トキオはマンガ本を閉じた。

「東條須美子さんが拓実さんにこれを渡したかったのは、何かのメッセージが込められているからだと思う。彼女が伝えたかったこととなると、一つしかないじゃないか」

「何だっていうんだ」

「わかってるくせにとぼけるなよ」トキオは首を振った。「お父さんのことだ。拓実さんのお父さんが誰かっていうことを伝えたかったんだ」彼はマンガ本の表紙を指した。「爪塚夢作男。このマンガを描いた人が拓実さんの父親なんだよ」

拓実は箸をほうりだした。鉢の中にはダシの利いた汁と白い麺《めん》が数本残っていたが、食べる気はなくなっていた。トキオの言葉は図星だった。東條淳子からマンガ本を差し出され、それが手作りだとわかった時から、爪塚夢作男という人物と自分の関係について一つの考えが生まれていた。しかし敢えてそれ以上考えを進めるのは避けていたのだ。

「俺には父親なんてものはいない。いるとしたら、育ててくれた宮本の親父だけだ」

「その気持ちはわかるよ。でも真実を知ることも大切じゃないかな。すべてを知った上で、恨むなり何なりすればいいじゃないか」

「今さら知りたくねえよ。第一、どうやって真実を知る? この爪塚夢作男なんてふざけた名前の男がどこのどいつなのかもわからないんだぜ」

「だからこの街に行ってみるんだよ」トキオはマンガ本の表紙を軽く叩いた。「このマンガの舞台になってる場所に」

「行ったって、わかりゃしねえよ」そういってから拓実は後悔した。関心があることを示した台詞だったからだ。彼はあわてて付け足した。「もちろん、行く気なんかは毛頭ないけどさ」

「この街の描写はかなり克明だ。たぶん近所の町並みを描き写したんだと思う。この絵と見比べながら歩き回れば、きっと何かを摑める。古くから住んでいる人に尋ねてみてもいいし。ただ、問題なのは正確な地名なんだ。生野区高江とあるけど、この地図を見たかぎりでは、生野区に高江なんていう地名はないんだよね。だからおそらくこれは架空のものだ。きっとモデルになった街はどこかにある」

「馬鹿馬鹿しい。そんな話に付き合ってられるかよ」コップの水を飲み、代金をテーブルに置くと、拓実は腰を上げた。

トキオが支払いを済ませるのを店の外で待ちながら、拓実は彼のいったことの意味を反芻《はんすう》していた。真実を知ることは大切だろう。拓実としても、父親が誰かということはずっと知りたかった。だがその術《すべ》はなく、いつも諦めるしかなかった。そんなことを繰り返すうち、その望みは心の中で封印されてしまったのだ。今、その封印が解かれつつある。そのことに戸惑っているし、マンガ本という鍵を得たことで自分の心がどこに飛んでいってしまうか予測できず、怖くもあった。

それにしても――。

このトキオという男は一体何者だろうと改めて考えずにはいられない。本人以上に拓実のことを理解し、その心の襞《ひだ》に潜んでいる弱い部分を的確に刺激してくる。彼の言動はいつも拓実の何かを目覚めさせる。

血の繋がりがあるというが、東條家の者は彼を知らない様子だった。となると父方の繋がりか。そこまで考えて拓実は、はっとした。もしかしたらトキオ自身が爪塚夢作男を見つけだしたいのではないのか。キムラタクヤという父親がいたといっているが、どこまで本当かはわからない。

トキオが勘定を済ませて出てきた。「お待たせ」

拓実は今考えたことは口に出さないでおいた。

地下街を出て、戎橋筋《えびすばし》を歩いた。さほど広くない通りを大勢の人々が行き交っている。通りの両側には小さな商店やファッションビルが並んでいた。高級店と庶民的な店が混在しているところは、この地の特徴なのかもしれない。

アーケードのある通りを抜けると前方に橋が見えた。しかしトキオはその手前左側の店のほうを向いて、はしゃいだ声を出した。「わっ、カニの看板だ。でけえ」

さらに橋を渡る時には後方を仰ぎ見て、グリコの看板に驚嘆の声を上げていた。拓実はそれらを無視し、頭に叩き込んだ地図と周りの風景を照らし合わせていた。大阪見物をしている場合ではない。とにかく『ボンバ』を見つけねばならないのだ。

「きょろきょろしてないでさっさと歩けよ」

「そんなに急がなくたっていいだろ。せっかく大阪に来たんだからさ。たこ焼き食おうよ、たこ焼き。あそこに屋台が出てるし」

屋台を指差したトキオの手を拓実は叩いた。

「てめえ、俺が千鶴を探すのが気に入らないのか」

「いや、そんなことないよ」

「だったら黙ってついてこい。俺だって名古屋に行ったじゃないか」

「……わかってる」

拓実はさっさと歩きだした。妙な気分になっていた。今のやりとりは名古屋駅についた時の二人の立場をひっくり返したものだった。

宗右衛門町に足を踏み入れると、早速怪しげな男たちが寄ってきた。

「東京の人？　ええ子、おりますよ。どないですか」

「二千円、二千円。二千円ぽっきり。触り放題。なんぼでも触り放題」

低い声の大阪弁で囁《ささや》きかけてくる。奇妙な迫力があり、拓実は少しぐらついたが、こんなところで遊んでいる場合ではない。手を振りながらやり過ごした。

賑やかな通りから少し離れたところに『ボンバ』の入っているビルがあった。古い建物で、壁にはいくつも罅《ひび》が入っていた。『ボンバ』は三階にある。エレベータを待っていると、扉が開いて二人の男女が降りてきた。男は紫色のスーツを着ていて、女は全身真っ赤だった。そしてどちらも金色に光るアクセサリーをじゃらじゃらと身に着けていた。

「すっげえ迫力」エレベータに乗ってからトキオが小声でいった。

扉を閉めようとした時、痩せた男があわてた様子で乗り込んできた。拓実たちに向かって小さく頭を下げ、「失礼」といった。

三階でエレベータを降りると、狭い通路を挟んで飲み屋の看板が並んでいる。どうやらどの店も高級クラブではなさそうだが、別の不安が頭をもたげてきた。

「なんかやばそうな雰囲気だな」

「お金はパンツの中に隠しとこうか」拓実の言葉の意味はトキオにもわかったようだ。

「そんなことしても無駄だよ」

手前から二番目の店が『ボンバ』だった。拓実は深呼吸を一つしてから扉を開いた。

入り口から奥に向かって真っ直ぐカウンターが伸びていた。手前と奥に客が二人ずつ座っている。カウンターの中には二人の女がいた。一方は髪が短く、痩せている。もう一方は長い髪をポニーテールにしていた。ショートヘアのほうが年嵩《としかさ》で、三十代半ばに見えた。こちらがママなのだろう。

二人の女は意外そうな顔をして拓実たちを見たが、すぐにショートヘアのほうが愛想笑いを作った。「いらっしゃいませ。お二人ですか」

うん、といって拓実は中に進んだ。カウンターのほぼ中央にトキオと共に座った。まずはビールを注文する。

「こちら、初めてですよね。どなたかからお聞きになって？」ショートヘアの女が尋ねてきた。愛想笑いを浮かべたままだが、目に好奇と警戒の光が潜んでいた。

「うん、まあ」曖昧に頷きながら拓実はオシボリで手を拭いた。「この店にタケコさんて人いるだろ」

「タケコ？　ああ……」ショートヘアの女はポニーテールのほうを見た。

「あの子、辞めたよね」ポニーテールがいった。

「そう。いつ頃やったかな」

「半年ぐらい前と違うかな」

「ああ、そう。半年ぐらい前やったわ」ショートヘアの女は拓実を見た。「家の事情とかで急に。せっかく来てくれはったのに残念ですけど」

予想外だった。タケコという友達の話を千鶴から聞いたのは、ほんの一ヵ月ほど前なのだ。ということはタケコがここを辞めたことを千鶴も知らなかったということか。

「今、どこにいるかわからないかな」とりあえず粘ってみる。

さあ、とショートヘアの女は首を捻った。

「元々、バイトでしたからね。そう長い期間でもなかったし。今はもう連絡が取れない状態なんですよ」

「そうか」拓実はため息をつき、ビールを舐めた。タケコに会えないとなると千鶴を探す唯一の手がかりを失ったことになる。これからどうすればいいか。

隣ではトキオが興味深そうに店内を見回していた。壁には芝居やコンサートのポスターが貼られている。そういった関係の人間が出入りしているのかもしれない。

拓実はエコーをくわえた。ショートヘアの女の手が伸びてきて、素早くライターで火をつけた。

「じゃあ最近、俺たちみたいにタケコさんを訪ねてきた人はいないかな。若い女だと思うんだけど」そういってから付け加えた。「男も一緒だったかもしれない」

「そんな人、おったかな」ショートヘアは再び横の若い女に訊く。

「あたしは覚えないわ」ポニーテールの女が後ろで束ねた髪を左右に振った。

「そうやねえ」

ショートヘアの女は、そういうわけだという顔を拓実に向けた。彼としては黙って頷くしかなかった。

「これ、あなたですよね」突然トキオがいった。壁のポスターを指している。女性ばかりのロックバンドらしい。演奏中の写真が引き伸ばされている。

「あ、はい」ポニーテールの女が返事した。

拓実もそのポスターをよく見た。右端でギターを弾いているのは、ポニーテールの女に相違なかった。ただし髪は縛らず、下ろしている。

「ふうん、バンド名も『ボンバ』っていうんだ。お店の名前に因《ちな》んでるんですか」

「ええまあ。わりといい名前やと思ったから」

「でも変わった名前ですよね。どういう意味ですか」トキオが尚も質問する。

「だから東京ボンバーズのボンバだっていってるだろ」少し焦《じ》れったくなって拓実が口を挟んだ。「なあ、そうだろ」女たちにも確認した。

ショートヘアの女が頷いた。「そうです」

「ほんとに？　ふうん」トキオは不思議そうな顔をした。「誰がつけたんですか」

「あたしですけど」ショートヘアの女が答えた。

何をくだらないことばっかり訊いてるんだ、と拓実はいいたいところだった。店の名前なんかどうでもいい。千鶴を見つける手だてを考えねばならないのだ。

ビール一本を空にしたところで席を立つことにした。法外な料金を請求されることはなかった。

「名刺、いただけますか」トキオがいった。

ショートヘアの女は一瞬意外そうな顔をしたが、すぐにカウンターの下から出してきた。坂本清美《さかもときよみ》と印刷されていた。

外に出たところで、拓実は頭を掻きむしった。

「参ったなあ。タケコが見つからないんじゃ話にならねえよ」

「いや、そうでもないと思うよ」

やけに冷静そうな声に、拓実はトキオの顔を見返した。「どういうことだ」

「タケコさん、見つかったと思うよ」

「はあ?」

トキオは、今出てきたビルを親指で指した。

「二人のどちらかがタケコさんだ。たぶんポニーテールのほうだと思う」

拓実は身を少しのけぞらせ、トキオの顔を見つめた。「なんでそんなことが……」

「店の名前だよ。俺、東京ボンバーズのことは知らないけど、たぶんそれはスポーツチームの名前だろ。そのボンバーの意味は爆撃機だぜ。バンドのほうはともかく、飲み屋につける名前じゃないだろ」

「でもあの女はそうだって」

「だから嘘をついてるんだ。本当の意味をいいたくないからさ。ポスターに『ボンバ』のスペルが書いてあったけど、BOMBAとなってた。爆撃機ならBOMBERだ。BOMBAなんていう英単語はない」

「それで?」

「BOMBAのOとAを入れ替えてみる。さらに最後にもう一つOをくっつける」

「そうするとどうなるんだ」

「BAMBOO。バンブー」トキオは片目をつむった。「英語で竹って意味さ」

20

夜中の二時まで喫茶店で時間を潰し、再び『ボンバ』が入っているビルの前まで戻った。この時間になるとさすがに呼び込みの姿はない。しかし別の意味で胡散臭そうな男たちが徘徊している。目を合わせたら、どんな因縁をつけられるかわからないので、拓実はなるべく下を向いていることにした。トキオにもそのように忠告した。

坂本清美とポニーテールの女が出てきたのは、午前三時近くになってからだった。ビルの陰で煙草を吸っていた拓実は吸い殻を靴で踏み消した。トキオが非難の目を向けるが、無視して歩きだした。

二人の女は並んで歩いていく。その後を拓実たちは尾行した。通りは狭いが、こんな時間だというのに酔客が多く、尾行は難しくない。彼女たちが後ろを振り向く気配もない。

広い通りに出たところで女たちはタクシーを捕まえた。拓実は駆け足になっていた。向こうのタクシーが発進する直前、手を上げてタクシーを止めた。

「前のタクシーについていってくれ」拓実は運転手に命じた。

「なんや、行き先はわかりまへんのか」中年の運転手はいった。面倒臭い仕事になるのを嫌っている口調だ。

「わかんないからついていくんだ。黙っていうとおりにすりゃいいんだ」拓実は斜め後ろから運転手の顔を睨んだ。頰の肉がたるんでいた。

運転手は何もいわない。だが心なしか運転が乱暴になったようだ。

「すみません。ちょっとわけがあるんです」トキオが隣でいった。謝る必要なんかあるかよ、という目で拓実は彼を見た。

「そらそうやろ。こんな時間にミナミの女をつけようというんやからな」彼女たちが前のタクシーに乗り込むところを見ていたらしい。「けど、刑事には見えへんし、そもそも大阪の人間やない。よっぽどのわけがあるんやろうと思うから、こうやっていうとおりにしてるがな」

「すみません。ありがとうございます」トキオは運転手に見えるわけもないのに頭を下げた。そして拓実に、あんたも少しは謝れよといわんばかりの目を向けた。無論拓実は黙殺した。

大きな交差点が前方に現れた。そこを通りすぎ、少し行ったところで前のタクシーが左に寄った。ブレーキランプが点《とも》る。

「なんや、なんぼも来とらんのにもう終点かいな」運転手が拍子抜けしたようにいった。

「ここは何というところですか」トキオが訊いた。

「タニキュウやな」

「タニキュウ?」

「谷町《たにまち》九丁目や。いや――」運転手はかぶりを振った。「ここはもうウエロクかな。

正式には上本町《うえほんまち》六丁目」

拓実が全く知らない地名だった。トキオはわかっているのかいないのか、納得顔で頷いている。

前の車から少し離れたところで拓実たちの車も停止した。拓実は財布を取り出した。思ったよりも安くつきそうだ。

ところが前の車から降りたのはショートヘアの女だけだった。ポニーテールは降りてこない。そのままタクシーの後部ドアが閉まった。

「トキオ、ここで降りろ」拓実はいった。「後の段取りはわかってるな」

「わかってる。カニの看板の前だろ。――運転手さん、ここで一人降ります」

ドアが開き、トキオだけが降りた。

「おい、ドアを閉めて早く出してくれ。前の車を見失っちまうだろ」運転席に向かって怒鳴った。

「また後をつけるんかいな。ややこしい客を乗せてしもうたなあ」運転手は億劫《おっくう》そうにギアを入れた。わざとしているように発進がのろい。

「つべこべいうなよ。最後までついていけたらチップははずむぜ」

どういう意味か、運転手は肩を一度上下させた。

しばらく真っ直ぐに走った後、前の車が左に曲がった。拓実のほうの運転手もウィンカーを出す。信号が黄色に変わったが、加速して交差点に突っ込んだ。少しタイヤを滑らせたが、無事に左折できた。

「やばかった」拓実は呟いた。

「おたく、東京の人？」運転手が訊いてきた。

「まあね」

「東京やったら、ええ女がいっぱいおるやろ。何もわざわざミナミの女を追っかけんでもええと思うけどねえ」

「その東京のいい女がこっちに来ちまったんだよ」

「へえ、前の車のねえちゃんは東京の子か」

「あの子はこっちの子だ。だけど、俺が探してる女の居所を知ってるかもしれねえんだ」

「ふうん、そういうことか」運転手が含み笑いをする気配があった。

「何だよ。何がおかしいんだ」

「いや、おかしいわけやないけどね。にいちゃん、しつこい男はもてへんで」

「うるせえな。黙って運転しろよ」

やがて前の車が速度を緩め、脇道に入っていった。拓実のほうの運転手も慎重に後を追っていく。曲がってすぐ、前の車が止まっているのが見えた。

「ストップだ」

拓実がいったが、運転手はブレーキをかけない。そのまま前のタクシーの脇を抜けていった。

「聞こえないのか、止まれよっ」

「あんな近くで止まったら、少々鈍感な人間でも怪しむがな」

運転手は次の曲がり角の手前でようやくブレーキを踏んだ。

「よっしゃ。ここやったら大丈夫やろ」

拓実は財布から一万円札を出し、助手席に放った。後ろを見ると、すでにポニーテールの女はタクシーから降りて、すぐそばのマンションに入っていくところだ。

「ちょっと待った。多すぎるで」

「チップははずむっていっただろ」

「そんなもんいらん」

「うるせえな。江戸っ子が一度出したもん引っ込められるかよ」

「運転手相手に力んでどないするねん。五千円だけもろとくわ」運転手は五千円札を差し出してきた。

「いらねえよ」

「ええから取っとき。それよりな」運転手が背もたれ越しに顔を近づけてきた。声を潜めていった。「後ろに黒い車が止まってるやろ。たぶんクラウンや」

拓実は後ろを見た。たしかにそういう車が道路脇に止まっている。

「あの車、さっきからずっとついてきてる。あんたと一緒で、あのねえちゃんのことを追いかけてるのと違うか」

「まさか……」

「まあ、勘違いかもしれん。とにかく気いつけや」

拓実が降りるとタクシーはすぐに走り去った。拓実は駆け足で道を逆戻りしながら、不審なクラウンに目を向けた。するとその視線を避けるようにクラウンは静かに動きだした。すれ違う時、拓実は運転席を見ようとしたが、ガラスが真っ黒で何も見えなかった。

駆け足のままマンションに飛び込んだ。左側に管理人室があるが、窓口にはカーテンがかかっている。右側には郵便受けが並んでいた。そして正面がエレベータだ。エレベータは一階で止まっていた。

郵便受けの向こうから足音が聞こえてきた。拓実は階段の陰に身を隠した。ポニーテールの女が、新聞や郵便物を持って現れた。さらに彼女はエレベータには向かわず、真っ直ぐに拓実のほうに歩いてきた。いざとなったら出ていくしかない、彼はそう思って身を固くした。

だが彼女は階段を上がっていった。その靴音を聞きながら拓実は後を追った。ポニーテールの部屋は二階にあるようだった。階段を上がった後、外廊下を歩いていく。彼女が立ち止まり、バッグから鍵を出そうとしているのを見て、拓実は駆けだした。その気配を察したのだろう、彼女は顔を上げた。

「あっ、あんたは」真っ赤に塗った唇を大きく開いた。

拓実は答えず、まずはドアに貼ってある表札を見た。『坂田』となっている。確認したいのは名前だが、表札だけではわからないかもしれないというのは、トキオと話し合ったことだった。その場合にはどうすればいいかも二人で決めていた。

ポニーテールの女はまだ唖然《あぜん》としている。その手から拓実は郵便物を奪い取った。

「わっ、何さらすねん。返せっ」

女がすぐに拓実の腕を掴んできた。彼はそれを振りほどきながら郵便物の宛名を調べた。ところがいくつかある封書の宛名は、なぜか横文字になっている。

「こら、ボケ、返さんかい」女は拓実のジャケットの袖《そで》を引っ張った。

ようやく「坂田」という名字がちらりと見えた。だがその時、女に振り回された拍子に、肝心の郵便物を落としてしまった。

「あっ、くそ」

彼はあわてて拾おうとした。ところが次の瞬間、鼻に衝撃を受けていた。直前にヒールの爪先が目の前に飛んできたことを、後ろにひっくり返ってから認識した。

「蹴《け》ることたあねえだろう」片手で鼻を押さえて立ち上がり、もう一方の手で彼女の襟《えり》元《もと》を掴もうとした。しかし今度はその手を逆にねじ上げられた。

「ああっ、いてててて」拓実は後ろ向きになり、膝をついた。

「舐めたら承知せえへんで。うちを誰やと思てるんや」

「誰だかわからねえから手紙を見ようとしたんじゃねえか」

「あんた、店でもおかしなことというとったな。何が狙《ねら》いや」

「俺たちはタケコって女を探してるだけだ」

「そんな女はもう辞めたていうてるやないか」

「それは嘘だと踏んだんだよ。あんたらのどっちかがタケコで、どういうわけかそれを隠してる。『ボンバ』の由来は東京ボンバーズなんかじゃねえ。英語で竹って意味のバンブーから取ったに違いねえってな」

拓実がいうと、彼の腕をねじ上げていた女の力がふっと緩んだ。

「それ、あんたが考えたんか」低い声で訊いてきた。

「もう一人の奴だけど」

「ふふっ、そうやろな」

どういう意味だ、といい返そうとした時、落ちている封書の一部が目に留まった。宛名の上部分が隠れているが、『様』のすぐ上にある字は『美』だった。彼女が竹子なら、『様』の上は『子』でなければならない。

「あんた、タケコさんじゃねえんだな」

拓実の頭の上で、ふんと鼻を鳴らす音がした。

「タケコなんかと違う」

「そうか。俺の連れが、たぶんタケコはあんただっていうからさ、俺もちょっと暴走しちまったんだ。すまん」ぺこりと頭を下げた。

「なんや、その謝り方は。ええ大人のくせに、まともな口もきかれへんのかいな」

むかついたが反論できる立場ではなかった。息を整えてから彼は小声でいった。

「すみませんでした」

「ほんまやったら、この程度では許さへんとこやで」女はようやく拓実の腕を離した。

　彼が腕の付け根を回している横で、彼女は郵便物を拾い集めた。

「あんたがタケコさんじゃないとすると、やっぱりもう一人の人がそうなのかな」

　ポニーテールの女は首をゆらゆらと振った。

「あれは清美。坂本という名字のほうが嘘で、本名は坂田清美や。タケコなんかと違う」

「じゃあ、店の名前を竹から取ったというのは間違いなのか」

「それは」彼女は両手を腰に当て、拓実を真っ直ぐに見つめた。「当たってる。大したもんや。店名の由来を見抜いた人は、今まで一人もおれへんかってんけどなあ」

「だけど」

　口を開きかけた拓実の顔の前に、彼女は一通の封筒を出した。その宛名書きを見て、彼は目を見開いた。

「竹に美しいと書いて竹美や。タケコなんちゅう名前と違うわ」

21

竹美はバッグから取り出した鍵で錠《じょう》を外し、ドアを半分ほど開いた。

「まあとりあえず、中に入って」

拓実は薄暗い室内と彼女の顔を見比べた。「いいのかい?」

「このまま帰ってくれたらありがたいけど、そういうわけにもいかへんやろ」

「訊きたいことがある」

「そしたら、夜中にこんなとこで立ち話してたら近所迷惑や。人に見られたら気色悪がられるしな。さっさと入って」

「そういうことなら」拓実は室内に足を踏み入れた。

中が薄暗いと思ったのは、入ってすぐのところに衝立《ついたて》が置いてあるからだった。やけに背の高い衝立だった。その向こうの部屋には明かりが点《つ》いている。

「俺のことを信用してくれたわけだ」

拓実がいうと、彼女はまたふんと鼻を鳴らした。

「誰が見ず知らずの男を信用するかいな」

「だったら物騒だと思わないのか。部屋に入れるなんてさ。さっきは油断してたけど、いくら君でも腕っ節で俺に勝つのは無理だと思うぜ」

「さあ、それはどうかな」先に靴を脱いだ竹美は、腕組みをして彼を見た。その格好のままでいった。「ジェシー」

奥で物音がした。さらに足音。彼女の背後にある衝立が、すっと真横に動いた。

二メートルほどありそうな黒いものがぬっと現れた。逆光だから黒いのかと思ったが、そうではなかった。彼は黒人だった。Tシャツから出ている腕は若い女の太股ほどあり、下にダウンジャケットを着ているんじゃないかと思うほど胸板は厚かった。唇は不機嫌そうに結ばれ、窪んだ眼窩の奥から、ぎょろりと拓実を睨んでいる。

「あ……ハロー、あ、いや、ハウアーユー……だっけ」

黒人の彼が一歩拓実に近づいた。拓実は逆に下がった。

「マイド」黒人の彼がいった。

「はっ?」

「イツモぼんびガオセワニナッテマス。じぇしーイイマスネン。ドーゾヨロシュウ」

彼は太い腕を伸ばすと、拓実の手を取って握手してきた。万力《まんりき》のような握力だった。拓実は顔をしかめ、「こ、こちらこそよろしく」と答えた。

「どうや、腕っ節で勝てると思うか」竹美がにやにやして訊いた。

「ちょっと手強《てごわ》そうだな」拓実は握手された手を振った。軽く痺《しび》れている。

衝立の先は十二、三畳のＬＤＫだった。しかしリビングセットもダイニングテーブルもなかった。家具らしきものといえば安っぽいガラステーブルだけで、殆どのスペースはギターやアンプ、その他音楽機材で占められていた。まともな椅子一つないのに、隅にはドラムセットが置かれている。

「まるでスタジオだな。ここでバンドの練習を？」

「本格的なことはでけへんけどね。こんなとこでやったら一発で追い出されるから」

「彼もメンバー？」ジェシーを指差す。

「ドラマー兼ボーイフレンド兼ボディガードや。ああいう商売してたら、しつこい客につきまとわれることも多いけど、どんな奴でもジェシーを見たらびびりよる」

そりゃそうだろうな、と少し傷ついた思いで拓実は頷いた。

「ばんび、オナカスイテヘンカ。ナニカタベルカ？」

「ううん、大丈夫。ありがとう」

「バンビ……ああそうか、バンブーだから略してバンビか」

「違う。かわいいかわいい子鹿のバンビや。ねえジェシー」

「ウン、ばんびカワイイ。セカイイチ」

二人は抱き合ってキスをした。それから彼女は拓実を睨んだ。「何か文句ある?」

「いや」拓実は頭を掻いた。

どこかで電話が鳴りだした。ジェシーが冷蔵庫の上から電話機を下ろした。竹美が受話器を取る。

「もしもし……えっ?　……ああ、そっちにも行ったんかいな。こっちにもおるで。……うん、しょうがないからばらした。……うん、そうやね。そうするしかないな」

さらに二言三言話した後、竹美は電話を切った。

「あんたの友達は上六に行ってるようやな。二手に分かれて尾行とはマメやないか」

電話の主はショートヘアの女だったらしい。

「あいつ、どうしてるのかな。君がタケコ……じゃなくて竹美さんだとすると」

「こっちに来るそうや。それからゆっくり話そか」

「もう一人の女の人は坂田清美といったな。ここの表札にも坂田と出てた。ということは姉妹かい」

冷蔵庫から出した缶ビールを手に、彼女は身体を揺すって笑った。「それ聞いたら喜ぶわ。けど、大抵はそういわれる」

「姉妹でなきゃ何なんだ」

「母娘。マザー・アンド・ドーター」

「えっ」

「三十そこそこに見えたかもしれんけど、二年前に四十を過ぎたわ。ただしこのことは内緒やで。店では三十四から歳をとってへんことになってるんやから」竹美は人差し指を唇に当てた。

「どうして坂本なんだ？　坂田のままでいいじゃないか」

拓実の質問に彼女は肩をすくめた。

「占い師に改名を勧められたて本人はいうてる。けど、たぶん嘘やな。大阪で坂田という名字やと、アホの坂田を連想されてイメージダウンやと思てるんやろ。あたしなんかは、人に覚えてもらいやすいから得やと思うねんけどな。せやからあたしは名刺に坂田竹美て刷ってる。アホの坂田竹美ですていうたら、コンサートでもうけるで」

ビールを飲み、笑った。唇の上に白い泡がついていた。

約二十分後、トキオが坂田清美と共に現れた。彼もやはり清美が郵便物を取るのを確認してから接触したらしい。ただし拓実のように郵便物を強引に奪ったりせず、宛名だけを見せてほしいと率直に頼んだという。

「強引に奪うなんて無茶だよ。それ、犯罪だぜ」トキオがいった。

「だってこの女は素直に見せてくれるタマじゃないと思ったからよお」

「そら見せへんわ。怪しすぎるもん」竹美は床に胡座をかき、煙草の煙を吐《は》きながらいった。拓実とトキオは彼女と向き合うように座っている。清美だけは座布団を敷いていた。ジェシーはドラムの椅子に座り、リズムを取るように身体を揺らせている。

「大体、どうして俺たちが店に行った時、正直に教えてくれなかったんだ。あの時自分が竹美だといってくれりゃ話は早かった」

「あんたはタケコさんていう人を探しに来たんやで。そんな人はいてへんから、正直に、おりませんと答えただけや」

「いないとはいわなかったぜ。以前いたけど辞めたって答えた。半年前に辞めたって。俺がタケコとタケミを間違えてることに気づいてて、わざと嘘をいったんじゃねえか」

この主張にはさすがの竹美も反論できないようだ。清美と顔を見合わせた後、にやりと頬を緩めた。

「あの時は困ったわ。タケコなんていうんやもんなあ。そんな心の準備はできてへんかったから正直迷たで。人の名前ぐらいちゃんと覚えときや。ほんま千鶴のいうてたとおり、アホやで」

アホといわれて拓実の頭に血が上ったが、千鶴の名前を聞いた以上、そのことを怒っている場合ではなかった。彼は身を乗り出した。

「やっぱり千鶴に会ったのか」

竹美はもう一度煙を吐き、短くなった煙草をクリスタルの灰皿の中で揉《も》み消した。この部屋には不似合いな灰皿だった。

「三日ほど前、あの子から店に電話があったんよ。これから行ってもええかて訊くから、ええよて答えたら、すぐに来たわ」

「千鶴は一人だったか？」

「一人やったよ」

「どんな様子だった」

「どんなて訊かれても困るけど」竹美は両手を頭の後ろに回し、ポニーテールを解いた。わずかにウェーブのかかった髪は、肩よりもずいぶん下まで伸びていた。「久しぶりに会《お》うたんやから、一応嬉しそうに笑ってたけど、あんまり元気そうではなかった。お酒も大して飲めへんかったし」

「どういう話をしたんだ」

「まるで刑事の取り調べやなあ」竹美は顔を不愉快そうに歪めた。

「さっさとしゃべってくれりゃいいんだよ。こっちは急いでんだ」

「わっ、感じわる。しゃべる気、なくなりそう」

「何だよ、それ」

腰を浮かしかけた拓実を、トキオが横から押し止めた。「落ち着けよ。ここ、誰の家だと思ってるんだ」

「こいつらが勿体つけるから」

「今はこの人たちだけが頼りなんだぜ。自分の立場をわきまえろよ」トキオは眉間《みけん》に皺を寄せていった後、竹美たちのほうを向いた。「許してやってください。この人は千鶴さんを探したくて必死なんです」さらに頭まで下げた。

新しい煙草に火をつけた竹美は、指の間にそれを挟んだまま、しばらくトキオの顔を興味深そうに眺めていた。

「あんたはこの人とどういう関係？」

「どういうって……まあ、友達みたいなものです」

「ふうん。千鶴はあんたのことは何もいうてへんかったなあ。まともな友達なんか一人もおれへんていうてたし」

「それ、誰のことだよ」拓実は尖った口調で訊いた。

「おたくのこと」

さらりと返され、彼はまたしても尻を浮かしそうになったが、今度は自制した。代わりに彼女を睨みつけた。「俺のことは話してたのか」

「あの子はあんたのことを話しに来たんよ。というても、自惚《うぬぼ》れたらあかんで。あの子はあたしらにこういうたんや。もしかしたら自分を追いかけて、昔の恋人が訪ねてくるかもしれん。たぶんタケミという名前を頼りに来るやろうから、その人はもう辞めたというてほしい。そのほうが諦めがつくやろうからってね」そういってから、ふっと吐息を漏らした。「まさかタケコなんていわれるとは夢にも思えへんかったわ」

うるせえな名前ぐらいどうだっていいじゃねえか、と拓実は呟いた。もちろん竹美たちには聞こえているに違いなかったが、彼女は無視だ。

「すると千鶴さんは自分の意思で、この人とはもう縁を切ろうと思っているわけですね」トキオが拓実にとって嫌なことを確認した。

「まあそういうことになるやろね」

拓実は顔を擦った。脂《あぶら》の浮いている感触がある。掌を見るとぎらぎらと光っていた。

「俺が何をしたっていうんだよ」吐き捨てるようにいった。

「何もせえへんかったんやろね。いうてたわ千鶴が。あの人は何もしてくれへんかったって」竹美が冷めた目で彼を見た。

「仕事のことをいってるんなら、俺はいろいろとやったぜ。そりゃあ転職もしたけど、それは自分に合った道を見つけるためだ。そのことは何度も千鶴にいったはずだぜ。いつか自分に合ったものを見つけて、それで一発当ててやるって……何がおかしいんだ」

彼の話の途中から、竹美はにやにやし始めていた。

「いやあ、千鶴のいうてたとおりやなあと思てね。いつかでっかいことをする、一発当てる――それが口癖やて。生で聞いたら、何かおかしなってきて」

そういう台詞はね、本当の馬鹿しかいわないんだよ――千鶴の言葉が拓実の耳に蘇《よみがえ》った。警備員の面接を受けに行く日のことだ。そして面接日の夜から彼女は消えた。

「おたく、歳はいくつ？」

「何だよ、急に」

「ええからいうてみ」

「二十三だ」

「ということは、あたしより年上や。けど、全然そんなふうに見えへん。こっちのにいちゃんのほうがよっぽど頼もしいわ」煙草の先をトキオに向けた。「宮本拓実さん、やったね。あたし、あんたのことは何も知らんけど、千鶴のいうてたことは当たってると思うわ」

「あいつが何ていってたんだ」

彼女は清美のほうをちらりと見てから彼に目を戻した。

「子供やていうてた。まだ子供のままやて。あたしもそう思う。しかも苦労知らずのぼんぼんや」

「苦労知らず？」拓実は立ち上がった。今度はトキオが止める暇もなかった。「てめえそれ、マジでいってるのか」

竹美は動じない。ゆっくりと煙草を吸っている。

「本気やで。あんたはたぶん本当の苦労なんかしてない。甘ったれのお坊ちゃんや」

「てめえ……」

拓実が一歩前に出た瞬間、すぐ横に黒い影が立った。いつの間にかジェシーがそばに来ていた。警戒心の籠《こ》もった目で拓実を見ている。

「あんた、ボクシングをしてたそうやね。それを自慢にして、しょっちゅう人を殴るそうやんか」竹美がいった。千鶴から聞いたのだろう。

「それがどうした」

だが彼女は答えず、ジェシーに向かって何かいった。英語だったので拓実には聞き取れなかった。

ジェシーは一つ頷くと、隣の部屋に入っていった。間もなく戻ってきた彼は、両手に赤いグローブをはめていた。玩具《おもちゃ》のグローブだということは一目でわかる。

「彼のパンチをかわせるか」

拓実は鼻で笑った。「図体がでかいからってパンチが速いわけじゃねえよ」

「ふうん。そしたら、かわして見せて。ボクシングをやってたと自慢するんやったらね」

「かわせたらどうする？」

「そうやな。子供やていうたことを謝るわ」

「よし」拓実は上着を脱ぎ、ジェシーのほうを向いた。両腕はだらりと下げたままだ。

ジェシーが竹美に何かいった。やはり英語だ。彼女は早口でいい返す。ジェシーは戸惑った表情ながら、頷いてファイティングポーズをとった。そのまま拓実のほうを向く。

「ウッテモカマイマヘンカ？」

「おう、いつでも来いよ」彼は身構えた。

ジェシーは困った顔を見せたが、ため息をつき、顎を引いた。大きな目が鋭くなった。それを見た瞬間、拓実の脳裏に不吉な風が吹いた。

ジェシーの筋肉が動いた。右ストレートだ。見極めて顔を横に――。

だが何も見えなかった。グローブが動いたと思った時には衝撃を受けていた。そしてふわりと意識が飛んだ。

22

目を開けると黒い顔があった。にっと笑うと白い歯が光った。わっと声を上げて拓実は身体を起こした。

ジェシーが何かしゃべっている。だが意味はさっぱりわからなかった。気づくと拓実は布団の上で寝かされていた。

ああそうか殴られたんだっけ、とようやく思い出した。

「あっ気がついたみたいだ」隣の部屋から声がした。がらりと戸が開き、トキオが入ってきた。「どうだい、具合は」

「俺、気を失ってたのか」

「そうだよ。泡吹いて倒れるんだもんな。びっくりしたよ」

「あれでもジェシーは手加減したんやで」後ろから竹美も入ってきた。二人は布団の脇に腰を下ろした。清美は帰ったらしい。

「すげえパンチだ」

拓実がいうと、竹美はけらけらと笑った。

「そらそうや。六回戦ボーイとはいえ、元ジュニアヘビー級のボクサーやで」

「プロかよ。それを早くいえってんだ」拓実は顔をしかめ、髪をかきあげた。その時、後頭部に鈍い痛みがあった。手で触れてみると、もっこりと膨《ふく》らんでいる。「ちっ、瘤《こぶ》ができたじゃねえか」

「瘤で済んでよかったやないの。ジェシーに殴られて鼻が曲がった奴、何人も知ってるで」竹美が面白そうにいう。

「でも拓実さん、俺たちは感謝しなきゃいけないんだぜ。今夜は、ここに泊めてもらえることになったんだ。脳震盪《のうしんとう》を起こした後は、しばらく安静にしとかなきゃいけないってことで」

トキオの言葉に、拓実は驚いて竹美を見た。彼女は、何か文句あるの、という顔で見返している。

彼は無精髭《ぶしようひげ》の伸びた頬をこすった。「そいつは……どうも」

竹美は肩をすくめ、煙草をくわえた。ジェシーが灰皿を彼女の前に置いた。

「それから千鶴さんのことだけど、竹美さんも居場所は知らないそうだよ」

拓実は彼女を見た。「訊かなかったのか」

「というより、居場所はまだ決まってへんかったみたい。決まり次第知らせるていうてたけど、今日まで連絡がないから、これからもないんと違うかな」

「あいつは男と一緒なんだ」

「そうらしいね。トキオ君から聞いたわ」煙を吐きながら彼女はいった。

「しかも変な奴らに追われてる。そいつらの狙いは千鶴じゃなくて、一緒にいる男だ」

「それも聞いた。なんかやばそうやから、あたしも心配してる。けど、ほんまに千鶴からは居場所も連絡先も聞いてないんよ」

拓実は布団の上で胡座をかき、腕組みをした。しかし千鶴の居場所を見つける方法は思いつかなかった。竹美だけが頼みの綱だったのだ。

同じ思いらしく、皆が沈黙した。それぞれの考えに沈んでいるようだ。

「ひとつ、わからないことがあるんだけどな」トキオがいった。「千鶴さんはどうして大阪に来たんだろう。拓実さんと別れて出直すためだけなら、どこでもよかったんじゃないのかな」

「そりゃあおまえ、東京以外の繁華街となりゃ、やっぱり大阪だろうが。あいつはホステスしかできねえんだしさ」

「それなら竹美さんに仕事を世話してもらうとか、もっといろいろ相談したんじゃないのかな」

「じゃあおまえは何だっていうんだ」

「千鶴さんたちがたぶん大阪にいるってことを最初に俺たちにいったのは、あのイシハラって男なんだ。イシハラはどうしてそう思ったのか。奴らの目的が、千鶴さんと一緒にいるオカべって男なら、そのオカべが大阪に来る可能性が高いってことじゃないか。たとえば出身地がこっちだとかさ。千鶴さんはオカべに付き合って、大阪に来ただけなんだ」

「それはそうかもしれねえけど、だからって千鶴の居場所がわかるかよ」

するとトキオは竹美のほうを見た。

「千鶴さんは誰かと一緒にいるということはいわなかったんですね」

「聞かへんかったなあ」彼女は首を捻《ひね》った。「けど、ちょっと気になることをいうてた」

「何ですか」

「信用できる質屋を知らんかって」

「質屋？」

「手元にある不要品を処分したいとかいうてた。カフスボタンとかネクタイピンとかっていうてたから、あんたのものと違うの」彼女は拓実を見ていった。

「カフスボタンにネクタイピン？」拓実はふんと鼻を鳴らした。「俺がそんな爺臭《じじく》せえものを付けるわけねえだろ」

「それもそうやな」竹美は首を捻《こ》った。「あとそれから、壺《つぼ》とか絵とかも売りたいていうてたな。そういうのを買うてくれるのやったら質屋でなくてもええていうてたわ」

「壺？　絵？　なんだよ、そりゃあ。あいつは万屋《よろずや》か」

「それで竹美さんは何と答えたんですか」トキオが先を促す。

「幸か不幸か、あたしは質屋に世話になったことがないから、知り合いはおらへんなあて答えといた」

トキオは頷き、唸り声をあげた。

「千鶴さんはどうしてそんなものを売る気になったのかな」

「金がねえんだろ。それでちょっとでも足しにしようと思って、一緒にいる男が持ってるものを売ることにしたわけだ。カフスボタンだとかネクタイピンだとか、一体どういう趣味をしてる野郎なんだ」拓実は吐き捨てた。

「カフスやタイピンはわかるけど、壺や絵ってのがわからないな。千鶴さんは、竹美さんのほかに大阪には知り合いはいないのかな」

「あたしのほか……か」竹美は考え込む顔になった。「強《し》いていうたら、テツオかな」

「テツオさん？」

「中学の同級生や。実家が鶴橋《つるはし》のホルモン焼き屋をしてる。昔、千鶴がホルモンを食べたいていうから、テツオの店に連れていったことがある。千鶴があの店のことを覚えてたら、行く可能性はあると思うよ」

「ホルモン焼きか……」

「どう考えても質屋とは関係なさそうだけど、この際だ、当たるしかねえな。その店ってここから遠いのか」

「電車で一駅。歩いてもそんなにはかからへんよ」

「よし。地図を描いてくれ」

「描いてくれ？」竹美は目を丸くした。「どうか描いてください、といわれへんか」

「こいつ……」拓実は舌打ちをしたが、トキオが顔をしかめるのを見て、一旦唇を閉じた。それから空咳を一つした。「描いてください」

「声が小さい」

「どーか、描いてくださいっ。これでいいだろ」

「ほんまにもう、もっと素直になられへんもんかいな。千鶴が変な奴らに追われてるて聞いたから協力するけど、ほんまやったら追い出すとこやで」竹美は立ち上がり、隣の部屋に行くと、一枚のチラシを手に戻ってきた。ほら、と拓実の前に置く。『百龍』というホルモン焼き屋の広告で、地図や電話番号が印刷されていた。拓実はそれを乱暴に畳み、ズボンのポケットにねじ込んだ。

そんな様子を見ていた竹美が口を開いた。

「なあ、あんた。千鶴を見つけたらどうする気？」

「どうするって、そんなことはわかんねえよ。とにかくいろいろとわけを聞かなきゃな」

「まさか千鶴を腕ずくで連れ戻す気と違うやろね。そういうつもりやったら、一切協力せえへんよ。あんたがテツオに会いに行く前に、あたしが電話して、あんたらには何もしゃべらへんよう釘刺しとくからな」

「腕ずくでどうこうしようなんて思ってねえよ」

「それやったらええけど」竹美は煙草を吸い続け、上目遣いをした。

「何だよ。何かほかにいいたいことがあんのか」

「いやあ、どう思てるのかなあと不思議になって」

「何が？」

「千鶴が男と一緒におることを。二人の間に何もないとは、まさか考えてへんやろ」

拓実は顔を歪めた。いやなことをいう女だと思った。

「そんなこと、てめえにいわれなくてもわかってるよ」

ふうんといって頷いたきり、彼女はそれ以上は何もいわなかった。

その夜は拓実はトキオと二人で、その部屋で寝ることになった。竹美とジェシーはリビングで眠っているようだ。憎まれ口を叩いたが、彼女に助けられているという自覚はある。しかし最後にいわれたことは胸の内で引っかかっていた。

千鶴の柔らかい肌の感触や丸い胸を彼は思い出していた。あれに今も別の男が触れているのかと思うと、激しい焦りと嫉妬に襲われた。だが彼女は無理矢理に犯されているわけではなく、喜んで受け入れているわけなのだ。今の状況を考えれば、たしかに彼女を追いかけることに意味があるのかというトキオや竹美の疑問は当然だと思える。拓実自身、さっさと諦めたほうが身のためだし、何より不格好でなくなるとわかってもいた。何のために彼女を追うのか、彼女に会ってどうしたいのか、自分でもはっきりしなかった。

一日のうちにあまりにいろいろなことがありすぎたせいか、なかなか寝付けなかった。隣ではトキオが鼾をかいている。この男が現れてから、突然自分の周りが慌ただしく動きだしたように拓実には思えた。それが偶然ではないような気がした。

尿意を催したので、彼はそっと布団から出た。戸を開け、トイレに向かった。リビングは真っ暗だったが、部屋の隅に毛布に覆われた大きな山があるのが見えた。ジェシーと竹美が抱き合って寝ているのだろう。

トイレの前に立った時、突然ドアが開いた。出てきたのは竹美だった。タンクトップ姿の彼女も、目の前に彼が立っていたので驚いたようだ。目を大きく見開き、ああびっくりしたと呟いた。

「あ……すまん」拓実はそういったきり、言葉が出なくなった。彼の目は彼女の剝《む》き出しになった肩のあたりに釘付けになっていた。そこには鮮やかな赤い薔薇《ばら》が描かれていた。

拓実の視線に気づいた彼女は、その部分を手で隠し、彼の脇を通り抜けていった。その表情は、彼女が初めて見せる弱々しいものだった。小用を足し、布団に戻った後も、拓実の網膜には赤い薔薇が焼き付けられたままだった。

半分眠って半分起きているような状態のまま拓実は朝を迎えた。隣を見るとトキオの姿はない。やがて笑い声が聞こえてきた。トキオの声だ。

隣の部屋に行くと、キッチンでトキオとジェシーが何かしゃべっているのが見えた。二人並んで朝食の支度をしているらしい。ジェシーはエプロンをつけ、フライパンで何かを炒めている。トキオは何かを刻んでいる。二人の会話は英語と日本語が半々という奇妙なものだった。しかもジェシーのほうは大阪弁だ。

拓実が立っていることに気づいたトキオが、彼を見てにっこりした。「おはよう」

「オハヨウサン」

「おまえ、英語が話せるのか」トキオに訊いた。

「話せるってほどじゃないよ。片言もいいとこだ」

「でも、一応しゃべってたじゃねえか。英会話を習ったことあんのか」

「きちんと習ったことはないけど、英語は小学校からやってるから」

「ふうん、小学校からねえ。それはとんだ上流階級の話だな。俺もそんな家に生まれたかったよ」拓実は口元を曲げていい、ガラステーブルの横に腰を下ろした。部屋の隅では竹美が毛布をかぶって丸くなったままだった。

　遅い朝食が始まる頃になって、彼女は身体を起こした。タンクトップの上にシャツを羽織った格好で外に出ていった後、新聞を手に戻ってきた。誰の顔も見ようとはせず、不機嫌な顔つきで煙草を吸い、新聞を読み始めた。そんな彼女に対して何もいわず、ジェシーはガラステーブルの上に野菜炒めや味噌汁などを並べている。彼女が不機嫌なのは毎朝のことなのかもしれなかった。

「外人でも味噌汁を飲むんだな」器用に箸《はし》を使いこなすジェシーを見て拓実はいった。

「干物なんかも好きなんだってさ。驚きだよね。でも納豆はだめだって。こっちじゃ、殆ど食べないしね」

「納豆を食わないなんて、日本人じゃねえよ」

拓実がいうと、「ジェシーは日本人と違うがな」と竹美が呟いた。彼女はまだ箸を持たず、新聞に目を落としたままだった。拓実は何かいい返そうとしてやめた。結局竹美は味噌汁を一杯と野菜炒めを少し食べただけだった。

朝食の後片づけを手伝っていたトキオが、一枚の写真を持ってキッチンから出てきた。

「ねえこれ、ハワイでしょ。ジェシーさんの実家ですか」竹美の前に置いた。

「ジェシーの友達がおるんよ」彼女がようやく表情を和ませた。

その写真には十人ほどの男女が写っていた。真ん中のカップルがジェシーと竹美だ。竹美は長袖のシャツを着ている。

「でも残念だなあ。どうして竹美さんは水着じゃないんですか。ほかの人は大抵水着じゃないですか。すっごいビキニを着てる人もいるし」

「やめとけよ」拓実はいった。「人にはいろいろと事情ってものがあるんだ」

何のことかわからない様子で、トキオはきょとんとした。

竹美は煙草に火をつけ、何かを考えこむ顔になった。拓実は床の上で新聞を広げ、日米経済摩擦に関する記事に目を向けていた。

「十五の時や」竹美が口を開いた。「一緒に住んでた男にいわれて、無理矢理に彫《ほ》らされた」

「そんな男と付き合ったこと自体が失敗だな。若気の至りってやつかい」

竹美は煙を吐いた。トキオはまだわけがわからないといった顔をしている。

「十五や十六で、身寄りはないし仕事もない。やくざにでも頼らなしょうがないやろ」

「身寄りがないったって、母親がいるじゃねえか」

「その頃は刑務所の中や。傷害致死で実刑を食ろとった」

拓実は黙り込んだ。思いも寄らない話だった。

「誰を殺したのかて訊きたそうな顔やな。教えたるわ。あの人が殺したのは自分の夫や。つまりあたしの母親が父親を殺したというわけや」

まさか、とトキオが呟いた。拓実は唾を飲み込んだ。

「父親は半分アル中で、ろくに働きもせんと毎晩酒ばっかり飲んどった。それでおかあちゃんが文句をいうから、しょっちゅう夫婦喧嘩や。ある晩喧嘩がエスカレートして、とうとうおかあちゃんはあのおっさんをアパートの階段から突き落としたんや。打ち所が悪うて、おっさんは死んでしもた」竹美は煙草を揉み消した。

「でもそれなら執行猶予がつきそうなものだけどな」トキオがぽつりといった。

竹美は薄く笑った。

「あの女もただ者やない。似た者夫婦や。その頃はホステスをしとったんやけど、酔っ払って客を殴って、しょっちゅう傷害罪で訴えられとったからな。情状酌量の余地はあるけど、いっぺん豚箱で頭を冷やせということになったんやろ。まあ、弁護士もやる気のない男やったしな。それであたしは天涯孤独になったというわけや。傷害致死罪という罪やけど、世間の人にしてみたら殺人犯と一緒や。えらい看板背負わされたで」

「それでやくざと……」トキオが訊く。

「まあ、あたしもやけくそになってたしね。三十過ぎのおっさんやったけど、金は持ってた。あたしを高校にも行かせてくれたし。ただし、プールには入られへんかったけどな」そういうと彼女はシャツのボタンを緩め、右の肩を出した。そこに描かれた薔薇を見て、トキオが小さな声を漏らした。

「十五の娘を自分の女にしたもんやから、よっぽどうれしかったんやろね。けどその分嫉妬深かった。あたしが悪さをせんようにということで、これを入れられたというわけや」

「よくその男と切れたな」拓実が訊いた。

「ある日を境に家に帰ってこんようになったんよ。おかしいなあと思てたら、若い衆が来て、荷物を片づけ始めた。中の一人から、死んだて聞いた」

「殺されたのかな」トキオが呟く。たぶんね、と彼女は頷いた。

「それからもいろいろとあって、ごちゃごちゃしながら今日まで生きてきたというわけや。まあ、今はうまいことといってるほうやね。何もかもジェシーが支えてくれてるからやけど」竹美はジェシーを見て微笑《ほほえ》んだ。意味がわかっているのかどうかは不明だが、ジェシーのほうもにっこりした。

「すごいな。でも竹美さんって、そんな苦労をしてるようには見えませんよね」

「苦労が顔に出たら惨めやからね。それに悲観しててもしょうがない。そら誰でも恵まれた家庭に生まれたいけど、自分では親を選ばれへん。配られたカードで精一杯勝負するしかないやろ」彼女は拓実を見た。「小学校で英語を習わせてもらえるかどうか程度のことが何やの。そんなことで人の人生が変わるかいな」

拓実は俯いた。彼女はさっきの話を聞いていたのだ。

「あたし、千鶴からいろいろと聞かされた。たしかにあんたもかわいそうやと思うよ。けど、あんたに配られたカードは、そう悪い手やないと思うけどな」こういった彼女の口調は、それまでよりは少し穏やかなものだった。拓実は何も答えず、無精髭の伸びた顎をこすっていた。

午後になる前に拓実とトキオは部屋を出ることにした。

「ちょっと待って」といって竹美が一旦奥に引っ込んだ。戻ってきた彼女は一枚の写真を持っていた。「これ、持っていき」

そこには彼女と千鶴が写っていた。一、二年前だろうか、千鶴は今より少しふっくらしている。逆に竹美は以前のほうが痩せていたようだ。

「千鶴の写真があったほうが便利やろ」

それもそうだった。拓実は頭を一つ下げて写真を受け取った。

部屋を出た後でトキオがいった。「すごい人だね、竹美さんって」

拓実は少し歩いてから呟いた。「あんなやつに何がわかる……」

だがその言葉は空しく響いただけだった。

23

電車を鶴橋駅で降りると、すぐに焼き肉の匂いが漂ってきた。駅前通りというより路地裏の雰囲気がある通りを、チラシの地図に従って進んだ。ホルモン焼き屋の『百龍』は、小さな民家が密集した住宅地の中にあった。

「バンビから電話があったわ。けったいな東京もんが行くけど、話に付き合うたってくれいうてな」

テツオは大柄な男だった。パーマのかかった頭はぼさぼさだが、リーゼントに固めれば決まるのかもしれない。白い上っ張りのようなものを羽織り、下駄を履いていた。

大きなカウンターだけの店内に客はいなかった。店員もテツオだけのようだ。

拓実は竹美から借りた写真をテツオに見せた。

「千鶴ちゃんやろ。うん、一昨日の夜来たで」テツオはあっさりといった。

「誰かと一緒でしたか」トキオが訊く。

「男と二人やったな」

「どんな男だった?」拓実が勢い込んだ。

「三十歳か、もうちょっと上ぐらいのおっさんや。一言でいうと貧相なタイプやな。なんか、おどおどした感じやった」

「今どこにいるとか、そういった話はしなかったのかい」

「大した話はせえへんかったな。こっちも忙しいし、バンビの友達やというても、前に一回会うただけやしな。――それよりにいちゃん、ホルモン食べへんか。まけといたるで」後の台詞はトキオに向けられたものだった。彼は、いえ結構です、と断った。

「質屋を紹介してくれとか、いわれなかったかな」拓実は訊いた。

「質屋？　なんや、千鶴ちゃんは金に困ってるんかいな」

「いや、それはよくわからないんだけど」

「質屋を紹介してくれとはいわれへんかったな。そんな話はしてない」

「そうか……」

やはり当てが外れたかと思った時、「そのかわり」とテツオがいった。

「財布の中は見たで」

「財布の中？」

「金を払う時、男が財布を開けよった。その時に中がちらっと見えたんや。結構、万札が入っとったで。あれだけ金があるんやったら、ふつう質屋には行かへんやろ」

「金は持ってるわけか。じゃあたしかに質屋に行く必要はねえよな」拓実は独り言のように呟いた。

「あるいは」テツオは自分の太股をぱんと叩いた。「質屋に行って来た後か、や。質屋で金が入ったから、ホルモンでも食うて元気つけよかとなったのかもしれんで。ふつうホルモンは金のない時に食うもんやけどな」

「それは考えられるよ」トキオが拓実のほうを見た。「この店に来たのが夜なら、その後で質屋に行ったとは思えない」

「それもそうか」

「この近くに質屋はありますか」トキオがテツオに訊いた。

「そらあるやろ、質屋ぐらいなんぼでも」そういうと彼は店の奥に行き、地図を広げながら戻ってきた。町内地図のようだ。「ここでいうと、この『荒川屋』ぐらいか。ふうん、意外に少ないんやな」

「この近くの質屋に行ったとはかぎらないぜ」拓実はいった。

「いや、たぶん千鶴さんにも一緒にいる男にも、あまり大阪での土地勘はないんだと思う。だから竹美さんに質屋の場所を訊いたりしたんだ。でも特に紹介してもらえなかったから、適当に選ぶしかなくなった。そういう時には、全く知らない場所で選ぶより、まだ多少知っている土地で探そうとするんじゃないかな」

「そうかなあ」

「とにかく当たってみるしかないじゃないか」トキオはテツオに礼をいい、さらにこの地図を貸してもらえないかと頼んだ。

「ええよ、持っていきいな」

「ありがとうございます」トキオは頭を下げ、その地図を丁寧に畳もうとした。その手が途中で止まった。「そうか。ここって、生野区なんだ」

「そうやで。それがどうかしたか」

「高江っていう住所を知りませんか。生野区高江」

「たかえ？　聞いたことがあるような、ないような」

ちょっと待っとき、といってテツオは再び奥に消えた。

「おまえ、そんなことを訊いてる場合かよ」

「ついでじゃないか。いいだろ、俺だって千鶴さん探しに付き合ってるんだから」

テツオが戻ってきた。道路地図帳を開いている。さらにもう一冊を腋に挟んでいる。

「そんな地名はないようやけどな」

「そらみろ。架空の地名なんだよ。探したって無駄だ」

「ちょっと待ちいな。おたくもたいがい気の短い男やな」

テツオはもう一冊の道路地図帳を開いた。こちらはかなり古い。各頁の縁が変色し、反り返っている。

「おっ、あったで。生野区高江」

「えっ、本当ですか」トキオの顔が輝いた。

「何年か前に、地名が変わったことがあるねん。その時に消えた地名やな」

「そうだったのか。それで見つけられなかったんだ」トキオは申し訳なさそうな顔をテツオに向けた。「あのー、いいにくいんですけど、この地図を……」

「ああわかったわかった。持っていったらええがな。どうせそんな古い地図、使い物にならへんし。そのかわり、今度来る時は何か食べていってや」

ありがとうございます、とトキオは頭を下げた。

店を出て、『荒川屋』に向かった。途中、煙草屋があり、そこの公衆電話で男が何か話していた。その横を通り過ぎた後でトキオが首を捻った。「おかしいな……」

「どうかしたのか」

「いや、今の煙草屋で電話をしてた人だけど、どこかで会ったことがあるような気がしてさ」

「煙草屋？」拓実は振り返った。そこにはもう誰もいない。「気のせいだろ。こんなところにおまえの知り合いがいるわけないだろ」

「うん、だからおかしいと思ってさ」

トキオはしばらく浮かない顔をしていた。

『荒川屋』は小さな店だった。入り口を挟んで、ガラス張りの陳列棚が設けられている。中には宝石、貴金属、時計といったものから、真新しい家電品まで並んでいた。楽器や日用雑貨もある。

二人は入り口のドアを押した。すぐ正面にカウンターがあり、その向こうで白髪頭の男がそろばんを弾いていた。二人がカウンターの前に立って、初めて男は顔を上げた。六十歳以上に見えた。

「質入れですか」ぼそりと訊いてきた。

24

拓実は竹美から借りた写真を店主の前に置いた。白髪の店主はじろりと彼を見上げた。

「何や、これ」

「この娘がこなかったかな。こっち側の女だ」千鶴の顔を指差した。

しかし店主は写真に目を落とそうとせず、拓実とトキオの顔を胡散臭そうに見比べた。

「あんたら、なんや。ポリさんでもなさそうやな」

「人を探してんだよ。この店に来たかもしれないんだ。なあ、写真を見てくれよ」

質屋の店主は掌で払うように写真を押し戻した。

「うちはそういうややこしい話には関わらん。帰ってんか」

「ちょっと見てくれるぐらいいいじゃねえか。この店に来たかどうかだけ教えてくれりゃいいんだ」拓実は声を荒らげた。

だが店主は首を振った。

「うちみたいな店に来る客は、そのことを隠しときたいもんや。それをこっちがべらべらしゃべったら信用なくなる。何かの事件に関係してるとでもいうんやったら、警察行ったらええ。ポリさんと一緒に来たら、教えてやらんこともない」

相手の言い分はもっともだった。しかし拓実としてはあっさり引き下がれない。

「やばい事件が起きてるかもしれねえんだよ。この女はそれに巻き込まれてるかもしれねえんだ。だけど警察ってのはあれだろ、事件の起きたことがはっきりするまでは動いてくれねえだろ。だから自分たちで何とかするしかねえわけよ」

「ほな、何とかしたらええがな。けど、うちに厄介《やっかい》ごとは持ち込まんといてくれ。仕事の邪魔や。帰ってんか」店主は今度は顔の前で掌を払った。

拓実は写真を手に取り、相手の顔の前に差し出した。

「見てくれよ。この女だ。一昨日、ここへ来ただろ」

「知らん」店主は顔をそむけ、写真を押し返した。「ほかに用がないんやったら帰ってくれ。なんぼ訊かれても、そんなことには答えられへん」

ちょうどその時机の上の電話が鳴りだした。店主は素早く受話器を取った。

「もしもし荒川屋ですけど。……ああ、まいど」店主の皺だらけの顔が綻《ほころ》んだ。今まで見せていた仏頂面《ぶっちょうづら》とは大違いだ。「また何ぞ、ええ掘り出し物でも見つかりましたか。……はははあ、吉川英治の？　……はあはあ、そら、うちに持ってきてもろたら何とでもなりますがな。古書専門の知り合いもおりますし。あっ、ちょっと待ってください。すんません」

店主は受話器の送話口を手で塞《ふさ》ぎ、拓実たちを見た。その顔に愛想笑いのかけらも残っていない。

「いつまでおるんや。客でもないのに、ぼーっと立ってられたら迷惑や。さっさと出ていってんか」そして追い払うしぐさをし、再び受話器を耳に当てた。「あ、すんません。……いや、客やおません。ただの冷やかしですわ」

はははと笑う店主の横顔を見た途端、拓実の血が一気に全身を駆け巡った。

「誰が冷やかしだ、くそじじいが」彼はカウンターの下を思い切り蹴飛《けと》ばしていた。

店主の目が吊り上がった。「何さらすんじゃっ。警察呼ぶぞ」怒鳴りながらも送話口に手を当てることは忘れていなかった。

「おもしれえ、呼んでみやがれ」

拓実はカウンター越しに店主に摑みかかろうとした。だが後ろから腰にしがみつかれた。トキオだ。「だめだよ、拓実さん」

「離せ」

「だめだって」

拓実はトキオに引き戻された。そのまま入り口をくぐり、外に引っ張り出された。

「離せよ、この野郎」

拓実が暴れた勢いで、二人は道路上に転がった。通りかかった人々が、ぎょっとした顔で彼等を見た。二人はほぼ同時に立ち上がった。

「いい加減にしろよっ」トキオが怒鳴った。「いつだってこうじゃないか。あんたに堪《こら》え性《しょう》がないから、何もかもぶち壊しだ。あの質屋は金輪際《こんりんざい》、何もしゃべっちゃくれないぜ。自分で自分の道を塞いでることに、どうして気がつかないんだ」

「あんな言い方されて黙ってられるかよ」拓実は歩きだした。どっちの方向に向かっているのかもよくわからない。

「どこ行くんだ」トキオがついてくる。

「知るかよ」

「もうこの近くには質屋はないんだぜ。わかってるのかい」

「うるせえな、わかってるよ」照れ隠しに喚《わめ》いてみたが、この後の方針はまるで決まらなかった。結局彼は足を止めざるをえなかった。

ふっと息を一つ吐《つ》く。「仕方ねえな。あいつのところに戻るか」

「あいつって……」トキオは眉をひそめた。「竹美さんのところ?」

「千鶴が頼れるのはあの女のところしかない。いつかは連絡してくるんじゃねえか」

「それはどうかな。連絡する気があるなら、もうとっくにしてるはずだよ。竹美さんだっていってたじゃないか」

「じゃあ何か手があるかよ」そういった時、電話ボックスが目に留まった。閃《ひらめ》くことがあって、拓実はそれに近づいていった。扉を開け、職業別電話帳に手を伸ばした。

「どうする気だい？」

「黙ってろ」拓実は電話帳で質屋を調べ、そこの頁《ページ》を開いた。次の瞬間、彼の顔は歪んでいた。

「くそっ、こんなにあるのかよ」ずらりと並んだ質屋の電話番号を目にし、吐き捨てるようにいった。

「大阪中の質屋に当たる気かい？」

「うるせえな。見当をつけて当たりゃいいんだ」

「どうやって見当をつけるんだよ。何も手がかりがないのに」

「うるせえっていってるだろ。この近くから当たっていきゃいいんだ。ええと、ここは生野区か。勝山南ってどのあたりだ」電話帳で適当に見つけた質屋の住所を彼はいった。

「あれ、バッグは？」

「バッグ？」拓実はトキオの両手を見た。彼は何も持っていない。そして自分自身も手ぶらだと気づいた。「どこへやった？」

「知らないよ。拓実さんが持ってたじゃないか」

拓実は舌打ちをし、電話帳を閉じた。電話ボックスから出て、扉を乱暴に閉める。

どこに忘れてきたのかはすぐにわかった。苦々しい思いで、今来た道を戻った。罵声《ばせい》を浴びせられるのを覚悟で、拓実は『荒川屋』のドアを開けた。何をいわれても、黙ってスポーツバッグだけ持って出てこようと決めていた。

白髪の店主は相変わらず電話中だった。さぞかし憎悪に満ちた顔を向けてくるのだろうと拓実は予想した。ところがこちらを向いた店主は、軽く驚いた表情を作っただけだ。

「あ、そしたらまたこっちから電話します。……はい、ほなそういうことで」電話を切り、店主はじろりと拓実を見た。「鞄《かばん》やろ」

拓実は黙って頷いた。見慣れたスポーツバッグは、カウンターの端に載せてあった。そんなところに置いた覚えはないから、店主が移動させたのだろう。

口をつぐんだまま彼はバッグを手にし、出ていこうとした。ところがその彼の背中に店主が声をかけてきた。「ちょっと待ちいな」

拓実は振り返った。店主は机の上に置いてあった眼鏡をかけ、椅子に座った。その顔に険悪なものはなかった。

「さっきの写真、ちょっと見せてみ」

「なんだよ」

「ええから、見せてみ。見てくれていいだしたのはそっちやで」

わけがわからなかったが、拓実は写真を差し出した。店主は眼鏡の位置を直し、それをじっくりと眺めた。

「ふうん」店主は顔を上げ、首の後ろをぽんぽんと二度叩いた。「あんた、何か持ってへんのか」

「何かって……何だよ」

「御覧のとおり、うちは質屋や。質草を取って、金を貸す。それ以外に買い取りもする。どっちにしても、何か金に替えられるものを出してくれるんやったら、あんたも立派な客や。客相手となると、そう堅苦しいことはいわへんがな」

店主のいっている意味がすぐには理解できず、拓実は黙っていた。すると横からトキオが出てきた。

「その写真の女性、ここへ来たんですね」

「さあ、どうやろな」店主は小狡《こずる》そうに薄笑いし、写真をすっと拓実の前に押した。

「おい、どうなんだよ。来たのかよ」拓実は勢い込んだ。

「せやから」店主はわざとらしくゆっくりした口調でいう。「客相手やったら、堅苦しいことはいわへんていうてるやないか。客でもない人間に、迂闊なことはしゃべられへん」

　やはり千鶴はここへ来たのだ。となれば詳しい話を聞き出したい。要するにここで何か金目のものを出せば、この偏屈おやじが情報を提供してくれるということらしい。なぜそんなことをいいだしたのかは不明だが、店主の気が変わらないうちに取引に応じたほうが得策のようだ。

「おい、何か質草に出来そうなものはないか」拓実はトキオに訊いた。

「そんなもの、あるわけないだろ」

「ちっ、役立たずめ」拓実は着ていた上着を脱ぎ、カウンターの上に置いた。「これでどうだ。そんなに安物じゃないぜ」

　しかし質屋の店主は肘の突き出たようなジャケットには目もくれなかった。首の後ろを掻き、「どうも取引不成立のようやな」と呟いた。

「ちょっと待てよ。探すからさ」

　拓実はカウンターの上にバッグを置き、ファスナーを開いた。中身を取り出していく。汚れたタオル、下着、地図帳、歯ブラシ――。

　店主の手が伸びた。彼が手にしたのは例のマンガ本だった。タイトルは『空中教室』、作者は爪塚夢作男。店主の目が鈍く光っていた。

「手作りのマンガ本か。結構、古いものやな。なんでこんなもんを持ってるんや」

「人から貰ったんだ」

「ほう」店主は中をぱらぱらと眺めた。「作者は知らん名前やし、大した出来でもないと思うけど、こういうものを集めてる人もおるからな。コレクターいうやつや。よっしゃ、これやったら買《こ》うたってもええで」

「それはだめだよ」トキオが店主にではなく拓実にいった。「大事なものだろ」

だが拓実は視線を彼から店主に移した。「いくらで買う気だい」

「拓実さんっ」

「まあ、こんなとこかいな」店主は手元の電卓をちょんちょんと叩き、発光ダイオードのパネルを拓実のほうに向けた。３０００の表示が見える。

三千円？　こんな古ぼけた手作りマンガが？　――拓実の頭の中で二つの考えが交差した。儲《もう》かったという思いと、もしかしたらもっと値打ちがあるんじゃないかという計算だ。

彼は指を電卓に近づけ、ボタンをいくつか押した。「これでどうだ」

電卓の表示は５０００になっている。店主は顔をしかめた。

「兄ちゃん、これはいうたら落書き帳やで。コレクターが買い取ってくれるかどうかもわからん代物《しろもの》や。そんなもんに五本も出せると思うか。そもそも兄ちゃんらの目的は金やないやろ。三にしとこ。それでええがな」

粘着質な口調を聞いていると拓実は苛々《いらいら》した。早いところ片を付けたくなってくる。

「よし、手を打った。その代わりに女のことを教えてくれよ」

「拓実さんっ、だめだって」トキオが横から来て、マンガ本を奪おうとした。それを拓実がくい止めた。彼の襟首を摑み、ぐいと持ち上げる。

「つべこべいうな。どうせあんなもの、どっかに捨てる気だったんだ」

「拓実さんが持ってなきゃだめだ。おじさん、そのマンガ本だけはやめてくれ。何かほかのものを買ってくれよ」トキオは拓実の手を振りほどこうともがいた。

「どないするんや。その兄ちゃんはあかんていうてるで」質屋の店主がのんびりという。

「いいんだよ。俺がいいといったらいいんだ。おまえ、邪魔するな」

拓実はトキオの襟首を摑んだまま、入り口のドアを開けた。彼をそこから思い切り突き出すと、素早くドアを閉め、鍵をかけた。トキオはガラスドアをどんどんと叩くが、それを無視して拓実は店主のほうに向き直った。

「邪魔者は追い出したぜ。取引といこうや」

「その前にそこを片づけてんか。汚いパンツなんか見せられてたら気分悪い」

拓実がバッグの中身を片づける間に、店主は千円札を三枚出してきた。三枚とも新札だった。拓実は領収書にサインし、押し返した。

「あの娘さんは」店主は老眼鏡を外した。「一昨日の夕方来た。初めての客やし、よう覚えてる」

「一人だったか」

「店に入ってきたのは一人や。けど、男が外で待っとった。あんなふうにな」店主が入り口を顎でしゃくった。ガラスドアの向こうから、トキオが恨めしそうに拓実を見ていた。

「どんな男だった。三十歳ぐらいの貧相な男かい」テツオの話を思い出しながら訊いた。

「そうやな。大柄ではなかった。夕方やのにレイバンのサングラスかけとったで」

「レイバンか……。で、何を持ってきたんだ」

「カフスボタンとタイピンを合わせて七点や。結構ええ品物やったで。どれもちゃんと箱入りで新品。しかも保証書までついとった。外国土産という感じやったな」

やっぱりカフスとタイピンなのか、と拓実は思った。

「貸したのかい、それとも……」

「買い取りや。これだけ出した」店主は指を一本立てた。

「一万……ってことはないよな」

「あほかいな。その上や」

テツオの話では、男の財布には万札が結構たくさん入っていたということだった。十万円を財布に入れれば、そんなふうに見えるだろう。

「彼女は東京弁だったろ」

「そうやな。あんたと一緒や」

「こっちで何をしてるのかとか、どこに泊まってるのかって訊かなかったのかい」

「そんな話を出す必要がどこにある？」

拓実は唇を噛んだ。質屋のおやじのいうとおりだ。

「けど」店主はにやりと笑った。「あの子はまたきっとここへ来るんと違うかな」

「どうして？」

「店の営業時間を確かめてたし、どういう品物を取り扱うのかと訊かれたからや。基本的に何でも扱いまっせて答えたら、満足そうな顔しとった」

「いつ頃来るとかはいってなかったかな」

「そこまではいうてない。せやから、来んかもしれん」

「なあおやじさん」拓実はカウンターに両手をついた。「ちょっと頼みがあるんだ」

しかし彼が話す前に質屋の店主は手を振った。

「その子が来たら知らせてくれとかいう頼みやったらきかれへんで。うちもそこまではやってない。それほど暇やない」

拓実は相手に聞こえない程度に舌打ちした。腹の中を読まれた思いだった。

ガラスドアを開けて外に出ると、トキオが店のウインドウの前でしゃがみこんでいた。拓実を睨みながら立ち上がった。

「何、考えてんだよ。あのマンガがどれだけ重要なものかわかってないようだね」

「うるせえよ。あれをくれた女だって、いらなきゃ捨ててもいいっていってただろ」

「いらなきゃ、だろ。いるんだよ。拓実さんのお父さんについて調べるには、あの本が必要なんだ」

トキオが再び質屋に入っていこうとするので、その腕を拓実は摑んだ。「何する気だ」

「取り返すんだよ。決まってんだろ」

「やめとけ。あの本は俺が貰ったものだ。俺がどうしようとおまえに口出しされる筋合いはねえ。いいか、今後は絶対にあのマンガの話はするな。したら、ぶっとばすからな」

拓実はトキオの顔の前で拳を固めてみせた。するとトキオは反抗的な目をし、ふんと鼻を鳴らした。「ジェシーの前でそんなふうに強がって見せろよ」

はっとして拓実は拳に込めた力を緩めていた。手を下ろし、大きく息をした。

「おまえが何をしようと勝手だ。だけど、俺だっておまえに邪魔されたくないんだ」

トキオは悲しげな表情になり、ゆっくりとかぶりを振った。自分の思いが伝わらないもどかしさに絶望しているように見えた。その顔を見ていると拓実もそれ以上は何もいえなくなった。

彼はあたりをぐるりと見回した。小さな書店があった。それに向かって歩きだした。

「どこへ？」

後ろからトキオが訊いてきたが、拓実は答えず足も止めなかった。

書店の間口は二間ほどしかなかった。拓実は店内には入らず、外に並べてある雑誌を手に取り、立ち読みするふりをした。トキオも隣にきた。何も尋ねてこず、ふてくされた様子で地面を蹴っている。

「千鶴はまたあの店に来そうだ」拓実は雑誌を見たまま質屋のほうに小さく顎を振った。

「だから？」トキオはぶっきらぼうに訊く。「ここで見張るっていうわけ？　一日中？　これから毎日？　本屋のおじさんから、さぞかし怪しまれるだろうね」

「そんなことといったって、ほかに何か手があるかよ」

「さあね。ないかもね」そういうとトキオは拓実のそばから離れた。そのままどんどん歩いていく。拓実はあわてて後を追った。

「おい、どこへ行くんだ」

「ちょっと散歩」

「散歩って、おまえ、こんな時に」

トキオがくるりと身体を回転させ、拓実を正面から見据えてきた。その目に明らかな怒りの色が滲《にじ》んでいたので、拓実は一瞬たじろいだ。

「いいだろ、別に。あんたはあんたで勝手にやる。俺は俺で勝手にやる。それでいいじゃないか。あんたがいいだしたことだぜ」

拓実は返答に詰まった。トキオは初めから答えなど期待していなかったように、また歩きだした。その背中に拓実は声をかけた。

「質屋は六時までだ。それまでには戻ってこいよ」

トキオは歩きながら小さく左手を上げた。

25

トキオが予測したとおり、立ち読みをするふりをしながら張り込むというのは、簡単なことではなかった。一時間を超えたあたりから、たしかに店番をしているおやじが拓実のことを気にしている様子が現れた。カムフラージュのため、雑誌をあれこれ取り替えてみるが、店としては置いてある雑誌を片っ端から立ち読みされて嬉しいはずがない。明日からはこの手は使えなくなるかもしれないなと思い始めた。

ガラス張りの喫茶店か何かがあれば都合いいのだが、飲食店といえばお好み焼き屋が一軒あるだけだ。そんな店に入っても、外の様子がまるでわからなくなるだけだ。

二時間を過ぎるとさすがにくたびれてきた。拓実は本屋の前を離れ、質屋に向かってゆっくりと歩きだした。質屋の前に来ても足を止めず、そのまま通り過ぎた。時折後方を気にしながら数十メートル行ったところで回れ右をする。再び質屋に向かって歩きだす。通り過ぎて、数十メートル進んだところでUターン。その繰り返しだ。そんなことを三往復もすれば人目が気になってくる。足も棒になってくる。結局、元の本屋に戻った。

その後、自動販売機のジュースを買って飲んだり、道端でしゃがみこんで煙草を吸ったりして時間を潰した。この張り込みでわかったことは、質屋にはそう頻繁に客など来ないということだった。見張っている間に『荒川屋』に入ったのは、主婦らしき中年女性一人だった。

電柱のそばに座り込んでエコーを吸っていると、目の前に影ができた。顔を上げるとトキオが立っていた。拓実は救われたような気がした。

「ものすごく目立ってるよ」トキオは抑揚のない声を出した。

「えっ、そうか」

「もし千鶴さんがこの近くまで来たら、まず間違いなく彼女のほうが先に気づくだろうね。賭けてもいい」

「そんなことといってもよお」拓実は頭を掻きむしる。反論はできない。

「まあいいや。行こう」

「行こうって、どこへ？」

「質屋」

「また行くのかよ。何のために」

「あれを取り戻す」

「まだいってるのか。いい加減、諦めろよ」

しかしトキオは答えず、『荒川屋』に向かって大股で歩いていく。

入り口をくぐると質屋の店主は顔を曇らせた。「なんや、またあんたらか」

「あれを買い戻したいんだ」トキオがいった。「値段をいってくれ」

「藪《やぶ》から棒にどういうことや」半笑いの顔で店主は拓実を見た。

自分にもわからない、という意味をこめて拓実は首を振った。

「値段をいってくれよ。いくら出せば買い戻せるんだ」

「売ったのは三千円だよ。おまえも聞いてただろ」

だがトキオは拓実を見ようともしない。

「そんな値段じゃ到底だめなんだろ」店主にいった。

店主は白髪頭を掻き、にやにやした。椅子にもたれ、腕組みした。

「どうやらばれたみたいやな」

「あんたの狙いは最初からあのマンガだったんだ。俺たちがバッグを忘れていった後、勝手に開けて、あの本を見つけたんだろ」

「さあ、どうやろな。仮にそうやとしても、バッグを忘れていったのはあんたらが悪いんやで」おやじのにやにや笑いは続いている。

「ずるいな」トキオは初老の男を睨んでいる。

「おい、一体どういうことなんだ。何が何だかさっぱりわからねえよ」

「爪塚夢作男というのは昭和三十年にデビューした漫画家だ。発表作品数は五つ。中でも代表作は『空飛ぶ教室』」そういってトキオは拓実を見た。「あの『空中教室』は、それの原型だと思う」

「ほう、よう調べたな」店主の言葉には感心と皮肉が込められていた。

「そんなに苦労しなかった。昔のマンガを扱ってる古書店に行って調べてもらったら、すぐにわかった。あんただってそうだろ。知り合いの古書業者に電話で問い合わせて、爪塚夢作男の原画なら高く売れると簡単に確認できたんだろ」

店主は答えず、人差し指で頰を掻いている。

「高く売れるって、一体どれぐらいだ。三千円じゃ安いのか」

トキオは哀れむような目をしてかぶりを振った。「次元が違うよ」

「次元って……」

「爪塚夢作男は作品数が少ないし、有名になる前に漫画界から消えたんで、ごく一部のマニアしか欲しがらない。それでもそのわずかなマニアが値を吊り上げてる」トキオはカウンターに歩み寄った。「いってくれよ。いくらなら買い戻せるんだ」

質屋の店主は腕組みしたまま首を振った。その顔はもう笑っていなかった。

「悪いけど、それはでけへんな」

「どうして？」

「もう、買い手がついた。仲介人とも話が済んでる。今さら、あの話はなかったことに、とはいけへん。諦めてくれ」

「だけど、元の持ち主なんだから」

「元の持ち主が誰であれ、今はうちの店のものや。誰になんぼで売ろうと自由やろ」

「くそっ、きたねえぞ」トキオは何時間か前の拓実と同じようにカウンターを蹴っ飛ばした。しかし今度は店主も怒らなかった。

「文句があるんやったら、そっちの兄ちゃんにいうことやな。ただし、ここで喧嘩せんといてくれよ。するんやったら、外でやってくれ」

「いくらで売る気なんだ。それより上を出してやる」トキオはいった。

「値段だけの話やない。うちの信用に関わるから二重取引はでけへん」

「何が信用だっ」

トキオがもう一度カウンターを蹴りそうになったので、それを拓実が止めた。

「やめろよ。もういいじゃねえか」

「よくないよ。あんたは何もわかってない。あの本は大事な鍵なんだ。あれがないと本当のことを知れないんだ」

「どうでもいいよ、本当のことなんて」拓実は怒鳴った。トキオは目を見開き、身体を固くした。

拓実はトキオを取り押さえたまま質屋のほうに首を回した。「だけど、きたねえのは事実だよな。ペテンにかけられた気分だ」

「なんとでもいうてくれ。これが商売というもんや」

「いい勉強になったよ。だけどこのままじゃ相棒が納得しない。俺だって気分が悪い」

「どないせえというんや」

「あんた、あの本を売って儲けるんだろ。だったら俺たちに少しはお返しをしてくれてもいいと思うんだな。いっとくけど、金の話じゃねえぜ」

「ははあ」質屋の店主は頬を膨《ふく》らませた。「あの写真の子が来たら知らせろ、というわけやな」

「嫌だとはいわせないぜ」

「嫌やといいたいところやけどなあ」店主は組んでいた腕をほどき、両腿をぽんと叩いた。「どこへ連絡したらええ?」

拓実は返答に困った。まだ今夜の落ち着き先も決まっていないのだ。

するとトキオがポケットから何か出してきた。それを見て拓実は納得した。

「ここに電話をくれ」

差し出したのは、『百龍』のチラシだった。

26

タレのべったりとついた大皿が、いきなり十枚運ばれてきた。頬を流れる汗を二の腕でぬぐう。洗っても洗っても追いつかない。流しの中は汚れた食器の山だ。

「もっと手際ようにやらんかいな。うちはこれから書入れ時や。この程度でへばってたら話にならへんな」テツオが横からいった。頭には手ぬぐいが巻かれていた。

「がんばって洗ってるじゃねえかよ」

「がんばるだけやったら子供でもできる。時は金なりや。もっと速《は》よ手を動かしてもらわんとな。ただし丁寧に頼むで。うちのお客さんは上品で奇麗好きが多い」

上品で奇麗好きの客がこんな汚い店に来るかよといいたいのを我慢して、拓実はスポンジを持つ手をせっせと動かした。テツオの機嫌を損ねるわけにはいかない。

質屋の店主から連絡先を訊かれ、つい『百龍』のチラシを渡してしまったのが間違いのもとだ。おかげで拓実とトキオは『百龍』から離れられない。テツオに事情を話し、質屋からの連絡を待ちたいのだというと、まずは断られた。

「電話はうちの大事な商売道具の一つや。それを胡散臭いあんたらの連絡用に貸すわけにいくかいな。大体、客でもない人間に居座られたら迷惑や」

テツオの言い分はもっともだった。そこで拓実が思いついたのが、電話を待つ間に皿洗いを手伝うということだった。テツオは少し考えた後、それならまあええやろ、といってくれた。

拓実はトキオと相談し、交代で皿洗いをすることにした。今日の昼間はトキオが担当した。ジャンケンに勝った彼が、自分が先にやるといいだしたのだ。彼の狙いは正しかった。昼間にホルモン焼きを食べに来る人間は少ない。拓実が皿洗いを始めてから客が増えだした。

壁の時計をちらりと見た。六時まであと十五分だ。皿洗いをするのは六時までだった。それ以降はこの店で電話を待っている意味がない。質屋の『荒川屋』が、六時で閉めてしまうからだ。

昨夜はテツオに教えてもらった上六のビジネスホテルに泊まった。ホテルと銘打っているが、部屋と部屋の間に壁があり、ドアに鍵がかかるというだけの安宿だった。何しろベッドがなく、カビ臭い布団を自分で敷かねばならないのだ。いうまでもなく、風呂もトイレも共同だった。そのくせチェックインだとかチェックアウトといった言葉を使っているのだから滑稽だ。あるいは大阪人特有の洒落なのかなとさえ思う。

眠る前にトキオが例の爪塚夢作男という漫画家のことを話しだした。といっても長い話ではなかった。

「とにかく謎だらけの漫画家なんだ。大阪出身というだけで、本名も知られていない。東京の出版社で調べれば、もしかしたら何かわかるかもしれないということだったけど」

「興味ねえな」布団の上に寝転んで、拓実は素っ気なくいった。そんなものを調べる気はないということを表明したつもりだった。

「俺、明日高江という町に行ってくるよ」トキオがいった。

「そんな町はもうないんだろ」

「名前が変わっただけさ。町が消えたわけじゃない。行けば何かわかるかもしれない」

「好きにしろよ」拓実は布団をかぶり、トキオに背を向けた。

昨夜いった通り、皿洗いを終えるとトキオは出かけていった。高江という町で何をしているのかは知らない。あのマンガ本を手放してしまった以上、手がかりといえるものは何もないはずだった。

六時ちょうどになったところでテツオが顔を見せた。「よっしゃ、御苦労さん」

「質屋からの電話はなかったみたいだな」拓実は手を拭き、まくり上げていたシャツの袖を下ろした。

「なかったな。おかげでこっちは明日もただで皿洗いをしてもらえるというわけや」

テツオはにやにやした。

「明日からは連絡先を変更だ。どこかの喫茶店で待つさ」

「あかんあかん。このあたりの喫茶店で、そんな何時間も粘る客を見逃してくれるところなんかない。ここで皿洗いしながら待ってたらええがな。ホルモンも食えるし」

「もう飽きたよ」自分の服の臭いを嗅《か》いだ。

「一旦飽きてから、今度は病みつきになるのがホルモンや。ところで客が来てるで」

「客？　俺にか」

「ああ。行ったらわかる」テツオは店のほうを親指でさした。

店に出てみると客の入りは半分ほどだった。隅の席に竹美とジェシーが並んで座っていた。拓実を見て、彼女は楽しそうに手を振った。

「何してるんだ」彼等の横が空いていたので、拓実はそこに腰を下ろした。

「見たらわかるやろ。出勤前のお食事や」

「この臭いをしみつかせたまま店に出る気かよ」

「そんなこと気にしてたら大阪で生きていかれへん」竹美は煙草の煙を吐いた。彼女は食べ終えたようだ。ジェシーはまだカルビを焼き続けている。

こいつらのせいであんなに洗い物が多かったのかと拓実は合点し、次にむかついた。

「テツオから聞いたけど、千鶴のこと、手がかりが摑めたみたいやね」

「まあ何とかね」

「あんたにしては、ええ考えやないの。ここを連絡先に使わせてもらう代わりに皿洗いをするやなんて、じつに合理的な提案や。感心したわ」

「からかってるのかよ」

竹美は首を振った。「本気でいうてるんよ。どんな仕事もすぐに投げ出すあんたでも、千鶴のためやったら一生懸命になれるんやな」

彼女の向こうでジェシーが親指を立て、白い歯を見せた。拓実は横を向いた。

「俺のことなんか何も知らないくせによくいうぜ」

その時カウンターの上の電話が鳴りだした。テツオが受話器を取った。拓実は竹美と顔を見合わせた。

「ちょっと待ってください」テツオが拓実を見た。無言で頷く。

拓実は駆け寄り、受話器を受け取った。声を低くしていった。「俺だ」

「にいちゃんか。『荒川屋』や。今あの女の子が来てるで」聞き取りにくい声でぼそぼそという。千鶴に気づかれるのを用心しているらしい。

「いつ来たんだ」

「ついさっきや。わざと店じまいの直前に来たみたいやな」

「男と一緒か」

「わからん。一人で入ってきた」

「引き留めといてくれ」

「そら無理や。捕まえたいんやったら、にいちゃんが早《は》よ来たらええ。もう切るで」

「待ってくれ」しかし電話はぷつんと切れた。

拓実が受話器を置いた時には竹美とジェシーも立ち上がっていた。電話の内容を聞きたそうだが、説明している暇などなかった。拓実は店を飛び出した。

道路に出たところで誰かにぶつかった。相手も急いでいたらしく、衝撃で拓実は転びそうになった。体勢を立て直して道路を見ると、トキオがひっくり返っていた。

「あっ、拓実さん。ちょうどよかった。見つけたよ」

「千鶴をかっ」

「違うよ。家だ」

「家？　何をわけのわかんねえことといってやがる」拓実は駆けだした。

途中、交差点がいくつかあったが、彼は信号も無視して走り続けた。ようやく『荒川屋』の看板が見えてきた。ふっと気を抜き、ついでに走る力も抜いた。

その時だった。店から一人の女が出てきた。フードのついたトレーナーにジーンズという出で立ちで、サングラスをかけている。しかし千鶴であることは間違いなかった。彼女は拓実には気づかない様子で、反対方向に歩きだした。

拓実は声をかけようとして思い留まった。逃げられそうな気がしたからだ。小走りで彼女の後を追った。

正面から一台の黒い車がきた。千鶴はそれをよけるように道の端に寄った。その時、後ろを振り向きそうになったので、拓実は顔を伏せた。

その直後、小さな悲鳴が前から聞こえた。見ると、二人の男が彼女を車に押し込めようとしていた。どちらも黒っぽい色のスーツを着ている。

「何してやがるっ」拓実は再び全力疾走に切り替えた。しかしここまで走り続けてきたせいで、足の力はあまり残っていなかった。もどかしいほどに身体が進まない。

千鶴を後部座席に乗せた車が急発進した。もう少しで拓実は轢《ひ》かれるところだった。咄嗟《とっさ》に身をかわした時、千鶴と目が合った。いや、サングラスをしていたので本当のところはわからなかったが、間違いなく彼女の顔は彼のほうを向いていた。驚いているように見えた。

車が通りに出ようとした時、トキオと自転車に乗ったジェシーが現れた。ジェシーの後ろには竹美も乗っていた。

「その車だ。止めろっ」拓実は大声で怒鳴った。

ジェシーが自転車で車の前に出ようとした。だが黒い車は自転車の前輪を跳ね飛ばし、タイヤを鳴らして表通りに出た。拓実はナンバープレートを見たが、何か貼ってあるらしく、文字は見えなかった。

拓実が表通りに出た時には車の姿は見えなくなっていた。飛ばされて地面に転んだジェシーと竹美は、服をはたいている。竹美の肘からは血が出ていた。

「拓実さん、あの連中は？」トキオが訊いてきた。

「知らねえよ。質屋から出てきた千鶴をいきなりさらっていきやがった。奴らもどこかで質屋を見張ってたのかもしれない」

「まずいよ。早く取り戻さないと」

「わかってるよ。だけど、どうやって連中の行き先を突き止めたらいいんだ」拓実は頭を掻きむしった。ようやく千鶴を見つけたというのに、事態は悪くなっていた。焦りと不安でじっとしていられない。しかしこれからどうすればいいのか。

ジェシーが太い腕を振り回しながら何か英語で喚いている。

「何をいってるんだ」竹美に訊いた。

「この借りは絶対に返すというて怒ってるんよ。俺の大事なバンビを傷つけといて、ただで済むと思うなよ、やて。――大丈夫や、ジェシー。ドント・ウォーリー」

ジェシーは彼女の怪我を見て、悲しそうな目をした。それからまた何か喚いた。

「さっきの車を運転してたやつ、昨日の男だよ」トキオがぽつりといった。

「昨日の男って？」

「『荒川屋』に行く途中、公衆電話で話してた男を見たことがあるといっただろ。あの男だよ、間違いない」

「たしかか」

「たしかだよ。でも、その前にも一度どこかで見てるはずなんだ。どこでだったかな」トキオは下唇を噛んだ。

「ねえ、あの連中は、あんたらがいうてたやつらかな。ほら、イシハラとかいうて、千鶴のことを探してる男がいるていうてたやろ」

「たぶんそうだと思う。だけど奴ら、どうやってこの場所を突き止めたのかな」

拓実が腕組みをした時、「思い出したっ」といってトキオが右の拳で左手を打った。

「エレベータだ」

「エレベータ？」

「ほら、『ボンバ』に行った時、エレベータに乗っただろ。俺たちが乗ったら、後から一人駆け込んできた男がいた。あの男だよ」

「そういや、そんなことがあったな」

拓実にもかすかに記憶があった。痩せた男だったと思うが、顔までは覚えていない。

「じゃあ、あそこにも奴らはいたわけか。どうしてこう俺たちの行くところ行くところに現れるんだ」

わからない、といった様子でトキオは首を振った。すると竹美が口を開いた。

「偶然とは考えにくいんと違う？　となると、考えられることは一つや」彼女は拓実とトキオを交互に指差した。「あんたらがつけられてたというわけ。たぶん東京を出た時から」

「俺たちが？　まさか」

「いや、そうかもしれない」トキオがいった。「だからこそ、あの時、あわててエレベータに乗ってきたんだ。ビルの外で見張ってるだけじゃ、俺たちがどこの店に入ったのかわからないからね」

「じゃあ何だ、あの後もずっと俺たちをつけてたっていうのか。俺たちが喫茶店で時間を潰してた時も、『ボンバ』の外で待ってた時も、奴らはどこかでこっちを見てたってことか」

「それだけじゃないだろうね。俺たちが竹美さんたちを尾行してた時も、奴らはすぐ後ろにいたんだよ」

「そんな馬鹿なことが――」あるわけないといいかけて拓実は言葉を呑んだ。タクシーの運転手の言葉を思い出した。あの車、さっきからずっとついてきてる。あんたと一緒で、あのねえちゃんのことを追いかけてるのと違うか――。

「あの車、クラウンだったよな」竹美に訊いた。

「うん、そうやと思うけど」

間違いなかった。あの運転手のいっていたことは当たっていたのだ。彼等は拓実たちの後を追い、おそらくあの夜も竹美のマンションを張り込んでいた。拓実たちが『百龍』に向かった時も、連中は尾行していたのだ。

「だけど、それならどうして奴らはこっちにいたんだ。俺たちのことを見張るなら『百龍』の近くにいるはずじゃないか。どうして質屋を見張ってたんだ」誰に訊くともなく拓実は呟いた。

「質屋に千鶴さんたちが現れることを掴んだからだよ。だからもう俺たちを尾行する必要はなくなったんだ」

「どうやって掴んだんだ。あの質屋のおやじがばらしやがったのか」

トキオは首を振った。

「昨日の俺たちの行動を見張ってればわかるさ。拓実さんは本屋で立ち読みするふりをしながら、何時間も質屋の前を睨んでた。誰だって、あそこに千鶴さんが来るんだなと予想するよ」

ものすごく目立ってるよ――昨日、そうトキオから指摘されたことを拓実は思い出した。質屋を見張ることに夢中で、誰かに見張られていることなど考えもしなかった。

彼は右の拳を固めた。無性に誰かを殴りたくなったが、ふさわしい相手はここにはいなかった。アスファルトに落ちた自分の影を見つめた。

27

質屋の店主は突然入ってきた四人組を見上げ、大きく後ろにのけぞった。

「わっ、なんや団体で。もう店じまいや。表に看板が出とったやろ」

拓実が前に出た。

「彼女のこと、ほかの奴に話したか」

「またあんたか。もう用は済んだやろ。約束通りに電話をしたやないか」

「ほかの奴らに横取りされた」

「そら気の毒やな。けどわしには関係ないで。わしが連絡したのはあんただけや」

質屋が嘘をついているようには見えなかった。やはり連中が張り込んでいたと考えるべきのようだ。

「千鶴は……彼女は何か連絡先みたいなものをいわなかったのか」

「昨日もいうたけど、買い取り客の連絡先を一々尋ねるかいな。そんなことしとったら商売にならんわ」

「泥棒が盗品を持ってきてくれんようになるからなあ」竹美が皮肉のこもった口調でいった。質屋の店主はじろりと彼女を見たが、ジェシーと目が合ったらしく、怯《おび》えたように首をすくめた。

「彼女は今日は何を持ってきた？　またネクタイピンかい」トキオが訊いた。

「いろいろや」店主はそっけなくいう。

「はっきりいえよ。何を売りに来たんだ」拓実がカウンター越しに身を乗り出した。

店主は渋い顔でじろりと見返したが、不承不承といった感じで足元から紙袋を取り出した。「これを全部や」

店主は中のものを一つ一つカウンターに置いていった。腕時計、バッグ、サングラス、ライター等々、本当にいろいろある。

「この腕時計、ロレックスや。しかも箱付きの新品やないの」竹美が箱を開け、中の腕時計を自分の腕にはめ始めた。「買《こ》うたら何十万もするはずやで」

「あっ、こら、勝手に触るな」店主があわてた。

「よくわかんねえけど、どれもこれも高級品みたいだな。今日はいくらで買い取ったんだ」品物を見渡して拓実は訊いた。

「詳しいことは教えられへんけど、前回よりは出したで」

前回は十万円出したといっていた。すると今回は二十万か。

「このバッグはルイ・ヴィトンや。おかあちゃんが欲しがってたわ。庶民ではそうそう買われへん。おっちゃん、これ全部本物？」竹美が今度はバッグに手を伸ばす。

「ほんまもんや。これだけ揃えられたら、こっちも警戒するがな。ちょっとねえちゃん、勘弁してえな。傷をつけられたら台無しや」

拓実は彼女のように気楽に手を出せない。触るのが躊躇《ためら》われるほど、どの品物にも上流階級の威厳と気品と、そして気取りが漂っていた。

「千鶴のやつ、どうしてこんなものをたくさん持ってるんだ」拓実は呟いた。

「だから一緒にいる男が持ってたんだよ。逃走資金が必要だから売ってるんだ」トキオが答えた。

「男がこんなバッグを持つか？　それに、どれもこれも新品だ。これはどういうことだ」

「その男はバッタ屋と違うか」竹美がいった。

「バッタ屋？」

「闇ルートで仕入れた商品を格安で売る連中や」

「おいおい、あんまりええ加減なことをよそでいわんといてくれよ。品物だけやのうて、店の看板にまで傷がつく」質屋の店主が顔を険しくした。「もう用は済んだやろ。さっさと帰ってくれ。ねえちゃんも、いつまでそのバッグを抱えてるんや。それとも買うてくれるんか」

「ちょっと見てるだけやないの。ふうん、さすがにヴィトンは作りがしっかりしてる」

質屋がはらはらするのも無視して、彼女はバッグを開けて中の具合を確かめ始めた。

「あっ」彼女はバッグに手を入れると一枚の紙を取り出した。それを見てから拓実のほうに差し出した。「手がかり発見」

それはレシートだった。『喫茶ペリカン』の文字が見える。日付は今日だった。

タクシーを奮発することにした。四人で電車に乗るのなら料金はさほど変わらないと竹美がいったからだ。自分たちだけで行くと拓実はいったが、彼女はかぶりを振った。

「千鶴がさらわれたというてんのに、土地鑑のないあんたらに任せとけるかいな。一分一秒を争う話やで」

竹美は母親に電話し、今日は店には出られないかもしれないと連絡した。どうやら本気で千鶴探しに付き合うつもりらしい。

彼女が一緒なのは好都合だが、ジェシーまでついてくるのには少し参った。とにかく目立ちすぎる。おかげでタクシーを捕まえるまで、二台に乗車拒否をされた。乗るのも一苦労だ。道案内役の竹美は助手席に座るから、狭い後部座席に三人で座らねばならない。拓実とトキオはドアに押しつけられた。

中之島のほう、と竹美は運転手に指示をした。その後は道路地図を借り、レシートに印刷された住所の位置を調べた。

「たぶん府立図書館のあたりやわ」彼女はそう結論を出した。

タクシーの運転手にも協力してもらい、合致した住所を探した。ようやく番地まで一致した通りに入った時、「あっ、あれと違う？」と前方を指した。

ペリカンの形をした木製の立て看板が、入り口に付けられたライトに照らされていた。が、その明かりが彼等の目の前で消えた。タクシーの時計は八時ちょうどを示している。

「まずい、閉店や。急ごう」

竹美が助手席から飛び出す。トキオとジェシーも続いた。最後に残された拓実は、タクシー代を払わされる羽目になった。

店の扉にはすでに準備中の札がかかっていた。しかし拓実は構わず扉を引いた。すぐ目の前にレジがあり、どうやら何かの勘定をしていたらしい白いエプロンをつけた女の子が、彼を見て目を丸くした。

「あの、今日はもう終わりなんですけど」

「わかってます。ちょっと訊きたいことがあるんです」

拓実がいうと女の子は不安そうな顔で奥に目をやった。店内はさほど広くない。丸太をスライスしたようなテーブルが四脚、あとはカウンターだ。何もかもが木製で、

観葉植物もいくつか置かれている。アジアのジャングルを連想させる内装になってい
た。壁に打ち付けられたメニューを見て、ここが紅茶専門店であることを拓実は知っ
た。
　白いシャツを着た中年男性が出てきた。鼻の下に髭をたくわえている。その髭にも
髪にも白いものが混じっていた。
「何の御用でしょうか」穏やかな口調だった。いかにもじっくりと紅茶を入れそうな
雰囲気を持っている。
「突然すみません。じつは人を探してるんです。これはこちらのレシートですよね」
　拓実が差し出した小さな紙を、マスターらしき男性は少し目を離して見た。
「ええ、そうです。うちのです」
「今日、この女性が来ませんでしたか」拓実は次に千鶴が写っている写真を出した。
マスターは女の子に訊いた。「こういうお客さん、来られたかな?」
　女の子が横から写真を覗き込んだ。彼女はウェイトレスをしているのだろう。拓実
はこの二人が父娘であることに気づいた。優しそうな目元がそっくりだった。
「この写真は……ちょっと昔のものですよね」
「そうそう」

拓実が答えると彼女は頷いた。

「はい、お見えになりました。言葉のアクセントがこっちの人と違ったから印象に残ってるんです。御旅行でいらっしゃったのかなあと思いました」

「一人だった？」

「いえ……」

「男と……男性と一緒だったんだね」

彼女はこくりと頷いた。

「何時頃？」

「昼の二時頃やったと思います。シナモンティーを注文されました」

「二人はどこの席に？」

「あそこですけど」彼女が指したのは窓際のテーブルだった。出窓に花が飾られている。

そこに向き合って座っている男女の姿を思い浮かべた。一方は千鶴だ。彼女は笑っていたのだろうか。幸せそうにしていたのだろうか。

「二人がどんな話をしてたか、覚えてないかな」

「そんな、お客さんの話なんか聞いてません」彼女は心外そうに首を振った。隣のマスターも不快そうに唇を閉じている。

「ちょっとしたことでええんよ」竹美が横からいった。「言葉の断片みたいなものでも。とにかくあたしたちは写真の女性を見つけたいんです」

女の子は困ったように首を傾げた後、口を開いた。

「どこにいてはるのかは知りませんけど、そう遠くから来られたのではないと思います」

「どうして？」拓実が訊く。

「お金を払う時になって、男の人が財布を忘れてきたことに気づかれたみたいやからです。でもあんまりあわててる様子もなく、女の人が代わりに払っておられました。もし遠くから来られたのなら、もっと前に気づいてたと思うんですけど」

拓実はトキオと竹美を見た。二人とも目で頷いていた。

28

「友達を探してるんです。一週間前に家出して、全然連絡がないんです。ある人から、このあたりで見かけたという話を聞いて、ホテルを一つ一つ当たってるんですけど」

竹美は自分と千鶴の写っている写真をフロント係に見せ、迫真の演技で台詞を述べた。髪を奇麗に七三に分けたフロント係は、彼女の嘘を見抜けなかったらしく、真剣な眼差《まなざ》しで写真を見つめた。

「いやあ、うちにはこういうお客さんはお泊まりになってませんよ」幾分気の毒そうに答えた。「うちは仕事で使う人が殆どですからね、こういう若い女性はあまり……」

「男の人と一緒だと思うんです。三十過ぎぐらいの男の人ですけど」

「カップルとなると余計に印象に残るはずですけど、覚えがないですねえ」フロント係は首を傾《かし》げた。

礼を述べてホテルを出た。淀屋橋駅のそばにあるビジネスホテルだ。これで四軒目だが千鶴たちが泊まっている形跡は見つからない。

「あの人のいうとおりやと思う。ビジネスホテルにカップルで泊まったら目立ってしまう。追われる身の人間やったら、そんなことはせえへんのと違うかな」

「じゃあラブホテルかよ」拓実はいった。

「一日だけやったらそれでもええけど、二人はたぶんここ二、三日は同じところに泊まってるはずや。ラブホテルでそれをするのは難しいと思うな」

竹美の意見はもっともなものに聞こえた。

「ビジネスでもラブでもないとなると……どういうことだ」

堂島川に沿って四人は歩いた。歩道にはところどころ花壇がしつらえてあったりして、ジョギングするにはもってこいのコースだ。事実、夜の十時を過ぎているというのに、時折トレーニングウェア姿の人々とすれ違ったりもする。

「拓実さん、後は警察に任せようよ」トキオがいった。「千鶴さんが連れていかれた様子は、誰がどう見たって拉致《らち》だ。立派な犯罪だよ。ありのままを警察に話して、プロの捜査に期待したほうがいい」

「うるせえよ。おまえは黙ってろ」

「どうしてここまでやらなきゃいけないんだ。結局のところ、あんたを振って、ほかの男に走った女じゃないか」

拓実は立ち止まり、トキオの胸ぐらを摑んだ。しかしトキオは怯える様子も見せず、彼を睨み返してくる。拓実は空いているほうの拳を固めた。

「やめときいな」竹美が面倒臭そうにいい、ジェシーに目配せした。ジェシーがすぐに二人の間に入った。そうなれば拓実も手を離すしかない。

「バンビさんもこの人に何とかいってやってよ。いつまでも振られた女の後を追いかけ回すんじゃないって。そんなのは見苦しいって」トキオが首を擦りながらいった。

「まあたしかに見苦しいわな。格好ええもんやない。けど、とりあえず今はこの人の味方をさせてもらうわ。千鶴を助けだすのが第一やからな」

「だからそれは警察に」

「警察なんか当てになるかいな」竹美は片方の眉を吊り上げた。「届けたところで、連れ去られたのが水商売の女やとわかった途端にほっとかれるわ。どうせ、逃げようとした女をやくざが連れ戻しただけやろうと思われるだけや。警察が動くとしたら、大阪湾から千鶴の死体が上がってからやろ」

死体という言葉に反応して拓実は彼女を見たが、竹美は大げさなことをいったつもりはないようで、鋭い目をしたまま頷いた。

「それに」彼女は続けた。「下手に警察が絡んできたら、話がややこしくなるおそれがある。千鶴が何をしてるのかわからんうちは、表沙汰にしたくない。あの子が逮捕されへんともかぎらんのやから」

「千鶴さんが罪を犯してるんなら、警察に捕まるのは自業自得だと思う。バンビさんがいくら友達だからって、それを助けるべきじゃない」

「そういう格好のええことは小学校の道徳の授業でしゃべったらええ」竹美はトキオから顔をそむけるようにし、そのまま歩きだした。ジェシーも彼女に続く。

「おまえ、俺たちに付き合いたくないなら勝手にしろよ」拓実はトキオにいった。

「違うんだ。そんなことをいってるんじゃない。危険を冒す意味がないといってるんだ。どうせあんたは彼女と結ばれない。あんたが結ばれるのは別の——」

トキオがいい終わる前に拓実の右手が飛んでいた。ただし拳ではない。掌の先で軽く頰を叩いただけだ。それでもその音で竹美たちが振り向いた。「やめときていうてるやろ」

「てめえに何がわかる？　てめえは何だ。ノストラダムスか」

「俺は……知ってるんだよ」

「勝手にほざいてろ」拓実は踵を返し、竹美たちのところに向かった。

トキオが小走りで追いついてきた。

「わかった。俺も協力するよ。だけど一つだけ約束してほしい。千鶴さんの件が片づいたら、俺と一緒に行ってほしいところがあるんだ。今日、家を見つけた。あのマンガに描かれてたのと全く同じ風景が残っていて、そこに拓実さんが生まれた家があったんだ」

　さすがに拓実は足を止めた。

「なんでそれが俺の家だってわかる？」

「生き証人がいるんだ」

「生き証人？　どこの誰だ」

「それは……今はいえない。直接、会ってほしい」

「くだらねえ」拓実は再び歩きだす。

「あんたの将来のためなんだ。俺の頼みをきいてくれよ。お願いだからさ」

「わかったよ、うるせえな。千鶴を取り戻したら、どこへでも行ってやる。そのかわり、今後絶対に俺のすることに文句をつけるな。それがいやならついてくるな」

「オーケー、それでいいよ。俺だって、千鶴さんを助けたくないわけじゃないんだ。ただ、拓実さんに危ないことをしてほしくなかっただけだ」

「自分の女がさらわれたってのに、危ないもくそもねえよ」吐き捨てるようにいってから、自分の女という表現が適切でなかったことに拓実は気づいた。だがそれについてトキオは何もいわなかった。文句をつけるな、という約束を早速守っているのかもしれない。

　四人は黙って歩き続けた。やがて道路を挟んで左側にヨーロッパ風の装飾が施された建物が現れた。『CROWN HOTEL OSAKA』の看板が見える。

最初に足を止めたのは竹美だった。「そうか……」

彼女の考えていることに気づき、拓実はふんと鼻を鳴らした。

「あれは超高級ホテルだろ？　質屋通いをしてる千鶴たちが、あんなところに泊まってるわけないぜ」

「いや、あたしはここやと思う」竹美は川のほうに顔を向けた。対岸を指差す。「ほら、ここからやったら、さっきの『ペリカン』も近い。橋を渡ったらすぐや」

「根拠はそれだけかよ」

「もう一つある。ヴィトンや」

「あの鞄《かばん》がどうかしたのか」

「『ペリカン』のレシートはヴィトンのバッグから見つかったやろ。ということは、千鶴はあのバッグを使てたということや。ロレックスとかは新品のままやったのに、なんでバッグは使うたか。理由は一つ。見て呉《く》れを気にしたからや。要するに、外見《み》に気を遣わなあかんようなところに千鶴はおったということ」

「それで高級ホテル……か」

一理ある。拓実は頷かざるをえなかった。

「あんたは知らんと思うけど、こういう高級ホテルの中には高級レストランも入ってるんや。そういう店に出入りする時、女は洋服だけやのうて、アクセサリーとバッグにも気を配らなあかんのよ」

「いってることはわかったけど、千鶴たちは追われてる身だぜ。こんな有名ホテルに泊まったら危ないじゃねえか」

「そこが盲点や。追う側も、まさか大阪のど真ん中にある一流ホテルに泊まってるとは思わんやろ。これは千鶴のアイデアやな。あの子には、そういう大胆なところがあるから」

「まだここが当たりだと決まったわけじゃないぜ」

四人はホテルに近づいていった。一台のタクシーが正面玄関前に止まろうとしているところだった。ドアが開いて太った男が降りてきた。グレーのスーツはいかにも仕立てが良さそうに見えた。続いて、薄いピンクのワンピースを着た婦人が降りる。こちらもまた、贅沢な料理ばかり食べているのではないかと思えるほど太っていた。大層な衣装を身に着けたボーイがうやうやしく二人の荷物を預かり、ホテル内に案内していった。

「ボーイの奴ら、俺たちには見向きもしないぜ」拓実はいった。ボーイはほかに二人いたのだ。

「まともな客やったら徒歩で入ってくるようなことはないと思てるのやろ。それにあたしらの格好にも問題があるしな」

「それもそうか」自分の服をガラスに映し、拓実は納得した。

二重になった自動のガラス扉をくぐり、四人はホールに入った。天井から巨大なシャンデリアがぶらさがっており、よく磨き込まれた床を照らしている。まるで昼間の明るさだった。ロビーでは品の良さそうな男女が談笑している。その奥のフロントでは、先程の太ったカップルがチェックインの手続きを行っていた。応対しているフロント係の動きは機械仕掛けのようだった。つまり無駄がなく、正確そうだということだ。事実、ミスなどめったにしないのだろう。フロントデスクの隅には為替レートを表示したパネルが置かれていた。

「あの感じじゃ、ビジネスホテルのようなわけにはいかないんじゃねえか」拓実は小声でいった。

「そうやね。お客様のことは迂闊にお話ししないきまりになっております、とかいわれそう。何しろこの手のホテルは信用第一やからな」

「どうする？」

うーん、と竹美は唇を結んだ後、なぜかジェシーを見上げた。ジェシーは、なぜ自分が見られているのかわからない様子で、瞼を二、三度開閉した。

「うまいことといくかどうかはわからんけど、いっぺんやってみよか」

「何かいい手があるのか」

「せやからそれはわからんて。けど、やってみる価値はある」

太い柱の陰で、竹美は計画を説明した。その大部分は英語によるものだった。なぜなら計画が成功するか失敗するかはジェシーにかかっていたからだ。

「わかった、ジェシー？」竹美は最後に日本語で確認した。

「オーケー、マカシトイテ」ジェシーは自分の胸を叩いた。

拓実とトキオがジェシーを間に挟むようにして歩きだした。竹美は柱の陰に隠れたままだ。計画の都合上、彼女は姿を見せられない。

時間が遅いせいか、フロントの前に客はいなかった。Ｒｅｃｅｐｔｉｏｎと書かれたプレートに近づいていった。すぐに眼鏡をかけたフロント係がその向こうについた。胡散臭そうな顔で拓実やトキオを見るが、間にいるのが黒人のせいか、目に少し緊張の色が浮かんでいる。

「御到着でしょうか」イタチのような顔のフロント係が拓実に訊いてきた。

「いや、そうじゃないんです。じつは彼はアメリカからの旅行者でして、日本人の知り合いがこのホテルに泊まっているというので、ここまで案内してきたんです」

「ははあ……」フロント係がジェシーをちらりと見上げ、また拓実に目を戻した。「そのお泊まりのお客様に御連絡すればよろしいんでしょうか」

「そうなんですけどね、どうやら名前を忘れたらしいんです」

「お名前がわからない？」

「そうなんです」千鶴たちはまず間違いなく偽名を使っていると思われた。「だけど写真はあるそうなんです。ヘイ、ピクチャー、プリーズ」たったこれだけの英語で、拓実は腋に汗をかいていた。英会話は高校以来だ。

ジェシーが例の写真を出してきた。千鶴を指差し、何かいっている。この娘だ、という意味のことだろう。このやりとりを成立させるため、竹美は隠れている。千鶴と一緒に写っている彼女がそばにいては、名前がわからないという主張は通らないからだ。

フロント係はそれを受け取ったが、ちらりと見ただけですぐに置いた。

「申し訳ありませんが、お写真だけではどうも。何しろ、大勢のお客様がお泊まりになっておられますので」

予想通りの回答だった。そこで拓実が打ち合わせ通りの台詞を述べる。

「じゃあ、そのことを彼に伝えてやってください。俺たちは英語があまり出来ないので」

「あ、はい」

フロント係はジェシーに話し始めた。さすがに一流ホテル勤務だけに英語は堪能《たんのう》のようだ。拓実には全く聞き取れない。

ジェシーが何かいい返した。語気が荒い。フロント係が怯えを見せた。

「えっ、何といってるんですか」拓実が尋ねた。

「いや、その、せっかくアメリカから来たのに追い返す気かと……」

「追い返すような言い方をしたんですか」

「いえいえ、とんでもない。出来るだけ丁重にお話ししたつもりですが」

ジェシーがまたも何か喚き出す。太い腕をぶんぶん振り回した。フロント係は必死の形相で何かいった。

「今度は何と？」拓実は訊く。

「それが、自分が黒人だから教えてくれないんだろう、と。そんなことはないといってるんですが」

「何とか彼のために写真の女性を探してもらえませんか」トキオがいった。

「そういわれましても、写真だけでは……。若い女性のお客様は特に多いですから。それにこの方はお一人でお泊まりになっているんですか。男性の方と一緒ではないんですか」

「たぶん男性と一緒です」トキオは答えた。「三十歳ぐらいの男性です」

「それでは特にわかりません。そうした場合、大抵チェックインの手続きは男性がされるので、私共が女性の方と顔を合わせることは少ないんです」

「彼にそういってやってください」拓実がジェシーを親指で指《さ》す。

フロント係が身振り手振りを交えながら説明を始めた。だがジェシーは落ち着くどころか、ますます吼《ほ》え立てる。ロビーやラウンジにいる客までもが、じろじろと見始めた。

「わあ、参ったな。どう説明すればいいんだろ」フロント係は狼狽《うろた》えていた。

「一体、彼に何といったんです」拓実は訊いた。

「今、申し上げたとおりのことです。男性と一緒だと我々とは顔を合わせないと……」

「でもすごく怒ってる。さっきよりも、余計に怒りだした感じだ」

「はあ、何が気に障《さわ》ったのかなあ」

ジェシーは尚も喚き、両腕を振り回した。そろそろだな、と拓実はタイミングを計った。歯を食いしばり、一歩前に出た。ジェシーの肘が彼の顔に当たり、その拍子に後ろへわざと倒れて大騒ぎになる、というシナリオだった。だがタイミングが悪かったのか、ジェシーが悪のりしたのか、拓実の顔面を襲ってきたのは黒く大きな拳だった。一瞬意識が吹っ飛び、次に気づいた時には床で大の字になっていた。ぴしゃぴしゃと頬を叩かれている。叩いているのはトキオだった。周りに人だかりができている。イタチ顔のフロント係がおろおろしていた。

あわてた様子のボーイたちが集まってきて、彼を運び始めた。ジェシーはまだ大きな声で何かいっている。すると別のホテルマンが彼に声をかけた。ジェシーは途端に大人しくなり、拓実の後についてきた。

結局フロントの裏にある事務所に三人は通された。応対に当たったのはジェシーに話しかけた白髪混じりのホテルマンだった。かなりのベテランと思われた。

「お怪我は大丈夫ですか」拓実に訊いてくる。

「ええ、気にしないでください」拓実は濡れタオルで右目を押さえながら答えた。

「うちの者の説明がまずく、外国からのお客様の御機嫌を損ねてしまったようですね。ええと、女性をお探しとか」

「この女性だそうです」トキオが写真を出した。「でも二、三年前の写真らしいです」

「ははあ。何かほかに特徴、といいますか、御一緒されてる男性のことでもわかればいいのですが」

「年齢は三十過ぎ、痩せた小男だそうです」拓実は『百龍』のテツオから聞いたとおりのことをいってみた。

白髪のホテルマンは首を傾げた。「それだけではねえ……」

「それから、泊まってるのは今夜だけじゃなくて、昨日も、たぶん一昨日もここに泊まってるはずだと彼はいうんですけど」

「すると三連泊ということになりますね。それなら限られてくるかもしれません」

「もしかしたらそれ以上かも」

「ははあ。少々お待ちください」

数分してホテルマンは戻ってきた。手に一枚の紙を持っている。

「三連泊以上されている二人連れのお客様となりますと二組だけですね」

「ちょっと見せてもらえますか」

拓実が手を伸ばしたが、ホテルマンは書類をさっと引いた。

「申し訳ありませんが、お客様の個人的な情報も含まれておりますので」

「彼の話によれば」トキオがジェシーをちらりと見てからいった。「知人は東京から来ているはずだということでした」

「ははあ」ホテルマンは書類に目を落とした。「御二組とも、宿泊票に名前を書かれた方の御住所は東京になっていますね」

よりによって、と拓実は舌打ちしたい気分だった。

ただ、とホテルマンはいった。「一方の御夫婦連れは、おそらく皆さんが探しておられる人たちではないでしょうね。男性の年齢が六十五となっていますから」

「もう一方の男性の年齢は？」トキオが身を乗り出す。

白髪のホテルマンはやや躊躇《ためら》いを見せた後でいった。「三十三、とあります」

拓実はトキオと顔を見合わせた。年齢は合う。

「そこに女性の名前は書いてないのですか」

トキオが訊いた。

「ええ、男性の名前だけです。ミヤモトさんという方ですが」

「ミヤモト？」拓実は腰を浮かし、ホテルマンの手から書類を奪い取った。困ります、とホテルマンは小さく叫んだ。

そこには宿泊票がコピーされていた。名前の欄に宮本鶴男とある。見覚えのある筆跡だった。千鶴の字に間違いない。彼女がチェックインの手続きをしたのだ。

部屋番号を頭に叩き込み、トキオに目線を送ってから書類をホテルマンに返した。

「すみません。どうもこのホテルじゃなさそうです」

「そうですか」ホテルマンは明らかにほっとしていた。「それで、この方は納得されるんでしょうか」ジェシーを見る。

「俺たちが納得させます。どうもお手数をおかけしました」拓実はジェシーの肩を二度叩いて立ち上がった。トキオも立ち、最後にジェシーがのっそりと腰を浮かせた。

「マイド、オオキニ」

啞然としているホテルマンを残し、三人は事務所を出た。

29

ロビーに戻ると素早く竹美が近寄ってきた。

「その顔を見ると、どうやらうまいことといったみたいやね」

「ばっちりだ。1215室。間違いない。やっぱり千鶴はここだった。あんた、鋭いな」

「へえ、あんたでも人を褒めることがあるんや」竹美が意外そうに目を丸くした。

「ジェシーの演技が効いたよ」トキオが褒めた。「アカデミー賞だってもらえる」

「すごいやないの、ジェシー」

ぐふふふふ、とジェシーは笑った。「アカデミーショウ、チョウダイ」

エレベータに乗り、十二階で降りた。廊下に重厚な茶色のカーペットが敷き詰められている。部屋番号を見ながら四人は進んだ。カーペットのおかげで足音は完全に殺されている。

1215室の前に来た。ここからは竹美の出番と決まっていた。他の三人はドアを挟んで分かれ、壁にぴったりと身を寄せた。

竹美がノックをした。返事がない。オカベは留守か、と思った時、かちゃりと鍵の外れる音がしてドアが開いた。

「はい」男の声がした。ドアチェーンをつけたままで、ドアは十センチほどしか開けられない。

その隙間の前に竹美は立った。

「今晩は。突然お邪魔してすみません。あたし、坂田竹美という者です」

「坂田さん？」

「はい。千鶴の友達なんです。千鶴から何か聞いておられません？　彼女が大阪に来た日に会ったんですけど」

「宗右衛門町でバーをしているとかいう？」

「はい、そうです」

「ああ」男の声から警戒心が消えた。「千鶴がここを教えたんですか」

「そのへんはいろいろ事情がありまして」竹美は言葉を濁した。「あの、じつはお話ししたいことがあるんです。千鶴、まだ帰ってないでしょう？　そのことで……」

「あ……ちょっと待ってください」

ドアが一旦閉じられた。ドアチェーンの外される音がする。竹美がちらりと拓実たちのほうを見た。拓実は頷き、ドアノブを摑んだ。

ドアが押し開かれると同時に、彼はノブを思い切り引っ張った。あっ、という声と共に男が外によろけてきた。その男を押し込みながら、拓実は部屋に入っていった。竹美やトキオたちもついてくる。

「わっ、なんだ君たちはっ」男が声を裏返した。痩せていて背も低い。色白の頰は少しこけている。それでも金縁眼鏡の奥から、必死の虚勢で睨んできた。

「オカべさんかい？」拓実は訊いた。

「君たちは誰なんだ。何者なんだ」男は竹美に目を向けた。

「心配せんかてええよ。敵と違う」

「もう一回訊くぜ。オカべさんかい？」

男は拓実を見て、ぎくしゃくした動きで頷いた。白い頰に赤みがさしていた。殴りたい衝動が拓実の中で沸き立った。この男が千鶴を奪ったのだ。こんな貧相な小男が、あの千鶴の身体をこのダブルベッドの上で抱いている――。

「拓実君」彼の内心を見透かしたように竹美がいった。「やめときや。今はこの人に腹を立ててる場合と違うで」

拓実は彼女を見た。やめときなよ、とその目は訴え続けていた。彼は奥歯を嚙みしめ、右手に力を込めて、オカべの胸を突いた。うっと呻き声を発して、オカべはベッドに倒れた。

「何するんだっ」

「うるせえよ。何だか知らねえが、千鶴まで巻き込みやがって」

わけがわからぬ様子で、助けを求めるようにオカべは竹美を見上げた。

「千鶴、今夜ここには帰ってけえへんよ。あいつらに連れ去られたから」

「えっ」オカベは目を見開いた。「奴らに見つかったのか」

「質屋から出てきたところをさらわれたんだ。助けようとしたけど、一歩遅かった」

「どうしてあそこが……」オカベは当惑している。

自分たちが尾行されたからだ、とは拓実はいえなかった。

「君はさっき千鶴の友達だといったけど、嘘なのか」オカベが竹美に訊いた。

「嘘やないよ。坂田竹美。正真正銘、千鶴の友達や」

「じゃあ、こっちの彼は？」

「さあね、あたしもよう知らんけど、千鶴の恋人やったみたいよ」

オカベが怯えた目を拓実に向けてきた。「すると、浅草の……」

「千鶴から聞いてるみたいだな」

「そういう恋人がいたということだけは。でも別れたって……」

「俺は別れた覚えはない」そういってから、ひどく惨めな台詞だったことに拓実は気づいた。自分で勝手に傷つき、俯いた。

「拓実さん、これを」トキオが声をかけてきた。彼は壁際に寄せてある、かなり大きめのスーツケースを調べていた。開けられたその中には、大小様々な箱が入っている。「時計やアクセサリー類だ。全部新品みたいだよ」

「あれは何だ」拓実はオカベに訊いた。「千鶴をさらった奴らは何者なんだ」

「君たちには関係ない。大人の話だ」オカベは顔をそらした。

「てめえ、上等じゃねえか。だったらなんで千鶴を巻き込みやがった」

オカベのポロシャツの襟首を拓実は掴んだ。

「落ち着いて」竹美が分け入ってきた。「オカベさん、あいつらからはまだ何の連絡もないんですか」

「ない」

「ということは、千鶴はまだこの場所を吐いてないということやね。オカベさん、それがどういうことかわかります？」黙っているオカベに向かって彼女は続けた。「千鶴が捕まってから四時間以上になります。その間、あいつらはオカベさんの居場所を聞き出そうと、いろいろなことを彼女にしてるはずなんです。けど向こうから連絡がないということは、千鶴が耐えてるということです。オカベさんを守ろうとしてるんです。それでもあなたは知らん顔をしてるつもりなんですか。それでも男ですか」

竹美の言葉にオカベは横を向いた。顔が少し青ざめている。

だが拓実はオカベ以上に傷ついているのかもしれなかった。千鶴がどんなリンチを受けているのかと思うだけで身体が震えてくる。そして、その仕打ちに耐えてまでこの小男を守ろうとしているという事実にショックを受けていた。

30

拓実は狭い室内を歩き回っていた。時折、唸り声をあげたり、吼えたりした。トキオは壁際で膝を抱えて座り、その前で岡部竜夫《おかべたつお》が正座していた。竹美はベッドで胡座をかき、ジェシーは寝転んでいる。時刻は午前零時過ぎ。しかし誰も帰ろうとしなかったし、無論眠ろうともしなかった。

「鬱陶《うっとう》しいなあ。動物園の熊みたいに、うろうろせんといて」指に煙草を挟んだまま竹美がいった。彼女の目はテレビに注がれている。映っているのは深夜映画だった。古い映画らしく、モノクロフィルムだ。

「こんな時に、よくのんびりとテレビなんか見ていられるな」

「あんたみたいにうろつき回っててもしょうがないやろ。それとも何か手段があるか？　ないやろ？　向こうからお迎えが来るのを待つしかないやないの」

「千鶴が吐かなきゃ、連中にこの場所はわからねえぜ」

「千鶴は吐くよ。なんぼがんばっても忍耐には限界がある。朝までは保たへん」竹美の口調は落ち着いているというより、やや冷徹に聞こえた。

拓実は彼女にいい返す代わりに、岡部の肩を摑んだ。

「てめえ、いい加減に白状しろよ。何のために千鶴を連れてきた。連中の狙いは何だ。何のためにてめえを追っかけてる?」

「だから何度もいってるだろう。元々千鶴は関係ない。私が仕事上のトラブルでしばらく大阪に身を潜める必要があったので連れてきただけだ。それだけのことだ」

千鶴とは『すみれ』に通ううちに親しくなったらしい。やがて何度か一緒に食事をしたりして、さらに引かれるようになった。本気で付き合いたいと思い始めた。そんな時、そのトラブルが発生したというのが彼の言い分だ。

大阪に同行することについて、千鶴は少し考えさせてくれといった。二、三日経って、返事があった。一緒に行ってもいいというものだった。新幹線の中で彼女は、恋人がいたことを告白した。だがその彼とは別れる決心をしたという。その理由について彼女は詳しく話さなかった。岡部も訊かなかったらしい。

「だからそのトラブルってのは何だ。てめえは何をやってる人間なんだ」

ところがこの質問になると岡部は押し黙ってしまう。名乗ろうとさえしない。拓実たちは彼の身の回り品を調べ、ようやく免許証だけは見つけた。しかしそれでわかったのは、彼の名前が岡部竜夫ということと、住所と本籍、生年月日、さらに免許証取得日ぐらいだった。すでに処分したらしく、名刺一枚見つからないのだ。

「千鶴がどんな目に遭ってるか、わかってるのか」拓実は怒鳴った。

「それについては心を痛めてる。だけどどうすればいい？　私だって、彼女がどこに連れていかれたのかはわからないんだ」

「千鶴をさらった連中が何者かいえよ。それがわかればアジトだって見当をつけられるかもしれないだろ」

岡部は首を振った。その額には脂が浮いている。

「そんなことを知ったって、君たちには何のプラスにもならない。相手は素人じゃないんだ。決まったアジトなんてない。やくざ映画とは違うんだ」

「何を呑気なことぬかしてやがる」拓実は岡部の襟元を摑み、引っ張り上げた。岡部の顔が歪んだ。

拓実さん、と叫んでトキオが背後から彼の両肩を摑んできた。

「こいつを殴ったって仕方ないだろ。千鶴さんは帰ってきやしない」

「憂《う》さ晴らしだ。せめて殴らせろ」

「やめなって」トキオは拓実の前に回った。「そんなの、格好悪いだろ。千鶴さんは自分の意思でこの人についてきたんだ」

「こいつが勝手にいってるだけさ」

「でも千鶴さんの書き置きがあったじゃないか。あの文面と、この人のいってることは辻褄《つじつま》が合ってる」

拓実はトキオを一睨《ひとにら》みした後、岡部のポロシャツから手を離した。さらに室内にいる全員を見回した。

「わかったよ。こいつが何も吐かない以上、俺にだって考えがある」

「どうする気?」竹美が鋭い目を返してきた。

拓実はジャンパーのポケットをまさぐり、一枚のメモを取り出した。そこには番号が書いてある。トキオを見ていった。「石原裕次郎の電話番号だ」

「イシハラに連絡するつもりなのか」トキオが目を大きくした。

「連絡じゃない。取引だ」

「向こうはプロや。こっちから接触するのはやばいで。連中は、あたしらが岡部を見つけたことをまだ知らん。千鶴からこの場所を聞き出したら、あの子を使って岡部を呼び出そうとするやろ。その時がチャンスや」

「プロだか風呂だか知らねえが、そんなまどろっこしいことをしてるのは俺の性に合わねえんだよ。俺は俺のやり方でいく。止めるなよ。止めるんなら、今すぐに千鶴を見つけだすアイデアを出してみろってんだ」竹美やトキオやジェシー、さらに岡部の顔まで順に指差しながら拓実はいった。

「わかった。それも一つの手やな。あたしも腹くくるわ。けど、その前に作戦を練ったほうがええ」竹美が諭《さと》すようにいう。

「一々うるせえんだよ。俺のやり方でいくといってるだろ。口出しするな」拓実はナイトテーブルに近づき、電話の受話器を取った。

「拓実さんっ」

トキオが止めようとするのを、「かめへん」と竹美が制した。「どうせ時間の問題でこの場所はばれる。この男の好きなようにやらせてみよ。一か八かや」

彼女の声を聞きながら拓実は電話の番号ボタンを押していった。

電話が繋がった。「もしもし」ぶっきらぼうな口調、若い男の声。イシハラ本人でないことは拓実にもわかった。

「イシハラさん、いるかい」

拓実の声も若い。それを察知したらしく、相手がすごんできた。「誰だ、あんた」

「誰でもいいだろ。イシハラさんと話がしたい」

「名無しの権兵衛か。そんな奴の電話は取り次ぐ必要がないといわれてる。切るぜ」

本当に切りそうな気配がしたので、待てよ、と拓実はいった。「宮本という者だ」

「どこの？　宮本なんてのは、掃いて捨てるほどいる」

「浅草の宮本だ。宮本拓実だ。そういってもらえばわかる」

「宮本だな。わかった、伝えておく。そっちの電話番号は？」

「今すぐに話したい」

「ふざけるな。何時だと思ってる。こっちからかけ直してもらうから番号を教えろ」

「重要な用件がある。その件については、いつでも連絡してくれといって、この番号を教えられたんだ。いいからイシハラさんに代わってくれ。まさか、まだ布団に入っちゃいないだろ。いうとおりにしないと、あんたがイシハラさんからどやされるぜ」

ほんの少し間があった。

「その用件ってのは何だ。それをまず伝えてやる」

「岡部の件だ。それだけでイシハラさんならわかるはずだ」

また少し相手が沈黙した。岡部、という名字で考え込んだらしい。

「そのまま待て」やがて電話番はいった。

拓実は送話口を手で塞ぎ、深呼吸した。腋の下を汗が流れていった。トキオは緊張の面もちで彼を見ている。竹美はホテルのメモ用紙を引き寄せ、何か考え込み始めた。

電話に相手の出る気配があった。

「先方と連絡がついた。今、繋ぐ」その言葉の後、何かが軽くぶつかるような音が聞こえた。さらに、「よし、話していいぞ」と電話番の声がした。

「もしもし」拓実はいってみた。

「宮本さんかい、久しぶりだな」聞き覚えのある声が届いた。ただし、少し遠い。

「イシハラさんだね」

「そうだよ。悪いが、もうちょっと大きな声でしゃべってくれないか。二つの受話器を合わせて話してる状態なんだ。俺は今、東京にはいなくてね」

「知ってるよ」拓実はいった。「大阪にいるんだろ」

くっくっくっと笑い声がした。

「妙な話だよなあ。お互い大阪にいるってのに、わざわざ東京に電話をかけて、受話器のシックスナインをさせてるんだもんなあ」

「俺たちの後をつけるのは大変だっただろ。何しろ、名古屋に寄ったからな」

「あれには参ったと若い者がこぼしてたよ。まさか和菓子屋に行くことになるとは思わなかったってな」

「あの和菓子屋は千鶴とは無関係だ。岡部ともな」

「わかってるよ。で、岡部の件ということだけど」

「千鶴をさらっただろ」

「岡部の話をしてるんだ」

「同じことだろ。千鶴は無事だろうな。それが確認できないことには、話はできねえぜ」

イシハラの声がすぐには返ってこなかった。沈黙しているのかと思ったが、そうではなかった。よく耳をすますと、低く笑っているのだった。

「にいさんがそんなことを気にするのはおかしいぜ。ほかの男に寝返った女じゃないか。どうなろうと関係ないんじゃないのかい」

「答えろよ。千鶴は無事なのか」

「じゃあにいさんから先に答えてくれ。岡部の件についてだ」

拓実は吐息をついた。相手に先にしゃべらせたいが、やむをえない。

「岡部を見つけた。今、すぐそばにいる。逃げないように見張っている」

「ほおお」その後、声が消えた。今度は本当に沈黙したようだ。何か考えているらしい。やがてイシハラはいった。「それは大したもんだ。本物の岡部ならね」

「本物さ。背は百六十センチ少々。痩《や》せっぽちで青白く、金縁眼鏡をかけたガリ勉タイプだ。免許証に書いてあることを読むと、住所は——」一通り読み上げたところで拓実はいった。「どうだい、偽物だと思うかい」

「どうやら本物らしいな」

「今度はそっちが答えろ。千鶴におかしな真似はしてないだろうな」

「さあ、詳しいことは知らないね。何しろ、あの女のことは若い者に任せてあるから」

拓実の胸にずきんと痛みが走った。苦痛に顔を歪める千鶴の姿が目に浮かんだ。

「その若い奴らにいっておけ。千鶴をいくら痛めつけても無駄だぜ。岡部はこれから俺たちが連れ出す。おたくらが首尾よく千鶴の口を割らせても、ここへ来た時には岡部はもういない」

「ふうん、それで？」

「取引がしたい。岡部と千鶴を交換だ。おたくらの目的はこいつだろ。悪い話じゃないはずだぜ」

「ふうん」息を吐く音が聞こえた。「たしかに悪い話ではなさそうだ」

「取引成立かな」

「いいだろう。その話に乗ろうじゃないか。今からそっちに女を連れていく」

「それはないぜ。こっちの場所を教えた途端、総攻撃をかけられちゃたまらねえからな。ほかの場所で交換しよう」

「信用がないねえ。まあいいだろう。じゃあ、どこへ行けばいい？」

「そうだな……」

拓実が考え込む横で、竹美が何かメモに書いた。それを彼に見せた。『道とん堀の橋の上』とある。拓実は眉を寄せた。道頓堀？　あんな賑やかな所で？　しかし彼女は自信に満ちた表情で頷く。彼は腹を決めた。

「道頓堀だ。あのでっかいグリコの看板のそばにある橋に千鶴を連れてきてくれ。こっちも岡部を連れていく。橋の上で交換といこうじゃねえか」

「道頓堀ねえ、なるほど」イシハラは苦笑しているようだ。「で、時間は？」

「時間か……」拓実は横の竹美を見る。彼女はメモに、『明日の朝9時』と書いていた。

拓実はそれを見つめたまま黙っていた。

「おい、どうした」イシハラが催促してきた。「何時に行けばいいんだ。おい、にいさん。聞こえてないのか」

「聞こえている」

「どうした？　何時だい？」

「今から一時間後だ」拓実は答えた。隣で竹美が大きく口を開くのがわかった。

「一時間後に道頓堀だな。わかった。じゃあ後で」

相手の電話が切れる音を確認してから拓実も受話器を置いた。

「ちょっとあんた、どういうつもり」案の定、竹美が突っかかってきた。

「何だよ」

「何のために引っかけ橋を指定したと思てるの。周りに人がぎょうさんおったら連中も無茶なことはでけへん。それを狙ろたのに、深夜では意味ないやないの」

「あと九時間も待てるかよ。千鶴の身にもなってみろ」

「千鶴のことはあたしも心配してる。それだけに、この取引は絶対に成功させなあかんのやろ？　それやったら、なるべく安全な時間帯を選んだほうがええやないの。連中も、岡部と交換できる目処《めど》がついた以上は、余計に千鶴を痛めつけるようなことはせえへん」

「うるせえんだよ。俺は俺のやり方でいくといってるだろ」拓実はつぶれたエコーの箱から一本抜き取ってくわえ、ホテルのマッチを擦った。ところがなかなか火がつかず、三度目にようやくつけられた。

「奴らがあっさりと千鶴を返すと思ってるのか」岡部がいった。

何だ、と訊く代わりに拓実は金縁眼鏡の痩せた男を睨みつけた。

「奴らはそんなに甘くない」

「てめえと交換なら、渡さざるをえないだろうが」

岡部は首を振った。

「もちろん私のことは奪う気でいる。でも、だからといって千鶴を渡す気はない。彼女に秘密を知られたと思っているだろうからな。奴らにとっては彼女も関係者だ」

「何をぐだぐだいってやがるっ」拓実は岡部の胸のあたりを蹴った。「おまえが千鶴を巻き込んだんだろうが。どんなヘマをやらかして逃げてるのかは知らねえが、そんな身分で女をくどこうとするな」

倒れていた岡部は、蹴られたところを押さえながら身体を起こした。眼鏡をかけ直す。

「たしかに軽率だった。だけど、心の支えがほしかったんだ」

「ふざけるな。何が心の支えだ。勝手なことぬかすな」

もう一度蹴ろうとしたが、岡部の前にトキオが立った。拓実はせわしなくエコーを吸うと、灰皿の中で揉み消し、そのままドアに向かった。

「どこ行くの？」竹美が訊いてきた。

「外だ。すぐに戻ってくる」

「十分で戻ってきてや」

彼女の声には答えず、拓実は部屋を出た。廊下を歩き、エレベータの上りボタンを押した。やがてトキオが後を追ってきた。またこいつかよ、と拓実は思った。

「どこ行くんだい」

「外だっていってるだろ」

「じゃあ、下に行かないと」トキオは下りボタンを押した。

「下なんか行かねえよ。俺は屋上に出たいんだ」

「屋上？　それは無理だよ。こういうホテルで屋上には出られない」

「何でだよ」

「屋上に行けるのは、もっと偉い人間だけなんだ」

下りエレベータのほうが先に到着した。トキオが乗り込み、さあさあと手招きした。不承不承ながら拓実も乗った。

「気に入らねえな」

「何が？」

「こんなところでも人を格付けしようって魂胆がさ。貧乏人は下に行け。金持ちだけがてっぺんまで上がれるってことだろ」拓実は親指の先で床と天井を指した。

トキオは肩をすくめただけで何もいわなかった。

ホテルを出て、前の通りを渡った。すぐ前に堂島川がある。左右に大きな橋が見えた。風が少し湿っぽい。

「なあ、どう思う？　千鶴はなんであんな野郎についていこうと思ったんだ。あんなしけた野郎にさ。あいつのどこがいいんだ」拓実はトキオに訊いた。

さあね、とトキオは首を傾げた。

「俺はよお、結局のところ、安定っていうか将来性っていうか、そういうものをあいつは選んだんじゃねえかと思うんだ。岡部の持ち物を見ただろ。洋服だって見たよな。どれもこれも高級品ばっかりだ。あの男はどう見たって、どっかのエリートさ。千鶴もいろいろと計算した末に、やっぱりああいう男とくっついたほうが得だっていう結論に達したわけさ。なんだかんだいっても、この世は学歴だし、育ちだよな。いいところのお坊ちゃんに生まれたやつがいい目を見るように出来てる」

するとトキオが、はーっと大きくため息をついた。

「まだそんなこといってるわけ？　竹美さんにいわれたじゃないか。拓実さんに配られたカードはそんなに悪い手じゃないって」

「あいつは俺のことなんか何もわかってねえよ」

「いい加減、そんなくだらない拘《こだわ》りは捨てたらどうだい。そこまで拘るなら、自分がどんなふうに生まれてきたかを調べたらいいじゃないか。さっき約束したよな。今度のことが片づいたら、俺と一緒にあんたが生まれた家に行ってくれるって」

「またその話かよ。しつこいなおまえも」

「約束だぜ」トキオがいつになく厳しい目で見つめてきた。

拓実は首の後ろを掻き、小さく頷いた。正直なところ、今はそんなことを考える余裕はない。ただ、この正体不明の男の言葉には、拓実の心に響く何かがあった。

「そろそろ戻らないと」トキオが先に踵を返した。

「なあ」彼の背中に拓実は声をかけた。「いい加減、白状しろよ」

トキオが足を止め、振り向いた。「白状？　何のことだい」

「おまえは一体何者なんだ。本当に遠い親戚なのか。嘘じゃねえのか」

拓実の言葉に、トキオは一瞬遠い目をした。その表情にいつもの柔らかさがなかった。彼は真っ直ぐに拓実を見つめてきた。

「御明察の通りってやつだよ。親戚なんかじゃない」

「やっぱりそうか。じゃあおまえは一体――」

「俺はさ」トキオは真摯な目をしたままいった。「あんたの息子なんだよ、宮本拓実さん。未来から来たんだ」

31

「あと何年かしたら、あんたも結婚して子供を作る。男の子だ。その子にあんたはトキオという名前をつける。時を生きると書いて時生だ。その子は十七歳の時、ある事情で過去に戻る。それが俺なんだよ」

呆然としている拓実に向かって、トキオは淡々と話し続けた。

「じつをいうと、今のこの俺の姿は借り物なんだ。この時代に生きてた誰かの肉体を借りている。どうしてこんなことになったのかはわからない。たぶん考えても仕方のないことなんだろう。それに俺にはすべきことがあった。あんたに会うことだよ。手がかりは花やしき、それだけだった。でもそれで十分だった。きちんとあんたに会えたしね。本当にもう、運命というのはうまくできてるよ」

そこまで話し終えてから、トキオはようやく笑顔を見せた。拓実の反応を見て面白がっているようだった。

一瞬拓実はぼんやりしていた。ふつうの時なら絶対に耳を貸さないような馬鹿げた話であるにもかかわらず、つい聞き入っていた。いや、話の内容だけでなく、それを話すトキオの表情に引き込まれていたのだ。

我に返った彼は、大きな音をたてて舌打ちした。

「こんな時に、何をくだらねえことといってやがる。誰がそんな夢物語を話せっていった」

トキオは笑いながら頭を掻いた。「信用するわけないよな」

「当たり前だろうが。今時小学生でもそんな話は面白がらねえよ」

「じゃあ仕方ないな。やっぱり遠い親戚としかいいようがない」トキオはホテルを指した。「さあ、部屋に戻ろう」

二人が部屋に戻るなり竹美がヒステリックに喚いた。こういう取引では、約束の時刻よりも早めに現場に到着して、周りの状況などを確認しておくのがセオリーなのだという。

「そんなことは俺だってわかってる。がたがたいうな」

「いうとくけど、このチャンスを逃したら、千鶴を取り戻されへんかもしれんのやで」

「わかってるっていってるだろ、うるせえな」拓実は岡部の腕を引っ張った。「さあ、行くぜ。早く立てよ」

岡部を皆で取り囲むようにしてホテルを出た。拓実と竹美が岡部を挟んでタクシーに乗り込み、道頓堀に向かった。トキオとジェシーは別のタクシーに乗った。

「念のためにいっておくが、仮に取引がうまくいったとしても、君たちは気をつけたほうがいい。奴らは、君たちが私から話を聞いているかもしれないと疑っているだろうから」

「話って何だ。あんたのいう、仕事上のトラブルってやつかい」

「まあそうだね」

「俺たちがそんな話を聞いて、どうするっていうんだ。一文の得にもならねえよ」

「一般市民には知られたくない話ってのが、この世にはたくさんあるんだよ」

「あんたは一般市民じゃないってのか」

「私は」岡部は人差し指の先で眼鏡を押し上げた。「私たちは駒だよ。将棋の駒だ。これから君たちが会おうとしている相手も駒だ。一般市民ですらない」

白い顔が一層青ざめて見えた。

タクシーは御堂筋を南下した。竹美が運転手に止まってくれと指示した場所は、心斎橋のあたりだった。

「道頓堀はまだ先じゃないのか」

「ええんよ、ここで。さあ、降りて」

三人が道に降り立つと、後ろからついてきたタクシーも止まった。トキオとジェシーが降りてきた。

「この人のいうとおりやと思う」竹美は岡部を見た。「連中が簡単に千鶴を返すとは思われへん。少なくとも、橋のところまで千鶴を連れてはきてないと思う」

「だったらどうすりゃいいんだ」

「こっちも同じ手を使う。最初に取引場所に行くのはあたしと拓実君だけ。トキオ君とジェシーには、別の場所で岡部と一緒に待機しててもらう」

「別の場所って？　おたくの店かい」

竹美は首を振った。

「うちの店は相手に知られてるやろ。この近くにあたしの友達が働いてるバーがある。そこがええと思う」

「オーケー、そうしよう」

竹美と知り合いになっておいてよかった、と拓実は改めて思った。彼女がいなければ、作戦めいたものなど何一つ思いつかなかっただろう。もちろん感謝の言葉を口にできる心境ではなかったが。

竹美がジェシーに英語で何かいった。たぶん、そのバーで待っていろと命じているのだろう。ジェシーはトキオと頷き合うと、岡部を連れて歩きだした。

「あの子、変わってるね」竹美が呟いた。トキオのことをいっているらしい。

「そうかい」

「さっき、あんたが部屋を出ていった後、あの子が追いかけていったやろ。何ていうて出ていったと思う？」

「知らねえよ」

「あの人の若気の至りを見るのは辛い――そういうたんよ。あの人って、あんたのことやろ。おかしな言い方をするなあと思てね。どういうことかわかる？」

「さあね」拓実は首を捻っておいた。

人気《ひとけ》のない心斎橋筋を歩くのはまずい、というのが竹美の意見だった。相手が見張っているに違いないからだ。どうせ見張られているなら、何かあった時、すぐにタクシーに飛び乗れる御堂筋のほうがいいという。あまりいいなりになるのは癪《しゃく》だったが、もっともな気がしたので拓実も同意した。

午前二時近かったが、歩道にはまだ人が大勢歩いていた。酔っ払いも少なくない。客待ち顔のタクシーの運転手が、ぼんやり立っていたりする。人が多いと安心もするが、その中に敵が混じっているかもしれないと思うと緊張もする。

何事もなく二人は道頓堀に到着した。さすがにこの時間になると橋の上も人影はまばらだ。ネオンも粗方《あらかた》消えている。浮浪者が欄干のそばに茣蓙《ござ》を敷いて寝そべっていた。

「そろそろ敵さんが現れる頃やね」

「あんたの言い分だと、とっくの昔に来てるんだろ。そうして俺たちを見張っている」

「たぶんね」

拓実は周囲を見回した。怪しげな男たちがどこからか現れては細い路地に消えていく。この時間帯では、胡散臭い人間のほうが多いのだ。拓実は竹美の指示を無視して、こんな深夜に取引しようとしたことを少し後悔した。仮に今周りにいる人間がすべて敵ならば、自分たちにはどうすることもできない。

「あっ、あれと違う?」竹美が川の反対側に顎をしゃくった。

拓実はそちらに顔を向けた。黒っぽいスーツを着た男が二人立っていた。一人は間違いなくイシハラだった。イシハラは酷薄そうな笑みを浮かべ、拓実たちを見ていた。

32

拓実はイシハラを睨みつけた。その視線を左右にずらすが、千鶴の姿はない。竹美のいったとおりだ。

彼はゆっくりと橋を渡り始めた。竹美も黙ってついてくる。大した女だと思った。あの入れ墨が不意に脳裏に浮かんだ。

相手はイシハラと背の高い男だった。眉間の皺が深く、目つきが鋭い。だがイシハラよりはかなり若いようだ。彼等の前で拓実は足を止めた。

「千鶴はどこだ。連れてくるんじゃなかったのか」

イシハラはにやにやしながら拓実たちの顔を交互に眺めた。

「そっちも手ぶらのようじゃないか」

「千鶴を返してくれりゃあ、こっちだって岡部を差し出そうじゃねえか」

イシハラは笑い続けていたが、目には暗い企《たくら》みの気配が浮かんでいた。

「にいさんたちが本当に岡部を押さえてるという保証があるかい」

「俺は嘘なんかつかねえよ」

「江戸っ子の言葉だから信用してやりたいが、いかんせんここは大阪だ。郷に入っては郷に従えってね、駆け引き抜きで取引はできないな。特にそっちにはただ者じゃなさそうなねえさんもついてるしな」竹美に向かって笑いかけた。

「あんたらこそ、本当に千鶴を連れてきてるんだろうな」

「しつこいねえ、にいさんも。うちらはにいさんのガールフレンドには用がないといってるだろ。おっと」イシハラは口元を覆った。「今はもうガールフレンドじゃなかったな。元ガールフレンド、とでもいっておこうか」

拓実が唇を噛むのを愉快そうに眺めた後、「ついてきなよ」といってイシハラは歩きだした。

御堂筋に出たところでイシハラは足を止めた。道路の反対側を顎で示した。「あれだ」

黒いクラウンが止まっていた。運転席には若い男。そして後部座席に見覚えのある横顔があった。まず運転席の男がこちらに気づき、後ろに向かって何かいった。それで千鶴も拓実たちのほうに目を向けた。驚いたように口を開いている。

拓実は道路を横断しようとした。だがイシハラの部下が彼の腕を摑んでそれを阻んだ。もっとも、道幅が広い上に車の通りが激しい御堂筋を、信号無視して渡れるはずがなかった。

「さあ、こっちのカードは出したぜ。次はおたくらの番だ」イシハラがいった。

「千鶴をここへ連れてこいよ」

拓実がいうと、イシハラの顔から笑いが消えた。

「舐めるなよ、にいさん。これでもいろいろと我慢してやってるんだぜ」

拓実は大きく息を吐き、振り向いて竹美を見た。

「トキオたちに連絡してくれ。岡部を連れてこいってな」

「わかった」竹美はイシハラを一瞥《いちべつ》すると、足早に立ち去った。公衆電話をかけに行ったらしい。

「あっちのほうがよっぽどいい女じゃないか」イシハラが彼女の後ろ姿を見送ってか

らいった。「乗り換えたらどうだい。それならこんな面倒なことをしなくて済む。前にもいったけど、ちゃんと礼はするつもりなんだけどねえ」

「あいつには男がいるよ。でっかいアメリカ人の男がな」

「ああ、そうか。聞いてるよ。あれは厄介だと若い者がいってた」

「そいつが岡部を連れてくる。千鶴を寄越さないで、岡部だけ奪おうったって無駄だぜ」

「心配しなさんな。そんなせこいことはやらんよ。それにしても、よく岡部を見つけられたな」

「おたくの子分とはここの出来が違うからな」

拓実が自分のこめかみを指差すと、背の高い男が目を血走らせて一歩前に出た。まあまあ、とイシハラが笑ってなだめる。

「事実、このにいさんたちに見つけてもらったんだから、文句はいえないだろう」

背の高い男は不愉快そうに視線を拓実からそらした。

拓実は道の反対側に目を向けた。千鶴が不安そうに見ている。大丈夫だ、と彼は心の中で呼びかけた。今すぐ助けてやるからな。

すぐそばに別の車が止まった。今度は黒のスカイラインだった。イシハラが運転席の男に向かって頷きかけた。この車で岡部をどこかに連れていくつもりらしい。どこへ連れていこうと拓実としてはどうでもよかった。

「遅いな、何をしてるんだ」イシハラが腕時計を見た。

拓実も竹美が消えた先に目をやった。その時だ。背の高い男が、「あっ、あいつらっ」と叫んだ。

道路の反対側で、数人の男が揉《も》み合いを始めていた。よく見ると中の一人はジェシーだった。彼はクラウンの後部ドアを開け、千鶴を助け出そうとしているようだ。付近に潜んでいたイシハラの部下が、それを防ごうとしているらしい。だが何しろ相手はジェシーだ。正面から近づく男は、たちどころに吹っ飛ばされている。

クラウンが発進しないのは、運転手と竹美が窓越しに掴み合いをしているからだった。その竹美の後方から別の男が襲いかかる。

イシハラが拓実に向かって目を剝いた。「騙《だま》したな」

「俺は知らねえよっ。一体どうなってんだ」

どうやら竹美とジェシーが不意にクラウンを襲ったらしいが、なぜそんなことをしたのか、全くわけがわからなかった。なぜ二人は岡部を連れてこないのか。トキオはどこにいるのか。

「行くぞ。そいつを連れてこい」

イシハラがそういった直後、背の高い男の拳が拓実の胃袋に食い込んでいた。彼は呻《うめ》いて身体を折り曲げた。竹美たちに気を取られ、油断していた。しかも背の高い男のパンチは速かった。こいつもプロだ、と拓実はしゃがみこみそうになるのを耐えながら思った。

気がつくと車に押し込まれていた。両腕を後ろに回され、何かを手首にはめられた。手錠だと思った時、今度は顔をシートに押しつけられた。声を出す間もなく、車が動き出した。激しく加速するのがわかる。

「何の真似だ。ええ？　俺たちを騙せるとでも思ったのかい」前から声がする。イシハラは助手席にいるようだ。

「だから知らねえっていってんだろ。俺だって泡食ってんだ」呻き声と共にいった。

イシハラは黙っている。拓実の言葉の真偽を検討しているのだろう。

「本当に岡部を見つけたんだろうな」

「見つけたよ。奴と千鶴はホテルに泊まってたんだ。クラウンホテルっていうとこだ」

「中之島の？」

「そうだよ」

「ふうん、あんなところにいたのか」

イシハラはそれっきり何もいわなくなった。部下たちも声を発しない。

どこをどれだけ走ったかわからぬまま、車が停止した。ドアを開け、イシハラたちが降りる。「さあ降りろ」と背の高い男が拓実の襟首を摑んだ。

そこは何かの工場か倉庫の敷地内のようだった。人気は全くない。明かりは乏しく、足元さえよく見えない。押されるままに拓実は歩いた。塀がぼんやりと見える。何となくその向こうは海だという気がした。

建物の中に入り、階段を上った。しばらく使われていないらしく、どこもかしこも埃《ほこり》だらけだ。

階段の上に小さな事務所があった。といっても、会議机と椅子がいくつかあるだけだ。会議机には電話と録音機らしきものが載っている。三つある灰皿は、どれも吸い殻でいっぱいだった。

拓実は手錠をはめられたままパイプ椅子に座らされた。イシハラも座る。背の高い男と、スカイラインを運転していた眉のない若い男は立ったままだ。

電話が鳴った。眉のない男が受話器を取り、少し話してからイシハラに差し出した。

「俺だ。女はどうした。……そうか、あの連中は？　……わかった。おまえたちはこっちに戻ってこい。……ああ、大丈夫だ」電話を切った後、イシハラは拓実を見た。「にいさんのお仲間の不意打ち作戦は失敗したぜ。残念だったな」

「千鶴は？」

「心配しなさんな。間もなく会えるよ」

竹美たちは千鶴を奪えなかったようだ。

また電話が鳴った。今度はイシハラが自分で受話器を取った。

「俺だ。……ああ、聞いてる。そっちはどうだ。……ふん、仕方がないな。一応連中のマンションに行ってみろ。まあ、無駄だろうがな。……ああ、そうしてくれ」

受話器を戻した後、イシハラは煙草を取り出した。眉なしが火をつけようとしたが、それを手で払って自分のライターでつけた。

「竹美とジェシーには逃げられたようだな」拓実はいった。

「別に逃げられたって構わんよ。連絡が取れなくなって困るのは、あっちだって同じはずだからな。おまけにこっちは手持ちのカードが増えた」

眉なしがふふんと笑った。それをイシハラがじろりと睨みつけた。

「岡部は渡すよ。何がどうなったのかよくわかんねえけど、俺が話をつける」

「もちろんそうしてもらうつもりだ」イシハラは眉なしを見上げた。「宗右衛門町の飲み屋に電話を入れろ。『ボンバ』とかいったかな」

電話が繋がると眉なしは受話器をイシハラに渡した。

「ああ、もしもし。まだ営業しておられて助かった。夜分に申し訳ない。竹美さんのおかあさんですね。私はイシハラという者です。そう、石原裕次郎のイシハラ」話しながら拓実をちらちらと見る。「お嬢さんから連絡があったら、今からいう電話番号を伝えてもらいたいんですよ。……そういっていただければわかるはずです」彼は七桁の番号を告げると、ではよろしくといって電話を切った。「後は待つだけだ」

「竹美が連絡してくるとはかぎらないぜ。警察に行ってるかもしれない」

「あの大阪のねえさんはそんなことはしないよ。世の中の仕組みがわかってる面をしてたからな。だけどまあ」煙を大きく吐き出した。「万が一警察が動いたって、こっちは一向に構わないんだよ。あんたとガールフレンドを返せばいいだけのことだ。そのかわりに岡部もあぶり出される。岡部は警察には何もしゃべらない。結局、事件性は何もないということに落ち着き、警察は手を引く。そうなってからこっちは改めて岡部をいただく。それだけのことだ」

「警察があっさり手を引けばいいけどな」

「引くんだよ。世の中の仕組みとはそうしたものだ」意味ありげに笑った。

何か大きな力が背後で働いているのだな、ということは拓実にも感じ取れた。

「あの岡部って野郎は一体何をやったんだ」

「聞かなかったのかい」

「吐かねえんだよ、あの野郎。わかってるのは、俺の女を取りやがったってことだけだ」

冗談でいったつもりではなかったが、三人はげらげら笑った。今度はイシハラも部下たちを窘《たしな》めなかった。

「面白いよなあ、にいさん。俺はあんたが気に入ったよ。根性はあるし、タフだ。あんたみたいな男が何もしないでぶらぶらしてるのは、この国の損失だと思うねえ」

「何だよ、急に」

「本当にそう思うからいってるんだよ。悪いことはいわないから、この件が片づいたら真面目に働くことだ。人間、地道が一番だよ」

「あんたにいわれたかねえよ」

「まあそれも、あの大阪のねえさんがあっさりと岡部を渡してくれたら、だけどな。

今度おかしな真似をしたら、こっちだって黙っちゃいられない」イシハラの目に冷酷な光が蘇った。「すんなりと決着がつくことをお互い祈ろうじゃないか」

「何もわからんままじゃ、俺は引き下がらないぜ。こうなったらとことんやってやる」

「相変わらず威勢がいいねえ」イシハラは苦笑した。「何も知らないままでいいんだよ。そのほうがにいさんのためだ。何も知らない人間が、結局長生きできる。この世はバカが一番強い」

拓実はパイプ椅子から腰を浮かせた。だが背の高い男が素早く立ちはだかった。

「バカといわれて頭にきたかね。じゃあ一つ、いいことを教えてやろう」イシハラは灰皿ではなく机の表面で煙草の火を消した。椅子にもたれ、足を組む。「この俺もね、今度のことについては大したことは知らされていない。ここにいる二人にいたっては、殆ど何も知らない。ただ頼まれた仕事をしているだけだ。しかしそのことが不満なんてことは全くない。人間ってのは、肝を一つか二つ押さえていれば、あとはバカでいいんだよ」

拓実は相手を睨みつけながら岡部の台詞を思い出していた。あの男も同じようなことをいっていた。

下で物音がした。背の高い男がすぐに部屋を出ていった。

「ガールフレンドが戻ってきたみたいだな」イシハラがいった。「あの娘もしぶといね。単純な脅し程度じゃ口を割らなかった」

「何をしたんだ」

「大したことはしちゃいないよ。さっき見たと思うが、顔に傷はなかっただろ。心配だろうから教えといてやるけど、あっちのほうにも手を出させちゃいない。まああんたとしては、岡部にさんざんやられてるだろうから、今では同じことかもしれんがね」

「その言葉を信用しとくよ」

「だけどあんたから電話がなかったら、どうなってたかはわからんな。どんなに口の堅い女でも、絶対に吐かせる方法がある。それを使ってたかもしれない。知ってるかい。蛍光灯を使うんだよ」

「蛍光灯？」

「あそこに突っ込むんだよ。それから下腹を思いきり蹴れば、中で蛍光灯が割れる。地獄の苦しみだそうだ。俺たち男にはわからん痛みだがね」

拓実は唸った。怒りが頭に充満しすぎて言葉が出てこないのだ。

階段を上がってくる音がして、ドアが開いた。背の高い男が入ってきた。

「女はどうしますか」

「隣の部屋に入れておけ。見張りもちゃんとつけろよ」

「わかりました」

「待ってくれ。千鶴と話をさせてくれ」拓実はいった。

イシハラがげんなりしたように顔をしかめた。

「見苦しいことはやめなよ。それに一件落着したら、話なんていくらでもできるだろ」

「今しかできねえ話があるんだよ。それにこの事が終わったら、あいつはもう俺とは会わないかもしれねえし」

「ほお、ここまできてようやくあの女のことは諦めたのかい」

揶揄《やゆ》にも唇を嚙んで耐えた。同時に、イシハラがいうように諦めの気持ちが大きくなっていることを自覚した。もっと前に気づいていたのだが、目をそらしてきたのだ。

イシハラはしばらく何事か考えた後、首を縦に動かした。

「いいだろう。ただし十分だけだ。それでいいな」拓実が頷くのを見て、彼は背の高い部下に何か耳打ちした。

背の高い男によって拓実は隣の部屋に連れていかれた。そこは六畳ほどの何もない部屋だった。小さな換気口があるだけで、窓もない。天井からは電球が一つぶら下がっていた。床は埃だらけだが、こすれたような模様が描かれていた。千鶴がのたうち回っていたのかもしれないと思うと、憎しみと悲しみが増幅した。

しばらく待っているとドアの外で人の気配がした。やがてドアが開き、突き飛ばされるようにして千鶴が入ってきた。彼女も前に手錠をかけられていた。フード付きのトレーナーにジーンズという格好は、質屋の前でさらわれた時のままだ。

「千鶴……」拓実は呼びかけた。

彼女は壁にもたれると、そのままずり下がるようにして座り込んだ。拓実の顔を見ようとしない。

「千鶴、大丈夫か」

彼女は唇を舐めたが、何もいわず、ただ小さく顎を引いた。

「俺の顔を見ろよ。何とかいえよっ。十分しかねえんだからよ」

すると千鶴は息を整えるように胸を何度か上下させた後、ようやく何か漏《も》らした。

しかしそれは拓実の耳には届かなかった。

「えっ、何だって？」彼は千鶴のそばに立ち、腰を屈《かが》めた。

ごめん——彼女はそう呟いた。

「謝れなんていってねえよ」彼は壁を蹴っ飛ばした。「一体どういうことなのか説明してくれよ。なんであんな野郎と消えちまったんだ。なんでこんな目に遭《あ》わなきゃいけねえんだよ」

千鶴は怯えるように身体を縮めた。両膝を抱え、ごめんなさい、とまた謝った。

「拓ちゃんに迷惑をかけるつもりなんかなかった。まさかこんなことになるなんて思わなかったの」

「だから謝るのはもういいっていってるだろ。説明してくれ。何が何だか、俺にはさっぱりわからねえんだよ」狭い部屋で彼の声が反響した。「あの岡部って野郎は何者だ。なんであいつは追われてるんだ。なんでそれに千鶴が付き合わなきゃいけないんだ」

だが千鶴は答えなかった。抱えた両膝の中に顔を埋めた。拓実の声を耳に入れまいとしているようにさえ見えた。

「千鶴、どうして何もいってくれねえんだよ。ほかの男に気が行ったのかもしれねえけど、こんなのってないだろ。せめて俺を納得させろよ。何か言い訳してみろよ」

どんなに耳元で怒鳴ってみても、彼女は顔を上げようとしなかった。拓実は壁を蹴り、地団駄踏んだが、何の効果もなかった。

やがてドアが開き、眉なしが顔を見せた。「十分経ったぜ」

拓実は吐息をつき、改めて千鶴を見下ろした。「どういうことだよ……」

眉なしが彼の腕を引っ張った。だがその時、ようやく千鶴が呟いた。

「安心して、拓ちゃん。あたし、拓ちゃんのことは絶対助けるから」

「千鶴……」

「もう終わりだよ」眉なしに引っ張られ、拓実は部屋を出た。

隣の事務所に戻ると、再びさっきの椅子に座らされた。

「どうだい、納得したかい。その顔つきからすると、あまりいい面会じゃなかったみたいだな」イシハラがいった。「そうしょげなさんな。女なんていっぱいいるだろ」

何かいい返そうと拓実が顔を上げた時、机の上の電話が鳴った。眉なしが受話器を取った。はい、と低くいった後、その顔つきが厳しくなった。

「黒人と一緒にいる女です」送話口を押さえ、イシハラに告げた。

「待ち人来る、か」イシハラが片頬で笑い、受話器に手を伸ばした。

33

「イシハラだよ。ねえさん、あんたいい度胸してるねえ。黒人の彼氏は何級だい。……ジュニアヘビーか。そいつはかなわねえなあ。ひとつお手柔らかに頼むよ。こっちの若い者は身体の弱いやつが多くてねえ。で、これからどうするよ。……うん？……ああわかった。……大丈夫だよ。浅草のにいさんもおとなしくしてくれてる」にこやかともいえる口調でそう話すと、にやにや笑いのまま受話器を拓実に寄越した。

「うまく話をつけてくれよ。こっちだって手荒なことはしたくないんだからさ」

手錠を外してもらい、受話器を受け取ると拓実は怒鳴った。「おい、どういうことだ」

でかい声出すなよ、と横でイシハラが顔をしかめた。彼はイヤホンを耳につけていた。そのコードは電話機の後ろに繋がっている。さらにテープレコーダーも回っていた。

「仕方がなかったんよ。どうしても千鶴を取り返したかったから」

「岡部の野郎を連れてくりゃよかっただろうが」

「それがおれへんのよ」

「いない？　岡部がか」

「ジェシーがトイレに行ってる間に消えたらしいの」

「消えた？　トキオは？」

「トキオ君も一緒におらんようになったらしいの」

「はあ？　どういうことだ。なんであいつもいなくなるんだ」

「そんなことあたしにいわれても困るわ。とにかく岡部がおれへんのでは千鶴を返してもらわれへんやろ。それでジェシーと相談して、とりあえず強引に取り返そうっていうことにしたわけ」

「どうして俺に先にいわねえんだ」

「いう暇なんかないやろ。あんたはイシハラのおっさんと一緒におるんやから」

おっさんといわれたからか隣でイシハラが苦笑した。

「無茶をしてくれたもんだぜ。それで千鶴を取り返せたんならいいけど、結局逃げられてんじゃねえか」

「あんなに仲間が隠れてるとは思えへんかったんよ。あたし思うけど、あいつらは千鶴を返す気なんかなかったで。こっちが岡部を返したら、そのまま千鶴も連れていくつもりやったと思うわ。汚いやつらやで」

「おい、何でもかんでもしゃべるな」

「この電話、聞かれてるんやろ。そんなことわかってるわ。わかってるからいうてるんや。ほんまに根性ババやで、あいつら」

イシハラが大口を開け、声を出さずに笑っている。

「てめえだって修羅場をくぐってきてんだろ。連中が一筋縄じゃいかねえことぐらいわかるだろうが。ドジ踏みやがって」

「何がドジや。鈍くさいのはそっちやで。何が元ボクサーや。簡単にどつかれて捕まっとったら世話ないわ」

拓実がいい返せずに受話器を握りしめていると、隣からイシハラがひったくった。

「ねえさん、俺だよ。根性ババのイシハラだ。ねえさんの威勢がいいことはよくわかったから、ひとつ建設的な話し合いをしてくれないか。こっちも時間がないんでね」

そういってすぐにまた受話器を拓実に戻した。

「おい、それでどうする気だ」拓実は訊いた。

「どうするもこうするもないよ。何しろ行き先がわからへんのやから」

「おまえはどこにいるんだ」

「あんたアホと違う？　そんなこと、この電話でいえると思う？」

それもそうだった。竹美とジェシーも逃げているのだ。

「とにかく、どっかトキオ君の立ち寄りそうなところに当たるしかないわけやけど」

「そんなものねえよ。俺たち、大阪に来たばっかりなんだしよ」

「そうやねえ……」

それに仮にそういう場所に心当たりがあったところで、今ここで口に出すわけにはいかなかった。イシハラたちに先を越されるのは目に見えている。

「竹美、十分後にもう一度電話してくれ。それまでに話をつけておく」

「話つけるって、どうやって？」

「いいから俺のいうとおりにしろ。わかったな」

「わかったけど」彼女がそこまでいうのを聞いて拓実は電話を切った。

イシハラがイヤホンを耳から外した。「何かいい案でも思いついたのかい」

「案はねえよ」

「じゃあどうする気だい」

「今聞いててわかったと思うけど、どうやら相棒が岡部を連れて消えちまったらしい。理由は俺にも見当がつかねえ。だけど俺たちがあんたを引っかけようとしたわけじゃないってことはわかってくれ」

「そんなことわかっても一文の得にもならないんだけどね」

「俺が見つけだす。見つけて、絶対にここへ連れてくる。それならいいだろ」

「心当たりはないんだろうが」

「心当たりはねえけど、相棒のことは俺が一番よくわかってる。あいつを探し出せるのは俺しかいねえよ」

「ははん」イシハラは小鼻を掻いた。「見つけられなかったらどうする？」

「見つけだすっていってんだろ」

「にいさんよ、俺は見つけられなかったらどうするかと訊いてるんだ」

イシハラは椅子に座り、両足を机の上に載せた。そのまま身体を何度か揺すった。

椅子の軋む音がした。

「おい、今何時だ」イシハラが眉なしに訊いた。

「今、ええと、大体午前四時です」

「四時か」イシハラは頷いて拓実を見た。「なあおい、『走れメロス』を知ってるかい」

「知ってるよ」

「二十四時間といいたいところだが、そんなには待てない。二十時間やる。つまり今日の夜中の十二時がリミットだ。それまでに岡部を見つけろ。見つけられない場合は、あの女のことは諦めろ。まあ、もう諦めてるんだろうけど、もっと諦めろってことだ。こっちだって、こんなところでいつまでもぐずぐずしちゃいられない。十二時になったらここを出る。女も連れていく。そうしてたぶんあんたは金輪際あの女の顔を見ることはない。たぶん、な」

「それまでに見つける」拓実は断言した。

「いいだろう。ただし、俺はメロスを信用しないほうでね。あんた一人を行かせるわけにはいかない。——おい」イシハラが声をかけたのは長身の男だ。「このにいさんにくっついていけ。何があっても離れるなよ」

「わかりました」

「今何時何分だ」イシハラは再び眉なしに訊いた。

「四時です」

眉なしが時計を見ないで答えるのを聞き、イシハラはそばの椅子を蹴っ飛ばした。

「おまえには耳がないのか。俺は何時何分かと訊いたんだ」

「あ……ええと、四時八分です。あっ、今、九分になりました」

「じゃあ後十九時間と五十一分だ」イシハラは拓実にいった。「急いだほうがいいぞ。大阪のねえさんから電話がかかってくるようだが、俺が代わりに話をしておいてやる」

「あの二人にはもう手を出すな。関係ない連中なんだ」

「そんなことはわかってるよ。あんたがうまくやってくれりゃあ何もかもうまくいくってことだ」イシハラはにやりと笑った。

建物を出る時、拓実は目隠しをされた。この場所を覚えられたくないからだろう。長身の男に押されるようにして彼は歩いた。どこからかいい匂いがしてくる。クッキーの匂いだ。腹が減った、と拓実は思った。そういえばずっと何も食べていない。

車に乗せられ、しばらく走った。長身の男は横にいる。運転しているのは眉なしだろう。二人とも無言だった。

「腹が減った」拓実はいってみた。「とりあえず何か食いてえな」

どちらも答えてはくれなかった。

車が止まり、目隠しを外された。見覚えのある場所だ。すなわち、先刻車に乗せられた御堂筋だった。

「じゃあ、連絡を待ってますから」運転していた眉なしがいった。

「ああ、二時間ごとに連絡を入れる」長身の男が答えた。

車から降りると拓実は大きく伸びをした。空気は排気ガスの臭いがした。そろそろ夜が明けるというのに、道にはまだ酔っぱらいの姿があった。

「さあ、どこへ行く？」

「そうだな」顎をこすった。無精髭《ぶしょうひげ》が伸びている。「その前にあんたの名前を教えてくれよ。名無しじゃ不便でいけねえ」

「俺の名前なんかどうでもいいだろ」

「どうでもいいなら教えたって構わねえだろ。それとも名無しの権兵衛って呼んでほしいのかい」

長身の男は拓実をじろりと見下ろしてから、ヒヨシでいい、といった。

「ヒヨシ？　慶応のある日吉かい」

「そうだ」

「ふうん」どうせ偽名だろうと拓実は思った。日吉に知り合いでも住んでいるのだろう。

日吉は腕時計を見た。「早く動かないと時間がなくなるぞ」抑揚のない口調だ。

「わかってるよ」拓実は片手を上げた。すぐにタクシーが止まった。

目指した先は上本町のビジネスホテルだった。とりあえず現在の拓実たちの塒《ねぐら》だ。トキオがあの部屋に戻っているとは思えなかったが、何か手がかりが摑めるかもしれない。

しかし予想は悪いほうに的中した。トキオが部屋に戻った形跡はなかった。元々彼は荷物を持っていない。ここに戻る理由がないのだ。

「どうした。もう手詰まりか」ホテルを出てから日吉が冷めた声で訊いてきた。

「うるせえな。ちょっと黙ってろ」拓実はガードレールに腰掛けてポケットをまさぐった。何も入ってないことを思い出して日吉を見上げた。「あんた、煙草持ってるかい」

日吉は黙ってセブンスターの箱を出した。拓実は手刀を切って一本を抜き取った。くわえると日吉の手が伸びてきてライターで火をつけた。どうも、と拓実は会釈した。

日吉は腕時計を見ている。定時連絡のタイミングを計っているのだろう。

「あんたも元ボクサーだろ」拓実は訊いてみた。

日吉はじろりと見ただけで答えない。余計なことはしゃべらない習慣ができているのだろう。

「それだけのタッパがあるんだから、ミドル級かジュニアミドルってところかな」

「無駄口を叩いてる暇があるのか」

「あんたらのことをちょっとは知っておきたいだけだよ。俺の身にもなれよ。何が何だかわからねえってのに、こんな目に遭ってるんだぜ」

日吉は顔をそむけた。興味がないといった態度だ。拓実はため息と共に煙を吐いた。

トキオはなぜ突然岡部を連れて消えたのか。逃げ出した岡部を追っているとは思えない。それなら何らかの連絡があるはずだ。トイレに入っていたジェシーが何も気づかなかったということは、トキオが自主的に岡部を連れ出したとしか考えられない。

理由はさておき、トキオは岡部を連れてどうするつもりなのか。拓実たちが困っていることは彼にもわかっているはずだ。そのうちに連絡してくるつもりなのか。しかしどこへ連絡するのか。竹美のところか。宗右衛門町の『ボンバ』か。だがそれらの場所にイシハラの網が張られていないわけがない。鶴橋のホルモン焼き屋にしてもそうだ。トキオがそのことに気づかないとは思えない。

煙草が短くなった。拓実はそれを踏み消した。同時に日吉が彼を見る。いい加減に腰を上げろという顔だ。もう一本くれといえるムードではない。

「何か考えがまとまったか」相変わらず無表情で尋ねてきた。

「まだ考えてる最中だよ」

「あのガキとはずっと一緒にいるんだろ。おたくらだけが知ってる場所ってのがあるんじゃないのか」

「そんなのはねえよ。信じられないと思うけど、あいつとは知り合ってまだ何日も経ってないんだ」

すると日吉は眉を寄せ、疑い深そうな目で拓実を見つめた。「本当か」

「本当だよ。じつをいうと、あいつがどこの誰なのかもよく知らねえんだ」

「いい加減なことを」

「嘘じゃねえよ。知ってるのは名前だけだ。それにしたって、あんたらと一緒で、本名かどうかもわからねえし」

「とてもそうは見えなかった。親戚か家族だろうと思っていた」

今度は拓実が日吉を見つめ返す番だった。「なんでだよ」

「特に理由はない。ずっとおたくらを見張っていて、何となくそう思っただけだ。最初は友達だろうと思っていた。しかし途中からそうは見えなくなっていた」そこまでいったところで日吉は顔をしかめ、横を向いた。しゃべりすぎたと思ったらしい。

「なあ、おい」

「なんだ」

「もう一本」拓実は指に煙草を挟む格好をした。

日吉はげんなりした顔でセブンスターの箱と使い捨てライターを投げて寄越した。

拓実はへへへとほくそ笑んで箱をまさぐったが、三本しか入っていなかった。

「あんた、いつも貰い煙草だな」日吉がいった。

「そうでもねえよ」

「いや、いつもそうだ。人に恵んでもらう癖がついてるんだろう。お里が知れるというやつだ」

これにはさすがに拓実も頭にきた。煙草を投げ捨て、立ち上がった。それでも日吉は殆ど表情を変えない。唇の端をわずかに動かしただけだ。相当自信があるのだろう。

拓実は相手を睨みつけた。殴りかかるつもりだった。しかしその瞬間、怒りの気持ちが急速に消失した。全く別の考えが頭に閃いたからだった。

お里が知れる——。

もしかしたら、あそこにいるのか。

拓実の脳裏に、あのマンガ『空中教室』の一コマが浮かんだ。トキオはあの絵を頼りに爪塚夢作男の住まいを探そうとしていた。爪塚が拓実の父親だと信じているようだった。そして千鶴が連れ去られる直前、彼はその家を見つけたといっていた。千鶴を無事に取り返せたら、その家に行ってくれと頼んでいた。そこに生き証人もいる、と。

間違いない、と拓実は確信した。トキオはその家に拓実を来させようとしているのだ。彼は拓実がイシハラに捕まったことなど知らない。岡部を連れ去られた拓実が、必死になって自分を探すだろうと踏んだのだ。その結果、きっとその家に来るに違いないと予想したのだ。なぜ彼がそんな強硬手段に出たのかはわからない。岡部を渡して千鶴を取り戻したら一緒に行くと拓実が約束したにもかかわらず、だ。

「何か思いついたのか」日吉も拓実の表情に気づいたようだ。

この男が問題だった。トキオは拓実が一人で来ると思っているだろう。岡部をどのように拘束しているのかは不明だが、たぶん一緒にいる。そんなところへこの男を連れていけば、下手をしたら岡部をその場で奪われるかもしれない。しかし時間はない。一か八かの勝負に出るしかなかった。

「さっきの宿に戻る」拓実はいった。

「あのぼろいビジネスホテルか。あそこには何もなかったんじゃないのか」

「仮眠をとるんだ。どうせこんな時間じゃ動きようがない。起きてても腹が減るだけだ」

「起きてからどうする気だ。何か当てがあるようだな」

「それは今はいえねえな。あんたらに先回りされたくないからな」

「あまりでかい口を叩かないほうがいいと思うが、まあいいだろう。岡部を見つける手だてがあるなら文句はない。ただし、その前に連絡だ」

日吉がイシハラに電話をかける間、拓実は電話ボックスの横に立っている交通標識の支柱に手錠で繋がれた。これじゃまるで犬じゃねえかとぼやきながら、まだ人が歩いていない時間帯であることに感謝した。

ビジネスホテルに戻ると拓実は大の字に寝転がった。日吉は壁にもたれて座った。

「あんたは寝ないのかい。少しは眠っといたほうがいいぜ」

「人のことを心配できる立場か」

「いや、まあ、いいんだけどさ」

拓実は日吉に背を向けた。実際、かなり眠い。しかし本当に眠ってしまうわけにはいかなかった。

それでもついうとうとしていると、突然右手を掴まれた。ぎくりとして振り向くと、日吉が手錠をはめているところだった。

「何だよ、まだ寝てんだよ」

「念のためだ」

結局拓実は後ろ手に手錠をかけられ、足は紐で縛られた。仕上げには猿ぐつわまでかまされた。そこまでしてからようやく日吉は出ていった。トイレらしい。

拓実は芋虫のような状態のまま身体を起こすと、自分のバッグの中を探った。背中の後ろでの作業なので、ひどくやりにくい。それでも何とか目的のものを見つけだした。

『百龍』のテツオからもらった古い道路地図帳だ。

たしか生野区だったな。生野区のどこだっけ。タカ……タカなんとかいった——。思い出せなかったが、生野区の頁が見つかったので、苦労しながらそこを破り取った。地図をバッグに戻し、破った頁は折り畳んでズボンの下に隠した。

元の姿勢に戻った時、ドアが開いて日吉が入ってきた。じろりと拓実を睨んでから手錠や紐を取ると、元の場所に座り直した。

「なあ、あんた、腹減らないのかい」拓実はいった。「あんただって、しばらく何も食ってねえんだろ」

日吉は答えない。腕組みしたまま壁を見つめている。

「『レッド・サン』っていう映画知ってるかい。三船敏郎とチャールズ・ブロンソンとアラン・ドロンが出てる映画だ。西部劇でさ、ドロンは列車強盗なわけよ。で、日本から来た特使の宝物を盗むんだ。大統領に献上するための刀だ。ブロンソンはドロンの仲間だってことで、日本の侍につきまとわれる。ドロンのところへ連れていけってことだ。その侍が三船敏郎さ。どうだい、俺とあんたみたいな関係だろ」拓実は続けていった。「旅の途中でブロンソンが侍に訊く。おい、てめえは腹が減らないのかって。侍は何と答えたと思う?」

「武士は食わねど高楊枝」

「えっ?」

「侍は腹が減っていても、減ったような顔をしないのだ——そう答えたんだろ」

「なんだ、知ってるのか」

「知らないが、想像はつく」日吉は時計を見た。「いい加減に起きろ。今日中に岡部を見つけられないぞ」

「ああ、じゃ、そろそろ行くか」身体を起こし、大きく伸びをした。「その前に、俺も便所」

当然のことながら日吉もついてきた。大のほうだぜ、とトイレの入り口で拓実はいった。「断っとくけど、俺のクソは臭いからな」

「さっさと済ませろ」

個室に入るとズボンを下ろし、さっきの地図を開いた。目を凝らして細かい文字を拾っていった。ぴんとくる文字があった。高江だ。思い出した。

しゃがんでいると実際に便意を催してきた。ゆっくりと時間をかけて用を足し、個室を出た。日吉はまだ入り口で立っていた。

「臭くて悪いね」

「早くしろ」さすがに不愉快そうな顔をした。

外に出ると車の通りが激しくなっていた。世間はすでに動き始めている。

日吉がまた電話をかけた。例によって拓実は交通標識の支柱に繋がれた。どうして公衆電話のそばには必ず標識が立っているんだろうと恨めしくなった。今度は通行人も多い。手錠を見られないようにするのが大変だった。

「あんたもこまめに電話するねえ。話すことなんか何もないだろ」電話ボックスから出てきた日吉に拓実はいった。

「もし俺からの連絡がなければ、おたくがよからぬことをしたとボスは判断する。そうなったら困るのはそっちだろう」

「それはまあね」

駅に向かった。拓実は何とか日吉を振りきれないものかと考えたが、うまい手は思いつかなかった。殴りかかったところでかわされるだろう。突然駆け出したところで逃げきれるとは思えなかった。ボクサーは走るのも仕事だ。先にばてるのは自分のほうだろうと見当がついた。それに無事逃げたとしても、千鶴を余計に危険な目に遭わせるだけだ。

切符売り場の前に立った。

「タクシーを使わないのか」

「使いたいのはやまやまなんだけどさ、生憎《あいにく》、行き先を何といっていいかわからない。少々わけありの場所でさ」

これは本当のことだ。高江という地名は今は存在しない。ベテランドライバーならわかるかもしれないが、そうでなかった時に厄介だ。駅からの道順なら、さっきトイレの中で頭に叩き込んだ。

「どこに行く気なんだ」

「それはまだいえねえな」

今里駅まで切符を買った。上本町からだとたったの二駅だ。

普通電車に乗り、今里駅で降りた。通勤や通学で駅は込み合っていた。駅前商店街を歩き、太い道路に出たところで左に曲がった。地図を取り出したいが、日吉には見られたくない。

かれこれ十分近く歩いたところで拓実は一旦立ち止まった。バス停の名前に見覚えがあった。古い地図によれば、このあたりからが高江という町だったはずだ。

この中のどこかに『空中教室』で描かれていた場所がある。さらにトキオによれば、拓実が生まれた家もあるはずだった。そして拓実の推理が正しければ、そこでトキオは岡部と共に潜んでいる。

「おい、どうした。何を立ち止まってるんだ」日吉が焦れたようにいった。

「ヤマはここからなんだよ」拓実はいった。「ここから先は、俺の勘だけが頼りだ」

「何？　どういうことだ」

「歩き回って探すしかないってことだ。その目印は俺だけが知っている」

拓実は歩きだそうとした。だが彼の肩を日吉が摑んできた。

「その目印ってのを聞こうじゃないか。応援を呼べば探すのも楽だ」

拓実は日吉の手を払いのけた。

「あんたらに先に見つけられたら、こっちとしてはまずいんだよ。それに目印といったって、口で説明できるものじゃない。俺にしたってうろ覚えなんだ」

日吉が眉間に皺を寄せた。拓実はくるりと背を向け、改めて歩きだした。

実際には、うろ覚えですらなかった。ちらりと見たマンガの一頁の絵だけが頼りだ。はっきり記憶に残っているものといえば電柱ぐらいだが、そんなものはどこにでもある。

それから拓実は黙々と歩き続けた。どこを歩いても似たような町並みだった。あのマンガがあれば、と思った。そうすれば住民を捕まえて、これはどのあたりかと尋ねることもできるのだ。あの本を売った時にトキオが激怒した理由を改めて思い知った。

瞬く間に時が過ぎていった。日吉は何度かイシハラに連絡を入れた。電話をかけている日吉の様子から、イシハラがどうやら苛立っているらしいことがわかった。

「一体いつまでこんなことをしてる気だ」たまりかねたように日吉がいった。「さっきから町内を何十回歩き回ったと思ってる。本当に探す気があるのか」

「俺だって必死なんだよ。だけど見つからねえんだからしょうがねえだろ」

拓実にしても、これほど手間取るとは思わなかった。ここへ来れば何とかなるような気がしていたのだ。しかし考えてみれば、たった一枚の絵の記憶で一軒の家を見つけるというのは至難の業だ。

なぜ簡単に見つかると思ったのか。

それはトキオが見つけたからだ。彼は拓実よりも熱心にマンガを見ていたから、もっと鮮明に絵を記憶していたということか。それもあるかもしれないが、それだけとは思えなかった。

空腹はもう感じなくなっていた。たっぷりあると思われた時間が刻一刻と減っていく。歩き回ったせいよりも、焦りから汗が滲《にじ》んだ。

「連絡の時間だ」日吉がそういって公衆電話に近づいていった。もう拓実を手錠で繋ごうとはしなかった。拓実にしても、今ここで逃げる気はなかった。

日吉が電話をしている間、拓実は地面に座り込んだ。足が棒になっている。

彼の目に留まったものがあった。町内の住居を記した地図だ。家の名字まで書き込んである。

こんなものを見たって仕方がないしな——そう思った時だ。

麻岡、という文字が目に飛び込んできた。

34

電話を終えて戻ってきた日吉は、すぐに拓実の表情に気づいたようだ。身構えるようにして彼の顔を覗き込んだ。

「おい、何か気づいたのか」

拓実はあわてて首を振った。「いや、なんでもねえよ」

しかし彼の芝居は通用しなかった。日吉は鋭い視線を周りに配った。すぐそばの住居配置図に気づくまでさほど時間はかからなかった。

「これか」日吉は頷き、続いてふんと鼻を鳴らした。「お粗末な話だ。コロンブスの卵というほどのことでもない。灯台もと暗しでもない。地図を見ればわかる程度のことだったのか」馬鹿にしたように拓実を振り返った。

「まだ見つかったと決まったわけじゃねえよ」

「何でもいい。どの家だ」

「それを今ここで俺がしゃべると思うかい」

「しゃべらないなら、さっさとその家に連れていけ」日吉は拓実の肩を摑んだ。

「痛てえな。もうちょっと地図を確認させろよ」

地図を見ながら、この男を何とか振り切れないものかと拓実は考えた。腕っ節ではかなわない。足でも勝ち目はない。

「いっておくが、おかしなことを考えるなよ。おまえを逃がしたら俺がやばくなる。命がけで捕まえるからな」まるで拓実の心を読んだように日吉が後ろでいった。

「そんなこと考えてねえよ」拓実は腋に汗をかいていた。

諦めて歩きだした。彼は別のことを考え始めていた。麻岡――その名字を思い出したのは久しぶりだ。自分の本当の名字。俺は麻岡拓実だったのだ――。

あのマンガを手放したにもかかわらず、トキオが家を見つけられた理由が判明した。たぶん彼もあの地図を目にしたのだろう。そういえば彼は拓実に、拓実さんの生まれた家が見つかったといっていた。生き証人がいる、とも。だがまさか、麻岡という名字が残っているとは夢にも思わなかった。

生き証人とは一体誰なのか。家に近づくのが、何となく怖くなってきた。

拓実は足を止めた。目的の家に近づいたせいもあるが、それ以上に、彼にインスピレーションを与えるものが目に飛び込んできたからだ。

「どうした、このあたりなのか」日吉が訊いてきた。

だが拓実は答えず、じっと前方に目を向けていた。角に立つ古い電柱、その奥に並ぶ小さくて老朽化した家並み。見覚えがあった。間違いなくあのマンガに描かれていた風景だ。ちらりと見ただけだったが、彼の頭の中で見事に蘇り、今見ている光景と完全に重なっていた。同時に彼は胸の奥で何かが急激に騒ぎだすのを感じていた。この思いは一体何だろう。悲しいような、切ないような、そして懐かしいような気分は。

馬鹿な、とそんな思いを消そうとした。自分がここにいたのは、物心がつかない赤ん坊の時だったはずだ。何も見てはいないし、覚えてもいないはずだ。おかしな気分になるのは錯覚にすぎない。そう思い込もうとした。しかし小さな町が発する空気は、拓実を過去に引き戻そうとしているかのようだった。彼自身も知らない過去に──。

「おい」

「うるせえな」日吉にいい放った。拓実自身が驚くほど鋭い声が出た。

日吉は何かいい返そうとしたようだが、彼と目が合うとなぜか少し後ずさった。

拓実の気持ちは徐々に落ち着いていった。町の空気がすっかり身体中に行き渡ったような感覚がある。しかもそのことが不快ではなかった。

「この先だ」そういって歩きだした。

軒《のき》の低い家が続いていた。中の間取りが想像しにくいほど間口も狭い。ところどころ木が腐っている。どの家の前にも、申し合わせたように塗装の剝《は》げた洗濯機が置いてあり、そのいくつかは果たして動くのだろうかと疑ってしまうほど古びていた。

そんな家々でも表札は出ていた。麻岡という表札は、明らかに蒲鉾《かまぼこ》の板で作られていた。他の家屋同様、朽ち果てる直前のような木造だった。

「ここか」

「相棒がいるかどうかはわかんねえぜ」

「でも、いるとしたらここなんだろう？」

「……まあ、な」

日吉は拓実を押しのけると、ベニヤ板で作ったようなドアを開けようとした。しかし鍵がかかっている。しばらくドアノブをがちゃがちゃやった後、日吉は拳でドアを叩き始めた。薄いドアが壊れそうだった。

「はずれかな」拓実は呟いた。ここでないのなら、もう手がかりはない。

「待て」乱暴にノックしていた日吉が一歩後ろに下がった。

鍵の外される音がした。拓実たちの見守る中、ドアがゆっくりと開いた。痩せた老婆が顔を覗かせた。彼女はまず日吉を見上げ、続いて拓実を見た。戸惑ったような表情だ。

「はい、なんですか」かすれた声で老婆は訊いた。

「ここにいるのは婆さんだけかい」

「はあ、そうですけど」

「本当かい？　住んでるのは婆さんだけかもしれないが、今は奥に誰かいるだろ」

「けったいなこといいはりますなあ。誰もおりませんがな」

「そうかい。じゃあたしかめさせてもらおう」いうや否や日吉はドアを思いきり引っ張っていた。老婆はドアノブを握っていたらしく、その勢いで外によろめいた。転びそうになるのを拓実が支えた。

「おい、無茶するなよ」

しかし日吉は答えない。拓実たちを無視して家の中に入っていく。

「婆さん、大丈夫かい」拓実は老婆に訊いた。

すると彼女は口をわずかに動かして呟いた。「来てるで」

「えっ？」

「奥の押入に隠れてる」

それを聞いて事情を呑み込んだ。やはりトキオはここにいる。老婆はそれを拓実に伝えようとしているのだ。

彼は小さく頷き、日吉に続いた。沓脱ぎを上がったところが四畳半ほどの和室で、卓袱台《ちゃぶだい》などが置かれている。日吉は奥に繋がる襖を開けたところだった。

拓実は素早く周囲を見回した。醤油《しょうゆ》の空き瓶が目に留まった。それを右手で掴み、日吉の背中に近づいた。

息を止め、大きくふりかぶる。さらに力を込めて日吉の後頭部に振り下ろそうとしたその瞬間、日吉の身体がひらりと横に移動した。あっと思った時には日吉はこちらを向いていた。顔は無表情のままで、身体だけが驚くべき敏捷《びんしょう》さで動いていた。

顔面に衝撃を受けると同時に、拓実は後ろに吹っ飛んでいた。頭と背中を激しく打った。気がつくと沓脱ぎの上だった。

「あっ、拓実っ、たくみっ、しっかりしい」先程の老婆が彼の身体を起こそうとしていた。それを聞きながら、どうしてこの婆さんは俺の名前を呼んでいるんだろうと思った。

だがそれどころではなかった。拓実を軽くあしらった日吉は、奥の部屋の押入を開けていた。

誰かが奇声を発しながら日吉に飛びかかっていった。トキオだった。しかし無論彼のかなう相手ではなく、次の瞬間には壁に叩きつけられていた。トキオは畳の上でうずくまった。

押入の中には岡部も潜んでいた。日吉に引っ張り出された彼は、両手を縛られたままだった。おそらくトキオにされたのだろう。

「鬼ごっこの次はかくれんぼですか、岡部さん。いい加減にしてくださいよ」日吉が冷たい目で見下ろした。

「待て、乱暴するな」

「そんなつもりはありませんよ。おたくがおとなしくついてくればね」日吉は岡部の襟首を摑んで立たせ、拓実たちを見た。「婆さん、電話はどこだ」

「電話はありません」

「電話がない？」日吉は眉間《みけん》に皺を寄せ、そんなはずはないだろうという目で室内を見渡した。しかし老婆の言葉が嘘でないことはすぐに証明された。

日吉は舌打ちをし、岡部の襟首を摑んだまま歩きだした。靴を履き、出ていこうとする。拓実は後ろから腕を摑んだ。

「待てよ。千鶴と交換のはずだろ」

日吉が細い目でじろりと睨んできた。

「まずはこの男を連れて帰る。あの女のことはその後だ」

「なんだよそれっ、インチキじゃねえか」

日吉は薄く笑い、拓実の手をふりほどくと、彼の胃袋に一発、腰を折ったところで顎に一発食らわせてきた。拓実はたまらずしゃがみこんだ。声も出せない。口の中で急速に血の味が広がった。腹から上がってきた胃液がそれに混じった。

日吉は岡部を引っ張りながらドアを開けた。万事休すかと思ったその時、鈍い音がして、日吉の身体が拓実のほうに吹っ飛んできた。何が起きたのかわからなかった。入り口に目を向けると、黒い大男が窮屈そうに入ってくるところだった。その後ろに竹美の姿もある。

「おまえら、なんでここが……」

拓実は訊いたが、ジェシーたちに答える余裕はなさそうだった。素早く立ち上がった日吉が、上着を脱ぎ、ファイティングポーズをとっていた。それに対峙《たいじ》するジェシーの目は、これまで拓実には見せたことのないボクサーの目になっていた。

全員が息を呑んで見つめる中、日吉が先に動いた。ジャブをくりだしながら間合いを詰める。ジェシーは上体を小刻みに動かし、それをかわした。

日吉がワンツーを放った。二発目がジェシーの顎をかすめた。さらに日吉は上から下へと攻め立てる。ストレートが命中した手応えに自信を得たのか、日吉はジェシーの懐に飛び込もうとした。

だがその瞬間、ジェシーの右フックが放たれた。日吉はそれを左腕でガードしたが、衝撃で身体がよろけた。その隙を元ジュニアヘビーのプロは見逃さなかった。ずどん、という音と共に、左ストレートが日吉の顔面を直撃した。

35

「ほんま、情けないなあ。殴られてばっかりやんか」

口から流れた血をハンカチでぬぐいとる拓実を見て、竹美がうんざりしたような声を出した。

「仕方ねえだろ、相手が強ええんだから。それより一体どういうことなんだ。どうしておまえたちがここにいるんだ」

「それはまあ一言では説明しにくいけど」竹美はトキオを見た。

「あっ、そうだ。おい、おまえが岡部を勝手に連れ出すから、話がおかしくなっちまったんじゃねえか。どういうつもりなんだ。説明しろよ」拓実はトキオの服の袖を摑んだ。

「ああするしかなかったんだよ」

「だから説明しろっていってるだろ」

「トキオ君を責めるのは筋違いだよ」後ろから声がした。拓実が振り返ると入り口に男が立っていた。「トキオ君のおかげで事態が最悪にならずに済んだんだからな」

男が入ってきた。光が当たり、顔がはっきりと見えた。見覚えがあった。

「あっ、あんたは」

「覚えていてくれたようだね」

タカクラだった。拓実たちが東京を出る前に、錦糸町の『すみれ』で会った客だ。

「あの時に約束したじゃないか。岡部を見つけたら、すぐに連絡をほしいと。わざわざ電話番号まで書いて渡したはずだがね」

「約束なんかしちゃいねえよ。あんたが勝手にそういっただけだ」

「だけどこっちの指示にしたがってくれれば、ここまで話がこじれることもなかった」

「あんたが千鶴を取り返してくれたっていうのか」

「もっとうまく交渉できたといってるんだ。事情を知らない君たちが闇雲《やみくも》に突っ込んでいってどうにかなる相手じゃない」

「ふん、そんなこと信用できるかよ」拓実は男から目をそらした。そのついでにトキオを見た。「そうか。おまえがこの男に電話したのか」

トキオは唇を尖らせ、目を伏せた。

「なんで勝手にそんなことをしたんだ」

「だってうまくいきそうになかったから」

「何がだ」

「千鶴さんとの人質交換。岡部だけ奪われて、千鶴さんは返ってこない。そんなふうになりそうな気がしたんだ。拓実さんのことも心配だったし」

「何いってやがる。うまくいくところだったんだよ。それをてめえが邪魔したんじゃねえかっ」

しかしトキオは首を傾《かし》げて、そうかなあ、と呟いた。それを見てさらに頭に血を上らせた拓実が怒鳴ろうとする寸前、くっくっくっと押し殺したような笑い声が聞こえた。タカクラのものだった。

「トキオ君のいうとおりだな。根拠のない自信でがむしゃらに突っ走る」

「なんだとっ」タカクラを睨んでからその目をトキオに向けた。「おい、そんなこといったのか」

「君は彼に救われたんだといってるだろ。何度もいわせるなよ」タカクラの顔から笑みは消えていた。「彼から連絡をもらった時、非常に危険だと思った。彼のいうとおりだよ。君たちは岡部を奪われるだけで、千鶴さんを取り戻すことなどできなかっただろう。だからすぐに岡部を連れてその場を離れるよう指示したんだ。私は新幹線の始発まで動けないからね」

取り戻せるかどうか、そんなことはやってみなきゃわからない——拓実はそう反論しようとした。だがその前に竹美が口を挟んできた。

「電話でもいうたやろ。連中は周りに仲間を大勢潜ませてた。こっちが岡部を連れていったら、腕尽《ず》くで奪う気やったんや。千鶴と交換する気なんかはじめからなかった」

それをいわれると言葉がなかった。拓実は唸った。

「しかしここに辿り着いたのはさすがだった。トキオ君に、どこか君たちだけが知っている場所はないかと訊いてみたら、この家のことを教えてくれたんだ。敵としては、君にトキオ君を探させるしかない。その時に君がここに来れるかどうか、それは賭けだった」あまりけなしてばかりではかわいそうとでも思ったか、タカクラがおだてるようにいった。

「ふん、別に難しい推理じゃねえよ」拓実はふてくされた口調でいってから竹美とジェシーを見た。「おまえらはどうしてここがわかったんだ」

「ジェシーのジャンパーのポケットにメモが入ってたんよ。彼がトイレに行ってる間にトキオ君が入れたみたい。そのメモにここの場所が書いてあったの。見つけたのは、千鶴を取り返そうとして失敗した後やけど」

「じゃあさっきの電話の時には、ここのことを知ってたのか」

「まあね」

なんで教えてくれなかったんだ、といおうとして口を閉じた。盗聴されていたことを思い出した。

拓実は大きくため息をついた。周りを見回し、最後にタカクラに目を向けた。

「あんたは一体何者なんだ。事情を説明してくれ。それともあんたもイシハラと同じように、事情を知らないまま動いてるのかい」

「いや、私はかなり事情を知っているほうだと思うよ。裏も表もね」タカクラは部屋に上がり、胡座をかいた。彼は上着のポケットから名刺を取り出した。「とりあえず身分を明かしておこうか」

拓実はその名刺を受け取った。そこには『国際通信会社　第二企画室　高倉昌文《たかくらまさふみ》』と印刷されていた。タカクラは本名だったのだ。

「国際通信会社？　何だ、これ」

「国際電話に代表される国際通信を担う政府系特殊法人だよ。独占企業で、当然多額の黒字を抱えている」

「そんな会社の人間が一体何だって――」

そこまでしゃべったところで拓実は思い出した。『すみれ』のママが岡部のことを、電話の仕事をしていると聞いたことがある、といっていた。

「こいつも同じ会社の人間か」拓実は隣の部屋で座っていた岡部を指差した。岡部はちょっと顔を上げただけですぐに俯いた。彼の横では日吉が気を失ったままだ。念のために両手と両足を縛ってある。

「社員だよ。いや、元社員というべきか」

「こいつが何をやったんだ」

「その前に、一ヵ月ほど前に成田の東京税関で発覚した事件のことを話しておこう。うちの社長室の社員二人が密輸で捕まった。二人とも高価な美術品や装身具を買い漁《あさ》っていたんだ。政府系特殊法人の社員がなぜそんなことをしたのか、警察では首を捻った。もちろん二人とも、個人的にやったことだと主張した。しかし買ったものの値段を合わせると数千万になる。警察は会社ぐるみの犯行ではないかと考え、捜査を始めた。一方社内は大パニックだ。本当にうちの会社がそんなことをやってるのか、というわけだ。私もその直後は何も知らなかった。詳しいことは副社長から知らされた」

「副社長……」

「うちには副社長が二人いる。主流派と反主流派、といえばわかりやすいかな。私に話してくれたのは反主流派のほうだ。つまり社内であまり力を持ってないほうだ」

十分に意味がわかったわけではなかったが拓実は頷いた。「それで？」

「実際に会社の金を使って密輸が行われている、という話だった。しかも音頭をとっているのは社長だということだった。何のためにそんなことをするのか、という顔だね。話は簡単だ。密輸した品はプレゼントするんだ。政治家にね」そういって高倉は片目をつぶった。

「それってもしかして賄賂《わいろ》？」竹美が質問した。

「まさしく賄賂」高倉は頷いた。「捜査が進めば大事になる。間違いなくね」

「で、あんたは何をしてるんだ」拓実が訊いた。

「現在社内では極秘裏に証拠隠滅が行われている。捜査陣との競争さ。私の役目は証拠を確保することだ。つまり警察に手を貸そうというわけだ」

「自分の会社を裏切るのかい」

「愛社精神からしていることさ。うちの会社には自浄が必要だ、この機会に膿《うみ》を出す、というのが副社長の考えでね」

「主流じゃないほうの副社長だな」

「そうだ」

「膿を出して社長をクビにして、自分が後釜《あとがま》に座ろうってことじゃないのかい」

拓実がいうと高倉は首をすくめた。

「副社長といえどもサラリーマンだからね、出世欲を責めるわけにはいかんよ。それに間違ったことをしようとしているわけじゃない」

「それはそうだけどさ。ところで、岡部の野郎の名前がまだ出てこないな」

「話はここから。今までのはイントロだよ。さて警察としては、せっかくの大事件を関税法違反、物品税法違反なんかでお茶を濁されちゃたまらない。ここは何とかしてプレゼントの行方を追いたいところだ。とはいえいきなり社長に当たっても意味がない。交際費のことなど知らないといわれるに決まってるからね。そこで目をつけたのが社長室長だったが――」高倉は声を落として続けた。「その室長は警察に呼ばれた日に、ビルから飛び降りて死んだ」

拓実は唾を飲み込んだ。漫然と聞いていたが、突然話が危険な方向に傾いた気がした。

「それって本当に自殺やったんですか」

竹美の質問に高倉はかぶりを振った。

「警察の発表によれば疑う余地はないようだ。もっとも、目撃者でもいないかぎり、自分で飛び降りたかどうかを判断するのは難しいように思うけどね」

やば、といって彼女は不安そうに皆を見回した。

「この室長の自殺は捜査陣にとって痛手だった。というのはその男が政界との窓口になっていたからだ。密輸した品物を管理していたのも、その男だった可能性が高い。しかし糸が途切れたわけではなかった。その男を補佐していた人物がいたんだ。部署は全く別だから、警察はまだその人物に気づいていない。私はその男の身柄を押さえようと思った。ところがどんな危険を察知したのか、その男はある日突然姿を消した」

「そう。そこで情けない顔をして座っている男だよ」高倉はにやにや笑い、岡部を見た。

「わかった、それが——」

「じゃあこいつを警察に突き出せばいいわけかい」

「そうだね。少し前ならそれがベストだった」

高倉の言い方に拓実は引っかかった。「どういう意味だい」

「社長室長の自殺以後、警察も慎重になった。そのうちに別の作用が働きだした。密輸品のプレゼントだけでなく、パーティ券の購入をはじめとする政界ばらまき工作が明るみに出始めたからだ。当然のことながら警察に圧力がかかった」

「何だよそれ。そこまでやっといて揉み消しかよ」

「いや、会社側も警察も、このまま何もなしで済むとは思っちゃいない。会社からはある程度の数の逮捕者が出るだろう。役人からも出るかもしれない。問題は政界にどの程度のメスを入れるかだ」

「そこのところをうやむやにしようって魂胆だな」

高倉は口元を曲げ、ため息をついた。

「ある程度のところまでは摑んだが、相手を絞りきれず、証拠も不十分で立件は断念、というのが現在考えている着地点だろうな」

「つまり政治家は捕まらないってことかい」

「まあな」

ちっと拓実は舌を鳴らした。「なんて汚い奴らだ。ええと、そういうのを大阪弁でなんといったかな」竹美を見た。

「根性ババ」

「そうだ。根性ババだぜ、まったく」

高倉はゆらゆらと頭を振った。

「嘆かわしい話だと思うよ。この国はどうなってしまうんだろうねえ。だけど黙って指をくわえて見ているわけにはいかない。証拠不十分だというなら、十分な証拠を揃えてやればいい。そこで鍵になってくるのがその男だ」岡部を指した。

「そうか。こいつは証人ってわけだ。それで警察に見つかりたくなくて逃げたんだな」

「その男が逃げたのは警察からじゃなくて主流派からだ。社長室長の死亡を知って、そこのお嬢さんと同様の想像を働かせたんだろう」

「ははあ、見つかったら消されると思ったわけだ」

拓実がいうと岡部は一瞬顔を上げた。ばつが悪そうに瞬《まばた》きし、すぐにまた下を向いた。

「イシハラは、あんたたちが倒そうとしている主流派の人間なんだな」

「あの男は雇われてるだけだがね。とにかく主流派にとって岡部は最も危険な存在だ。時限爆弾みたいなものなんだよ。だから我々よりも先に見つけだそうと必死だ」

「俺なんかに出し抜かれて焦ってるわけか」

「だけどこの男の扱いを全面的に警察に任せるのはよくない。今もいった事情から、証言を取捨選択されるおそれがある。警察では今後どの程度の証拠がほかから出てくるか様子を見て、この男をどう使うか考えるだろう」

「はっきりとした証拠が出てこなきゃ、こいつの取り調べもいい加減なものになるってことだな」

「厳密なものにならない可能性はあるだろうね」

「じゃああんたはこいつをどうするつもりなんだい」

「とりあえずは我々のほうで預かる。状況を見て、警察が弱腰になれないタイミングで出頭させる。マスコミを使ってもいい」

なるほど、一旦納得した拓実だが、すぐに高倉の顔を見返した。

「いや、そいつはまずいぜ。岡部を渡さなきゃ、千鶴を取り戻せない」

「問題はそこなんだ。こっちとしては岡部を連中に渡すわけにはいかない。まさか殺されるとは思わないが、警察の手が届かないところに隠されるおそれは十分にある」

「そんなことといっても千鶴が」

「わかってる。だから知恵を絞ってるところだ」高倉は顎をこすった。

拓実は岡部に近づいた。その気配に顔を上げた岡部の頬を、平手で軽く叩いた。

「逃げるんならてめえ一人で逃げりゃよかっただろうが。千鶴を巻き添えにしやがって」

「彼女には……悪いことをしたと思っている」

「それで済むかよ。大体、なんで大阪くんだりまで来やがった？」

これには岡部も答えない。すると後ろから高倉の声がした。

「死んだ室長は大阪の出身で、密輸品も大阪のどこかに隠してあるという話だ。その男はその場所を知っていて、それでこっちに来たんだろう」

「そうか、そこにあった品物を、せっせと質屋に入れてたわけか」

岡部が顔をそむけた。それがかんに障《さわ》ったので、拓実はもう一発頬を叩いた。今度はさっきよりもやや強めだ。岡部が憎々しそうに見返してきた。

「なんだよ、その目は。イシハラに捕まってたら、今頃は命がなかったかもしれねえんだろ。感謝してくれたっていいところだ」

しかし岡部は答えず、ふてくされたように再び横を向いた。

「その男に当たってもしょうがないやろ。それより千鶴を取り返す作戦を練らんと」竹美がいった。

「そんなこといっても、アジトもわからねえんだ。目隠しされてたからな」

「その男を締め上げて吐かせよか」竹美は日吉を指す。

「こいつは吐かねえよ。ジェシーに殺されそうになってもしゃべらねえ」そういってから拓実は重要なことを思い出した。「そうだ、こいつに定時連絡をさせなきゃ。何かあったことがイシハラにばれちまう」

「宮本君、いつまでに見つけると約束してきたんだ」高倉が尋ねてきた。

「今日の夜十二時までっていわれた」

「十二時か」高倉が腕時計を見て吐息をついた。「あと五時間しかない……」

「あのさ、ちょっといいかな」トキオが拓実を見た。

「なんだ」

「こんな時だけど、拓実さんに紹介しておきたい人がいるんだけどな」

「はあ？」

トキオの視線の先を見て、拓実は思わず顔を歪めた。この家の主である老婆が、壁際で小さくなっていた。彼女は顔を上げて拓実を見たが、すぐにまた俯いた。

「ここに辿り着いたわけだから、拓実さんもこの家がどういう家かはわかっているはずだよね。だからつまりあのおばあさんが誰かってことも……」

拓実は老婆から目をそらし、横を向いた。顎を突き出し、首を掻いた。

「あたしらは席を外したほうがよさそうやな」竹美が腰を浮かしかけた。

「いいよ、そこにいて。別に大した話なんかねえんだからよ」

彼の言葉にさすがの竹美も困惑している。トキオから大体のことは聞いているらしく、ジェシーと共に神妙な面もちだ。

「でもさ、せっかく久しぶりに会ったんだから、挨拶ぐらいはしといたほうがいいんじゃないの。こうして今度のことで世話にもなってるわけだしさ」

けっと拓実は吐き捨てた。

「てめえがこんなところに逃げ込んだりしなきゃ、俺だって来なかったよ」

「でもここ以外に俺たちが出会える場所はなかっただろ。いわばここは拓実さんにとって約束の地なんだよ」

「何を気取ってやがる。ここにいて迷惑だっていうんなら、今すぐに出ていってやるよ。高倉さん、作戦会議は外でやろうぜ」

拓実にいわれ、高倉は面食らった顔をした。参ったな、というようにトキオを見る。

「拓実さん、格好悪いよ」トキオがいった。

「何がだよ」拓実は彼を睨みつけた。「おまえ、汚ねえぞ。こんなふうに会わせやがってよ、俺がごねてるみたいに見えるじゃねえか。俺は悪者かよ」

「悪者やないけど、ガキには見えるで」

「なんだと」彼は竹美を振り返った。

「ええやないの、挨拶ぐらいしても。血が繋がった仲やろ」

「捨てといて、血が繋がるも繋がらないもねえだろ」

「捨てたわけやないでしょ。そのほうがあんたのためやと思て、もうちょっと余裕のある人に任せはったんやないの」

「育てる余裕がなきゃ、最初から産まないことだ。そうだろ？　違うかい？」

「産んでもらえへんかったら、今あんたはいてへんということやで。それでもよかったんか」

「生まれてこなきゃ、いいも悪いもないだろうが」

竹美はかぶりを振り、ため息をついた。

「あかん、話にならんわ。トキオ君、もうこんなアホはほっとこ」

「生まれてきてよかったと思ったこと、一度もないのかよ」トキオがいった。「あんた今、千鶴さんのことを好きだろ。これからだってあんたは、いろいろな人を好きになるんだよ。それって、生きてるからこそできることなんだぜ」

「今日まで生きてこれたのは、俺を育てた親がいたからだ。宮本っていう親がな。産むだけ産んで、ほったらかしにした人間とは関係ねえよ。犬や猫だって、そんなことはしねえ。自分の力で生きられるまでちゃんと面倒みるぜ」

拓実の怒鳴り声に誰もが黙り込んだ。重苦しい静寂の中で、ひゅうひゅうという風のような音が聞こえた。それが自分の吐く息の音だと拓実が気づくまで、しばらくかかった。

彼が唇を嚙んだ時だった。

「東條の家に行ってくれはったそうやね」老婆の消え入りそうな声が彼の耳に届いた。全員が彼女に注目した。

老婆は正座をしていた。上目遣いに拓実を見ていた。

「ありがとう。須美子もこれで思い残すことはないと思いますわ。ほんまにありがとう」彼女は彼に向かって手を合わせ、頭を下げた。

「拓実さん」トキオが何かを促すように声をかけてきた。

「……鬱陶しいんだよ」

拓実は立ち上がり、皆の間を足早に通り抜けた。そのまま靴を履いて家を飛び出した。

古い家並みを横目で見ながら、彼はあてもなく歩いた。思い出す気もないのに、あの『空中教室』で描かれていた風景が瞼《まぶた》に蘇ってきた。彼は口の中で呟いた。何だっていうんだ、どいつもこいつも俺のことなんか何もわかってねえ、俺を馬鹿にしやがって――。

気がつくと小さな公園の前に来ていた。ぽつんと置かれたベンチには誰も座っていない。拓実はそこに腰を下ろし、ポケットを探った。煙草を求めたのだが、目当ての品は入っていなかった。くそっ、と地面に唾をはきかけた。

その地面に影が落ちた。人の形をしている。顔を上げると、トキオが立っていた。

「また俺に説教する気か」拓実は訊いた。

「一緒に来てほしいところがあるんだ」

「またそれか。今度はどこだ。北海道か？　沖縄か？」

「すぐそこだよ」そういうなり彼は歩きだした。

拓実はすぐには腰を上げなかった。ついていかなければトキオのほうが止まるだろうと思ったのだ。しかし彼は後ろを見ることもなく歩き続けている。ついてこないならそれまでだ、と決意しているように感じられた。

拓実は舌打ちをし、ベンチから尻を上げた。気乗りしないながらもトキオの後を追う。その気配に気づいたか、トキオも足の速度を緩めたようで、間もなく追いついた。

「どこまで行く気だ」

「まあいいから」

やがて幅の広い通りに出た。車の交通量も多い。信号が変わるのを待ってトキオは渡った。通りの向こうにはビルが建ち並んでいる。歩道も作られていて、トキオは街路樹のそばで足を止めた。

「通りを挟んで、ずいぶんと街の雰囲気が変わるだろ」

「そうだな」

「どうしてだと思う？」

「そんなこと俺にわかるわけないだろ。ここに住んだこともないのによ」

「おばあさんの話では、このあたり一帯はある大地主の土地らしいんだ。自分の土地に住んでいる人というのは一握りなんだってさ。で、道路からこっちもそうだったんだけど、あることがきっかけで地主は土地を手放した。それでこんなふうにビルが建ったというわけさ」

「あることって？」

「火事だよ」トキオはいった。「昔はこっちにも小さな民家が密集してた。ところがある時火事が起きて、ほぼ一区画が全焼した。古い木造の家が殆どだったから、燃え広がると手がつけられなかったんだろうね。何十人と亡くなったそうだよ」

「そいつは気の毒なことだな。だけどそのことと俺とどういう関係があるんだ」

するとトキオは何もいわず、ジーンズのポケットに手を突っ込むと、白い封筒を前に出してきた。それを拓実のほうに差し出した。

封筒の宛名は宮本邦夫様となっている。拓実の養父だ。住所は、かつて彼が育てられた古い地名になっていた。

「何だ、これ」

「いいから読んでみなよ」

「面倒くせえよ」拓実はそれを手で押し返した。「おまえ、読んだんだろ。内容を話してくれりゃいいじゃないか」

トキオはため息をついた。

「昔、東條須美子さんが拓実さん宛てに書いた手紙だよ。その頃はまだ結婚してなかったから、差出人の名前は麻岡須美子になってる。出すつもりだったんだけど、気が変わってやめたらしいね。おばあさんによれば、箪笥《たんす》の引き出しの奥に入れてあったんだってさ。俺もついさっき読ませてもらったばっかりなんだ。内容を話してもいいけど、とても全部を伝えきれない。拓実さんが自分で読んだほうがいい」

さあ、といって彼は封筒を拓実の身体に押しつけてきた。

「読む必要なんかねえよ。どうせ大したことはないに決まってる。言い訳とか、そんなことだろ」

「何を怖がってるんだ」

「誰が怖がってるって？」

「怖がってるじゃないか。知りたくないことが書いてありそうでびびってるんだろ。今のままなら、ただ悪態をついてりゃいいけど、手紙を読んだらそういうわけにもいかなくなるかもって思ってるんだろ」

「ふざけんなよ。何もびびってねえよ。あんな女の戯《ざ》れ言《ごと》なんか読みたくないだけだ」

「戯れ言かどうか、自分で確かめたらいいだろ。今のままだと、俺にはびびってるようにしか見えないぜ」

拓実は封筒とトキオの顔を交互に睨みつけた。トキオは目をそらそうとしない。手紙を引っ込めようともしない。仕方なく拓実は封筒に手を伸ばした。

そこには便箋がきっちり十枚入っていた。少し黄ばんだ便箋に、青いインクで文字が書かれていた。拓実はトキオに気づかれないよう、こっそりと深呼吸した。最初の一枚目には、『これは私から拓実に宛てた手紙です。時期が来たと思われれば、見せてやってください。もし必要ないと思われたなら焼いてくださって結構です。』とあった。

そして二枚目の便箋からは、文字がびっしりと並んでいた。

『拓実君、元気ですか。私はあなたを産んだおかあさんです。でもおかあさんと名乗る資格は私にはありませんね。あなたを産んで間もなく、ほかの人に預けてしまったのですから。本当にすまないことをしたと思います。そのことであなたに恨まれてもしかたがないと思います。どんなにわびても、許されることではないとわかっています。

ただこのことだけは教えておきたいと思って筆をとりました。それはあなたのおとうさんのことです。あなたのおとうさんは柿沢巧《かきざわたくみ》という人です。そう、その人もたくみさんです。あなたにはおとうさんと同じ名前をつけました。

柿沢巧さんは、私たちと同じ町内に住んでいました。仕事は漫画家さんです。といっても、あなたがおとうさんの漫画を目にすることはないでしょうね。爪塚夢作男というペンネームを、たぶん聞いたこともないと思います。つめづかむさお、と読みます。あの手塚治虫さんの名前を捩《もじ》ってあるのです。夢を作る男、という意味ももちろんあるそうです。残念ながら手塚さんの百分の一も売れませんでしたから、世間で知る人は殆どいないと思います。でもとてもいい漫画を描く人だったのですよ。

私はその数少ない読者の一人でした。でもあまり自慢はできません。というのは、自分のお金で買ったわけではなく、友達から漫画雑誌を借りて読んでいたのです。

ある時私は彼の漫画を読んでいて、思いがけないことに気づきました。自分の住んでいる町並みがそっくりそのまま描かれていたからです。「空飛ぶ教室」という漫画です。私はもしかしたら爪塚夢作男がこの近くにいるのではないかと思い、編集部宛に手紙を書きました。やがて本人から返事がきました。そこに書かれていた住所は、まさに同じ町内のものでした。いつでも遊びに来てください、とその手紙には書いてありました。

私は一大決心をして、その住所のところに行ってみました。爪塚夢作男の家は私たちの家と同じように古く、ごちゃごちゃと密集した民家の一つでした。表札に柿沢と書いてあり、括弧《かっこ》をつけて爪塚夢作男とありました。それで私は彼の本名を知ったのです。

柿沢巧さんは当時二十三歳でした。彼は私を歓迎してくれました。読者が遊びに来たことなど一度もなかったそうです。一方私は彼と会って、少なからずショックを受けていました。彼はまともに歩けない身体だったからです。聞けば生まれて間もなく重い病気にかかり、その後遺症で足が動かなくなったのだそうです。彼の両足は物干し竿のように細く、足首から先は子供のままでした。家が貧しかったので病気にかかってもすぐに病院に連れていくことができず、それで手遅れになったのだということを、彼はどちらかといえばにこやかに語ってくれたのでした。

そんな身体でありながら彼は、私にお茶やお菓子を御馳走してくれました。殆ど腕の力だけで、とても器用に部屋の中を移動するのです。お手洗いにも大して困らないと彼はいいましたし、事実そのようでした。ただ、外を移動する時には車椅子が必要で、そこに一人で乗るのは苦労するといっていました。車椅子は玄関に置いてありました。ごくたまにお手伝いさんがやってきて、部屋の掃除や洗濯、料理などをしていってくれるということでした。毎日来てもらえるほどにはお金を払えないのだと彼はいいました。私も何度か会ったことがありますが、人のいいおばさんでした。

彼の生家は和歌山の農家です。本当ならば家の仕事を手伝わねばならないところでしたが、そういう身体だったものですから何もできず、ずいぶんと後ろめたい思いをしたものだと彼はいっていました。

そんな彼の生き甲斐は漫画でした。ペンネームが示すとおり、特に手塚漫画には夢中になったそうです。やがて彼は自分でも描くようになり、有名な漫画雑誌に投稿し、入選などを繰り返すうち、プロの漫画家になりたいという夢を持つようになりました。

彼が大阪に出てきたのは二十歳になってからでした。出版社の人に、都会を見なければこれからの時代についていけないといわれたのがきっかけだったそうです。本当は東京に行ったほうがいいのだが、なるべく生家に近いほうがいいと周りからいわれ、妥協したのだということでした。最初は独り暮らしではなく、三歳上のお姉さんが一緒だったそうです。ところがそのお姉さんが嫁ぐことになってしまい、それ以来一人になったらしいです。ちょうど漫画家として芽が出始めていた頃で、和歌山に戻るのはもったいないと思ったようです。

　初めて会った時こそ驚きましたが、私は彼の身体のことはすぐに気にならなくなりました。それどころか何度か会ううちに、彼にひかれていくようになったのです。彼は明るく、博識で、私を退屈させない話をいくつも持っていました。何より、私のことを大事に思っていることがひしひしと伝わってくるのでした。彼のところへ遊びに行くのは、その頃の私の最大の楽しみでした。もっとも、それを人に知られるわけにはいきませんでした。若い娘が一人で男性の部屋に行くことなど、世間では破廉恥《はれんち》な行為だと思われているからです。ましてやその男性がふつうの身体でないとなれば、どのような噂をたてられるかわかったものではありません。母にもいえません。たちまち行くことを禁じられるに決まっていたからです。私は誰にも見つからないようこっそりと、彼の部屋に通ったのでした。思えば、最も幸せな時期でした。

不幸はある朝突然訪れました。私は母に揺すられて目を覚ましました。近くで火事が起きたというのです。その時点ではまだ正確な場所はわかりませんでしたが、外から聞こえてくる人々の声から、火がどんどん広がっているらしいということはわかりました。

私は母と共に外に出てみました。夜明け前で薄暗いにもかかわらず、大勢の野次馬が走っていました。彼等の向かう方角を見て、私は不吉な予感を覚えました。柿沢巧さんが住んでいる町の方向だったからです。私も思わず駆け出していました。

現場が近づくにつれ、私の不安は絶望へと変わっていきました。やはり彼のいる町内が燃えているのです。消火活動は始まっていましたが、火の勢いはそれに勝っているようでした。

私は無我夢中で彼の家に向かいました。ところが家の表側にはすでに火が迫っており、とても近づける状況ではありません。私は裏側に回りました。そこは棟割《むねわ》り住宅で、裏には狭い路地が走っていたのです。

迷路のような路地を駆け抜け、ようやく彼の家の裏側に回ることができました。すでに周囲からは次々と火の手が上がっています。煙のため息をするのも苦しく、目を開けるのも辛くなってきました。

私は必死で呼びかけながら窓を叩きました。その窓には磨《す》りガラスが入っていて、中の様子が見えなかったからです。

やがて窓が開きました。彼の手がまず見え、次に彼の顔が見えました。彼は必死で起き上がって窓を開けたのです。

何しに来たんだ、早く逃げるんだ、と彼はいいました。私は、あなたと一緒に逃げるつもりだと答えました。でもそう答えながらも、それがもはや不可能だと認めざるをえませんでした。窓には泥棒よけの鉄の桟《さん》が何本も入っていたからです。また仮にそれがなくても、大人の彼を引っ張り上げることなど私には無理だったでしょう。私に残された道は、彼と共にそこで死を選ぶことでした。

するとそんな思いを察したらしく、彼は窓の向こうで悲しげに首を振りました。お願いだから今すぐに逃げてほしい、君を道連れにするわけにはいかない、そしてどうか僕の分まで生きてほしい、君が生き残ると思えば、今この瞬間でも僕は未来を感じることができるから、そんなふうにいいました。さらに彼は大きな茶封筒を寄越してきました。これを持って逃げてくれ、僕と君とを結びつけた幸運の品だから、と。後でわかったことでしたが、その中身はあの「空飛ぶ教室」の原画でした。

私は泣きじゃくり、そんなのはいやだとわめきました。でも彼は優しく微笑《ほほえ》むと、ぴしゃりと窓を閉めたのです。鍵もかけたらしく、窓はびくともしませんでした。私はわあわあ泣きながら窓を叩きましたが、そうしている間にも火はすぐそこまで迫ってきました。髪の毛の焦げる臭いがした瞬間、私はたまらず駆け出していました。彼を見捨て、生きる道を選んだのです。

とはいえ、その日以後私は痴呆のようになってしまいました。彼を失った悲しみ、彼を一人で死なせた悔恨などに四六時中苛《さいな》まれました。食事も喉を通らず、あのままでは死んでいたかもしれません。そんな私を救ってくれたのが拓実君、あなただったのです。

彼の子供を宿していると知った時、自分は何としてでも生き延びねばならないと思いました。それが自分の使命だと感じたのです。彼の最後の言葉、今この瞬間でも僕は未来を感じることができるという言葉を嚙みしめました。彼の未来がお腹の中にあるのだと信じました。

でも子供の父親を明かすことは決してできませんでした。私は頑として口をつぐみ続けました。おろすように勧める周りの意見にも耳を貸しませんでした。そして拓実君、あなたが生まれたのです。

ここからは言い訳です。読んでもらえなくても仕方がないと思うし、そんな資格もないのでしょうが、とりあえず書かせてもらいます。

私の夢はあなたを立派に育て上げることでした。何としてでもそれをやり遂げるつもりでした。だけど当時まだ子供といってもいい年齢だった私の力では、出来ないこともたくさんありました。うちは収入も少なく、あなたに十分な栄養をとらせることすら難しかったのです。運の悪いことに私は、病弱な上に母乳があまり出ない体質でもありました。

このままではあなたの命の灯火《ともしび》さえも消しかねない、そう思いました。また、亡くなった彼の生い立ちのことも頭にありました。重い病気にかかった時、十分な治療を受けさせることができず、あのような障害を残したのでは悔やんでも悔やみきれません。あなたには父親のように立派な人になってほしいけれど、不幸な境遇だけは似てほしくなくて、拓実、と字をかえたのですから。

宮本御夫妻は私たちの恩人です。あなたを健康に育ててくださいました。どんなに感謝してもしたりないぐらいです。

あなたが私のことなど忘れてもかまいません。だけどどうか御夫妻のことは一生大事にしてください。そして亡くなった柿沢さんの分まで未来を生きてください。それだけが私の願いです。

麻岡須美子』

宮本拓実様

拓実はガードレールに腰掛けて手紙を読んだ。尻に食い込んで痛かったが、途中からそんなことは感じなくなっていた。

初めて知る両親の逸話だった。自分はなぜ生まれてきたのか、その疑問に対する答えがここにはあった。

「読んだかい？」トキオが尋ねてきた。

「ああ」

「どうだった」

「どうって、何が？」

「感想を訊いてるんだよ。何も感じなかったわけじゃないだろ」

拓実は口元を曲げてガードレールから尻を浮かせた。便箋を丁寧に畳み、封筒に戻した。それをトキオに渡した。

「別に。どうってことねえよ」

トキオの目が険しくなった。「それ、本気でいってるのかい」

「何、むきになってんだよ。別段新しいことは書いてないじゃねえか。まあ、あのマンガ家のことはちょっと書いてあるけど、それにしたって俺には関係のないことだ」

「関係ない？」

「関係ねえだろ。もうこの世にはいないんだ。俺に遺産を残してくれたわけでもなさそうだしよ」

「あんた、どうしてそんな言い方しかできないんだ」トキオは悲しそうに首を振った。

「じゃあどんな言い方をしろってんだ。俺がそれを読んで感動するとでも思ったか。感動して泣いたりすりゃあ満足か。お生憎だが、俺はそんな甘ちゃんじゃねえぜ。結局はおんなじことじゃねえか。勢いで産んじまったけど、育てるのが大変だから投げ出したって書いてあるんじゃねえか」

「あんた……あんた一体この手紙のどこを読んだんだよ」トキオが顔を歪め、拓実の襟首を摑んできた。かなり強い力だった。「どんな思いであんたのお父さんがおかあさんのことを逃がしたと思う？　最後の言葉を読んでないのか。今この瞬間でも僕は未来を感じることができるから――この言葉の意味がどうしてわからないんだよ」

「死ぬ前だから、ちょっとは格好のいい台詞を吐こうと思っただけだろ」

「馬鹿やろうっ」

トキオの声と共に拓実の眼前が一瞬暗くなった。と同時に衝撃を受け、彼は後ろにひっくり返っていた。殴られたのだとわかった時には、トキオに乗りかかられていた。トキオは拓実の襟を摑み、激しく揺すってきた。

「死を前にしてる人間の気持ちがあんたにわかるのかよ。ふざけるんじゃねえよ。炎がすぐそこまで迫ってきてるんだぞ。そんな時にあんた、未来なんて言葉を使えるのか。それを感じられるなんて、口先だけでいえるのか」

トキオの目から涙が溢れているのを拓実は見た。その涙は彼からへらず口を叩く気力を奪った。

「好きな人が生きていると確信できれば、死の直前まで夢を見られるってことなんだよ。あんたのお父さんにとっておかあさんは未来だったんだ。人間はどんな時でも未来を感じられるんだよ。どんなに短い人生でも、たとえほんの一瞬であっても、生きているという実感さえあれば未来はあるんだよ。あんたにいっておく。明日だけが未来じゃないんだ。それは心の中にある。それさえあれば人は幸せになれる。それを教えられたから、あんたのおかあさんはあんたを産んだんだ。それをなんだ。あんたはなんだ。文句ばっかりいって、自分で何かを勝ち取ろうともしない。あんたが未来を感じられないのは誰のせいでもない。あんたのせいだ。あんたが馬鹿だからだ」

必死で怒鳴り続けるトキオの顔から拓実は目をそらすことができなかった。トキオの言葉の一つ一つが拓実の身体に鎖のようにからみつき、彼を動けなくしていた。

突然我に返ったようにトキオが目を見開いた。口を半開きにし、ようやく拓実の襟から手を離した。

「ごめん……」そう呟いて俯いた。

「気が……済んだかよ」

トキオは何もいわずに立ち上がり、ジーンズの汚れを手で払った。

「俺がいうことじゃなかった。俺がいくらいったって、拓実さん自身がわからなきゃ話にならない。でもね拓実さん、俺はさ、生まれてきてよかったと思ってるよ」そういってからトキオは拓実を見た。唇の両端を上げる。「それはどうせおまえが裕福な家で生まれ育ったからだろ――そういいたいかい?」

「いや」拓実は一度だけ首を振った。「そんなことはいわねえよ」

「まあいいけど、俺のことなんかどうでも」トキオはまだ座り込んだままの拓実の膝の上に、さっきの手紙を置いた。「先に帰ってるから」

トキオが通りを渡って帰っていくのを、拓実は胡座をかいて見送った。

37

拓実が老婆の家に戻ると、それぞれがさっきと同じ位置に座ったままだった。トキオも元の場所で膝を抱えている。全員が拓実を見上げ、そして目をそらした。

拓実は咳払いをした。

「ええと、俺の、何ていうか、個人的なことで手間を取らせて悪かったよ。千鶴を取り返す計画を練ろうじゃねえか」拓実はトキオの横で胡座をかいた。

「とはいうても、場所がわからんのではなあ」竹美が呟く。

「海のそばじゃねえかと思うんだ。倉庫みたいなのがいっぱい並んでたからさ」

「それだけではなあ」竹美は長い髪をかきあげた。

拓実は両膝を叩いて立ち上がり、隣の部屋に行った。日吉はすでに目を覚ましている。手足を縛られ、畳の上に転がった状態で、鋭い目を拓実に向けてきた。

「定時連絡はしなくていいのかい」

ふん、と日吉は鼻を鳴らした。

「アジトの場所を吐けよ」拓実は日吉の襟を掴んだ。

「俺が吐かないだろうってことは、あんたがさっきいってたじゃないか」

「だけどこのままじゃ、おたくらも岡部を手に入れられないぜ。それでもいいのかい」

「どうせ渡す気はないだろうが」

「連中の居所がわからないんじゃ、渡そうにも渡せねえ。高倉の旦那は岡部を手放したくないようだが、俺は違う。千鶴さえ返してくれれば文句はねえんだ。どうだい、もう一度取引をやってみる気はねえか」

日吉は黙っている。敵意を剝き出しにした顔の内側で、様々なことを計算しているのに違いなかった。

「ちょっと考えりゃわかることだろ。今のままじゃ、あんたらだって目的を果たせねえ。それよりは岡部を奪える確率の高いほうに賭けるべきじゃないのか」

「そっちの旦那は」日吉は高倉のほうを顎でしゃくった。「あんたの提案に乗るかね」

「あの人が何をしたがってるかなんてことは俺には関係ねえよ。大事なのは千鶴を取り戻すことだけだ。あんただってそうだろ。岡部を連れて帰ることが、一番重要なんじゃないのかい」

「どうする気だ」

「決まってるさ。こうするんだよ」そういうと拓実は日吉の身体を仰向《あおむ》けにさせ、後ろ手に縛った紐をほどき始めた。

「拓実さんっ」

「ちょっとあんた、何のつもり？」

「こうするしかねえんだよ」拓実はトキオと竹美を交互に見ながら、日吉の足の紐もほどいた。

手足が自由になった日吉は、素早く起き上がった。壁を背にして身構える。それに呼応するかのようにジェシーが立ち上がり、ファイティングポーズをとった。

「竹美、ジェシーに手出しさせないでくれ。俺はこいつとアジトに戻るよ。岡部を連れてな」拓実は振り返って日吉を見た。「それなら文句ねえだろ。最初からそういう話だったんだしさ」

日吉は舌なめずりしてから頷いた。

「いいだろう。ただし来るのはあんただけだ。ほかの連中には遠慮してもらう」

「ああ、いいだろう」

「拓実さんっ」

「うるせえな、拓実さん拓実さんって。もうこれしか手がねえだろうが」

「でも一人で行くなんて危険だよ」

「危ねえのは承知だよ」拓実は日吉のほうを向いた。「ただしこっちだって条件を出すぜ。迎えには来させるな。それから俺はもう目隠しされたくねえ」

日吉は少し考えた後、ゆっくりと頷いた。「わかった。その条件、呑んでやる」

「男の約束だぜ」拓実は岡部の手を引っ張って立たせた。「さあ、行こうか」

日吉が先に玄関に向かった。竹美やジェシーが不承不承といった感じで道を開ける。拓実も日吉に続いた。だが高倉と目が合うと足を止めた。

「おたくには悪いけど、そういうことだから」

高倉は苦い顔をしつつも頷いた。「まあ、仕方がないだろうね」

「千鶴を取り戻したら、今度は全面的に協力するからさ」

高倉は苦笑し、頭を掻いた。

靴を履き、外に出た。日吉が岡部の腕を摑み、歩きだす。拓実がついていこうとすると、後ろからばたばたと足音が聞こえた。「ちょっと待って」老婆の声だ。

拓実は立ち止まり、振り返った。老婆が何か差し出した。「これ、もって行き」

それは紫色のお守り袋だった。石切神社とある。

「何だよ、これ」

「お守りや。中にあんたのことを助けてくれるお札が入ってるから」

「いらねえよ、こんなもの」

「持っていき」老婆は拓実を見つめた。「持っていって」

拓実はお守り袋を受け取ると、その口を開いた。中に折り畳んだ紙が入っていた。

それを取り出し、広げてみた。そこにはボールペンで走り書きがしてあった。『これを拾った人は大至急以下のところに電話してください　06-752-×××　江崎商店』

「ほらな」老婆が微笑んだ。「助けてくれそうやろ」

拓実は唇を嚙み、その紙を畳んで袋に戻した。「わかった。持っていくよ」

「おい」日吉が声をかけてきた。「何をぐずぐずしてるんだ」

「ああ、すぐに行く」拓実は老婆に顔を戻した。「じゃあばあさん、達者でな」

「拓実」老婆は彼の手を摑んできた。「気いつけて」

「わかってるよ」

竹美やトキオが玄関先まで出て、心配そうに見送っていた。彼等に軽く手を振り、拓実は歩きだした。

通りに出たところで日吉はタクシーを拾った。岡部を挟むようにして、三人で後部座席に乗り込んだ。

「天王寺に行ってくれ」日吉は運転手にいった。運転手は初老の男だった。低く返事して車を出した。

「天王寺？　そこがアジトかい」

日吉は答えない。真っ直ぐ前を見ている。

「相変わらず口の重い野郎だな」拓実は舌打ちした。「これが東京だったら、目隠しされてようが耳栓をされてようが、どこに連れていかれたのかぐらいは大体の勘でわかるんだけど、大阪じゃどうにもならねえ」岡部の脇腹を小突いた。「てめえがこんなところに逃げてきやがるからだぞ」

岡部は顔を歪め、唸った。

「海のそばだと思うんだよな」拓実はいいながら日吉の反応を窺《うかが》う。「で、たぶんお菓子屋がそばにある」

「お菓子屋？」日吉が眉をひそめた。「何だ、それ」

「今、思い出したんだよ。今朝あそこを出る時、クッキーの匂いがした。焼きたてのクッキーだ」

少し間を置いた後、日吉はふっと笑みを浮かべた。

「肝心なところで抜けてるな。そんなことだから、この程度の男に女を寝取られるんだ」

「なんだと」

「クッキーじゃない。パンだ」

「パン？」

「パン工場がそばにある。安っぽい菓子パンを作ってる工場だ。もう一つ教えておくと、近くに海なんかはない。まるで反対の方角だ」

「ふうん……そうか。パンか。パンはあんまし好きじゃねえんだ」

タクシーが速度を緩めた。

「どのあたりに止めましょか」運転手が訊いてきた。交通量の多い交差点に来ていた。

「ここでいい」日吉が上着のポケットに手を入れ、金を出してきた。

拓実は左手に例のお守り袋を握りしめていた。何とかこの運転手に渡したい。あの紙に書かれた江崎商店というところでは、高倉たちが待機しているに違いない。運転手から電話があれば、彼等は拓実たちがどこでタクシーを降りたかを知るだろう。そうなればアジトを見つける可能性も出てくる。

「おい、何してるんだ。早く降りろ」支払いを終えた日吉が岡部の身体を押した。拓実も押し出されそうになる。

「わっ、あっ、ちょっと待ってくれよ。足が引っかかってるんだ」拓実はシートの下に入れた足を引き抜く格好をし、そのついでにお守り袋を下に落とした。頼むぜ、運転手さんよ、早くこれに気づいてくれよな——。

タクシーが走り去ってからも日吉はその場を動こうとしなかった。

「何をじっとしてるんだよ。アジトに行くんだろ」

日吉は拓実を見てにやりと笑うと、目を遠くに向けて手を上げた。新たなタクシーが彼等のそばで停止した。

「さあ、乗るんだ」日吉はいった。

「何だよ、また乗るのかよ」拓実は目を丸くした。

「つべこべいわずに乗れ。遅くなるぞ」

さっきと同じように三人でせせこましく乗り込んだ。日吉が早口で行き先を告げる。カワチマツバラと聞こえた。

「どうしてさっきの車で行かなかったんだよ」拓実はしつこく尋ねた。

「万一の用心だ」日吉はいった。

「用心って？」

「おたくらの仲間が、さっきのタクシーのナンバーを見てるかもしれない。行き先を調べられたくないからな」

「……へっ、そこまでやるかね、しかし」

拓実は平静を装いながら窓の外に目をやった。実際のところ焦りの冷や汗を腋の下に流していた。タクシーを乗り継いでしまった以上、あのお守り袋は何の役にも立たない。

車は幹線道路を走っているようだ。しかし街はどんどん遠ざかっている。土地鑑は全くないが、どうやら郊外に出ているようだということは拓実にもわかった。

まずいな、と思った。何の手がかりもないのでは、助けが来ることは期待できない。自分の力だけで何とかするしかなさそうだと腹をくくった。

幹線道路を一つ曲がったところで日吉はタクシーを止めた。そばに工場のようなものが見える。かすかにクッキーの、いやパンの匂いがする。

「さっさと歩け。この先だ」日吉が急《せ》かした。

「おたくのボス、まだ待っててくれてるかね」拓実はいった。「定時連絡が途絶えてたから、やばいってんで、とんずらこいてるんじゃねえか。おたくのことは見捨ててさ」

「あの人を舐めるとろくなことはないぞ」

「おや、そうかい」

道はどんどん薄暗くなっていった。街灯がないからだ。道に沿ってコンクリートの塀が続いている。それの途切れたところから日吉は敷地内に入った。拓実も岡部を連れて後に続く。見覚えのある光景が目の前に広がっていた。

「ここだ」拓実はいった。「間違いない。あの倉庫の二階がアジトだ」

「懐かしいかい？」日吉は歩きだしたが、拓実たちがついていかないので足を止めて振り返った。「どうした。早くついてこないか」

「俺はこいつとここで待っている。千鶴を連れてこい」

「ほう……」日吉は拓実の顔をしげしげと眺めた後、ゆっくり頷いた。「俺たちが信用できないというわけか」

「信用しろってほうが無理だろ」

「たしかにな」日吉はにやりと笑った。「あんたの度胸に免じて、一つだけ教えておいてやろう」

「なんだい」

「うちのボスは、あの女を返すつもりはない」

「そうだろうな」

「あの女はそいつとずっと一緒にいた。ということは、やばいことも全部知っていると考えたほうがいい。そいつを押さえたところで、あの女を野放しにしてたんじゃ意味がないんだよ」

「千鶴は何も知らない。本当だ」岡部がいった。久しぶりにしゃべったせいか、声がかすれていた。

「ボスにそういえよ」日吉は冷たくいい放ってから拓実を見た。「あの女を取り戻したいなら、腕尽くで勝負することだな。あんたって人間を俺は嫌いじゃないが、味方をしてやるわけにはいかない」

「わかってるよ。早く千鶴を連れてこい」

日吉は口元を曲げると、上着を翻《ひるがえ》して歩き始めた。砂利を踏む音が遠ざかっていく。

「あの男のいうとおりだぞ」岡部がいった。「連中は千鶴を返さない気だ。何か手だてはあるのか。あっちは一人や二人じゃないんだろ」

「あんたに心配されなくても、そんなことは百も承知だよ」そういうと拓実は岡部の両手を縛っていた紐をほどいた。「あんた、足には自信があるかい」

「足？」

「かけっこは速いかって訊いてるんだよ」

「そんなこと急にいわれても……まあ、ふつうだと思うけど」

「じゃあ、心の準備をしておくんだな。走ってもらうことになるからさ」

「えっ？」

「俺が合図したら逃げるんだ。全速力でさ。やつらに捕まりたくなかったら、いうとおりにしろ」

「千鶴と交換するんじゃないのか」

「こっちはそのつもりだけど、向こうはどうやらその気はなさそうだからさ」

建物から数人の影が出てくるのが見えた。拓実は身構えた。相手はイシハラと日吉、それから手下が三人だった。千鶴はいない。

「やあ宮本さん、いろいろとあったようだね。日吉から聞いたよ」イシハラが陽気な声をかけてきた。「岡部さん、ようやく会えましたね。皆さん、あなたをお探しですよ」

「俺からの言伝《ことづて》がうまく伝わってないみたいだな。千鶴を連れてこいっていったんだぜ」

「まあまあ、そう焦りなさんな。おい、岡部さんを上にお連れしろ」イシハラは手下に命じた。

二人の男が拓実たちに近づいてきた。拓実は岡部の耳元で囁《ささや》いた。「今だ」

「えっ？」

「走るんだよっ」

あっ、と声を上げてから岡部は道路に向かって駆け出した。

「おっ、てめえ」

「待て」イシハラの手下たちも何やら喚きながら後を追った。

イシハラや日吉たちも茫然としている。チャンスは今しかなかった。拓実は建物に向かって走った。すぐにそれに気づいた日吉が前に立ちはだかったが、拓実は身体を丸め、体当たりした。衝撃と共にバランスを失ったが、それでもすぐに体勢を立て直した。日吉がどうなったのかはよくわからない。

建物に飛び込むと、目の前の階段を駆け上がった。後ろから足音が追ってくる。階段を上がったところに段ボール箱や台車が放置してあった。拓実はそれを上から落とした。けたたましい金属音に混じって悲鳴が聞こえ、どすんと何かの落ちる音がした。

二階の事務所のドアが開き、眉なしの男が出てきた。

「なんだ、てめえっ」殴りかかってきた。

拓実は相手の拳をかわし、右ストレートを放った。眉なしの鼻の真下にカウンター気味に炸裂する感触があった。眉なしはぎゃあと叫び、顔を押さえてうずくまった。ぼたぼたと血がしたたり落ちている。

拓実は事務所に駆け込んだ。千鶴が途方に暮れた顔で立っていた。彼はドアを閉め、鍵をかけた。

「拓ちゃん……」

「窓を開けろっ」

千鶴がそばの窓を開けた。拓実はそこから下を覗き込んだ。すぐ隣は中古車センターのようだ。その倉庫の屋根がすぐ下に見える。

「千鶴、飛び降りろ」彼は叫んだ。

えっ、といって彼女は逆に窓から遠のいた。顔に怯えの色が走った。

「馬鹿野郎、何をびびってるんだ。びびってる場合かよ」

「だって、そんなの、こんなところからなんて」千鶴はぶるぶると顔を振った。

どかんどかんとドアの外で物音がした。拓実が階段から落としたものをどかしているのだろう。野郎こんなところで何をしてやがる、と誰かが怒鳴っている。怒鳴られているのは、たぶんあの眉なしだろう。

「早くしろっ」

拓実は千鶴の手を引っ張り、どうにかこうにか窓枠の上に上らせた。しかし彼女はまだ首を振っている。「だめ、絶対にだめ、できない」

ドアの鍵が外される音がした。拓実は千鶴の背中を押した。きゃあと叫びながら彼女は落ちていった。倉庫の屋根で転がっている。それを見て拓実も窓に上った。ほぼ同時にドアが開き、日吉が駆け込んできた。

「あばよ」捨て台詞を残し、拓実は飛んだ。倉庫の屋根でごろごろと受け身をした。

「あっ、拓ちゃん、大丈夫？」

「走れっ、逃げるんだ、追ってくるぞ」彼は素早く立ち上がり、千鶴の手を引っ張った。

「逃げるって、どこへ？」

「ここから飛び降りるんだ」

「えー、またあ」
どすんと音がした。見ると日吉が飛び降りてきたところだった。足音でも捻ったのか、顔をしかめている。
「急げっ」
屋根の一番端まで走ると、拓実は千鶴の手を握ったまま飛んだ。すぐ下には中古の
カローラが置いてあった。二人はそのボンネットに着地した。派手な音がして、ボン
ネットがぼこんと凹《へこ》んだ。
「走れっ」拓実は千鶴の手を引っ張る。だが千鶴は逃亡生活の疲れと監禁のダメージ
からか、身体が重そうだ。しかも走りにくい靴を履いていた。
ずらりと並んだ中古車の間を縫うように二人は走った。追っ手が近づいてくる気配
がある。拓実はただひたすら前を見て走った。千鶴が躓《つまず》くと、腕を力いっぱい引っ張
って立たせた。
通りがすぐ前方に見える。だがその手前で二人は速度を緩めねばならなかった。目
の前に道路があるのだが、金網が巡らされていることに気づいたからだ。
「くそったれ」
拓実は出口を探した。しかし出入り口は固く閉ざされ、錠までかかっていた。

金網の手前で佇《たたず》む二人の背後から、砂利を踏む音が近づいてきた。拓実は振り返った。イシハラと手下たちがゆっくりと歩いてくるところだった。

「宮本さんよ、あんたの度胸と根性には改めて敬服するよ。うちの若いもんに見習わせたいぐらいのもんだ。これはお世辞じゃない。心の底から感心した」イシハラがそういって一歩前に出てきた。

「褒め言葉はいいからさ、このまま見逃しちゃくれねえか」息を切らしながら拓実はいってみた。

イシハラは苦笑した。

「この件に関して俺に決裁権があるなら、そういうことも考えてやらないでもないがね、生憎そこまでの権限は与えられてないんだよ。さあ、男は諦めが肝心、そのお嬢さんをこっちに渡してもらおうかね」

「岡部は渡したじゃないか。千鶴は返してもらう約束だ」

イシハラはうんざりしたように眉を寄せた。

「今さらそんな子供みたいなことをいいなさんな。そんな理屈が通用しないと思ったからこそ、あんただってこんな大立ち回りを演じたんだろうが。ここまでは格好よかったんだから、最後も格好よく決めたらどうなんだい」

「よしわかった」拓実は千鶴を自分の後ろに行かせた。「最後までとことんやらせてもらうよ。千鶴を奪いたかったら、俺をぶっ飛ばしてからにしろ」

「やれやれ」イシハラは頭を掻き、お手上げといったポーズをした。「くだらないことで時間を食いたくないんだけどねえ。でもまあ、本人が納得できないっていうんだから仕方ないか。じゃあ誰か、相手してやりな」

イシハラが後ろに下がると、入れ替わりに日吉が前に出てきた。拓実を睨みつけたまま上着を脱ぎ、首を左右に振った。

「やっぱりあんたか」

「さっきは手加減してやったんだ。今度はそういうわけにはいかないぜ」日吉は腰を落とし、デトロイトスタイルで構えた。

ファイティングポーズをとりながらも、やばいよなあ、と拓実は考えていた。ジェシーでもなければこの相手には勝てないだろう。しかし戦わずに千鶴を渡すことなどできない。KOされるまで、いやKOされても諦めないぞと彼は決心していた。

日吉がベタ足で近づいてきた。自信があるのだろう。拓実はガードを固めた。

その時だった。どこからか派手な音楽が聞こえてきた。こんな夜更けに似つかわしくない大音響だった。拓実は集中力をそがれた。日吉も怪訝そうな顔をし、少し後ずさった。対決にふさわしい静寂が戻るまで待つつもりのようだ。

だが音は去るどころか、徐々に近づいているようだった。音の正体がハードロックであることに拓実は気づいた。それにバイクのエンジン音が混じっている。

やがて何十台というバイクが通りに出現した。一目見て暴走族とわかるその一群の中央には、けばけばしく装飾を施したワンボックスカーがいた。その屋根にスピーカーが載っていた。ハードロックはそこから出ているのだった。

彼等は拓実たちの背後で停止した。ワンボックスカーの横に『BOMBA』と書いてあるのを見て、拓実はその正体を知った。

音が鳴りやんだ。バイクのエンジン音も一斉に止まる。ワンボックスカーのドアが開いて、竹美が出てきた。黒いレザーのバイクスーツを着て、手にチェーンを持っている。それをじゃらじゃら鳴らしながら近づいてきた。

「お待ちー」彼女は拓実に向かってウインクした。

「何だ、この連中は」

「助《すけ》っ人《と》。なんせ急な話やから、これだけ集めるのが精一杯やった。昔の遊び仲間や」

拓実は周りを見回した。ひとくせもふたくせもありそうな顔が並んでいる。

「たまげたな」

ワンボックスカーから高倉とトキオも降りてきた。高倉は拓実に向かって一つ頷くと、イシハラのほうを見た。

「そろそろこのあたりで終わりにしないかね。お互い、事を荒立てて得することは何もないと思うが」

「こんなガキ共を引き連れて、俺を脅そうっていうのかい」イシハラはにやついている。

「そうじゃない。あんたの雇い主に連絡した。話をつけたよ。岡部はそっちに引き渡す。だからこの若い二人には、もう構わないでくれ」

「そんな話、俺は聞いてない」

「ついさっき決まったことだ。信用できないというなら、これを聞くといい。電話でのやりとりを録音したものだ。拓実君、受け取ってくれ」高倉は小さなテープレコーダーを出してくると、金網越しにほうった。

拓実はキャッチし、日吉に渡した。日吉がそれをイシハラに渡す。イシハラはスイッチを入れ、スピーカーに耳を傾けた。

「雇い主の声かそうでないかぐらいはわかるだろ」高倉がいった。

イシハラはスイッチを切ると、顔を歪め、下唇を突き出した。

「岡部は？」手下に訊いた。

「捕まえました」

「そうか」イシハラは顎をこすると、ゆっくりと拓実に近づいてきた。鼻の上に皺を寄せ、ふんと息を吐いた。「痛み分けってところかな、ええ？」

「あんたがそう思うんならそうなんだろ」

イシハラは拳を作って拓実の胸を軽く小突くと、くるりと踵を返して歩きだした。手下たちもそれに続く。一番最後まで残っていた日吉は、無言で拓実の顔を指差してから立ち去った。

拓実は金網にもたれ、そのまま ずるずると腰から砕《くだ》けた。疲れがどっと出た感じだ。

「拓実さん」トキオが金網越しに声をかけてきた。

「おう、よくここがわかったな」

「お婆さんのお守りがきいたんだよ。帰ったら感謝したほうがいいぜ」

「お守り？　だけどあれはタクシーを乗り継いだから役に立たなかったんじゃないのか」

「連絡してきたタクシーの運ちゃんが教えてくれたんよ」竹美がいった。「パン工場のそばに行くとかいうてはりましたで、て。それを聞いてトキオ君が、絶対にここやていうたんや」

「トキオが？」拓実は首を捻って後ろを見た。「ここを知ってたのか」

「思い出の場所なんだよ」トキオはいった。「パン工場のそばの公園――一度だけ来たことがある」

「公園？　そんなもの、どこにあるんだ」

トキオは微笑んだ。「今はない。十年後にできる」

「なにをわけのわかんねえことといってやがる。大方当てずっぽうが当たったんだろ。パン工場なんて、そうあちこちにはないからな」

拓実は立ち上がろうとして、激痛に顔を歪めた。足首を捻挫《ねんざ》していることに今初めて気がついた。

38

病院は環状線桃谷《ももだに》駅のそばにあった。総合病院というだけあって、駐車場も大きく、タクシーの待機場所まであった。正面玄関のガラス扉をくぐると、広い待合室になっていて、左側に大きな受付カウンターがある。窓口によって、入院手続きだとか、受診申し込みとかに分かれていた。

トキオが入院手続き窓口に千鶴の病室を尋ねに行っている間、拓実は待合室の隅に立って、テレビを眺めた。ブラウン管の中ではサザンオールスターズが『いとしのエリー』を熱唱しているところだった。

トキオが戻ってきた。「わかったよ。五階の５０２４号室だってさ」

二人はエレベータに向かって歩きだした。

「でかくて立派な病院だな。しかも個室なんだろ。入院費、がっぽり取られるんじゃねえのか」

「費用は高倉さんが何とかしてくれるって話だったじゃないか」

「そうだけどさ、もっと安い病院にして、差額を現金でもらうってわけにはいかねえのかな」

「いくわけないだろ。よくそんなせこいこと思いつくよ」

エレベータで五階に上がると、長い廊下を歩いた。５０２４号室は奥から二番目だった。トキオがドアをノックした。はい、と小さく返事。千鶴の声だ。

拓実がドアを開けた。六畳ほどの部屋の窓際にベッドが置かれ、千鶴が上半身を起こしていた。雑誌が開かれている。

「ああ、拓ちゃん」彼女の顔が明るくなった。「トキオ君も。見舞いに来てくれたの」

「竹美も誘ったんだけどさ、ロックの練習があるとかいうんだ」拓実は持ってきた紙袋をそばのテーブルに置いた。「アイスクリーム、買ってきたぜ」

「わ、ありがとう」

「具合はどうなんだ。まだあちこち痛むのか」

「もう大丈夫。高倉さん、大げさにこんな病室を用意してくれたけど、正直なところちょっと退屈してるぐらい」

「まあ、向こうが金を出すっていってるんだからいいじゃねえか。アイス、食えよ」

うん、と頷いて、千鶴は紙袋から箱を取り出した。

「で、面倒臭い手続きはみんな終わったのか。高倉さんの仲間が、千鶴からいろいろと事情を訊くって話だったけど」

「大体はね。でも、まだ解放してくれそうにないな。何といってもあたしは、あの人たちにとって重要な切り札らしいから」千鶴はアイスクリームをすくって口に入れ、おいしい、と嬉しそうな顔をした。

「全く、くだらねえことに巻き込まれたもんだよなあ。汚職だか密輸だか知らねえけど、俺たちには何の関係もないことじゃねえか」

拓実がいうと、千鶴はアイスクリームを口に運んでいた手を止め、目を伏せた。

「お礼いうの、忘れてたよね。拓ちゃん、ありがとう。トキオ君も。二人にはすっかり迷惑をかけちゃったね」

「礼なんかはいいんだよ。それよりさ、もうそろそろいいんじゃねえのか」

拓実の言葉に千鶴が顔を上げた。「そろそろって？」

「本当の気持ちを聞かせてくれてもいいんじゃないかっていってんだよ。一体どういうつもりで、俺に黙っていなくなったりしたんだ。あの岡部って野郎に惚れたのか。それならそれでもいいけどさ、はっきりいってくれねえと、こっちの気持ちにも踏ん切りがつかないんだよ」

「ああ、そのこと……」彼女は再び俯いた。アイスクリームを食べる手は止まっていた。

「俺、外で待ってようか」トキオがいった。

「いいんだよ。いやじゃなかったら、おまえもここにいろ。いいだろ、千鶴。こいつもおまえのせいで、ここまで振り回されちまったんだ。おまえの話を聞く権利がある」

千鶴は頷いた。アイスクリームをテーブルに置き、ふうーっと息を吐いた。

「岡部さんからは、前から付き合ってくれっていわれてた。あたしも嫌いじゃなかった。好きっていう気持ちもわりとあったかな」

「千鶴……」

「でもね、何もなかったんだよ。あたしには拓ちゃんがいたから、いつも何とかかわしてた。そうしたらある日、岡部さんからプロポーズされたの」

その言葉は拓実へのカウンターパンチとなった。彼の心臓がひと跳ねした。彼は唾を飲み込んだ。

「結婚してくれっていわれて、なびいたわけか」

「もちろんすぐに断ったよ。でも岡部さんは諦めなかった。いつまでも待つからって。そうして、それからも何度もいわれた。結婚してほしい、自分には千鶴しかいないって」

「俺のことは話さなかったのか」

拓実が訊くと、彼女はかすかに微笑んだ。睫《まつげ》がぴくぴくと動いた。

「あたし、ずるい女なんだよね。結局のところ、お腹の中で天秤にかけてた。安定したサラリーマンの岡部さんと、無職の拓ちゃん、どっちと暮らしていったほうが、この先自分にとって得かって。拓ちゃんとのことを話せば、岡部さんはあっさり諦めたかもしれない。でもそっちのカードも確保しておきたかった」

「……嘘だろ」

「言い訳はいろいろとあるよ。家が貧しくて、看護学校も辞めなきゃならなかった。ホステスして稼いだお金も、実家に送んなきゃならない。はっきりいって疲れてた。こんなことやってても幸せになんかなれないと思った。この先、自分の人生には何にもないようにしか思えなかった。そんなふうに落ち込んでたから、岡部さんのプロポーズは、そう何度もないチャンスみたいに思えたんだ」

「俺じゃあ……だめだったのか」

「拓ちゃんだったら最高だよ」千鶴はぎこちない笑顔を浮かべたまま拓実を見た。「拓ちゃんが、きちんと働いて、あたしのことをお嫁さんにするっていってくれてたら」

拓実が俯く番だった。彼は泥だらけの自分の靴を見つめた。彼女の不安な思いに抗議する権利など自分にはないと思った。彼女は何度も、きちんと働いてくれといった。拓実はいつもそれに反駁した。まともな仕事を見つける努力さえせず、自分が世間からあぶれているのは自分のせいではなく、自分を捨てた者のせいだと思っていた。そのくせいつかは大きなことをしてやるなどと、犬の遠吠えとしかいいようのない空しい台詞を吐き続けていた。

「あれ、最後の賭けだった」千鶴がいった。

「あれって？」

「警備会社の面接。受けてっていったでしょ」

「ああ……」拓実は頷いた。そんなこともあった。ずいぶん前のような気がした。

「拓ちゃん、受けなかったよね」

「えっ？」

「面接、受けなかったでしょ」

「いや、俺は、その……」

「いいの、ごまかさなくたって。あたし、見たんだから」

「見たって、何を？」

「あたし心配だったから、警備会社に電話してみたの。宮本拓実という人が面接を受けたはずだけど、どうだったかって。そうしたら、その男なら遅刻を注意した途端、怒って帰ったよっていわれた」

拓実は唇を噛んだ。何もかも千鶴にはばれていたのだ。

「拓実さん……」トキオが後ろでうんざりしたような声を出した。「俺には受けたっていったくせに。コネでなきゃ受からないみたいなんていってよ。全部嘘じゃないか」

返す言葉がない。拓実は両手の拳を固めた。

「だけどね、決定的だったのはそのことじゃないの」千鶴はいった。「あたし、拓ちゃんを探しに行ったんだ。文句をいうつもりでね。いそうなところは見当がついた。パチンコ屋か喫茶店。案の定、仲見世の裏にある喫茶店に拓ちゃんはいた。百円玉を積んで、インベーダーをやってた」

その時のことが拓実の脳裏にも蘇った。あの時、彼女に見つかっていたのだ。

「拓ちゃん、あたしに気づいて隠れたよね」

「え……」

「隠れたでしょ。テーブルの陰に。こそこそと……」

千鶴のいうとおりだった。見つかったら文句をいわれると思い、隠れたのだ。

「あの時かな、決心がついたのは。あたし、これじゃだめだと思った」

「男のやることじゃないよな」拓実は呟いた。「情けない話だよな」

「あたし、拓ちゃんが無茶する程度のことはどうでもよかった。どんな人でも歳と共に落ち着いてくるものだと思ってたから。でもあんな拓ちゃんは見たくなかった。空威張りでも居直りでもいいから、堂々としててほしかった」

「幻滅させちまったわけか」

「そういうのとはちょっと違う。あたし、あの時の拓ちゃんに自分の姿も見たんだ。ついてなくて、何をやってもうまくいかなくて、そのうちにすっかり卑屈になってる自分に気づいた。で、拓ちゃんのことをそんなふうにしたのも、きっとあたしなんだよ。二人はもう一緒にいたって仕方がない、そう思った。別々に何かを始める時が来たのかもしれないってね」

「それで岡部を選んだわけか」

「あの少し前に、大阪に一緒に行こうって誘われてた。大阪で仕事を片づけたら、一緒になろうって。あたし、迷ってた。警備会社の面接があたしにとって賭けだといったのは、そういう意味。拓ちゃんが採用されなくてもよかった。もしきちんと面接を受けてくれたら、きっぱりと岡部さんには断るつもりだった」

拓実はため息をついた。

「俺が自分で負けのカードを引いちまったってことだな」

「あの時は、それが一番いいと思った」そういって千鶴はゆっくりと頭を振った。「でも天罰だよね。岡部さんがあんなことしてるとは思わなかった。詳しいことは大阪に来てから教えられたんだけど、もうその時には後戻りできなくなってたの。岡部さんも苦しんでるみたいだったし、こうなったらもう行くところまで行くしかないと思った。人を天秤にかけた罰だよね」彼女は顔を上げ、もう一度微笑んだ。「まさか拓ちゃんに助けてもらうことになるとは夢にも思わなかった」

「千鶴……」

彼女はテーブルに目を向けた。「アイス、溶けちゃった……」

「これからどうする気なんだ」

「わかんない。当分は自由にさせてもらえないと思うし、いい機会だからゆっくり休みたいなとも思うし。行くところもないし、一段落したら実家にでも帰ろうかな」

肩を落とした千鶴の横顔を見ながら、やり直そうぜ、という言葉が口から出るのを、拓実は懸命にこらえていた。その言葉を彼女が受け入れるとは思えなかった。また、それは自分たちの本当の道ではないという気もした。

「よくわかった」拓実はベッドに近づいた。右手を出した。「じゃあ、元気でな」

彼の手を見つめた後、千鶴は深く項垂れた。細い肩が小刻みに震えだした。震えながら彼女は自分の手を重ねてきた。「拓ちゃんも元気でね」

拓実は千鶴の手を強く握った。しかし彼女のもう一方の手が伸びてきて、彼の手を優しく離した。彼女は彼を見上げた。目は充血し、涙がこぼれそうになっていたが、彼女は笑っていた。

「いろいろとありがとう」

拓実は黙って頷いた。踵を返し、歩きだした。トキオも後からついてくる。振り返りたいのを我慢して、病室を出た。

病院を後にしてからもしばらくは無言だった。トキオもずっと黙っている。桃谷駅で切符を買い、ホームに立ってから、拓実は煙草をくわえた。空はすっかり夜の色だ。

「馬鹿だよな、俺」線路を見下ろしながら呟いた。「大事なものをなくしてから、そんなことに気づいたって遅いんだけどさ」

「俺、もしかしたら、もう一度二人でやり直そうっていうんじゃないかと思った」

「そうかい」

「そういう雰囲気だったから」

拓実は煙を吐き出した。「恥の上塗りはしねえよ」

「恥とは思わないけど」

電車が入ってきた。拓実は煙草を足元に捨てようとし、思い直して、そばの吸い殻入れに捨てた。トキオが驚いた顔をしている。

「俺だっていつまでもガキじゃねえよ」そういって拓実は笑った。

電車が動きだして少ししてから彼はいった。

「なあ、あそこに行ってみるか」

「あそこ？」

「東條の家だよ。もっぺん会っとこうかなって気がしてるんだ。もちろん、おまえがいやなら無理にとはいわないけどさ」

車窓の外に目を向けていたトキオが、拓実を見つめた。そして大きく頷いた。

39

近鉄難波駅の改札口の前で、拓実は立ち止まった。後からついてくる竹美とジェシーを振り返り、一つ頷いた。

「じゃあここで。いろいろと世話になったな」

「また気が向いたら遊びに来て。それとも大阪はもう懲《こ》りたか」竹美がにやにやした。

「勉強になったよ。落ち着いたら連絡する」

うん、と彼女は頷いた。

「ジェシーにも助けられたな」拓実は黒人の大男を見上げた。

「タッシャデナ」それからジェシーは竹美に何やら耳打ちした。彼女は吹き出した。

「何だって？」

「ボクシングはやめたほうがええって。才能ないらしいわ」

「うるせえよ」拓実はジェシーに向かってパンチを放つふりをした。

「トキオ君、この男のことよろしく頼むね。ほっといたら、どこまで暴走するかわからんから」

「任せてください」トキオは胸を叩いた。

「俺を何だと思ってやがる」拓実は顔をしかめてみせてから、真顔に戻って竹美のほうを向いた。「あんたに教えてほしいことがあるんだ」

「何や、改まって」

「あんた、お袋さんのことをどうやって許したんだ」

「えっ？」彼女は虚をつかれた目をした。

「あんたのお袋さんは親父さんを死なせて、傷害致死で刑務所に入ってたんだろ。その間のあんたの苦労は並大抵じゃなかったはずだ。お袋さんを恨んでもおかしくない。でもあんたは今、そのお袋さんと仲良くバーをやってる。どんなふうにして許すことができたのかなって思ったんだ」

「ああ、そういうこと」竹美は目を伏せ、少し照れたように頬を緩めた。「許すも許さへんもないわ。親子であることからは逃げられへんのやから。相手が申し訳ないと思ってくれてるのがわかったら、もうそれ以上は余計なこと考えんでもええのんと違う？」

「ふうん……」

「御不満？」

「いや、また勉強になった」拓実は彼女の目を見つめた。「ありがとう」

竹美がはっとしたように口を開き、ぱちぱちと瞬きした。

「拓実さん、そろそろ時間だ」

「おう。じゃあ、俺たちは行く」

「元気でね」

拓実たちは改札口をくぐり、ホームへの階段に向かった。階段を下りる時、改札口を見ると、まだそこに竹美とジェシーの姿があった。拓実は右手を上げた。

「あいつはすごいよ」階段を下りながら拓実は呟いた。トキオも頷いていた。

大阪から名古屋まで、近鉄特急で二時間あまりだ。その間、二人は殆ど言葉を交わさなかった。拓実は窓の景色を眺めながら、東條須美子と再び会う時のことを考えていた。トキオはずっと眠っている。

こいつは一体何者なんだ——トキオの横顔を見ながら拓実は思った。

遠い親戚だという。しかしどういう繋がりのある人間なのか、とうとうわからなかった。本人も探ろうとしているようには見えない。なぜトキオが、今日までずっと拓実のそばを離れなかったのかもわからない。

「俺はさ、あんたの息子なんだよ」

いつかトキオがそんなふうにいったことがある。未来から来たともいった。馬鹿げた話だとは思うが、それが一番しっくりとくる答えのような気もした。未来から、だめな父親を支えに現れた——じつによくできた話だ。そうであってくれればどんなに素晴らしいだろう、とも思った。

まあいいか。こいつが何者であるかは、いずれ本人の口から明かされることになるだろう。あわてることなど何もない。たしかなのは、こいつと一緒にいれば、自分が少しずつだが変わっていけるということだ。もちろんまともな人間に、だ。それだけで十分じゃないか。拓実はそう思った。

名古屋に着くと、前と同様に名鉄を使って神宮前駅を目指した。駅に着く頃には周りが暗くなり始めていた。しとしとと細かい雨が降っている。いつの間にか日本列島は梅雨前線に包まれていたのだ。二人とも傘を持っていなかったので、濡れるのを承知で歩きだした。

『はる庵』の紺色の暖簾が見えた。拓実は立ち止まり、深呼吸をした。

「どうしたんだい」トキオが尋ねてきた。

「緊張してるんだよ」

「えっ？」

「行こうぜ」拓実は歩きだした。

二人は暖簾をくぐった。日が暮れてきたし、小雨も落ちてきたからか、店内に客はいなかった。東條淳子が前と同じように奥にいた。やはり和服姿だった。彼女は二人を見て立ち上がり、何もいわずに近づいてきた。

「本当に来てくださったんですね」

「俺たちが来ること、知ってたんですか」

「昼間、麻岡のおばあちゃんから電話が」

「ああ……」

竹美のしわざだな、と彼は察した。今日ここへ来ることはあの老婆にも伝えていない。彼女が教えたに違いなかった。

「義母《はは》に会っていただけますね」

拓実は少し躊躇してから、はい、と答えた。

二人はこの前の茶室に案内された。

「こちらで少しお待ちいただけますか。今すぐお茶をお持ちしますから」そういって東條淳子は出ていこうとした。

「ちょっと待ってください」拓実はいった。「あの人に会う前に、まず謝っておかなきゃならないことがあるんです」

彼女は不思議そうな顔をし、首を傾げた。

拓実は座り直し、両手を畳につけた。さらに頭を深々と下げた。

「すいません。俺、あれをなくしちまったんです」

「あれって？」

「あんた……あなたからもらった本です。マンガの本です。大事なものなのに、なくしちまいました。いや、なくしたんじゃねえ。俺が質屋に売り飛ばしたんです。あの時は、あれがどんなに重要なものか、このアホは何もわかってなかったんです。本当に、何といって詫びていいかわからないんだけど、殴るなり蹴るなりしてもらってかまわねえし、とにかく、まったくもって……すいません」拓実は額を畳にこすりつけた。

東條淳子は無言だった。彼女がどんな顔をしているのか、拓実には無論わからなかった。どれほどの侮蔑の言葉でも受けるつもりだった。

ふっと息を吐く音が聞こえた。怒鳴られるのだと彼は覚悟した。しかし次に聞こえた声は、じつに穏やかなものだった。

「ちょっとお待ちになっててくださいね」そして出ていく音、襖の閉まる音。

拓実は顔を上げた。トキオを見た。

「怒ってただろうな。腹が立ちすぎて、逆に声が出なかったんだろうな」

「そんなふうには見えなかったけどな」トキオは首を捻った。

「出刃包丁とか持ってくるんじゃねえだろうな」

「まさか」

「いいよ、その時はその時だ。おとなしく刺されてやる」

「だからそんなことあるわけないって」

廊下を歩く足音が聞こえてきた。拓実はあわててさっきと同じように平身低頭の姿勢をとった。襖が開く音がした。続いて彼女が向かい側に座る気配。

隣でトキオが、あっと声を上げた。拓実はぎくりとした。

「どうぞ、顔を上げてください」

拓実は顔を少し上げた。しかし目は閉じていた。

東條淳子はくすっと笑った。「目も開けてください」

彼は片方から順番に目を開けた。自分の前に置かれているものを見て、わっと口を開いた。

それはあの『空中教室』だった。手描きだったし、鶴橋の質屋に売ったものに相違なかった。

「あれ、なんでこれがここに……」

「大阪の業者が知らせてくれたんです。爪塚夢作男の手描き作品が見つかった、と。私共ではその業者に、爪塚作品が出たらすぐに連絡してくれるよう、いつもお願いしているんです。義母の指示でしてね。手描き作品がそうそうあるわけがございませんから、もしやと思っていましたら、やっぱりこれでした」東條淳子は微笑んだ。

「すみません」拓実はまた頭を下げた。「これにはいろいろと事情がありまして」

「気になさらないで。どのように扱おうとあなたの自由だと申し上げたのは私なんですから。それより、この作品の意味を理解してくださったことが嬉しいんです」

拓実は項垂れるしかなかった。自分の言動を振り返り、恥ずかしくなった。

「拓実さん、では改めてこの本をあなたに差し上げてもよろしいかしら」

「俺に、ですか。いいんですか」

彼女は頷いた。

「あなた以外に、これを持つ資格のある人はいませんもの」

拓実は本に手を伸ばした。その感触は、初めて手にした時とは明らかに違っていた。温かみが心に伝わってくる。

「そうだ。俺にも見せなきゃいけないものがあるんだった」彼はバッグを開け、封筒を取り出した。須美子が彼に出そうとしていた手紙だ。それを東條淳子に差し出した。

彼女は宛名書きを見て頷いた。

「この手紙のことは義母から聞いたことがあります。内容についても伺いました」

「どうぞ読んじゃってください」

「いいえ、これは義母からあなたへの手紙ですから」彼女は封筒を彼の前に置いた。

「この手紙も無事にあなたに届いたと知れば、きっと義母は喜ぶでしょう」

「あの……具合のほうはどうなんですか」

東條淳子は小首を傾げた。

「一進一退というところでしょうか。ではこれから義母に……」

「会います」拓実は彼女の目を見ていった。

長い廊下を拓実は東條淳子の後をついて歩いた。和菓子の匂いが家全体に染みついていることに彼は気づいた。前に来た時にはわからなかったことだ。

廊下の奥にある部屋の前で東條淳子は腰を落とし、襖を開けた。そのまま拓実を見上げ、どうぞ、というように頷きかけた。

拓実は中を覗いた。布団が敷かれ、東條須美子が横になっている。やはり目を閉じているようだ。傍らには白衣の女性。それもまた前と同じだった。

「奥様」白衣の女性が声をかけた。すると須美子の瞼がゆっくりと開いた。

「拓実さんよ」東條淳子が呼びかけた。だが須美子の反応はない。

入ってください、と東條淳子がいった。拓実は部屋の中に足を踏み入れた。だが布団から離れたところに腰を下ろした。

「もっと近くに……」東條淳子がいった。

拓実は動かなかった。じっと須美子を見つめた。彼女は瞬きを何度かした後、また瞼を閉じてしまった。

「あの、悪いんですけど」拓実は唇を舐めた。「俺たちだけにしてもらえないすか」

「えっ、でも」白衣の女性が戸惑った顔で東條淳子を見上げた。

「いいですよ」東條淳子は即答し、白衣の女性を見た。「少しぐらいなら平気でしょ」

「はあ、それはまあ……」

「じゃあ行きましょう」

白衣の女性は少し迷ったようだが、やがて須美子を一瞥してから立ち上がった。二人の女性が出ていき、続いてトキオも席を立った。

二人きりになった後も、拓実はしばらく座ったままだった。須美子も微動だにしない。

「あのう……」彼は口を開いた。「眠っちまったのかい?」

やはり彼女の瞼は閉じられたままだった。拓実は咳払いをし、ほんの少しだけ身体をずらして布団に近づいた。

「ええと、眠っちまったのかもしれないけど、ここへ来たらいおうと思ってたことがあるんで、一応いわせてもらうよ。聞こえてねえかもしれないけど、まあそれは仕方ないってことで」彼は頰を搔き、また咳払いをした。「何ていうか、とりあえず、この間は悪かったよ。俺も、いろいろな事情を知らなかったしさ」

それから、といって彼は顔をしかめた。頭を搔き、自分の膝を叩いた。そして改めて須美子を見た。

「あんたのせいじゃねえよ」彼はいった。

その瞬間、須美子の睫がぴくりと動いたような気がした。彼は凝視した。だが目は閉じられたままだし、動きはなかった。

彼は唾を飲んだ。息を吸った。

「あんたのせいじゃないよ」もう一度いった。「いろいろあったけど、あんたのせいじゃねえよ。俺の人生だから、俺が落とし前をつけなきゃならねえ。もうあんたのせいにはしない。それがいいたかった。ええと、それからもう一つ。俺を産んでくれたこと、感謝するよ。ありがとうな」

拓実は両手をつき、頭を下げた。

須美子の返事はない。やはり眠ってしまったようだ。しかしそれでも構わなかった。ここでこうして頭を下げることが、今日やってきた目的だった。

吐息をつき、膝を立てた。東條淳子を呼びに行くつもりだった。だが須美子の寝顔を見た途端、拓実はどきりとした。

彼は何かが胸の内で破裂するのを感じた。それが声になって出てしまいそうになるのを懸命に堪《こら》えた。石像のように動けなくなっていた。

呼吸を何度か繰り返し、拓実は全身の力を抜いた。ズボンのポケットに手を突っ込み、そのまま布団に近づいた。彼はポケットから手を抜いた。

彼の手にはしわくちゃのハンカチが握りしめられていた。震える手でそれを須美子の顔に近づけていった。

彼女の濡れた目尻を、拓実はそっとぬぐった。

40

「おい宮本、おまえこれよく見ろよ。『橋本多恵子』さんだろ。これじゃあ『多恵予』さんじゃねえか」

班長から指摘され、拓実も間違いに気づいた。

「あっ、ほんとだ。すみません、見間違えちまったんです」

「おまえさあ、どこの世界に『多恵予』なんて名前があるんだよ。もうちっとよく考えろよな」

だから俺だって『多恵子』のつもりで活字を拾ったんだけど間違えたっていってるだろうが——そう反論したかったが、拓実はぐっとこらえた。

「すみません」帽子を取り、頭を下げた。

「まったくもう、頼むぜ」班長はぶつぶついいながら去っていった。

拓実は舌打ちをし、帽子をかぶり直した。彼の前には活字を入れた棚がずらりと並んでいる。手元のメモを見ながら、指定の活字を拾っていくのが彼の仕事だった。向島《むこうじま》のはずれにある小さな印刷会社だ。従業員は彼のほかには二人しかいない。彼の身分はアルバイトだった。暑中見舞いの季節なので、募集が出ていたのだ。働き始めて一週間になるが、細かい活字を拾っていく仕事はあまり性に合っているとはいえず、失敗ばかりしている。大量の紙を運んだり、出来上がった印刷物を依頼主に届けたりする仕事もやらされるが、そちらのほうが体力的にはきついが気分的には楽だった。

「宮本君、お客さんが見えてるよ」禿頭《はげあたま》の社長が事務所から顔を出した。

「お客さん？　俺に？」

トキオかな、と彼は思った。トキオはバイク屋で働いている。中古のバイクを積んだり下ろしたり並べたりする仕事だという。短期間のバイトで、今日で終わりだと拓実は聞いていた。早めに仕事が終わったので、冷やかし半分に様子を見に来たのかもしれない。

だが事務所に出てみると、そこで待っていたのは全く予期していない人物だった。

「やあ、元気そうだね」高倉は開襟シャツの上に白っぽいジャケットを羽織っていた。顔は真っ黒に日焼けしている。

「あっ、お久しぶりです」拓実は頭を下げた。

「十分か十五分ほど話せないかな」

「いいと思います。ちょっと待っててください」

社長に声をかけ、許可を得た。拓実の賃金は出来高制だ。途中で仕事を抜けても、あまり文句はいわれない。

印刷会社の向いにある喫茶店に入った。拓実はアイスコーヒーを注文した。インベーダーゲームの付いたテーブルは、殆ど埋まっていた。拓実たちのテーブルは木製のふつうのものだ。腕が少しうずくが、ゲームをしている客たちには目を向けないことにした。千鶴の言葉が今も胸に引っかかっている。

「ずいぶんと堅い仕事を選んだねえ」高倉が煙草に火をつけ、おかしそうにいった。

「印刷会社で働いてるっていったら、ちっとは賢そうに見えるかなと思って」拓実は正直に答えた。

高倉は笑った後、煙草の灰を落とした。顔を上げた時には笑みは消えていた。

「例の国際通信会社の件だけど、どうやら着地点が見えそうな気配なんだ。それで君にも報告しておこうと思ってね」

「そうですか。俺なんかにわざわざ話してもらわなくてもよかったですけど」

「まあそういうなよ。こっちにはこっちの筋の通し方というものがある。吸うかい？」

高倉がラークの赤い箱を勧めてきたので、いただきます、といって拓実は一本抜き取った。職場は、紙がたくさんあることと印刷用の溶剤が置いてあることから禁煙になっている。

「国際通信会社の社長は、私的なものを会社の交際費で購入したってことで業務上横領で逮捕されるだろう。つまり岡部たちが外国で買い集めたものをネコババしたというわけだ。岡部も同じ罪に問われることになる」

「単なるネコババじゃないでしょ。賄賂として、あちこちにばらまいてたって話だったじゃないですか」

拓実の言葉に高倉は頷いた。

「郵政官僚二人の名前が挙がってきている。その二人が収賄罪に問われることになる。郵政省としても、全く知らん顔はできないので、生け贄《にえ》として差し出したということだろう。その二人にしたって、いずれはまた別の甘い汁を吸えるようになるだろうから、同情してやる必要はまるでない」

「政治家はどうなんですか。陰の黒幕がいるんでしょ」

高倉は下唇を突き出し、首を振った。

「残念ながら警察の捜査はそこまで進まなかった。進ませなかった、といったほうがいいかな。じつはある大物の名前がちらちら見え隠れしているんだがね、そこまでだった。パーティ券、接待、プレゼントといった形で渡っていることは証明されたが、賄賂という認識があったかどうかは不明で立件は断念。お決まりの、というか、筋書き通りの決着さ。我々の手の届かないところで何らかの取引が行われ、話がついた。そういうことだよ」

「汚ねえ」拓実は口元を曲げ、アイスコーヒーをがぶ飲みした。

「君たちにも大きな迷惑をかけたね。何の償いもできず、申し訳ないと思っている」

「高倉さんに謝ってもらう必要はないですけど……千鶴はどうなるんですか」

「彼女のことはうまく処理した。罪に問われることはない。岡部に騙されていた、それで決着がついている。彼女も被害者だよ。ところで彼女とは別れたそうだね。今回のことが原因なら、じつに心苦しいんだけど」

拓実は顔の前で一度大きく手を振った。

「今度のことが引き金にはなったけど、遅かれ早かれ同じ結果だったと思います。気にしないでください。俺も千鶴も、何も知らないガキだった。やっとこ、ふつうの大人になってみて、何もかもやり直してとこです」そういってから拓実は首を傾げた。「まだふつうの大人でもないかもしれないけど」

高倉は笑顔で頷いた。

「高倉さんは、これからどうするんですか」

「まだしばらくは今の会社にいることになるだろうね。いろいろとやり残したことがあるから。でもいずれ出ていくよ。ここだけの話だが、新しい会社を立ち上げる計画もある」

「へえ、すごいな。何の会社ですか」

「もちろん通信だよ。これからは情報が最大の商品になる。だから通信手段もどんどん変わっていくはずだ。たとえば自動車電話とかね」

「自動車電話？　車に電話がつくんですか」

「もう計画は始まっているよ」高倉はホットコーヒーを飲みながら顎を引いた。「電波の中継基地をあちこちに作る。無線を使った電話だ」

似たような話を聞いたことがあると拓実は思った。やがて誰から聞いた話なのかを思い出した。

「自動車電話もすごいけど」彼はいった。「それができれば、そのうちに人間一人一人が電話を持つようになるんでしょうね。携帯式電話、とでもいうのかな」

コーヒーカップを口元に運んでいた高倉が、その手を止めた。ほう、という顔をした。

「面白いことをいうね。そのとおりだよ。いずれはそうなる。もっとも、携帯できるほど機械を小さくできるかどうかが問題だがね」

「すぐにできますよ。日本だけじゃない。海外のメーカーも競って開発するだろうから」これもトキオから聞いた話だった。このところ、彼からこういう夢物語のような話を聞かされることが多い。適当に聞き流しているが、何となく頭に残っている。

「そうなると通信業界はさらに伸びるだろうな」

「高倉さん、パソコンって知ってますか」

「パーソナルコンピュータだろ。使えないけど、どういうものかは知っているよ」

「それに電話回線を繋いで、情報のやりとりができるそうですね」

拓実の言葉に高倉は大きく目を見開いた。彼の顔をしげしげと眺めてくる。

「そんなことよく知ってるね。そのとおりだよ。でも、知っている人は殆どいないんだけどな。何しろ、去年開発されたばかりの技術だ。誰かから聞いたのかい」

「いや、どうだったかな……何かの記事で読んだのかも」

「君が通信技術に関心が深いとは意外だ。で、それがどうかしたのかな」

「電話回線を使ってコンピュータの情報をやりとりできるようになれば、個人でそのパソコンってやつを持つ人も増えるでしょうね。すると世界中の電話回線がパソコンで繋がっちゃうことになる。今までは音しか伝えられなかったけど、コンピュータの情報となれば、映像とか画像とかもやりとりできるってことですよね。そうすると……なんかすごいことになりそうな気がしますね」

「話を続けてくれ」高倉は身を乗り出してきた。

「いや、別に何かいいたいわけじゃなくて、適当に思いつきをしゃべってるだけで」

「いいから続きを」

催促され、拓実は頭を掻いた。おかしなことになっちまったなあと後悔した。

「そんなふうに電話線を使ってすごい量の情報がやりとりされて、いってみりゃあ情報の網みたいなことになったら、電話機そのものも変わってくるでしょうね。さっきいった携帯式の電話が普及して、その電話機に話をするだけじゃなくて、簡単なコンピュータみたいな機能もついたら、誰もが歩きながら世界中の情報を手に入れられるってことになる。そうなったら、一気に世界が一つになっちゃうわけで」拓実は頭を振った。自分でも何を話しているのかよくわからなくなってきた。何しろ、殆ど全部がトキオからの受け売りなのだ。「そんな時代って、来ますかね」

高倉はじっと拓実の顔を見つめた後、口を開いた。

「君は小説でも書いてるのかい。SF小説とか」

「俺が？　まさか」

「だろうね。今みたいな話は、いろいろな人に話したのかい」

「いえ、高倉さんに話すのが初めてです」

「そう」高倉は何事か考える顔をしてから、にやにやし始めた。「じつにユニークな発想だ。移動式の電話を計画している程度で、はしゃいでる場合じゃないな。宮本君、君はすごいよ」

「そうですか」

「君に会わせたい人物がいる。今度是非、時間を作ってくれないか」

「そりゃあ、時間なんかいくらでも余ってますけど。誰なんです」

「新会社の社長になる男だよ。君の話を聞かせたい」

「こんな話を？」

「誰でも驚くはずさ。約束だぜ」高倉は拓実の顔を指差した。

この日仕事を終えてアパートに戻ると、すでにトキオは帰っていて、日本地図を眺めていた。傍《かたわ》らにはカップラーメンの空の容器が転がっている。

「仕事、終わったのか」拓実は訊いた。

「うん、バイト代、もらってきた」

「明日からはどうするんだ。また職探しかい」

「明日のことは」トキオは地図を睨んだまま答えた。「もう考えなくていいんだ」

「なんだよ、それ。どういう意味だ」

「ねえ拓実さん、ちょっと相談していいかな」

「俺にかよ？　珍しいな」拓実はトキオの横で胡座をかき、煙草をくわえた。

「もしさあ、タイムマシンがあったとするよね。それで、大きな事故の直前に戻れたとしたらどうする？」

「おかしなことを訊くよなあ、おまえ」拓実は一服した。エコーはやっぱりラークよりまずいな、と思った。「タイムマシンなんかあるわけねえだろ」

「だからもしも、の話だよ。どうする？」

「どうするって、事故が起きるのがわかってるんなら、起きないようにするだろ」

「でもさあ、それは過去を変えることになるよね。事故が起きないことになると、現在が大幅に変わってしまうかもしれない。もしかしたら自分はこの世に生まれてこないかもしれないんだ」

「はあ？　なんだ、それ。いってる意味がよくわからねえな」

トキオはため息をついた。「わかんないだろうな」

「馬鹿にしてるのかよ」

「そうじゃない。わからないのが当然なんだ」トキオは首を振り、再び地図に目を落とした。

「今の話はよくわからないけど、携帯式電話とパソコンの話ならわかってるぜ。今日も高倉の旦那に話して、ちょっと驚かしたんだ」彼は昼間のやりとりをトキオに話した。

トキオは真剣な顔つきで聞いた後、二度三度と頷いた。

「高倉さんの話には乗ったほうがいいよ。きっとうまくいく。まあでも俺がいう必要もないのかもしれない。過去は変わらないわけだから」

「なんだよ、また過去の話かよ。どうかしてるんじゃねえの」

拓実がそういった時、ドアをノックする音がした。

「宮本さーん、電報でーす」男の声がした。

「電報？」そんなものを受け取るのは初めてだった。意外に思いながら拓実はドアを開けた。電報を受け取る。

中の文字を読み、拓実は一瞬息を呑んだ。茫然と立ち尽くした。

「東條さんからだろ」トキオが訊いてきた。

拓実は彼の顔を見返した。「どうしてわかった？」

トキオは悲しげに微笑んだ。「七月十日だからさ」

彼の言葉の意味はわからなかったが、拓実はそれについて考える余裕はなかった。電報の内容にショックを受けていた。

東條須美子が死んだ、という知らせだった。

41

翌日の午後、拓実はトキオと共に東京駅から高速バスに乗り込んだ。須美子の通夜は今夜行われるらしい。明日は葬儀だ。親族として出席するかどうか、拓実はまだ決めかねていた。今さら息子面するのは自分勝手のような気がしたからだ。

「バスを使うなんて、よく思いついたね」トキオがいった。

「新幹線は高いからな。俺もこれからは、節約ってことを考えるようにしたんだよ」

「ふうん……もし新幹線を使うつもりだったら、俺がバスのことをいいだすつもりだったんだけど、やっぱり過去は変わらないんだなあ」

「おまえ昨日からおかしいぜ。暑さで頭がやられたんじゃねえの」

バスは予定通りに出発した。先日の新幹線も初めてだったが、今回の高速バスも拓実には初体験だった。そもそもこれまでは、東名高速道路を見たことさえなかった。

新幹線の中から見たものとはまた違った景色を眺めながら、拓実は東條須美子のことを考えた。彼女の死に衝撃を受けたが、悲しみの感情ではなかった。強いていえば失望感だった。彼は今になって、彼女ともっと話すべきことがあったように思い始めていた。それが不可能になったことを悔やんでいた。唯一の救いは、最後に会った時、これまでの詫びと産んでくれたことへの礼をいえたことだった。どれだけ伝わったかは不明だが、彼女の涙を見たことで、伝わったと信じることにしていた。

トキオはずっと無言だった。目を閉じているが、眠っているわけではなさそうだった。眉間には常に皺が寄せられていた。彼は何かを迷っているように見えた。拓実が話しかけても、曖昧な返事しか戻ってこない。

バスの中にはトイレがついていたが、足柄サービスエリアで十分間の休憩をとることになった。拓実はトキオを促して席を立った。

「おまえ、何ぼんやりしてんだよ。気分でも悪いのか」

「別に悪くないよ」

「じゃあ何なんだ」

「何でもないよ」

トイレに向かって歩きだした。だがその途中でトキオが突然立ち止まった。彼の視線は道路脇に止められたバイクに向けられている。

「バイク屋で働いたからって、急にバイクマニアになったんじゃねえだろうな」

「キーがついてる」

「えっ？」

「キーがついたままだ、あのバイク」

見ると、たしかにそうだ。

「ふうん、不用心だな。こんなところで盗まれることはないと思ってるんだろ。それとも、よっぽどションベンが漏れそうだったとかさ」

拓実の冗談ににこりともしない。変な奴だなと彼は思った。

「どうせおまえ、運転なんてできないんだろ」拓実はいった。

「バイク屋のそばの空き地で少し練習した」

「だから何だっていうんだ。行くぜ、こっちが漏れそうだ」

拓実が歩きだした時、あっとトキオが声を上げた。今度は何だ、と振り返った。

トキオの視線の先には赤のカローラが止まっていた。三人の女性が乗り込もうとしているところだった。一人は髪をポニーテールにしている。

「美人揃いだな。おまえも好きだねえ」

「そんなんじゃない」

「じゃあ何だ。知り合いか？」

いや、とトキオは首を振った。「まだ知らない……」

「まだ？」

やがて赤のカローラは軽いエンジン音と共に動きだした。二人の目の前から走り去っていく。

「さあさあ、おねえちゃんもいなくなったことだし、さっさと歩けよ。ぐずぐずしてるとバスに置いてかれるぞ」

だがトキオは動こうとしない。深呼吸を一つし、拓実のほうを向いた。目に真剣な光が宿っていた。

「何だよ」拓実はちょっと身構えた。

「拓実さん」トキオは唾を飲んだ。「ここでお別れだ」

「えっ？」

「ここまでだよ。短い間だったけど、俺、楽しかった」

「何をいいだすんだ、おまえ」

「拓実さんと一緒にいられただけで、俺は幸せだった。いや、この世界で会う前から、そう思ってた。今の拓実さんと会う前だって、俺は十分に幸せだったよ。生まれてきてよかったと思ってる」

「トキオ、おまえ……」

　トキオは何かをこらえるように唇を噛んだ。そしてゆっくりとかぶりを振った。

「過去は変えちゃいけないのかもしれない。でも、何が起きるかわかってて、黙って見過ごすことなんてできない」そういうと彼は駆け出した。先程のバイクにまたがり、エンジンをかけた。

「あっ、おい、何やってんだよ」

　拓実があわてて駆け寄ったが、すでにトキオはバイクを動かし始めていた。

「おい、トキオっ」

　彼の呼びかけに、一瞬だけトキオは目を向けた。しかし速度を緩めることなく高速道路の本線に入っていく。

　拓実はあわてて周りを見た。バスの運転手がのんびりと歩いていた。

「おい、早くバスを出してくれ」

　拓実の勢いに、運転手は後ずさりした。「なんだ、あんた」

「客だよ。早く出せったら」

「あと二分ある」

「二分ぐらいなんだよ。こっちは急いでるんだ」

「そういうわけにはいかんよ。客が全員揃ってからだ」

運転手に続いて拓実もバスに乗り込んだが、乗客はまだ揃っていなかった。彼は座席で苛々した。

「おたくの隣の客は？」乗務員が訊いてきた。

「あいつは別の車に乗った。戻ってこないからバスを出していいよ」

拓実の言葉に相手は怪訝《けげん》そうな顔を見せた。

ようやくバスが発進した。拓実は前方に目を向けるが、何分も前に出ていったトキオに追いつくはずがなかった。

トキオの行動の意味がわからなかった。彼はなぜあんなことをいったのだろう。過去を変える——彼はしばしばそんなことを口にした。あれはどういうことなのか。また、バイクに跨《また》がって、何をしようというのか。なぜ突然、別れを口にしたのか。

ただ一つ確実なことは、拓実の胸に切ないような悲しいような気持ちが渦巻いていることだった。トキオにもう会えないからなのかどうかは、自分でもわからなかった。

それからしばらくして、バスが突然速度を落とした。殆ど急ブレーキに近い状態だったので、拓実は前につんのめった。もう少しで前の背もたれに額をぶつけるところだった。他の乗客からも小さな悲鳴が上がった。

拓実は前方に目をやった。車が数珠《じゅず》繋《つな》ぎになっている。とんでもない渋滞だ。バスはますます速度を落とし、ついには停止してしまった。

「何だよ、一体」拓実は舌打ちした。他の乗客からも不満の声が上がった。

「少々お待ちください。今、調べているところです」乗務員が客をなだめるようにいう。

拓実はトキオのことが心配で、目を凝《こ》らした。しかし点々と並ぶテールランプが見えるだけで、何が起きたのかはまるでわからなかった。

乗務員がマイクを手にした。

「えー、ただ今入りました情報によりますと、この先の日本坂トンネル内で大規模な火災事故が発生した模様です。詳しいことはまだわかりませんが、トンネルを通れる見込みはないようです」

乗客たちが一斉に声を上げた。

「なんだよ、それ」

「じゃあどうなるの？」

「ここから動けないのか」

乗務員が運転手と言葉を交わしてから、またマイクを手にした。

「えー、とりあえず次の静岡インターチェンジで高速道路を下ります。その後、国道を使って名古屋に向かいますが、静岡で降りることを希望される方は申し出てください。静岡駅に寄ります」

何人かが申し出た。拓実も降りることを希望した。しかしそれは一刻も早く名古屋に着きたいからではなかった。

バスが動きだしたのはそれから数十分後で、静岡駅に着いたのは、さらに二時間以上経ってからだった。すっかり夜が更けてしまっている。

駅の構内にあるテレビで、拓実は何が起きたのかをようやく知ることができた。日本坂トンネル内で衝突事故があり、それから火災へと繋がったらしいのだ。現在もトンネル内に残された車は燃え続けており、消火の見通しは全く立たないということだった。

拓実は東條の家に電話をかけ、今夜は行けそうにないということを伝えた。ニュースで事故のことを知っていた東條淳子は、彼が無事だと知り、安堵したようだ。

「大変な目に遭いましたね。それで拓実さん、今夜はそちらにお泊まりになるんですか。宿の当てはあるんですか」

「何とかします。明日、電車でそっちに向かいますから」そういって電話を切った。

拓実は宿に泊まる気はなかった。一晩中、静岡駅にいるつもりだった。仮にトキオが日本坂トンネルの手前にいたのなら、必ずやってくると思ったからだ。トンネルよりも先にいたのなら、事故には無関係だ。トンネルの真ん中にいたことなど考えたくもなかった。

だが拓実は、トキオが昨日口にした言葉を思い出していた。彼はまるで事故を予見していたかのようだった。彼はこの事故を食い止めようとして、バイクで飛び出していったのだろうか。

まさか、と思う。

静岡駅には、身動きのとれなくなった人々が続々と詰めかけてきた。彼等は宿にもあぶれたようだった。拓実は喪服の入った鞄を椅子代わりにして座り、通りかかる人々の顔を確認していった。トキオは見つからない。

そのかわりに彼の目を引いた人物がいた。例の赤のカローラに乗っていた三人組だ。ポニーテールの女性の顔は、はっきり覚えていた。三人は疲労の色が濃く、床にしゃがみこんでいた。

拓実は声をかけようとして躊躇った。どんなふうに話しかければいいのかわからなかった。

深夜になっても駅は人で溢《あふ》れていた。拓実は結局、そのまま夜明かしすることになった。だが朝になり、始発電車が動きだしても、トキオが現れることはなかった。

42

東條須美子の告別式に、結局拓実は間に合わなかった。彼が駆けつけた時には火葬も済んでいた。東條淳子は急いで奥の間に祭壇を作り、彼が焼香できるようにしてくれた。写真の中の須美子は若々しく、生気に溢れていた。拓実の記憶にある彼女と同じ顔をしていた。あの頃にもう少し話をしていれば、と後悔しても遅い。

「お友達の名前はないようですよ」焼香を済ませた彼の前に、東條淳子が新聞を差し出した。夕刊のようだった。

拓実はそれを広げた。流通の動脈「東名」切断、という見出しがまず目に入った。その下に、死者六人、炎上百六十台とある。日本坂トンネル火災事故の記事だ。復旧には数日間を要するだろうとみられている。事故の原因は計六台の玉突き衝突らしい。引火性の強いエーテルを積んだトラックが炎上したことから火は燃え広がり、約百六十台の車が次々に爆発炎上したということだ。あまりの高温に、消火の手だてもなく、燃えるにまかせるしかないという状況だったらしい。高速道路史上、最悪の車両事故だと記事はうたっている。読みながら拓実は鳥肌が立つのを覚えた。少しタイミングがずれていたら、自分も巻き込まれていたかもしれないのだ。

死者の身元は判明していて、たしかにそこにトキオの名前はなかった。被害者たちの乗っていた車もわかっているので、仮にトキオというのが偽名であったとしても、その中に含まれていないことは間違いないようだ。

とりあえずほっとした。

しかし、ではトキオはどこへ行ってしまったのだろう。静岡駅で一晩中待っていても現れなかったから、事故の前にトンネルを通過していたのかと思ったのだが、東條家にも来ていない。

ここでお別れだ――彼はそういった。なぜ彼はあそこで別れることを決心したのだろう。彼は何をやろうとしたのか。

いやそもそも、と拓実は考える。トキオは一体何者だったのか。何のために現れ、そして何のために消えたのか。

拓実は東條淳子に、自分に遠い親戚がいる可能性について尋ねてみた。トキオは最初、そのように自己紹介したのだ。だが彼女は腑に落ちぬという顔で首を傾げた。

「麻岡家の筋には、そういう方はいらっしゃらないと思います」

彼女の答えは予想したものだった。拓実は、トキオが遠い親戚だといったのは嘘だろうと思っている。何らかの事情があって、自分の身元を明かせなかったのだ。それを隠したまま拓実に近づく必要があったのだ。問題は、その事情とはどういうものかということだ。しかしいくら考えてみても、納得のいく答えは見つからなかった。

東條淳子はもっとゆっくりしていけばいいといったが、拓実はすぐに東條家を後にした。この家には今後何度も足を運ぶことになるだろうと漠然と予想している。今はトキオのことが心配だった。

東京に帰っても、トキオは現れなかった。拓実は仕方なく、印刷所で働く生活に戻った。疲れた身体でアパートに帰っても、もう誰も待っていなかった。トキオが現れる前の生活はそうだった。しかし今は何だかひどく空虚な思いがした。

その新聞記事を目にしたのは、日本坂トンネルの事故から十日目のことだった。トンネルはどうにか対面通行ができるようにはなったらしい。しかしひどい渋滞が続いていると記事は伝えていた。

それまであまり新聞を読まなかった拓実も、事故以来こまめに目を通すようになった。といっても自分で買うわけではなく、仕事場に放置してある新聞を休憩時間に拝借するのだ。もしかしたら新たな被害者が見つかるかもしれないと思っていた。しかし幸い、事故による死者が増えたという記事はなかった。

トンネル事故の記事は減ってきたなと思ったその時だった。彼の目が社会面の隅に釘付けになった。そこにトキオの顔写真があったからだ。正面を向いている写真で、その下には、『水死体で見つかった川辺玲二さん』とあった。記事の見出しは、二ヵ月間消えていた死体見つかる、というものだった。拓実は記事を読んだ。

『二ヵ月前に岸に打ち上げられた水死体が、一旦行方不明になり、再び同じ場所で見つかるという不思議な事件が、静岡県御前崎の海岸で起きた。見つかったのは城南大学三年の川辺玲二さん（20）で、五月初旬ヨットで航行中嵐に遭い転覆、海に投げ出されて溺死したものとみられている。その際、同乗していたヨット部の仲間山下浩太朗さん（20）と共に水死体となって海岸に打ち上げられ、近所の住民に発見された。ところが住民が警察に知らせている間に、川辺さんの死体だけがなぜか行方不明になっていた。警察と海上保安本部では、再び海に流された可能性があるとみて捜索していたが、結局発見できなかった。それから約二ヵ月が経過した今月十二日未明、ほぼ同じ場所で水死体が見つかったが、所持品等から川辺さんであることが判明、家族もそれを認めた。川辺さんの遺体には損傷は殆どなく、また腐敗もなかった。警察では、二ヵ月前に打ち上げられた際には仮死状態にあった川辺さんが、蘇生後どこかで生きており、今回再び水難事故に遭ったのではないかと考えているが、着衣等が二ヵ月前と同じであることなどについては依然謎のままだという。』

拓実は目を凝らして何度も写真を見直した。粒子が粗くて見にくいが、トキオだとしか思えなかった。

二ヵ月前――。

拓実はトキオと出会った頃のことを思い出した。あれはまさしく二ヵ月前だ。そして別れたのは今月十一日、つまり川辺玲二の遺体が見つかる直前だ。

まさか、と思った。蘇生した川辺玲二がトキオと名乗って自分と一緒にいた――そんなことがあるわけがない。そもそも川辺玲二などという人物を拓実は全く知らなかった。

その記事のことは彼の頭から離れなかった。新聞社に電話をかけて川辺玲二の家を訊き、こっそり様子を見に行こうかとさえ考えた。しかし実行には移さなかった。単なる偶然に違いないという思いがあったのは事実だ。だがそれ以上に、トキオの正体が水死体だったなどという結論を導き出すのが怖かった。拓実としては、彼にはどこかで生きていてほしかったのだ。

事故から約二ヵ月が経ったある日、拓実は一人で高速バスに乗った。日本坂トンネルの下り線がようやく復旧したと聞いたからだった。その前に東條淳子から連絡があり、須美子の遺品をいくつか渡したいといわれていた。トンネルが全面開通したら最初の休日に行きますと答えてあった。

バスに乗り込んで出発を待っていると、見たことのある女性が一人で乗ってきた。拓実は少し考えて、どこで会ったのかを思い出した。トンネル事故の直前、足柄サービスエリアで見かけたのだ。事故直後、静岡駅にもいた。あの時はポニーテールだったが、今は長い髪を下ろしていた。濃いグレーのワンピースを着ていた。

彼女は拓実の斜め前に座った。バスが出発後は、文庫本を読んでいた。彼女が顔を動かしそうになると拓実は目をそらした。

バスはあの日と同じように足柄サービスエリアに入った。拓実は気がつくと、例の彼女の動きを目で追っているのだった。どこへ行くのだろう、話しかけたら変に思われるだろうか、そんなことを考えた。

やがてバスは足柄サービスエリアを出た。拓実は少しうとうとした。目を開けたのは、乗客の誰かが、日本坂トンネルという言葉を口にしたからだ。

トンネルが近いらしい、と拓実は察した。大事故の跡がどうなっているかを見ようと思った。だがその前にまたしても例の彼女に目を向けた彼は、思わず息を吞んだ。彼女が数珠を握りしめていたからだ。

トンネルが近づいてきた。道路脇に黒こげになった車体が何台も積み重ねられているのが見えた。道路にひかれた白線の白さが妙に生々しく感じられた。バスの乗客から、呻《うめ》きともため息ともつかぬ声が漏れた。

数珠を持っていた彼女は、今はそれを指に挟み、合掌していた。拓実はそんな彼女をじっと見つめていた。

次にバスが停車したのは浜名湖サービスエリアだった。彼女が降りるのを見て、拓実も腰を上げた。

「あの……」思いきって声をかけた。さぞかし怪しまれるだろうと覚悟したが、彼を見上げる彼女の目に不審そうな色はなかった。

「はい？」

「あの事故で……日本坂トンネルの事故で誰か被害を？　友達とか」

彼女は恥ずかしそうに俯《うつむ》いた。合掌しているところを見られたと気づいたらしい。

「おたくや、おたくの友達は被害には遭わなかったと思うんだけどな。危ないところだったかもしれないけど。それともあの赤のカローラは焼けちゃったのかな」

彼の言葉に彼女は驚いたように目を見張った。

「あの時、足柄で見かけた。あの日も俺は高速バスに乗ってたんだ。おたくたちは赤のカローラに乗ってたよね」

彼女は疑問が解けた顔をしたが、それでも小さく首を振った。

「よく覚えてるのね」

「俺の連れがおたくたちのことを気にしてたんだ。あとそれから、静岡駅でも見かけた。事故の後、行っただろ」

「そう。あたしたち、トンネルに入ったところで立ち往生しちゃったのよ」

「本当かい？　やばかったんだ」

「もう少しで火に巻かれるところだった。それで車を捨てて逃げたの。あれは友達の車」

「そりゃあ大変だったな。でもお互い無事でよかった」

「本当に」彼女はビーズのハンドバッグに手をかけた。さっきの数珠はそこに入っているのだろう。「危ないところだったの。事故の前にちょっとしたことがあって、それでトンネルに入るのも少し遅れたのよ。あと少し早く入ってたら……。でも亡くなった人たちのことを思うと、とても手放しじゃ喜べない。あの時、そのまま行けば死んでたのはあたしたちだったかもしれない。だから……」

「わかるよ」拓実は即座にいった。心の優しい娘なんだなと思った。

休憩を終えてバスに戻ると、拓実は彼女の隣に移ってもいいかと訊いてみた。彼女は快諾してくれた。

彼女は篠塚《しのづか》麗子といった。池袋の書店で働いているという。日暮里にある家で親と一緒に住んでいるらしい。神戸にいる友達の結婚式に出るそうだ。拓実は名刺を渡した。印刷機を勝手に使って作った作品だった。

お互いの自己紹介をしているうちに、バスは名古屋に着いてしまった。時間の経つのが驚くほど早かった。

「東京に戻ったら、会えないかな」拓実はいってみた。

麗子は少し迷った表情を見せたが、にっこり笑うと、先程彼が渡した名刺の裏に電話番号を書いた。

「電話するなら夜十時までにね。うち、お父さんがうるさいから」

「九時までには電話する」そういって名刺を受け取った。

この約束はそれから三日後に果たされた。二人は休日に会う約束をした。初めてデートした場所は浅草だった。無論、拓実が案内をした。

拓実は急速に麗子に惹かれていった。彼女は些細なことを気にしないおおらかさを持っているし、どんな時でも感謝の気持ちを忘れなかった。拓実は、彼女と一緒にいると自分の心が穏やかになっていくのがわかった。針のように尖っていた何かが、みるみる溶けていくようだった。

休日のたびに拓実は麗子に会った。会えない時は電話で声を聞いた。瞬く間に三ヵ月が経ち、年が明けた。時代は一九八〇年代に突入した。

元日の午後、拓実と麗子は浅草寺に初詣に行った帰り、喫茶店に入った。

「近々、会社を変わるつもりなんだ」コーヒーを飲みながら拓実はいった。

麗子は目を丸くした。「どこの会社に？」

「通信事業をする会社だ。設立したら声を掛けるっていわれてた。ようやく準備が整ったらしいんだ」

高倉から連絡があったのは年の暮れだった。前にもそんな話はあったが、まさか高倉が本気だとは思わなかったので、電話がかかってきた時には驚いたものだ。

「通信事業って？」

「基本的には移動電話サービス。でもそれだけじゃない」

拓実は自分が頭に描いている将来の電話網システムについて語った。『彼』の受け売りだ。それを話す時、懐かしさとほろ苦さが交錯した。

「よくわからないけど」麗子はにっこり笑った。「拓実さんがそんなに一生懸命になれるものなら、きっとうまくいくわよ。がんばってね」

ありがとう、と彼は笑顔で頷《うなず》いた。

麗子の視線が斜め上に向けられた。そこにはテレビが置いてあった。画面に映っているのは歌手の沢田研二だった。

「ジュリーだ。すごく変わった歌ね。新曲みたい」

拓実は画面下に表示された文字を見て、小さくあっと声を漏らした。曲のタイトルは、『ＴＯＫＩＯ』となっていた。

「トキオが空を飛ぶ……か」拓実は呟いていた。

終章

紙コップの中のコーヒーはすっかり冷たくなっていた。宮本はそれを啜《すす》り、口の中を潤した。壁に取り付けられた時計に目をやる。二時間以上も話していたことに、今はじめて気がついた。

スリッパを引きずる音が遠くから聞こえてくる。しかしそれもやがて消えた。深夜の病院は恐ろしいほどに静かだ。

「川辺玲二という人物がトキオだったのかどうかは、結局今もわからない。じつをいうとその名前も、こうして話しているうちに思い出したんだ。おかしなものだな。こんなふうになるまで、まるで意識になかった」宮本は首を小さく傾げた。

「どうしてそのことを、今まで話してくれなかったの？」麗子が尋ねてきた。「時生と二十年以上も前に会っていたこと」

「だから、俺自身、ずいぶん長い間忘れていたんだ。いや、忘れていたというのは正確じゃないな。記憶の表面に出てこなかった、というべきかな。時生が入院するようになって、もう助けようがないと思った頃、不意に頭に浮かんだ。だけど、君にどう話していいかわからなかった。俺の頭までおかしくなったと思われそうだからな」宮本は苦笑して妻を見た。「信用するかい、こんな馬鹿げた話を」

麗子は真っ直ぐに夫の目を見返してきた。「信用する」

「そうか」宮本は頷き、吐息をついた。「時間というものがどんなふうになっているのか、俺にはよくわからない。もしかしたら時生のように、いくつかの魂は時間を飛べるのかもしれない。そうして未来から来た魂の助けを借りて、人は歴史を築いてきたのかもしれない。俺がトキオのおかげで、まっとうな道を歩めたようにな。もちろん、そんなことは全部錯覚だと考えることもできる。かつてトキオというおかしな男がいて、俺の若い時代にちょっとした影響を与えた、その男は自分の息子だと思い込むことで、今の苦しい気持ちを少しでも和らげようとしているだけかもしれない。無意識のうちにな。だけどやっぱり俺は、あの時のトキオは俺たちの息子の時生だと思いたい。彼に会わなければ、時生をこの世に迎えたりはしなかったと思うからだ」

明日だけが未来じゃない――その声は宮本の記憶の奥で、今も響き続けている。

「あたしは信じる。あなたと一緒にいたトキオ君は、あたしたちの時生よ。間違いない」

「そう思ってくれるか」

宮本がいうと、なぜか麗子はかぶりを振った。彼は首を傾げた。

「あなたの言葉を信じるだけじゃない。あたしにもあたしなりの根拠があるの。あなたの話を聞いて、二十年ぶりに謎が解けたわ」

「謎？」

「日本坂トンネル」そういってから彼女は一度大きく呼吸した。「あなたも覚えてるでしょ。あたしたちはもう少しで事故に巻き込まれるところだったのよ」

「うん、トンネルの中に車を置いて逃げたっていってたな」

「あの時、友達は結構スピードを出してた。あたしたちも浮かれてた。トンネルがもう少しというところだった。彼が現れたの」

「彼？」

「バイクに乗った若者よ」麗子は夫の目を見つめたまま続けた。「あたしたちの車のそばを、つきまとうように走ってた。何か叫んでるみたいだったけど、聞こえなかった。運転していた友達は怒りながら車を路肩に寄せたわ。すると彼もバイクの速度を緩めた。友達が窓を開けると、バイクから降りてきた彼がこういったの。ここから先には進んじゃいけない、ここでじっとしているんだってね。その時彼はなぜかあたしの顔を見ていた。彼を見て、何となく懐かしいような切ないような気分になったのを覚えてる」

「トキオだ……」

「友達は彼を相手にしなかった。窓を閉めると、すぐに車を発進させたわ。頭のおかしい男だなんていってた。でもあたしは何だか不安だった。彼が狂っているようには見えなかった。後ろを振り返ると、彼はまたバイクにまたがって走りだした。ほかの車に向かっても、何か懸命に怒鳴ってた」

「奴は過去を変えられないことを知ってた。だけどじっとはしていられなかったんだ」

「そのうちにトンネルが前方に迫ってきた。だけど中に入った途端、あたしたちは異変に気づいた。突然前を走っていた車が立て続けに急ブレーキを踏んだのよ」

事故が起きた瞬間だと宮本は察した。

「前からすごい爆発音がして、炎の上がるのが見えたわ。あたしたち、それでもまだ茫然としてた。その時、誰かが激しく窓ガラスを叩いてた。見ると、さっきの若者だった。いつの間にか追いついていたのよ。彼はドアを開けて叫んだわ。早くここから逃げろ、トンネルを出て、力のかぎり走れって。あたしたち、わけがわからなかったけど、大急ぎで車を降りた。その時、彼があたしにいったの。がんばって生き続けてください、きっと素晴らしい人生が待っているからって」

麗子の言葉は瞬時のうちに宮本の全身を駆け巡った。それに刺激されたかのように血が騒いだ。やがてそれは目の奥で熱い固まりとなった。彼は俯いていた。足元に涙がぽたぽたと落ちた。

「彼は……トキオ君は」麗子も嗚咽《おえつ》を噛み殺していた。「その後、トンネルの奥に向かって走っていった。彼はたぶん、もっと多くの人を助けようとしたのよ」

「死者は結局七名……だったな」

「七名で済んだのだとあたしは思ってる。きっと彼が何人かを助けたと思うから。それだけじゃない。彼がトンネルの前で皆の走行を邪魔したから、全体的に速度が緩やかになったのよ。彼がいなかったら、あたしたちも含め、みんなもっとスピードを出してトンネルに突っ込んでいたかもしれない」

奴は過去を変えたんだ、と宮本は思った。本来ならば、歴史はもっと悲惨なものになっていたかもしれないのだ。

宮本は妻の肩に手を置いた。

「その話も、今日初めて聞いた」

「あたしも不意に思い出したの。どうしてかしらね、とても大事なことなのに」

時間の法則なのかもしれないと宮本は思った。タイムパラドックスが起きないよう、自分たちは時間に操られているのかもしれない。

「俺も君も、あいつに助けられたんだな」宮本はいった。「今、あそこで眠っている息子に」

「ねえ、あなたの話に出てくるトキオ君は、やっぱり川辺玲二という人だったのかしら。もしそうだとしたら、その時にトキオ君は……」

麗子のいいたいことは宮本にもわかった。言葉を続けられない気持ちも伝わっていた。

宮本は首を振った。

「時生はもしかしたら、川辺玲二という人の身体を借りて、俺の前に現れたのかもしれない。だけど身体を借りただけだ。肉体を返した後は、またきっと別の新たな旅に出たんだと思う」

「そうかな……」

「そう……信じようじゃないか」妻の肩を彼はぎゅっと摑《つか》んだ。その彼の手に、彼女が自分の手を重ねてきた。

その時だった。廊下を駆ける足音が聞こえてきた。宮本は思わず麗子の顔を見た。彼女も彼を見つめていた。二人が同じ予感に襲われたことを彼は確信した。

足音の主は看護婦だった。その険しい顔つきに、宮本は最後の瞬間が訪れつつあることを悟った。

「息子さんの容態に変化が……」看護婦はそれだけいった。

宮本は妻と共に立ち上がった。

「意識は？」

「今は戻っているかもしれません。でも」

看護婦が続きをいうのを聞かず、宮本は駆け出していた。麗子も後からついてきた。

集中治療室に飛び込むと、医師が時生の顔を覗き込んでいるところだった。もう一人の看護婦はそばのモニターを睨んでいる。どちらの顔も厳しかった。

「声をかけてやってください」医師が宮本たちにいった。助ける手だてがないことを示すように、その声は暗く沈んでいた。

麗子がベッドの脇にしゃがみこみ、息子の手を握った。頬を涙で濡らしながら、息子の名前を呼び続けた。それが聞こえているのかどうかはわからない。時生の身体はぴくりとも動かなかった。

宮本は泣きじゃくる妻と、じっと目を閉じている息子とを交互に見下ろした。悲しいはずなのに、感情は消し飛んでしまっている。まるで一枚の写真を眺めているような気持ちになっていた。

彼は妻の背中に手を置いた。

「時生は死ぬんじゃない。新しい旅に出るんだ。さっき、そう確認したじゃないか」

麗子は何度も頷きながら、やはり泣き続けていた。

元気だった頃の息子の姿が、次々と宮本の脳裏に映し出された。彼の声が聞こえ、彼とじゃれあった時の感覚が蘇った。彼は上を向いた。目から溢れたものが頬を伝い、首筋に流れた。

その時、不意に気づいた。自分には重大な仕事が残っていたことを思い出した。

宮本は時生の顔を見つめ、次に彼の耳元に口を近づけた。

「時生、聞こえるか。トキオっ」

これを忘れてはならない。最も大事なことだ。これを伝えなくては、彼の新たな旅は始まらない――。

宮本は声をかぎりに叫んだ。

「トキオっ、花やしきで待ってるぞ」

本書は二〇〇二年七月に小社より『トキオ』として刊行され、
二〇〇五年八月に『時生』と改題して講談社文庫に収録された
ものの新装版です。

|著者|東野圭吾　1958年、大阪府生まれ。大阪府立大学電気工学科卒業後、生産技術エンジニアとして会社勤めの傍ら、ミステリーを執筆。1985年『放課後』（講談社文庫）で第31回江戸川乱歩賞を受賞、専業作家に。1999年『秘密』（文春文庫）で第52回日本推理作家協会賞、2006年『容疑者Xの献身』（文春文庫）で第134回直木賞、第6回本格ミステリ大賞、2012年『ナミヤ雑貨店の奇蹟』（角川文庫）で第7回中央公論文芸賞、2013年『夢幻花』（PHP文芸文庫）で第26回柴田錬三郎賞、2014年『祈りの幕が下りる時』（講談社文庫）で第48回吉川英治文学賞、2019年、出版文化への貢献度の高さで第1回野間出版文化賞を受賞。他の著書に『新参者』『麒麟の翼』『希望の糸』（いずれも講談社文庫）など多数。最新刊は『クスノキの女神』（実業之日本社）。

時生《トキオ》　新装版《しんそうばん》
東野圭吾《ひがしのけいご》

2005年8月15日旧版　第1刷発行
2021年9月2日旧版　第69刷発行
2021年11月16日新装版第1刷発行
2024年10月21日新装版第11刷発行

発行者――篠木和久
発行所――株式会社　講談社
東京都文京区音羽2-12-21　〒112-8001
電話　出版（03）5395-3510
　　　販売（03）5395-5817
　　　業務（03）5395-3615

Printed in Japan

講談社文庫
定価はカバーに
表示してあります

KODANSHA

デザイン―菊地信義
本文データ制作―講談社デジタル製作
印刷―――株式会社KPSプロダクツ
製本―――加藤製本株式会社

ISBN978-4-06-526313-6

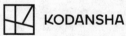

講談社文庫刊行の辞

二十一世紀の到来を目睫に望みながら、われわれはいま、人類史上かつて例を見ない巨大な転換期をむかえようとしている。

世界も、日本も、激動の予兆に対する期待とおののきを内に蔵して、未知の時代に歩み入ろうとしている。このときにあたり、創業の人野間清治の「ナショナル・エデュケイター」への志を現代に甦らせようと意図して、われわれはここに古今の文芸作品はいうまでもなく、ひろく人文・社会・自然の諸科学から東西の名著を網羅する、新しい綜合文庫の発刊を決意した。

激動の転換期はまた断絶の時代である。われわれは戦後二十五年間の出版文化のありかたへの深い反省をこめて、この断絶の時代にあえて人間的な持続を求めようとする。いたずらに浮薄な商業主義のあだ花を追い求めることなく、長期にわたって良書に生命をあたえようとつとめるところにしか、今後の出版文化の真の繁栄はあり得ないと信じるからである。

同時にわれわれはこの綜合文庫の刊行を通じて、人文・社会・自然の諸科学が、結局人間の学にほかならないことを立証しようと願っている。かつて知識とは、「汝自身を知る」ことにつきていた。現代社会の瑣末な情報の氾濫のなかから、力強い知識の源泉を掘り起し、技術文明のただなかに、生きた人間の姿を復活させること。それこそわれわれの切なる希求である。

われわれは権威に盲従せず、俗流に媚びることなく、渾然一体となって日本の「草の根」をかたちづくる若く新しい世代の人々に、心をこめてこの新しい綜合文庫をおくり届けたい。それは知識の泉であるとともに感受性のふるさとであり、もっとも有機的に組織され、社会に開かれた万人のための大学をめざしている。大方の支援と協力を衷心より切望してやまない。

一九七一年七月

野間省一

講談社文庫 目録

東野圭吾 眠りの森
東野圭吾 宿命
東野圭吾 変身
東野圭吾 天使の耳
東野圭吾 ある閉ざされた雪の山荘で
東野圭吾 同級生
東野圭吾 名探偵の呪縛
東野圭吾 むかし僕が死んだ家
東野圭吾 虹を操る少年
東野圭吾 パラレルワールド・ラブストーリー
東野圭吾 天空の蜂
東野圭吾 名探偵の掟
東野圭吾 悪意
東野圭吾 嘘をもうひとつだけ
東野圭吾 赤い指
東野圭吾 流星の絆
東野圭吾 新装版 浪花少年探偵団
東野圭吾 新装版 しのぶセンセにサヨナラ
東野圭吾 新参者

東野圭吾 麒麟の翼
東野圭吾 パラドックス13
東野圭吾 祈りの幕が下りる時
東野圭吾 危険なビーナス
東野圭吾 時《トキ》生《オ》〈新装版〉
東野圭吾 希望の糸
東野圭吾 どちらかが彼女を殺した〈新装版〉
東野圭吾 私が彼を殺した〈新装版〉
東野圭吾 仮面山荘殺人事件〈新装版〉
東野圭吾作家生活25周年祭り実行委員会 東野圭吾公式ガイド〈読者1万人が選んだ東野作品人気ランキング発表〉
東野圭吾作家生活35周年実行委員会 編 東野圭吾公式ガイド〈作家生活35周年ver.〉
平野啓一郎 高瀬川
平野啓一郎 ドーン
平野啓一郎 空白を満たしなさい(上)(下)
百田尚樹 永遠の0《ゼロ》
百田尚樹 輝く夜
百田尚樹 風の中のマリア
百田尚樹 影法師
百田尚樹 ボックス！(上)(下)

百田尚樹 海賊とよばれた男(上)(下)
平田オリザ 幕が上がる
東直子 さようなら窓
蛭田亜紗子 凜
樋口卓治 ボクの妻と結婚してください。
樋口卓治 続・ボクの妻と結婚してください。
樋口卓治 喋る男
平山夢明 〈大江戸怪談どたんばたん（土壇場譚）〉魂《たま》豆《どう》腐《ふ》
平山夢明 宇佐美まこと ほか 超怖い物件
東川篤哉 純喫茶「一服堂」の四季
東川篤哉 居酒屋「一服亭」の四季
東山彰良 流《りゅう》
東山彰良 女の子のことばかり考えていたら、1年が経っていた。
平田研也 小さな恋のうた
日野草 ウエディング・マン
平岡陽明 僕が死ぬまでにしたいこと
平岡陽明 素数とバレーボール
ビートたけし 浅草キッド
ひろさちや すらすら読める歎異抄《たんにしょう》

講談社文庫　目録

藤井邦夫　渡　世　人〈大江戸閻魔帳(三)〉
藤井邦夫　笑　う　女〈大江戸閻魔帳(四)〉
藤井邦夫　罰《ばち》当《あた》り〈大江戸閻魔帳(五)〉
藤井邦夫　福　の　神〈大江戸閻魔帳(六)〉
藤井邦夫　野　暮　天〈大江戸閻魔帳(七)〉
藤井邦夫　仇《あだ》討《う》ち異聞〈大江戸閻魔帳(八)〉
福澤徹三・糸《し》柳《な》寿《とし》昭《あき》　忌《い》み地〈怪談社奇聞録〉
福澤徹三・糸柳寿昭　忌み地　弐〈怪談社奇聞録〉
福澤徹三・糸柳寿昭　忌み地　惨〈怪談社奇聞録〉
福澤徹三・糸柳寿昭　忌み地　屍《し》〈怪談社奇聞録〉
福澤徹三　作家ごはん
藤井太洋　ハロー・ワールド
藤野嘉子　生き方がラクになる　60歳からは「小さくする」暮らし
富良野　馨《かおる》　この季節が嘘だとしても
藤井聡太・山中伸弥　前　人　未　到
藤井聡太・丹羽宇一郎　考えて、考えて、考える
伏尾美紀　北緯43度のコールドケース
ブレイディみかこ　ブロークン・ブリテンに聞け〈社会・政治時評クロニクル 2018-2023〉
辺見　庸　抵　抗　論

星　新一　エヌ氏の遊園地
星　新一　編　ショートショートの広場①～⑨
本田靖春　不　当　逮　捕
保阪正康　昭和史　七つの謎
堀江敏幸　熊　の　敷　石
本格ミステリ作家クラブ編　ベスト本格ミステリ TOP5〈短編傑作選002〉
本格ミステリ作家クラブ編　ベスト本格ミステリ TOP5〈短編傑作選003〉
本格ミステリ作家クラブ編　ベスト本格ミステリ TOP5〈短編傑作選004〉
本格ミステリ作家クラブ選・編　本格王２０１９
本格ミステリ作家クラブ選・編　本格王２０２０
本格ミステリ作家クラブ選・編　本格王２０２１
本格ミステリ作家クラブ選・編　本格王２０２２
本格ミステリ作家クラブ選・編　本格王２０２３
本格ミステリ作家クラブ選・編　本格王２０２４
本多孝好　君　の　隣　に
本多孝好　チェーン・ポイズン〈新装版〉
穂村　弘　整　形　前　夜
穂村　弘　ぼくの短歌ノート
穂村　弘　野良猫を尊敬した日

堀川アサコ　幻想郵便局
堀川アサコ　幻想映画館
堀川アサコ　幻想日記店
堀川アサコ　幻想探偵社
堀川アサコ　幻想温泉郷
堀川アサコ　幻想短編集
堀川アサコ　幻想寝台車
堀川アサコ　幻想蒸気船
堀川アサコ　幻想商店街
堀川アサコ　幻想遊園地
堀川アサコ　殿の幽便配達〈幻想郵便局短編集〉
堀川アサコ　魔　法　使　ひ
堀川アサコ　メゲるときも、すこやかなるときも
本城雅人　境　　界〈横浜中華街・潜伏捜査〉
本城雅人　スカウト・デイズ
本城雅人　スカウト・バトル
本城雅人　嗤　う　エ　ー　ス
本城雅人　贅沢のススメ
本城雅人　誉れ高き勇敢なブルーよ

本城雅人　シューメーカーの足音
本城雅人　ミッドナイト・ジャーナル
本城雅人　紙　の　城
本城雅人　監督の問題
本城雅人　去り際のアーチ〈もう一打席!〉
本城雅人　時　代
本城雅人　オールドタイムズ
堀川惠子　裁かれた命〈死刑囚から届いた手紙〉
堀川惠子　死刑の基準〈「永山裁判」が遺したもの〉
堀川惠子　永山則夫〈封印された鑑定記録〉
堀川惠子　教　誨　師
堀川惠子　戦禍に生きた演劇人たち〈演出家・八田元夫と「桜隊」の悲劇〉
堀川惠子　暁の宇品〈陸軍船舶司令官たちのヒロシマ〉
堀川惠子 小笠原信之　チンチン電車と女学生〈1945年8月6日・ヒロシマ〉
誉田哲也　Qros《キュロス》の女
松本清張　草の陰刻
松本清張　黄色い風土
松本清張　黒い樹海
松本清張　殺人行おくのほそ道(上)(下)

松本清張　邪馬台国　清張通史①
松本清張　空白の世紀　清張通史②
松本清張　カミと青銅の迷路　清張通史③
松本清張　天皇と豪族　清張通史④
松本清張　壬申の乱　清張通史⑤
松本清張　古代の終焉　清張通史⑥
松本清張　新装版　増上寺刃傷
松本清張他　日本史七つの謎
松本清張　ガラスの城〈新装版〉
松谷みよ子　ちいさいモモちゃん
松谷みよ子　モモちゃんとアカネちゃん
松谷みよ子　アカネちゃんの涙の海
眉村　卓　ねらわれた学園
眉村　卓　なぞの転校生
麻耶雄嵩　翼ある闇〈メルカトル鮎最後の事件〉
麻耶雄嵩　痾《あ》
麻耶雄嵩　メルカトルかく語りき
麻耶雄嵩　夏と冬の奏鳴曲《ソナタ》〈新装改訂版〉
麻耶雄嵩　メルカトル悪人狩り

麻耶雄嵩　神様ゲーム
町田　康　耳そぎ饅頭
町田　康　権現の踊り子
町田　康　浄　土
町田　康　猫にかまけて
町田　康　猫のあしあと
町田　康　猫とあほんだら
町田　康　猫のよびごえ
町田　康　真実真正日記
町田　康　宿屋めぐり
町田　康　人間小唄
町田　康　スピンク日記
町田　康　スピンク合財帖
町田　康　スピンクの壺
町田　康　スピンクの笑顔
町田　康　ホサナ
町田　康　猫のエルは
町田　康　記憶の盆をどり
舞城王太郎　煙か土か食い物〈Smoke, Soil or Sacrifices〉

講談社文庫　目録

舞城王太郎　好き好き大好き超愛してる。
舞城王太郎　私はあなたの瞳の林檎
舞城王太郎　されど私の可愛い檸檬
舞城王太郎　畏《おそ》れ入谷《いりや》の彼女の柘榴《ざくろ》
舞城王太郎　短 篇 七 芒 星
真山　仁　虚 像 の 砦
真山　仁　新装版 ハゲタカ (上)(下)
真山　仁　新装版 ハゲタカII (上)(下)
真山　仁　レッドゾーン (上)(下)
真山　仁　グリード (上)(下)〈ハゲタカIV〉
真山　仁　ハーディ (上)(下)〈ハゲタカ2・5〉
真山　仁　スパイラル〈ハゲタカ4・5〉
真山　仁　シンドローム (上)(下)〈ハゲタカ5〉
真山　仁　そして、星の輝く夜がくる
真梨幸子　孤《こ》虫《ちゅう》症《しょう》
真梨幸子　深く深く、砂に埋めて
真梨幸子　女 と も だ ち
真梨幸子　えんじ色心中
真梨幸子　カンタベリー・テイルズ

真梨幸子　イヤミス短篇集
真梨幸子　人 生 相 談。
真梨幸子　私が失敗した理由は
真梨幸子　三 匹 の 子 豚
真梨幸子　ま り も 日 記
松本裕士　兄 弟〈追憶のhide〉
円居 挽
原作 福本伸行　カイジ ファイナルゲーム 小説版
松岡圭祐　探 偵 の 探 偵
松岡圭祐　探偵の探偵II
松岡圭祐　探偵の探偵III
松岡圭祐　探偵の探偵IV
松岡圭祐　水 鏡 推 理
松岡圭祐　水鏡推理II〈インパクトファクター〉
松岡圭祐　水鏡推理III〈パレイドリア・フェイス〉
松岡圭祐　水鏡推理IV〈アノマリー〉
松岡圭祐　水鏡推理V〈ニュークリアフュージョン〉
松岡圭祐　水鏡推理VI〈クロノスタシス〉
松岡圭祐　探偵の鑑定I
松岡圭祐　探偵の鑑定II

松岡圭祐　万能鑑定士Qの最終巻〈ムンクの〈叫び〉〉
松岡圭祐　黄砂の籠城 (上)(下)
松岡圭祐　シャーロック・ホームズ対伊藤博文
松岡圭祐　八月十五日に吹く風
松岡圭祐　生きている理由
松岡圭祐　黄 砂 の 進 撃
松岡圭祐　瑕《か》疵《し》借 り
松原　始　カラスの教科書
益田ミリ　五年前の忘れ物
益田ミリ　お 茶 の 時 間
マキタスポーツ　一億総ツッコミ時代〈決定版〉
丸山ゴンザレス　ダークツーリスト〈世界の混沌《カオス》を歩く〉
松田賢弥　したたか 総理大臣・菅義偉の野望と人生
真下みこと　#柚莉愛《ゆりあ》とかくれんぼ
真下みこと　あさひは失敗しない
松野大介　インフォデミック〈コロナ情報氾濫〉
松居大悟　またね家族
前川　裕　逸 脱 刑 事
前川　裕　感情麻痺学院

柾木政宗　NO推理、NO探偵？〈謎、解いてます！〉
三島由紀夫 TBSヴィンテージクラシックス 編　告白　三島由紀夫未公開インタビュー
三浦綾子　ひつじが丘
三浦綾子　岩に立つ
三浦綾子　あのポプラの上が空〈新装版〉
三浦明博　滅びのモノクローム
三浦明博　五郎丸の生涯
宮尾登美子　新装版　天璋院篤姫　(上)(下)
宮尾登美子　新装版　一絃の琴
宮尾登美子　東福門院和子《まさこ》の涙　(上)(下)〈レジェンド歴史時代小説〉
皆川博子　クロコダイル路地
宮本　輝　骸骨ビルの庭　(上)(下)
宮本　輝　新装版　二十歳《はたち》の火影《ほかげ》
宮本　輝　新装版　命の器
宮本　輝　新装版　避暑地の猫
宮本　輝　新装版　ここに地終わり　海始まる　(上)(下)
宮本　輝　新装版　花の降る午後　(上)(下)
宮本　輝　新装版　オレンジの壺　(上)(下)
宮本　輝　にぎやかな天地　(上)(下)

宮本　輝　新装版　朝の歓び　(上)(下)
宮城谷昌光　夏姫春秋　(上)(下)
宮城谷昌光　花の歳月
宮城谷昌光　重《ちょう》耳《じ》　(全三冊)
宮城谷昌光　介《かい》子《し》推《すい》
宮城谷昌光　孟嘗君　全五冊
宮城谷昌光　子産　(上)(下)
宮城谷昌光　湖底の城〈呉越春秋〉一
宮城谷昌光　湖底の城〈呉越春秋〉二
宮城谷昌光　湖底の城〈呉越春秋〉三
宮城谷昌光　湖底の城〈呉越春秋〉四
宮城谷昌光　湖底の城〈呉越春秋〉五
宮城谷昌光　湖底の城〈呉越春秋〉六
宮城谷昌光　湖底の城〈呉越春秋〉七
宮城谷昌光　湖底の城〈呉越春秋〉八
宮城谷昌光　湖底の城　九
宮城谷昌光　俠骨記〈新装版〉
水木しげる　コミック昭和史1〈関東大震災～満州事変〉
水木しげる　コミック昭和史2〈満州事変～日中全面戦争〉

水木しげる　コミック昭和史3〈日中全面戦争～太平洋戦争開始〉
水木しげる　コミック昭和史4〈太平洋戦争前半〉
水木しげる　コミック昭和史5〈太平洋戦争後半〉
水木しげる　コミック昭和史6〈終戦から朝鮮戦争〉
水木しげる　コミック昭和史7〈講和から復興〉
水木しげる　コミック昭和史8〈高度成長以降〉
水木しげる　敗走記
水木しげる　白い旗
水木しげる　姑《クー》娘《ニャン》
水木しげる　決定版　日本妖怪大全〈妖怪・あの世・神様〉
水木しげる　ほんまにオレはアホやろか
水木しげる　総員玉砕せよ！〈新装完全版〉
宮部みゆき　新装版　震える岩〈霊験お初捕物控〉
宮部みゆき　新装版　天狗風〈霊験お初捕物控〉
宮部みゆき　I《イ》CO《コ》―霧の城―　(上)(下)
宮部みゆき　ぼんくら　(上)(下)
宮部みゆき　新装版　日暮らし　(上)(下)
宮部みゆき　おまえさん　(上)(下)
宮部みゆき　小暮写眞館　(上)(下)

宮部みゆき　ステップファザー・ステップ〈新装版〉
宮子あずさ　看護婦が見つめた人間が死ぬということ
宮本昌孝　家康、死す(上)(下)
三津田信三　忌《い》館《かん》〈ホラー作家の棲む家〉
三津田信三　作者不詳〈ミステリ作家の読む本〉(上)(下)
三津田信三　蛇《じゃ》棺《かん》葬《そう》
三津田信三　百《ひゃく》蛇《じゃ》堂《どう》〈怪談作家の語る話〉
三津田信三　厭魅《まじもの》の如き憑くもの
三津田信三　凶鳥《まがとり》の如き忌むもの
三津田信三　首無《くびなし》の如き祟るもの
三津田信三　山魔《やまんま》の如き嗤《わら》うもの
三津田信三　水魑《みづち》の如き沈むもの
三津田信三　密室《ひめむろ》の如き籠《こも》るもの
三津田信三　生霊《いきだま》の如き重《だぶ》るもの
三津田信三　幽女《ゆうじょ》の如き怨むもの
三津田信三　碆霊《はえだま》の如き祀るもの
三津田信三　魔偶《まぐう》の如き齎《もたら》すもの
三津田信三　忌名《いな》の如き贄《にえ》るもの
三津田信三　シェルター　終末の殺人

三津田信三　ついてくるもの
三津田信三　誰かの家
三津田信三　忌《い》物《ぶつ》堂《どう》鬼《き》談《だん》
道尾秀介　カラスの親指〈by rule of CROW's thumb〉
道尾秀介　カエルの小指〈a murder of crows〉
道尾秀介　水の柩
深木《みき》章子《あきこ》　鬼畜の家
湊かなえ　リバース
宮内悠介　彼女がエスパーだったころ
宮内悠介　偶然の聖地
宮乃崎《みやのさき》桜子《さくらこ》　綺羅《きら》の皇女《ひめみこ》(1)
宮乃崎桜子　綺羅の皇女(2)
三國青葉　損料屋見鬼《けんき》控え　1
三國青葉　損料屋見鬼控え　2
三國青葉　損料屋見鬼控え　3
三國青葉　福　猫　屋〈お佐和のねこだすけ〉
三國青葉　福　猫　屋〈お佐和のねこかし〉
三國青葉　福　猫　屋〈お佐和のねこわずらい〉
三國青葉　母上は別式女《べっしきめ》

宮西真冬　誰かが見ている
宮西真冬　首　の　鎖
宮西真冬　友　達　未　遂
宮西真冬　毎日世界が生きづらい
南　杏子　希望のステージ
嶺里俊介　だいたい本当の奇妙な話
嶺里俊介　ちょっと奇妙な怖い話
溝口　敦　喰うか喰われるか〈私の山口組体験〉
三谷幸喜・松野大介　三谷幸喜　創作を語る
村上　龍　愛と幻想のファシズム(上)(下)
村上　龍　村上龍料理小説集
村上　龍　新装版　限りなく透明に近いブルー
村上　龍　新装版　コインロッカー・ベイビーズ
村上　龍　歌うクジラ(上)(下)
向田邦子　新装版　眠　る　盃
向田邦子　新装版　夜中の薔薇
村上春樹　風の歌を聴け
村上春樹　1973年のピンボール
村上春樹　羊をめぐる冒険(上)(下)

2024年9月13日現在